NATURALEZA SALVAJE

JANE HARPER

NATURALEZA SALVAJE

Traducción del inglés de
Ismael Attrache Sánchez

Título original: *Force of Nature*
Ilustración de la cubierta: Getty Images

Ediciones Salamandra
www.salamandra.info

Para Pete y Charlotte, con amor

PRÓLOGO

Más tarde, las cuatro mujeres que quedaron sólo pudieron coincidir plenamente en dos cosas. Una: ninguna de ellas había visto cómo el bosque se tragaba a Alice Russell. Y dos: Alice tenía un lado cruel tan marcado que podía resultar hiriente.

Las mujeres todavía no habían llegado al punto de encuentro.

Los hombres —que se habían presentado en el lugar señalado con unos prudentes treinta y cinco minutos de antelación respecto a la hora prevista, a mediodía— empezaron a darse palmaditas en la espalda unos a otros en cuanto cruzaron la linde del bosque. Lo habían conseguido. El guía de la actividad estaba esperándolos con semblante afable y cordial, ataviado con el forro polar rojo de la empresa. Los cinco hombres lanzaron los sacos de dormir técnicos en la parte trasera del microbús y subieron al vehículo con un suspiro de alivio. En el microbús había frutos secos y un termo de café, pero, en vez de coger la comida, todos ellos se abalanzaron sobre la bolsa en la que estaban los móviles que habían entregado al principio. Juntos de nuevo.

En el exterior hacía frío. Eso no había cambiado. El pálido sol de invierno apenas había salido del todo una vez en los últimos cuatro días. Aunque al menos en el microbús se libraban de la humedad. Los hombres se recostaron. Uno de ellos soltó un chiste sobre la capacidad de las mujeres para leer mapas, y todos se rieron. Tomaron café y esperaron a que sus compañeras aparecieran. Llevaban tres días sin verlas; podían aguardar unos minutos más.

Al cabo de una hora, la actitud engreída de los hombres se convirtió en irritación. Uno a uno, los cinco se levantaron de los mullidos asientos y empezaron a pasearse por el camino de tierra. Alzaron los móviles hacia el cielo, esperando que con esa altura adicional, equivalente a la longitud de un brazo, pudieran lograr la inaccesible cobertura. Y, aun siendo conscientes de que no iban a poder enviarlos, se pusieron a teclear con impaciencia mensajes de texto a sus medias naranjas, que estaban en la ciudad. «Llegamos tarde. Nos han retrasado.» Aquellos días se habían hecho muy largos, pero ahora les esperaban una ducha caliente y cervezas frías. Y, al día siguiente, de nuevo al trabajo.

El guía de la actividad observaba los árboles. Finalmente, conectó el aparato de radio.

Llegaron varios refuerzos. Los guardas forestales hablaron en voz baja mientras se ponían los chalecos reflectantes. «Las sacaremos de ahí en un abrir y cerrar de ojos.» Sabían dónde solía perderse la gente y todavía quedaban horas de luz. Por lo menos algunas. Suficientes. No tardarían mucho. Se internaron en el sotobosque al ritmo propio de los profesionales. El grupo de hombres volvió a apiñarse en el interior del microbús.

Los frutos secos se habían acabado y los posos del café estaban ya fríos y amargos cuando los miembros de la partida de rescate volvieron a aparecer. Los contornos de los eucaliptos se recortaban contra el ocaso. Los rostros no mostraban ninguna expresión. La cháchara había desaparecido con la luz.

En el microbús, los hombres guardaban silencio. Si aquello hubiera sido una crisis desatada en la sala de juntas, habrían sabido qué hacer. Una bajada del dólar, una cláusula inoportuna en un contrato: no pasaba nada. Pero allí, el monte bajo parecía desdibujar las respuestas. Los hombres sostenían en el regazo los móviles exánimes como si fueran juguetes rotos.

Se farfullaron unas palabras por radio. Los faros de los vehículos atravesaban la densa pared de árboles, y el aliento formaba nubes en el gélido aire de la noche. Pidieron al equipo de búsqueda que volviera para informar. Los hombres del microbús no oyeron los detalles de la conversación, pero no les hacía falta. El tono lo decía todo. De noche, las posibilidades de actuar eran limitadas.

Finalmente, el equipo de búsqueda se disgregó. Un hombre con chaleco reflectante subió a la parte delantera del microbús. Iba a acompañar al grupo a una casa rural, donde tendrían que pasar la noche: a esas alturas, nadie estaba dispuesto a hacer el recorrido de tres horas para llevarlos de vuelta a Melbourne. Los hombres aún estaban tratando de asimilar aquellas palabras cuando oyeron el primer grito.

El sonido, agudo como el chillido de una ave, resultaba insólito en medio de la noche, y todas las cabezas se volvieron cuando cuatro figuras aparecieron en lo alto de la colina. Parecía que dos de ellas sujetaban a una tercera, mientras que una cuarta las seguía de cerca con paso vacilante. Desde lejos, la sangre que le cubría la frente se veía de color negro.

«¡Ayudadnos!», gritaba una de ellas al tiempo que las otras añadían: «¡Estamos aquí! ¡Necesitamos ayuda, tiene que verla un médico! ¡Ayudadnos, por favor! ¡Gracias a Dios, gracias a Dios os hemos encontrado!»

Los miembros del equipo de rescate echaron a correr, y los hombres, tras dejar los móviles en los asientos del microbús, los siguieron jadeando a corta distancia.

«Nos hemos perdido», dijo una de ellas. «La hemos perdido», precisó otra.

Costaba distinguirlas. Las mujeres gritaban, lloraban, sus voces se superponían.

«¿Ha vuelto Alice? ¿Lo ha conseguido? ¿Está a salvo?»

En medio del caos, en plena noche, era imposible saber cuál de las cuatro se interesaba por Alice.

Después, cuando la situación empeoró, cada una insistiría en que había sido ella quien había hecho la pregunta.

1

—No te alarmes.

El agente federal Aaron Falk, que hasta ese momento no tenía la menor intención de hacerlo, cerró el libro que estaba leyendo. Se pasó el móvil a la mano buena y se incorporó en la cama.

—De acuerdo.

—Alice Russell ha desaparecido. —Su interlocutora pronunció el nombre en voz baja—. Por lo visto.

—¿Cómo que ha desaparecido? —preguntó Falk mientras dejaba el libro.

—Ha desaparecido de verdad. No es que pase de nuestras llamadas, como otras veces.

Falk oyó cómo su compañera suspiraba al teléfono. En los tres meses que llevaban trabajando juntos, la voz de Carmen Cooper nunca había sonado tan estresada, y eso era mucho decir.

—Se ha perdido en algún punto de Giralang Ranges —añadió Carmen.

—¿Giralang?

—Sí, en el este.

—No es que no sepa dónde está la cordillera —dijo él—. Pensaba más bien en la fama que tiene.

—¿Por el asunto de Martin Kovac? No tiene pinta de que sea nada de eso, afortunadamente.

—Más nos vale. De todas formas, hace ya unos veinte años de todo aquello, ¿no?

—Creo que casi veinticinco.

Aun así, había asuntos que nunca acababan de cerrarse. Falk era apenas un adolescente cuando en los telediarios vespertinos se había empezado a hablar sin cesar de Giralang Ranges. Aquello se repitió en otras tres ocasiones a lo largo de los dos años posteriores. Y en cada una de ellas aparecían imágenes de equipos de rescate que atravesaban el frondoso bosque con sabuesos tirando de las correas. Acababan encontrando la mayoría de los cadáveres.

—¿Qué hacía Alice en ese sitio tan apartado? —preguntó Falk.

—Había ido a una actividad de la empresa.

—¿Lo dices en serio?

—Desgraciadamente, sí —contestó Carmen—. Pon la tele, lo están contando en las noticias. Han organizado un equipo de rescate.

—Un segundo.

Falk saltó de la cama en calzoncillos y se puso una camiseta. El aire de la noche era frío. Cruzó el salón y sintonizó un canal de noticias veinticuatro horas. El presentador estaba comentando la jornada parlamentaria.

—No pasa nada, sólo es un asunto de trabajo. Vuelve a dormirte... —murmuró Carmen a su oído, pero Falk se dio cuenta de que su compañera le hablaba a alguien que estaba con ella.

Automáticamente se imaginó a Carmen en el despacho que compartían, apretujada detrás de la mesa que habían puesto con calzador junto a la suya doce semanas antes. Desde entonces, habían trabajado codo con codo, en un sentido bastante literal. Cuando Carmen estiraba las piernas, sus pies chocaban con las patas de la silla de él.

Falk miró el reloj. Era domingo por la noche y ya habían dado las diez; sin duda, su compañera estaba en casa.

—¿Lo estás viendo? —le preguntó Carmen entre susurros, para no molestar a la persona con la que estaba. Su prometido, supuso Falk.

—Todavía no. —Él no tenía que bajar la voz—. Espera... —Unas palabras fueron deslizándose en el rótulo inferior de la pantalla—. Sí, ahora sí.

AL AMANECER SE REANUDARÁ EN GIRALANG RANGES LA BÚSQUEDA DE LA EXCURSIONISTA DE MELBOURNE DESAPARECIDA, ALICE RUSSELL, DE CUARENTA Y CINCO AÑOS.

—¿Cómo que excursionista de Melbourne?

—Ya.

—¿Desde cuándo Alice...? —No terminó la frase. Estaba pensando en los zapatos de Alice. De tacón. Puntiagudos.

—Ya. En las noticias han dicho que estaba participando en una especie de actividad destinada a fomentar el espíritu de equipo, que formaba parte de un grupo que había ido de excursión unos días y que...

—¿Unos días? ¿Cuánto tiempo lleva desaparecida?

—No estoy segura. Creo que desde anoche.

—Me llamó —dijo Falk.

Se produjo un silencio al otro lado de la línea. Después se oyó:

—¿Quién? ¿Alice?

—Sí.

—¿Cuándo?

—Anoche. —Falk se retiró el móvil dc la orcja para revisar las llamadas perdidas. Luego volvió a acercarse el dispositivo al oído—. ¿Sigues ahí? En realidad, su llamada es de esta madrugada. La hizo a las cuatro y media. No he oído el teléfono, sólo he visto que había un mensaje de voz al despertarme.

Otro silencio.

—¿Qué te decía?

—Nada.

—¿Absolutamente nada?

—No había nadie al otro lado. He dado por hecho que llevaba el móvil en el bolsillo y que había marcado el número sin querer.

En el telediario estaban mostrando una fotografía reciente de Alice Russell. Daba la impresión de que se la habían hecho en una fiesta. Llevaba la rubia melena recogida en un peinado muy sofisticado, y lucía un vestido plateado que realzaba todas las horas que se pasaba en el gimnasio. Parecía como mínimo cinco años más joven. Dirigía a la cámara una sonrisa que nunca les había dedicado ni a Falk ni a Carmen.

—He intentado devolverle la llamada esta misma mañana, sobre las seis y media, seguramente —añadió Falk, que seguía mirando la pantalla—. Pero no ha contestado.

En la televisión estaban mostrando ahora una vista aérea de Giralang Ranges. Las colinas y los valles se extendían hasta el horizonte como un océano verde y ondulado bajo la débil luz invernal.

AL AMANECER SE REANUDARÁ LA BÚSQUEDA...

Carmen se quedó callada. Falk percibió el sonido de su respiración. En la pantalla, la cordillera parecía inmensa. Enorme, más bien. Desde la perspectiva que ofrecía la cámara, el denso manto que formaban las copas de los árboles daba la impresión de ser completamente impenetrable.

—Voy a escuchar el mensaje otra vez —dijo Falk—. Luego te llamo.

—De acuerdo.

Cuando Carmen colgó, Falk se quedó sentado en el sofá, envuelto en la penumbra mientras el resplandor azulado del televisor centelleaba. No había corrido las cortinas, y más allá del balcón se veía el brillante perfil urbano de Melbourne. La baliza luminosa en lo más alto de la Eureka Tower emitía destellos regulares y rojos.

AL AMANECER SE REANUDARÁ LA BÚSQUEDA EN GIRALANG RANGES...

Apagó el televisor y marcó el número del buzón de voz. Había recibido una llamada del móvil de Alice Russell a las 4.26 h.

Al principio no pudo distinguir nada, así que se acercó más el teléfono al oído. Un débil ruido de fondo durante cinco segundos. Diez. Siguió escuchando, esta vez hasta el final. El ruido blanco aumentaba y disminuía en oleadas, sonaba como si procediera de debajo del agua. Se oía un zumbido apagado, tal vez se trataba de alguien hablando. Después, como surgida de la nada, emergió una voz. Falk se apartó bruscamente el móvil del oído y se quedó mirándolo. La voz había sonado tan débil que pensó que tal vez se la había imaginado.

Lentamente, volvió a pulsar la pantalla. Cerró los ojos en el silencio de su apartamento y reprodujo otra vez el mensaje. Nada, nada... y a continuación, en la oscuridad, una voz lejana le dijo tres palabras al oído:

—...Le haga daño...

2

Todavía no había amanecido cuando Carmen detuvo el coche delante del piso de Falk, que ya estaba esperándola en la acera con la mochila en el suelo. Notaba las botas de montaña rígidas por la falta de uso.

—Pon el mensaje —le pidió ella mientras él subía al vehículo.

El asiento del conductor estaba corrido hacia atrás. Carmen, a diferencia de la mayoría de las mujeres que había conocido, era lo bastante alta como para mirarlo a los ojos cuando estaban cara a cara.

Falk activó el altavoz del móvil y apretó un botón. El ruido de fondo invadió el vehículo. Cinco, diez segundos, y nada; después se oyeron las tres palabras, que sonaban metálicas y apagadas. Varios segundos más de ruido amortiguado y la llamada se cortaba.

—Otra vez —dijo Carmen, frunciendo el ceño.

Cerró los ojos y Falk observó el rostro de su colega mientras ella escuchaba.

Con treinta y ocho años, Carmen sólo era seis meses mayor que él. Tenía un poco más de experiencia, pero aquélla era la primera vez que sus caminos se cruzaban en la Policía Federal. Ella acababa de trasladarse desde Sídney a la Unidad de Investigación Financiera de Melbourne, y Falk aún no sabía si su compañera lamentaba aquel traslado o no. Carmen abrió los ojos. Bajo el resplandor naranja de la farola, su piel se veía un tanto más oscura de lo habitual.

—«... Le haga daño» —repitió la agente.

—Eso es lo que me ha parecido oír.

—¿Al final no oyes otra cosa?

Falk subió el volumen al máximo y volvió a reproducir el mensaje. Sin darse cuenta, contuvo la respiración mientras aguzaba el oído.

—Ahora —señaló Carmen—. ¿No dice alguien «Alice»?

Lo pusieron otra vez; en esta ocasión, Falk captó la leve inflexión que se producía en el sonido amortiguado, un siseo sibilante.

—No sé —contestó—, podría ser sólo ruido de fondo.

Carmen le dio al contacto. El motor rugió con fuerza en los momentos previos al amanecer. Emprendieron la marcha y no dijeron nada más hasta que llegaron a la carretera.

—¿Hasta qué punto estás seguro de que ésa es la voz de Alice?

Falk trató de recordar el timbre de voz de Alice Russell, que era bastante característico. Muchas veces hablaba de forma entrecortada, pero siempre con decisión.

—Nada nos indica que no sea ella, aunque no se oye muy bien.

—Se oye fatal. Ni siquiera sé si podría jurar que es una mujer.

—Cierto.

En el retrovisor lateral, el contorno de Melbourne iba menguando. Ante ellos, en el este, el color del cielo pasaba del negro al azul marino.

—Sé que Alice es un incordio —dijo Falk—, pero la verdad es que espero que no haya acabado jodida por nuestra culpa.

—Y yo. —El anillo de compromiso de Carmen reflejó la luz cuando giró el volante para entrar en la autopista—. ¿Qué ha declarado el agente de la Policía Estatal? ¿Cómo se apellidaba?

—King.

La noche anterior, justo después de colgar tras reproducir el mensaje de voz de Alice Russell, Falk había llamado a la Policía Estatal. El sargento mayor que se encargaba de la búsqueda había tardado media hora en devolverle la llamada.

—Perdone. —La voz del sargento mayor King sonaba cansada—. He tenido que buscar un teléfono fijo. La cobertura es peor de lo habitual con este tiempo. Cuénteme lo del mensaje de voz.

Escuchó con paciencia mientras Falk hablaba.

—Muy bien —dijo King cuando Falk hubo terminado—. Bueno, ya hemos revisado su registro de llamadas.

—Perfecto.

—¿Qué relación me ha dicho que tenía con ella?

—De trabajo —contestó Falk—. Es un asunto confidencial. Nos estaba ayudando a mi compañera y a mí en una cosa.

—¿Su compañera?

—Sí, Carmen Cooper.

Falk oyó el crujido de unos papeles mientras el sargento anotaba el nombre.

—¿Alguno de los dos esperaba su llamada?

Falk titubeó y contestó:

—No especialmente.

—¿Tienen conocimientos específicos de supervivencia en la naturaleza?

Falk se miró la mano izquierda. Todavía tenía la piel de un color rosado y extrañamente lisa en las zonas en las que las quemaduras no se le habían curado del todo bien.

—No —contestó.

—¿Y su compañera?

—Creo que tampoco.

Falk se dio cuenta de que, en realidad, no lo sabía.

Se produjo una pausa.

—Según la compañía telefónica, esta madrugada Alice Russell ha intentado llamar a dos números de teléfono —dijo King—. El de emergencias y el suyo. ¿Se le ocurre por qué ha podido hacerlo?

Ahora fue Falk quien guardó silencio unos instantes. Oyó cómo el sargento respiraba al otro lado de la línea.

«...Le haga daño.»

—Creo que lo mejor sería que nos viéramos —propuso Falk—. Que habláramos en persona.

—Bien pensado, amigo. Traiga el móvil.

DÍA 4

DOMINGO POR LA MAÑANA

La mujer veía su propio miedo reflejado en los tres rostros que le devolvían la mirada. El corazón le latía desbocado y podía oír la respiración acelerada de las otras mujeres. Por encima de ellas, la franja de cielo que los árboles dejaban al descubierto era de un gris apagado. El viento agitó las ramas de los árboles y unas gotas de lluvia cayeron sobre el grupo de mujeres. Ninguna de ellas se inmutó. A sus espaldas, la madera podrida de la cabaña se asentó con un crujido.

—Tenemos que salir de aquí cuanto antes —dijo la mujer.

Las dos que estaban a su izquierda asintieron enseguida; por una vez, el miedo hizo que estuvieran de acuerdo. Sus oscuros ojos estaban abiertos como platos. A la derecha de la mujer, un titubeo brevísimo; después, un tercer asentimiento.

—¿Y qué pasa con...?

—¿Qué pasa con qué?

—Qué pasa con Alice.

Un silencio espantoso. Sólo se oían los crujidos y murmullos de las copas de los árboles, que observaban desde lo alto el estrecho círculo de cuatro personas.

—Ella se lo ha buscado.

3

Al cabo de un par de horas, cuando Falk y Carmen hicieron una parada, ya era completamente de día y habían dejado muy atrás la ciudad. Salieron del coche para estirar las piernas mientras las nubes formaban sombras cambiantes en los campos. A lo lejos se distinguían, desperdigados, unos pocos edificios y algunas casas. Un camión que llevaba aparejos agrícolas pasó por delante de ellos con gran estruendo; era el primer vehículo que veían en treinta kilómetros. El ruido asustó a una bandada de cacatúas rosadas, que emergieron en todas direcciones de un árbol cercano, batiendo las alas entre chillidos.

—Continuemos —propuso Falk.

Le cogió las llaves a Carmen y se puso al volante del destartalado sedán color granate. Al girar el contacto, el sonido del motor enseguida le resultó familiar.

—Yo tenía un coche igual.

—¿Y fuiste lo bastante sensato como para deshacerte de él? —preguntó Carmen mientras se sentaba en el lado del copiloto.

—No lo decidí yo. A principios de este año, sufrió algunos desperfectos en mi ciudad natal. Un gesto de bienvenida por parte de un par de personas de allí.

Ella lo miró esbozando una leve sonrisa.

—Ah, es verdad. Algo había oído. Bueno, supongo que lo de algunos desperfectos es una forma de decirlo.

Falk acarició el volante con una punzada de nostalgia. Su nuevo coche no estaba mal, pero no era lo mismo.

—De todas formas, este coche es de Jamie —dijo Carmen mientras se ponían en marcha—. Para los recorridos largos es mejor que el mío.

—Claro. ¿Cómo está Jamie?

—Bien. Como de costumbre.

La verdad era que Falk no sabía en qué consistía esa costumbre. Sólo había visto una vez al prometido de Carmen. Jamie era un tipo musculoso que solía llevar vaqueros y camiseta, y que trabajaba en el departamento de marketing de una empresa de bebidas nutritivas para deportistas. Le había estrechado la mano a Falk y le había dado una botella de algo azul y con burbujas que, según le aseguró, le permitiría mejorar su rendimiento. La sonrisa de Jamie parecía sincera, pero podía percibirse algo más en ella, en la forma en que miraba el cuerpo alto y delgado de Falk, su piel pálida, su pelo rubio casi blanco y su mano quemada. Si Falk hubiera tenido que interpretar ese gesto, habría dicho que era de ligero alivio.

En la consola central, su móvil emitió un pitido. Falk apartó la mirada de la carretera desierta para dirigirla a la pantalla, y luego le pasó el móvil a Carmen.

—El sargento acaba de mandar un correo electrónico.

Su compañera abrió el mensaje.

—Vale, dice que en la actividad participaban dos grupos. Uno compuesto por hombres, y otro, por mujeres; cada uno hizo una ruta distinta. Nos envía una lista con los nombres de las mujeres que formaban parte del equipo de Alice Russell.

—¿Los dos grupos eran de BaileyTennants?

—Eso parece.

Carmen sacó su teléfono y accedió a la página web de BaileyTennants. Con el rabillo del ojo, Falk distinguió en la pantalla los caracteres negros y plateados del logotipo de la prestigiosa empresa de contabilidad especializada.

—A ver. Breanna McKenzie y Bethany McKenzie —dijo Carmen, leyendo la lista que aparecía en el móvil—. Breanna es la asistente de Alice, ¿no? —Pulsó la pantalla—. Sí, aquí está. Madre mía, con la pinta que tiene podría anunciar vitaminas.

Le acercó el teléfono a Falk, que echó un vistazo a la fotografía de empresa de una risueña joven de veintitantos años. Enseguida entendió a qué se refería Carmen. Incluso bajo la poco favorecedora luz de la oficina, Breanna McKenzie irradiaba el saludable resplandor de una persona que corre todas las mañanas, hace yoga con gran dedicación y todos los domingos, religiosamente, aplica un intenso tratamiento acondicionador a su lustrosa melena negra.

Carmen volvió a coger el teléfono y se puso a teclear.

—No encuentro nada sobre la otra, Bethany. ¿Crees que serán hermanas?

—Es posible.

«A lo mejor hasta son gemelas —pensó Falk—. Breanna y Bethany. Bree y Beth.» Pronunció los nombres lentamente. Juntos sonaban muy bien.

—Ya averiguaremos quién es esa chica —dijo Carmen—. Después viene Lauren Shaw.

—Nos hemos topado con ella antes, ¿no? —preguntó Falk—. Es un mando intermedio, ¿verdad?

—Sí, es... Vaya, pues tienes razón, es directora estratégica de planificación prospectiva. —Carmen volvió a acercarle el móvil—. Vete a saber lo que significa eso.

Fuera lo que fuese, el rostro de Lauren no aclaraba nada al respecto. No era fácil calcular su edad, pero Falk supuso que estaría entre los cuarenta y tantos y los cuarenta y muchos. Su pelo era tirando a castaño, y sus ojos gris claro miraban directamente a la cámara con una expresión tan neutra como la de una fotografía de pasaporte.

Carmen volvió a mirar la lista de nombres.

—¡Anda!

—¿Qué pasa?

—Aquí dice que Jill Bailey también estaba con ellas.

—¡No me digas!

Falk no apartó la mirada de la carretera, pero la inquietud que sentía desde la noche anterior se hizo más acuciante e intensa.

Carmen no se molestó en enseñarle la fotografía de Jill. Los dos conocían de sobra los rasgos marcados de la directiva. Ese año iba a cumplir los cincuenta, y, a pesar de su ropa de marca y de su impecable corte de pelo, los años se le notaban a la perfección.

—Jill Bailey... —dijo Carmen, mientras repasaba el resto del mensaje del sargento. Su dedo pulgar se detuvo—. Mierda. Parece que su hermano formaba parte del grupo de hombres.

—¿Estás segura?

—Sí. Daniel Bailey, director ejecutivo. Sale aquí, negro sobre blanco.

—Esto tiene muy mala pinta.

—Malísima.

Carmen tamborileó levemente sobre el móvil con las uñas mientras reflexionaba.

—Vale. No sabemos lo suficiente para llegar a una conclusión —dijo al fin—. El mensaje de voz carece de contexto. Pero si somos realistas y nos atenemos a la estadística, lo más probable es que Alice Russell se apartara del camino por error y se perdiera.

—Sí, eso es lo más probable... —convino Falk, pese a que en su fuero interno intuía que ninguno de los dos estaba muy convencido.

El coche siguió avanzando en su ruta; las emisoras de radio fueron desapareciendo mientras el paisaje pasaba a toda velocidad. Carmen estuvo manoseando el dial hasta que encontró una emisora de onda media de sonido entrecortado. El boletín informativo se captaba a trompicones. La excursionista de Melbourne seguía desaparecida. La carretera describió un suave giro al norte, y de pronto Falk pudo distinguir a lo lejos las cumbres de Giralang Ranges.

—¿Habías estado aquí alguna vez? —preguntó.

Carmen negó con la cabeza.

—No, ¿y tú?

—Tampoco.

No había estado en aquel lugar, pero se había criado en uno muy parecido. Un territorio aislado, en el que los árboles crecían con fuerza formando un manto tupido sobre un suelo que se mostraba reacio a permitir que nada escapase de él.

—La historia de lo que pasó aquí me da mal rollo —dijo Carmen—. Sé que es una tontería —añadió, encogiéndose de hombros—, pero...

—¿Qué ocurrió al final con Martin Kovac? —preguntó Falk—. ¿Sigue encerrado?

—No estoy segura. —Carmen volvió a teclear en la pantalla del móvil—. No. Murió. Falleció en la cárcel hace tres años, poco después de cumplir los sesenta y dos. En realidad, ahora que lo pienso, esto me suena de algo. Se peleó con otro preso, se golpeó la cabeza contra el suelo y, según dice aquí, ya no recobró la conciencia. La verdad es que no me da ninguna pena.

Falk se mostró de acuerdo. El primer cadáver había sido el de una profesora en prácticas, de veintitantos años y oriunda de Melbourne, que disfrutaba de un fin de semana al aire libre en las montañas. Un grupo que estaba de acampada la había encontrado, pero ya era demasiado tarde, habían pasado varios días. Le habían abierto con violencia la cremallera de los pantalones cortos, y se habían llevado su mochila con el material de senderismo. Estaba descalza y tenía los cordones de las zapatillas enrollados con fuerza alrededor del cuello.

Hubo que esperar a que, a lo largo de los tres años siguientes, aparecieran los cadáveres de dos mujeres más y se denunciara la desaparición de otra para que se relacionara el nombre de Martin Kovac, un temporero, con los asesinatos. A esas alturas, el daño ya estaba más que hecho. Una sombra alargada se había adueñado para siempre de los apacibles Giralang Ranges, y Falk formaba parte de toda una generación que se había criado sintiendo un escalofrío cada vez que oía pronunciar ese nombre.

—Por lo visto, Kovac murió sin confesar que hubiera atacado a esas tres mujeres —prosiguió Carmen, leyendo el texto en el móvil—. Tampoco a la cuarta, a la que nunca llegaron a encontrar. Se llamaba Sarah Sondenberg, un caso triste. Sólo tenía dieciocho años. ¿Recuerdas cuando sus padres lanzaron aquellos llamamientos por televisión?

Falk se acordaba perfectamente. Habían pasado dos décadas y aún veía la desesperación en la mirada de los padres de aquella chica.

Carmen, que estaba tratando de seguir leyendo el texto, soltó un suspiro.

—Lo siento, la pantalla se ha quedado congelada. Se está perdiendo la señal.

A Falk no le sorprendió. Los árboles a ambos lados de la carretera proyectaban sombras que cubrían por completo la luz de la mañana.

—Supongo que ahora empezaremos a perder la cobertura.

No volvieron a hablar hasta que salieron de la carretera principal. Carmen sacó el mapa y fue orientando a su compañero mientras el camino se estrechaba y las montañas se alzaban inmensas ante el parabrisas. Pasaron por delante de una breve hilera de tiendas en las que se vendían postales y equipos de montañismo; en el extremo opuesto había un pequeño supermercado y una gasolinera solitaria.

Falk miró el contador de gasolina y puso el intermitente. Los dos bajaron del vehículo y él empezó a llenar el depósito, bostezando. El madrugón empezaba a pasarles factura, y en aquel lugar hacía más frío y el aire era cortante. Dejó a Carmen mientras ésta desentumecía el cuerpo con pequeños estiramientos y algún que otro gruñido, y entró a pagar.

El tipo del mostrador llevaba un gorro de lana y barba de una semana; se enderezó un poco cuando Falk se acercó a él.

—¿Van al parque? —le preguntó, con la premura de quien se muere de ganas de hablar.

—Sí.

—¿Están buscando a la desaparecida?

—La verdad es que sí —contestó Falk, mirándolo sorprendido.

—Ha venido un montón de gente para intentar encontrarla. Llamaron a un equipo de búsqueda. Ayer se pararon a repostar aquí unas veinte personas. Parecía hora punta todo el día, y hoy va por el mismo camino —aseguró, mientras movía la cabeza con un gesto de incredulidad.

Falk echó un discreto vistazo al local. Su coche era el único que había en la entrada. En la tienda no se veían más clientes.

—Espero que la localicen pronto —prosiguió el hombre—. Mal asunto, que alguien desaparezca. Y malo también para el negocio, claro. Ahuyenta a la gente. Imagino que todo esto les recuerda lo que ocurrió.

No dio más explicaciones, y Falk supuso que en aquel lugar no hacía ninguna falta mencionar a Kovac.

—¿Hay alguna novedad? —le preguntó al empleado.

—Qué va. Aunque creo que no han tenido suerte, porque no los he visto volver. Y por aquí pasan en las dos direcciones: al llegar y al marcharse. La gasolinera más cercana queda a cincuenta kilómetros. Más lejos aún si va hacia el norte. Todos llenan aquí el depósito. Por si acaso, vamos. Hay algo en este sitio que hace que las personas no quieran correr riesgos. —Se encogió de hombros—. Bueno, para nosotros no hay mal que por bien no venga.

—¿Lleva mucho tiempo viviendo aquí?

—El suficiente.

Mientras Falk le daba la tarjeta de crédito, se fijó en la lucecita roja de una cámara de seguridad que había detrás del mostrador.

—¿En los surtidores de fuera también hay cámaras? —preguntó.

El empleado siguió la mirada de Falk hacia el exterior. Carmen estaba apoyada en el coche, con los ojos cerrados y el rostro hacia el cielo.

—Sí, claro. —El tipo siguió mirando al exterior un instante más de lo necesario, antes de volver a centrarse en Falk—. No queda otra. Casi siempre estoy aquí solo. No podemos arriesgarnos a que la gente se largue sin pagar.

—¿Se detuvo aquí la desaparecida con su grupo en el camino de ida? —preguntó Falk.

—Sí. El jueves. La poli ya se ha llevado una copia de la grabación.

Falk le mostró su placa.

—¿Tendría otra, por casualidad?

El tipo miró la identificación y se encogió de hombros.

—Un momentito.

Se metió en la trastienda. Mientras esperaba, Falk se dedicó a mirar por las puertas de cristal de la entrada. Detrás del área de servicio sólo se veía una pared de vegetación. Las montañas impedían atisbar el cielo. De pronto se sintió como rodeado. Dio un respingo cuando el hombre volvió con un lápiz de memoria en la mano.

—De los últimos siete días —dijo mientras se lo entregaba.

—Gracias, amigo. Muy amable por su parte.

—De nada, espero que sirva de algo. A nadie le gustaría estar perdido ahí fuera mucho tiempo. Lo que lo mata a uno es el pánico. Al cabo de unos días todo empieza a tener el mismo aspecto, y uno no puede fiarse de lo que ve. —Dirigió la mirada al exterior—. La gente se vuelve loca.

DÍA 1

TARDE DEL JUEVES

Caían algunas gotas de lluvia sobre el parabrisas cuando el microbús se detuvo. El conductor apagó el motor y se dio la vuelta en el asiento.

—Chicos, ya hemos llegado.

Nueve cabezas se volvieron hacia las ventanillas.

—Sólo me bajaré si vamos a la izquierda, no a la derecha —declaró una voz de hombre desde los asientos traseros; los demás soltaron una carcajada.

A la izquierda se alzaba una casa rural acogedora y cálida, con paredes de madera que aislaban bien del frío. La luz salía por las ventanas y, un poco más allá, se extendía una atractiva y ordenada hilera de cabañas para los huéspedes.

En el lado derecho había un camino embarrado, junto al cual se veía un cartel que había sufrido las inclemencias del tiempo. Las copas de los eucaliptos se entretejían y formaban un tosco pasadizo abovedado; el sendero serpenteaba caprichosamente y después describía una curva brusca, se internaba en el monte bajo y desaparecía.

—Lo siento, amigo, hoy todo el mundo tiene que ir a la derecha.

Cuando el conductor abrió la puerta del microbús, entró una ráfaga de aire helado. Uno a uno, los pasajeros empezaron a moverse.

Bree McKenzie se quitó el cinturón de seguridad y, al salir del vehículo, logró esquivar un gran charco en el último segundo. Se dio la vuelta para avisar a los demás, pero Alice ya estaba bajando. Su rubia melena le tapaba los ojos y le impidió ver que una de sus costosas botas estaba metiéndose en el agua.

—¡Mierda! —Alice se recogió el pelo detrás de las orejas y miró al suelo—. Empezamos bien.

—Lo siento —dijo Bree en el acto—. ¿Te ha calado al pie?

Alice examinó su bota.

—No, creo que he tenido suerte.

Se detuvo un instante, esbozó una sonrisa y siguió avanzando. Bree soltó un callado suspiro de alivio.

Se estremeció y se subió la cremallera del chaquetón hasta arriba del todo. El aire era frío y estaba impregnado del olor de los eucaliptos mojados; al mirar a su alrededor, Bree vio que el aparcamiento de gravilla estaba casi vacío. Supuso que se debía a que era temporada baja. Se dirigió a la parte trasera del microbús, donde los otros ya estaban descargando las mochilas. Pesaban más de lo que recordaba.

Lauren Shaw ya estaba allí, encorvando su alto y delgado cuerpo para sacar su mochila de debajo del montón.

—¿Quieres que te eche una mano?

Bree no conocía a Lauren tan bien como a otros empleados veteranos, pero sabía cómo ser útil.

—No, no hace falta...

—No me cuesta nada.

Bree alcanzó la mochila y la arrastró hacia ellas para sacarla del maletero. Se produjo un incómodo forcejeo cuando las dos tiraron del equipaje en direcciones opuestas.

—Creo que ya la tengo, gracias. —Los ojos de Lauren eran del mismo frío tono gris que el cielo, pero le dirigió una leve sonrisa a Bree—. ¿Quieres que te ayude yo...?

—Oh, no, no... —Bree hizo un gesto con la mano—. Gracias, no hace falta. —Miró hacia arriba. Parecía que las nubes eran cada vez más tormentosas—. Espero que el tiempo no se estropee.

—Según el parte meteorológico, va a empeorar.

—¡Pues vaya! Aunque, de todas formas, al final nunca se sabe.

—Sí, es verdad... —Daba la impresión de que a Lauren le hacía gracia el optimismo de Bree—. Nunca se sabe. —También dio la sensación de que estaba a punto de añadir algo cuando Alice la llamó. Lauren miró en su dirección y se echó la mochila a la espalda—. Perdona.

Se dirigió hacia donde estaba Alice, haciendo crujir la gravilla del suelo bajo sus pies, y dejó a Bree sola con los bultos. Bree sacó su mochila, y, al intentar levantarla, se tambaleó ligeramente; no estaba habituada a cargar con un peso semejante.

—Ya se acostumbrará —la consoló el conductor.

Al alzar la mirada, Bree vio que el chófer le sonreía. Les había dicho cómo se llamaba cuando habían subido al vehículo en Melbourne, pero ella no se había molestado en retener el nombre. Ahora, al observarlo con detenimiento, se dio cuenta de que era más joven de lo que le había parecido en un principio, seguramente de su edad o un poco mayor. En todo caso, no tenía más de treinta años, y sus ásperas manos y sus nudillos indicaban que era alpinista. Estaba delgado, pero tenía pinta de ser fuerte. En la pechera de su forro polar rojo estaban bordadas las palabras AVENTURAS PARA EJECUTIVOS, pero no llevaba una identificación. Bree no estaba segura de si le parecía atractivo o no.

—Asegúrese de ajustársela bien. —El hombre le cogió la mochila y la ayudó a pasar los brazos por las tiras—. Eso será de gran ayuda.

Los largos dedos del chófer fueron ajustando las presillas y las hebillas hasta que, de pronto, Bree notó que la mochila tal vez no llegara a ser liviana, pero sí más ligera. Iba a darle las gracias cuando un fuerte olor a humo de tabaco atravesó el aire húmedo. Los dos se volvieron hacia el sitio del que procedía el olor. Bree ya sabía lo que iba a ver.

Bethany McKenzie estaba a cierta distancia del grupo, con la espalda encorvada. Con una mano protegía el pitillo del viento; la otra la tenía metida en el bolsillo del abrigo. Durante el trayecto se había quedado dormida en el microbús, con la cabeza apoyada en la ventanilla, y se había despertado con un gesto de azoramiento.

El conductor carraspeó y dijo:

—Aquí no se puede fumar.

Beth dejó la calada a medias y contestó:

—Pero si ahora estamos fuera.

—Estamos en el recinto de la casa. El tabaco está prohibido en toda esta zona.

Por unos instantes, dio la impresión de que Beth iba a rebelarse; finalmente, al notar que todos la miraban, se encogió de hombros y apagó el cigarrillo con la bota. Se arrebujó en el abrigo. Bree sabía que era viejo y que se le había quedado pequeño.

El conductor volvió a mirar a Bree con una sonrisa cómplice.

—¿Lleva mucho trabajando con ella?

—Seis meses. Pero la conozco de toda la vida. Es mi hermana.

El hombre miró primero a Bree, luego a Beth, y después otra vez a Bree con un gesto de sorpresa, tal como ella esperaba.

—¿Ustedes dos?

Bree ladeó la cabeza y se pasó la mano por la coleta morena.

—Bueno, somos gemelas. Idénticas —añadió, pensando en lo divertido que iba a ser ver la cara que pondría el hombre. El chófer no la defraudó; abrió la boca al mismo tiempo que un trueno resonaba a lo lejos. Todos levantaron la vista.

—Lo siento. —El conductor sonrió—. Debo ponerme en marcha para que ustedes puedan empezar la ruta y tengan tiempo de llegar al punto de acampada antes de que se haga de noche. Lo único peor que una tienda de campaña mojada es una tienda de campaña mojada y montada a toda prisa.

Sacó el último de los bultos y se volvió hacia Jill Bailey, a quien le estaba costando pasar su grueso brazo por el tirante de la mochila. Bree se acercó a ayudarla, sosteniendo el peso de la bolsa mientras Jill se retorcía.

—¿Quieren ponerse en marcha ya? —le preguntó el conductor a Jill—. Puedo indicarles el camino. ¿O prefieren esperar a que lleguen todos?

Con un último esfuerzo, Jill logró meter el otro brazo y soltó un bufido, con la cara roja por el forcejeo. Dirigió la vista al camino de entrada. Estaba desierto. La mujer torció el gesto.

—Con un coche como el que tiene, Daniel tendría que haber llegado antes que nosotros —dijo uno de los hombres, lo que suscitó unas carcajadas educadas.

Jill esbozó una leve sonrisa corporativa, pero no dijo nada. Aunque Daniel Bailey era su hermano, seguía siendo el director general. Bree dio por hecho que eso le daba licencia para retrasarse.

En Melbourne, Bree había visto a Jill hablando por teléfono diez minutos antes de la hora en que estaba previsto que saliera el microbús de la sede de BaileyTennants. Se había alejado para que no pudieran oírla y se había quedado allí muy tiesa, con una mano en la cadera mientras escuchaba.

Como siempre, Bree había tratado de descifrar el gesto de la presidenta. ¿Irritación? Tal vez. Pero también podía ser otra cosa. Muchas veces le resultaba difícil saber qué pensaba Jill. En todo caso, cuando la presidenta colgó y volvió a unirse al grupo, aquella expresión ya se había borrado de su rostro.

Jill se limitó a explicar que Daniel se había retrasado. A causa del trabajo, como siempre. Iban a ponerse en marcha sin él, que los seguiría con su propio coche.

Ahora, mientras deambulaban por el aparcamiento de la casa rural, pudo ver que a Jill se le tensaban las comisuras de los labios. No cabía duda de que las nubes eran cada vez más oscuras, y Bree notó que de vez en cuando le caían algunas gotas de lluvia en el chaquetón. En el camino de entrada seguía sin verse ningún vehículo.

—La verdad es que no tiene sentido que nos quedemos todos esperando. —Jill miró a los cuatro hombres que estaban al lado del microbús con sus mochilas—. Daniel debe de estar a punto de llegar.

No se excusó en nombre de su hermano, hecho que alegró a Bree. Ésa era una de las cosas que más admiraba en Jill: nunca se disculpaba.

Los hombres esbozaron una sonrisa y se encogieron de hombros. No pasaba nada. Qué iba a pasar, pensó Bree. Daniel Bailey era el jefe. ¿Qué otra cosa iban a decir?

—Muy bien. —El conductor dio una palmada—. Entonces, emprendamos la marcha, señoras. Por aquí.

Las cinco mujeres se miraron y después lo siguieron por el aparcamiento; el color rojo de su forro polar destacaba entre los tonos apagados, verdes y marrones, del bosque. La gravilla crujió bajo sus pies hasta que llegaron a la hierba embarrada. El conductor se detuvo al comienzo del sendero y se apoyó en el viejo cartel de madera. Bajo una flecha tallada se leían dos palabras: MIRROR FALLS.

—¿Llevan todos sus bártulos?

Bree advirtió que el grupo la estaba mirando, y se palpó el bolsillo del chaquetón. El mapa estaba allí, perfectamente doblado, y notó también el borde de plástico de la brújula, un objeto que no le resultaba nada familiar. La habían mandado a un curso de medio día para que aprendiera a orientarse. De repente, le parecía muy poco tiempo.

—No se preocupen —añadió el conductor—, en este tramo no necesitarán nada especial. Vayan en línea recta y llegarán al primer claro para acampar. No tiene pérdida. Después hay algunos recodos y desvíos, pero si están atentas no habrá ningún problema. Las veré el domingo en el otro extremo. ¿Alguien lleva reloj? Estupendo. La hora límite es a mediodía. Por cada quince minutos de retraso hay una penalización.

—¿Y si acabamos antes de tiempo? ¿Podremos volver antes a Melbourne?

El conductor miró a Alice.

—Me alegra verla tan confiada.

Ella se encogió de hombros y contestó:

—Es que tengo que regresar el domingo por la noche para un asunto.

—Entiendo. Bueno, sí. Imagino que sí. Si los dos equipos llegan antes de tiempo al punto de encuentro... —El conductor miró a los hombres, que permanecían un poco alejados charlando, apoyados en el microbús y esperando al miembro del equipo que faltaba—. Pero bueno, tampoco hay que deslomarse. Nunca hay mucho tráfico los domingos. Si están en el punto de encuentro a las doce, las dejaré en la ciudad a media tarde.

Alice no discutió con él, pero apretó los labios. Bree conocía muy bien ese gesto. Era un gesto que, por lo general, ella trataba de no provocar.

—¿Alguna otra pregunta? —El hombre miró uno a uno los cinco rostros—. Muy bien. Ahora vamos a hacer una fotografía rápida de grupo para el boletín de su empresa.

Bree vio que Jill titubeaba. El boletín fallaba tanto en regularidad como en calidad informativa. La presidenta se dio un golpecito desganado en el bolsillo.

—No llevo encima... —Miró hacia el microbús, donde estaban los móviles guardados en una bolsa con cierre hermético al lado del asiento del conductor.

—Ningún problema, ya la hago yo —dijo el hombre, sacando el teléfono del bolsillo de su forro polar—. Júntense un poco más. Eso es. Pasen el brazo por los hombros de sus compañeras. Finjan que se caen bien.

Bree notó que Jill le rodeaba la cintura con el brazo, y sonrió.

—Estupendo, ya está. —El conductor examinó la pantalla—. Pues eso es todo. Pónganse en marcha. Buena suerte y, sobre todo, intenten pasarlo bien.

Se dio la vuelta haciendo un gesto de despedida, y las cinco mujeres se quedaron solas. Permanecieron en la misma postura hasta que la presidenta se movió; entonces todas se soltaron.

Bree dirigió la vista a Jill y se dio cuenta de que ella la miraba fijamente.

—¿A cuánta distancia está el primer punto de acampada?

—Pues voy a... —Bree desplegó el mapa luchando torpemente con el viento que agitaba los bordes.

Habían trazado un círculo en torno al punto de salida y les habían marcado la ruta en rojo. Bree oyó cómo las mochilas de sus compañeras se movían mientras repasaba la línea con el dedo e intentaba localizar el primer punto de acampada. ¿Dónde estaba? Unas gotas de lluvia corrieron por el papel y una esquina se dobló, formando un pliegue. Lo alisó lo mejor que pudo y soltó un silencioso suspiro cuando distinguió el punto de acampada, junto a la uña de su pulgar.

—Vale, no queda lejos —anunció mientras trataba de descifrar la escala en la leyenda del mapa—. No es para tanto.

—Sospecho que tu definición de lo que no es para tanto igual no es la misma que la mía —repuso Jill.

—Serán unos ¿diez kilómetros? —Sin querer, Bree había hecho una pregunta en vez de una afirmación—. No más de diez.

—Muy bien —dijo Jill mientras se subía un poco la mochila. Ya parecía sentirse incómoda—. Guíanos.

Bree comenzó a andar. El sendero se hizo más oscuro cuando apenas habían dado unos pasos, porque las ramas se arqueaban por encima de él y cubrían el cielo casi por completo. Oyó cómo el agua goteaba por las hojas y, desde algún lugar remoto, le llegó el canto de un mielero maorí. Se volvió para mirar los cuatro rostros que la seguían, ahora en penumbra bajo las capuchas de los chaquetones. Alice era la que estaba más cerca, con los mechones de su cabello rubio ondeando al viento.

—Lo estás haciendo muy bien —le musitó Alice.

A Bree le pareció que lo decía en serio, y sonrió.

Lauren iba detrás, con la vista clavada en el terreno desigual. Las mejillas regordetas de Jill ya habían adquirido un leve tono rosado, y Bree vio que su hermana Beth cerraba la marcha. Iba a poca distancia de ella, con unas botas prestadas y un abrigo demasiado estrecho. Las miradas de las hermanas se cruzaron. Bree no aflojó el paso.

El camino se estrechaba y describía una amplia curva. La última luz visible de la casa titiló y desapareció a medida que los árboles engullían a las cinco mujeres.

4

El aparcamiento de la casa rural estaba lleno. Las camionetas de los voluntarios que participaban en la búsqueda se apiñaban al lado de las furgonetas de los telediarios y de los vehículos de la policía.

Falk aparcó en doble fila delante del edificio y dejó a Carmen en el coche, con las llaves puestas. Se sacudió el barro de las botas en el porche y, al abrir la puerta, recibió una oleada de calor. En el vestíbulo principal, forrado de madera, se apelotonaba un equipo de búsqueda que estudiaba detenidamente un mapa. En un lateral, una puerta daba a la cocina comunitaria. En el otro, Falk distinguió un salón con sofás desgastados y una estantería llena de libros maltrechos y juegos de mesa. También vio un viejo ordenador debajo de un cartel manuscrito que rezaba PARA USO EXCLUSIVO DE LOS HUÉSPEDES. Falk no estaba muy seguro de si se trataba de un ofrecimiento o de una amenaza.

El guarda forestal que estaba detrás del mostrador apenas alzó la vista cuando se acercó.

—Lo siento, amigo, no nos queda ni una habitación —le dijo—. Ha venido en mal momento.

—¿Está por aquí el sargento King? —preguntó Falk—. Nos está esperando.

Ahora el guarda sí lo miró con atención.

—Ah, perdone... Le he visto llegar y he pensado que era... —No terminó la frase: «otro gilipollas de la ciudad»—. Está en el centro de operaciones de rescate. ¿Sabe dónde queda?

—No.

El hombre desplegó un mapa sobre el mostrador y le enseñó una extensa y verde zona de monte bajo, atravesada por unas líneas irregulares que señalaban rutas o caminos. Cogió un bolígrafo y le explicó lo que iba marcando. La ruta que seguían los coches avanzaba por una pequeña pista rural y cruzaba la zona verde en dirección al oeste, hasta llegar a un cruce; entonces daba un brusco giro al norte. El empleado terminó de darle las indicaciones y dibujó un círculo en el destino, que parecía estar en medio de la nada.

—En coche se tarda unos veinte minutos desde aquí. No se preocupe. —El guarda le dio el mapa a Falk—. Le garantizo que reconocerá el lugar en cuanto llegue.

—Gracias.

En el exterior, el frío lo golpeó como si le hubieran propinado una bofetada. Abrió la puerta del coche y ocupó el asiento del conductor mientras se frotaba las manos. Carmen estaba inclinada hacia delante y miraba a través del parabrisas. Lo mandó callar cuando él empezó a hablar y le señaló algo. Falk miró en la dirección que le indicaba. Al otro lado del aparcamiento, un hombre de cuarenta y muchos años, vestido con vaqueros y un anorak de plumas, estaba rebuscando en el maletero de un BMW negro.

—Fíjate, ¿no es ése Daniel Bailey? —preguntó Carmen.

Lo primero que pensó Falk fue que, sin traje, el director general de BaileyTennants tenía otra pinta. Era la primera vez que lo veía en persona; sus movimientos delataban un cuerpo atlético que no se captaba en las fotos. Era un poco más bajo de lo que Falk esperaba, pero ancho de espaldas, y tenía el cabello espeso, de un castaño intenso en el que no parecía asomar ni una sola cana. Si el color no era natural, el tinte era convincente y debía de haberle salido caro. Bailey no los conocía, ni a él ni a Carmen —o al menos, no tenía por qué—, pero Falk se agachó un poco en el asiento por puro instinto.

—No sé si estará colaborando en la búsqueda... —dijo su compañera.

—Sea como sea, está claro que no se ha quedado de brazos cruzados.

Bailey tenía restos de barro fresco en las botas.

Observaron cómo rebuscaba en el maletero del BMW. El coche parecía un animal exótico y elegante entre aquellas furgonetas y camionetas destartaladas. Finalmente, Bailey se incorporó y se metió algo oscuro en el bolsillo del anorak.

—¿Qué era eso? —preguntó Carmen.

—Creo que un par de guantes.

Bailey le dio un golpecito al portón del maletero, que se cerró deslizándose espléndidamente en silencio. Se quedó donde estaba unos instantes, escudriñando el monte bajo; después se dirigió a las cabañas de los huéspedes con la cabeza gacha contra el viento.

—Que tanto Jill como él estén aquí puede complicar las cosas —afirmó Carmen mientras la figura de Bailey se alejaba.

—Sí. —Decir eso era quedarse corto, y los dos lo sabían. Falk arrancó el motor y le pasó el mapa a su compañera—. Bueno, en cualquier caso, ahí es adonde vamos.

Carmen miró el círculo que estaba dibujado en la extensión verde.

—¿Y qué hay ahí?

—Es donde aparecieron las otras cuatro.

La suspensión del sedán no era la más adecuada para aquel terreno. Fueron dando botes por la pista de tierra, notando las sacudidas, con los troncos pelados de los eucaliptos montando guardia a ambos lados. Falk oía un silbido leve, pero agudo, que el zumbido del motor no llegaba a amortiguar.

—Madre mía, ¿eso es el viento? —dijo Carmen mientras miraba a través del parabrisas con los ojos entornados.

—Creo que sí.

Falk no apartó los ojos del camino; la densidad de la vegetación iba aumentando en torno a ellos. Sujetaba el volante con la mano quemada, que empezaba a dolerle.

Al menos el guarda forestal tenía razón. El lugar no tenía pérdida. Falk tomó una curva, y el solitario camino se convirtió en un hervidero de actividad. Había varios vehículos aparcados a un lado del sendero, a escasa distancia unos de otros; una periodista hablaba con seriedad a una cámara y señalaba a los equipos de rescate que estaban detrás de ella. Alguien había instalado allí una mesa plegable con termos de café y botellas de agua. Las hojas de los árboles más cercanos empezaron a agitarse cuando el helicóptero de la policía se quedó suspendido por encima del improvisado centro de operaciones.

Falk detuvo el coche al final de la hilera de vehículos. Era casi mediodía, pero el sol apenas era un tenue resplandor en el cielo. Carmen le preguntó a un guarda que pasaba por allí dónde estaba el sargento mayor King, y el hombre les señaló a un tipo alto que debía de tener cincuenta y tantos años. Era delgado, y tenía una mirada despierta que en aquel momento pasaba alternativamente del mapa a la zona boscosa; alzó la vista con expresión de interés cuando Falk y Carmen se aproximaron.

—Gracias por venir. —Les estrechó la mano cuando se presentaron, y miró por encima del hombro a la cámara de televisión, que estaba a su espalda—. Alejémonos de este caos.

Recorrieron un tramo corto, sendero arriba, y se resguardaron detrás de un camión enorme que los protegía parcialmente del viento.

—¿No ha habido suerte todavía? —preguntó Falk.

—Aún no.

—¿Cuántas operaciones de rescate como ésta ha llevado a cabo?

—Muchas. Llevo casi veinte años aquí. La gente se pierde a menudo.

—Y, normalmente, ¿cuánto tardan en encontrarla?

—La verdad es que eso depende. La cosa va como va. A veces tenemos suerte enseguida, pero con frecuencia la búsqueda se alarga un poco. —King soltó un resoplido que hizo temblar sus enjutas mejillas—. La mujer desaparecida lleva al menos treinta y pico horas en el bosque, así que lo ideal sería localizarla hoy. Parece que fueron lo bastante sensatas para recoger agua de lluvia, que ya es algo, pero es probable que no haya comido nada. También está el riesgo de que pueda sufrir hipotermia, lo que suele ocurrir bastante rápido si uno está mojado. Pero en gran parte eso depende de cómo lo esté llevando ella. A lo mejor tiene suerte; por lo visto, fue mucho de acampada cuando era más joven. A veces algunas personas se separan del grupo... —Hizo una pausa—. Pero otras no.

—¿Y siempre logran encontrarlas? —preguntó Carmen—. Al final, me refiero.

—Casi siempre. Incluso en la época de Kovac las encontraron... Bueno, al final. Menos a la chica aquella. Desde entonces, sólo recuerdo a un par de personas que no hayan aparecido. Hará unos quince años vino un tío entrado en años. No estaba bien, tenía mal el corazón. En realidad, no debería haber hecho senderismo él solo. Es probable que se sentara a descansar en un sitio tranquilo y que sufriera un ataque al corazón. Hace unos diez años también tuvimos un caso bastante raro, el de una pareja neozelandesa. Treinta y pocos años, en forma, con bastante experiencia. Mucho después se descubrió que habían contraído cuantiosas deudas en Nueva Zelanda.

—¿Cree que desaparecieron adrede? —inquirió Falk.

—Yo qué sé, amigo. Aunque no les vino nada mal desaparecer del radar.

Falk y Carmen se miraron.

—Y en este caso, ¿qué ha pasado? —preguntó Carmen.

—Alice Russell formaba parte de un grupo de cinco mujeres a las que dejaron en el inicio de la ruta de Mirror Falls el jueves por la tarde. Después alguien puede enseñarles el punto exacto si quieren; iban pertrechadas con el equipo básico: un mapa, tiendas de campaña, una brújula, algo de comida... En teoría tenían que ir en línea casi recta hacia el oeste, superar uno de esos puñeteros obstáculos que les ponen para fomentar el espíritu de equipo durante el día, y pasar tres noches de acampada.

—¿Esta actividad la organiza el parque? —preguntó Carmen.

—No. La monta una empresa privada, aunque lleva ya algunos años trabajando aquí. Aventuras para Ejecutivos, no sé si les sonará. No lo hacen mal, en general saben lo que tienen entre manos. También había un grupo de tíos de BaileyTennants que participó en la misma actividad. Ellos hacían otra ruta, pero los dos equipos debían presentarse en este punto de encuentro ayer al mediodía.

—Y las mujeres no llegaron.

—No. Bueno, cuatro de ellas sí llegaron. Pero con seis horas de retraso y en mal estado, con algunas lesiones. Cortes y moratones en todo el cuerpo. Un golpe en la cabeza. A una le había mordido una serpiente.

—Madre mía, ¿a cuál? —preguntó Falk—. ¿Se encuentra bien?

—Sí, bastante bien. Se llama Breanna McKenzie. Por lo que deduzco, yo diría que es una asistente, aunque con un título más pomposo. Todos ellos tienen puestos de trabajo con nombres de lo más rimbombantes... A lo que íbamos. Seguramente sólo era una pitón diamantina, pero en aquel momento no lo sabían. Se asustaron. Creyeron que era una serpiente tigre, y que la tipa estaba a punto de palmarla. No lo era, no cabe duda de que no era venenosa, pero se le ha infectado la herida, así que ha tenido que quedarse en el centro médico durante un par de días.

—¿En Melbourne? —preguntó Carmen.

King negó con la cabeza:

—En el hospital público del pueblo. Es el mejor sitio en el que podría estar. Si uno sufre una sobredosis de metanfetamina en una casa okupa de la ciudad, le convienen los médicos de un hospital de la ciudad. Si le pica una serpiente, le conviene que lo vean los médicos que conocen la naturaleza, créanme. Su hermana está con ella en el hospital. —Sacó un pequeño cuaderno del bolsillo y lo consultó—. Bethany McKenzie. También participaba en la excursión, pero salió relativamente ilesa.

King miró hacia atrás, donde estaban los miembros del equipo de rescate. Un grupo se preparaba para salir; sus monos de color naranja contrastaban con la gran extensión de árboles. Falk distinguió una abertura entre la vegetación por la que se internaba un sendero. Un letrero solitario de madera señalaba el camino.

—Sabemos que se salieron de la ruta en algún momento del segundo día, porque esa noche no llegaron al punto de acampada —prosiguió King—. Hay un camino de canguros bastante ancho que sale de la ruta principal. Creemos que es ahí donde se equivocaron. Tardaron sólo unas horas en darse cuenta, pero es tiempo suficiente para meterse en problemas.

Consultó de nuevo el cuaderno y pasó una página.

—A partir de ahí, los detalles se vuelven más confusos. Entre la noche de ayer y esta mañana, mis agentes han conseguido que les cuenten todo lo posible, aunque aún quedan algunos puntos oscuros. Parece que, al darse cuenta de que se habían equivocado, comenzaron a andar sin tomar un rumbo claro para intentar encontrar el camino de vuelta. La manera más fácil de empeorar las cosas. Tenían que recoger agua y provisiones en el punto de acampada de la segunda noche, así que, al ver que no iban a ser capaces de encontrarlo, empezó a cundir el pánico.

Falk recordó lo que le había dicho el empleado de la gasolinera. «Lo que lo mata a uno es el pánico. No puede fiarse de lo que ve.»

—En teoría tenían que dejar los móviles, pero, como ya saben, Alice se había llevado el suyo. —King le hizo un gesto a Falk—. Aunque aquí la cobertura es una mierda. A veces hay suerte, pero no es lo habitual. Bueno, sea como sea, estuvieron dando vueltas hasta el sábado, cuando se toparon con una cabaña abandonada.

Guardó silencio. Pareció que iba a añadir algo, pero al final cambió de idea.

—Ahora mismo no sabemos con seguridad dónde está exactamente esa cabaña. Pero se cobijaron en ella para pasar la noche. Ayer por la mañana, cuando se despertaron, la desaparecida ya no estaba. O al menos eso dicen las otras cuatro.

Falk frunció el ceño:

—¿Qué creen ellas que le pasó?

—Que se pilló un cabreo monumental y se largó. Habían estado discutiendo sobre lo que debían hacer. Por lo visto, la tal Alice se había empeñado en buscar una ruta entre la maleza, en dirección al norte. Las otras no se mostraron muy entusiasmadas, cosa que a ella le molestó.

—Y usted ¿qué piensa?

—Tal vez sea cierto. La mochila y el móvil desaparecieron con ella. Y se llevó la única linterna del grupo que funcionaba. —King apretó los labios—. Y a juzgar por las lesiones y por el nivel de estrés al que han estado sometidas, yo diría, aquí entre nosotros, que en un determinado momento cruzaron algo más que palabras.

—¿Cree que se pelearon? ¿Físicamente? —preguntó Carmen—. ¿Y cuál fue la causa?

—Ya he dicho que aún quedan muchas cosas por aclarar. Vamos todo lo deprisa que podemos, dadas las circunstancias. En esta situación, cada minuto cuenta. Lo prioritario es dar con ella.

Falk hizo un gesto de asentimiento y preguntó:

—¿Cómo consiguieron volver las otras cuatro?

—Echaron a andar hacia el norte hasta que llegaron a un camino y lo siguieron hasta el final. Es una técnica poco sofisticada y no siempre funciona, pero probablemente no tenían mucha elección, por la cuestión de la mordedura de serpiente y todo lo demás. Tardaron horas, pero al final lo lograron. —Soltó un suspiro—. Nos estamos centrando en localizar la cabaña. En el mejor de los casos, la mujer habrá podido volver y se habrá refugiado allí.

Falk no le preguntó cuál era el peor de los casos. Bastaba con pensar en una persona sola y perdida, rodeada por los peligros del bosque, para que a uno se le ocurrieran un montón de posibilidades.

—Eso es todo lo que sabemos —dijo King—. Ahora les toca a ustedes.

Falk sacó el móvil. Había grabado el mensaje de voz de Alice Russell y ahora se alegraba de haberlo hecho. En la pantalla vio que no tenía nada de cobertura. Le pasó el teléfono a King, que lo presionó con fuerza contra la oreja.

—¡Puñetero viento!

King se tapó el otro oído con la mano y cerró los ojos, tratando de distinguir las palabras. Escuchó el mensaje dos veces más y, finalmente, le devolvió el móvil a Falk, con expresión imperturbable.

—¿Pueden decirme de qué estaban hablando con ella? —preguntó.

El helicóptero volvió a sobrevolar la zona, agitando los árboles con furia. Falk miró a Carmen, que le hizo un leve gesto de asentimiento.

—En el aparcamiento de la casa rural hemos visto a Daniel Bailey —dijo Falk—. El director general de la empresa en la que todos trabajan. Su nombre aparecía en la lista de excursionistas que su equipo nos mandó.

—¿El jefe? Sí, sé quién es. Estaba en el grupo de los tíos.

—¿Tuvo el equipo de los hombres algún contacto con el de las mujeres mientras estaban fuera?

—Oficialmente, no. ¿De forma no oficial? —contestó King—. Sí, me han dicho que en algún momento sí. ¿Por qué?

—De eso hemos estado hablando con Alice Russell —dijo Falk—. De Daniel Bailey.

DÍA 1

TARDE DEL JUEVES

Jill Bailey veía alejarse la nuca de Alice a cada paso que daban.

Sólo llevaban veinte minutos de ruta, y el talón de la bota izquierda ya le estaba provocando unas rozaduras que no auguraban nada bueno, a pesar de la cantidad de tres cifras que había pagado para adquirir lo que se anunciaba como «alta tecnología de confort». Hacía frío, pero tenía la camiseta pegada al cuerpo por debajo de los brazos y notaba las gotas de sudor que le corrían por la piel y se deslizaban hacia el interior del sujetador. Tenía la frente húmeda y brillante; se la enjugó discretamente con la manga.

La única persona que pensó que podía estar pasándolo peor que ella era Beth. Desde atrás, a Jill le llegaba el leve silbido de sus pulmones de fumadora. Sabía que debía darse la vuelta y dirigirle unas palabras de ánimo, pero en ese momento no se le ocurría nada que decir. Nada que resultase convincente, al menos.

Así que se concentró en mantener un ritmo regular e intentar que las demás no notaran su incomodidad. El ligero goteo de agua que caía de las ramas le recordó los temas musicales para la meditación que ponían en los *spas*. Era a Daniel a quien siempre le habían atraído las actividades al aire libre. El condenado Daniel. Se preguntó si ya habría llegado a la casa rural.

Notó un cambio de ritmo delante de ella y, al levantar la vista del sendero, vio que las otras aflojaban el paso. El camino se había ensanchado, los árboles que las rodeaban empezaban a ser más escasos, y entonces se dio cuenta de que lo que le había parecido el rumor del viento era en realidad el estruendo de un torrente de agua. Alcanzó a las demás en el borde de la línea de árboles, y entrecerró los ojos al ver una gran cascada blanca entre la vegetación, que se abría bruscamente ante ellas.

—Vaya, es increíble —dijo Jill, jadeando—. Parece que hemos encontrado la catarata.

La palabra que le vino a la mente fue «asombroso». El río descendía con brío y avanzaba por detrás de los árboles entre burbujas y espuma, se precipitaba por debajo de un puente de madera y caía en picado desde lo alto de un borde rocoso. Formaba una tupida cortina de agua, de la que surgía un rugido blanco y ensordecedor que se derramaba en la poza oscura de abajo.

Emocionadas, las cinco mujeres subieron desordenadamente hasta el puente, se apoyaron en la barandilla y contemplaron el abismo. El agua caía ante ellas, formando remolinos. El aire era tan frío y seco que a Jill le pareció que casi podía tocarlo. Las gotas de agua en suspensión le refrescaron las mejillas. La imagen era hipnótica, y, mientras contemplaba la cascada, embelesada, tuvo la sensación de que su mochila pesaba un poco menos. Pensó que podría quedarse ahí eternamente.

—Tendríamos que seguir.

La voz llegó desde el otro extremo del puente. Jill se obligó a apartar la mirada del agua. Alice ya estaba inspeccionando el camino que tenían por delante.

—Aquí seguramente se hará de noche pronto. Deberíamos continuar.

En ese momento, Jill volvió a notar la ampolla que se le estaba formando en el talón, y sintió que la camiseta le empezaba a irritar la piel. Miró el cielo cargado de nubes y contempló por última vez la cascada. Suspiró.

—Vale, vámonos.

Justo cuando se apartaba de la barandilla, vio a Bree escudriñando el mapa con el ceño fruncido.

—¿Todo bien? —preguntó, y Bree sonrió mostrando sus dientes blancos y alineados.

—Sí, es por ahí.

Bree dobló de nuevo el mapa, se echó la coleta morena hacia atrás y señaló el único camino que había por delante. Jill asintió sin decir nada. Un solo camino, una sola posibilidad. Esperaba que Bree fuera igual de resolutiva cuando tuvieran que tomar alguna decisión.

El sendero estaba embarrado y, cada vez que daba un paso, Jill temía resbalar. Sentía un leve dolor que se le extendía a lo largo de la espalda. No estaba segura de si era por el peso de la mochila o por verse obligada a mantener el cuello inclinado para ver dónde ponía los pies.

No habían avanzado mucho cuando el susurro y los trinos del monte se vieron interrumpidos por un grito que venía de delante. Bree se había detenido y señalaba algo que estaba fuera del sendero.

—Mirad eso. Es la primera banderola, ¿no?

Un cuadrado de tela blanquísima ondeaba con viveza delante de los fibrosos troncos de los eucaliptos. Bree dejó la mochila y avanzó con dificultad entre los matorrales para echar un vistazo.

—Lo es, lleva el logo de Aventuras para Ejecutivos.

Jill entornó los ojos. Desde tan lejos no distinguía los detalles. Bree se estiró e intentó tocar la banderola con las puntas de los dedos. Dio un salto, pero no llegó a alcanzarla.

—Tendré que subirme a algo —dijo mientras miraba a su alrededor y el viento le revolvía el pelo en la cara.

—Bueno, déjalo correr —dijo Alice, observando el cielo—. No vale la pena que te rompas la crisma por eso. ¿Qué nos darán si encontramos las seis? ¿Cien dólares o algo así?

—Doscientos cuarenta a cada una.

Jill se volvió cuando le llegó la voz de Beth. Era la primera vez que la oía hablar desde que se habían puesto en marcha.

Beth soltó la mochila:

—Te ayudo.

Jill se dio cuenta de que el entusiasmo desaparecía de la expresión de Bree.

—No, no hace falta. No te molestes.

Pero ya era demasiado tarde, su hermana se acercaba a ella.

—Son doscientos cuarenta pavos, Bree. Si tú no los quieres, me los quedo yo.

Jill permaneció entre Alice y Lauren, que contemplaban la escena con los brazos cruzados sobre el pecho para protegerse del frío. Beth se puso frente a su hermana, entrelazó los dedos para crear un punto de apoyo improvisado y esperó a que Bree, con cierta desgana, pusiera una bota embarrada en sus manos enlazadas.

—Esto es una pérdida de tiempo —insistió Alice, y después miró a Jill de reojo—. Lo siento. No me refiero a todo esto, sólo a lo que estamos haciendo ahora.

—Bueno, deja que lo intenten. —Lauren contempló cómo las gemelas se tambaleaban delante del tronco del árbol—. No le hacen daño a nadie. Doscientos dólares son mucho para una veinteañera.

—Y además, ¿qué prisa tienes? —preguntó Jill, dirigiendo una mirada a Alice.

—Pues que a este paso acabaremos montando las tiendas a oscuras y con todo empapado.

Jill sospechó que Alice estaba en lo cierto. El cielo empezaba a oscurecerse y ya no se oían los cantos de las aves.

—Nos pondremos en marcha dentro de un minuto. De hecho, has comentado que querías volver pronto a Melbourne el domingo. Has dicho que tenías planes, ¿no?

—Bueno... —Se produjo una pausa incómoda y, a continuación, hizo un gesto con la mano—. No es nada importante.

—Es una entrega de premios en el Endeavour Ladies' College —dijo Lauren, y Alice le lanzó una mirada breve y penetrante que Jill no llegó a captar.

—¿Ah, sí? Bueno, conseguiremos que llegues a tiempo —aseguró Jill—. ¿Qué le van a dar a Margot?

Cada vez que Jill veía a la hija de Alice, acababa con la curiosa sensación de haber sido sometida a una especie de evaluación. No es que la opinión de una chica de dieciséis años fuera muy importante para ella —ya hacía treinta y cinco años que no sentía esa necesidad de aprobación—, pero había algo en la fría mirada de Margot Russell que resultaba extrañamente inquietante.

—Le van a dar un premio de danza —contestó Alice.

—Qué bien.

—Mmm... —se limitó a contestar Alice.

Jill sabía que Alice Russell tenía un máster en Empresariales y Comercio. Miró a Lauren, a cuya hija no conocía, aunque sabía que también iba al Endeavour. Más de una vez había oído a Lauren quejarse de lo que costaba la matrícula. Hizo memoria, pero no pudo recordar cómo se llamaba la joven.

—¿Tú también tienes que volver? —preguntó al fin.

Silencio.

—No, este año no.

En ese momento se oyeron unos tímidos vítores; Jill se dio la vuelta con una ligera sensación de alivio y vio que las hermanas exhibían la banderola.

—¡Enhorabuena, chicas! —exclamó Jill, y Bree esbozó una gran sonrisa.

También Beth se mostraba risueña. Jill pensó que esa expresión le transformaba el rostro, que debería sonreír más a menudo.

—Por fin —gruñó Alice entre dientes. Se echó la mochila a la espalda—. Lo siento, pero es que va a caernos la noche encima si no nos movemos.

—Sí, gracias, Alice, ya lo has dicho antes. —Jill se volvió hacia las hermanas—. ¡Buen trabajo en equipo, chicas!

Mientras Alice se alejaba, Bree siguió sonriendo de oreja a oreja. En las comisuras de su boca podía percibirse un ligero tic nervioso, pero era tan leve que, si Jill no la hubiera conocido tan bien, habría pensado que lo había imaginado.

• • •

Alice estaba en lo cierto. El lugar de acampada estaba sumido en una oscuridad total cuando llegaron. Habían recorrido el último kilómetro de la caminata a paso de tortuga, avanzando por el sendero con la linterna y deteniéndose cada cien metros para consultar el mapa.

Jill esperaba sentir alivio al llegar al claro, pero lo único que experimentó fue cansancio. Le dolían las piernas y le escocían los ojos por haberlos forzado en la penumbra. No podía asegurarlo a causa de la oscuridad, pero el sitio parecía más grande de lo que ella esperaba; estaba rodeado de eucaliptos que se mecían, cuyas ramas parecían dedos negros recortándose contra el cielo. No distinguió ninguna estrella.

Se desembarazó de la mochila, contenta de librarse del peso, pero, al dar un paso atrás, su talón tropezó con algo y cayó pesadamente sobre el coxis, lanzando un grito en la penumbra.

—¿Qué ha sido eso? —Una luz brilló ante sus ojos, cegándola. Oyó unas risitas de sorpresa, contenidas antes de estallar. Era Alice—. Por Dios, Jill, ¡qué susto me has dado! ¿Estás bien?

Jill notó que alguien la agarraba del brazo.

—Creo que has encontrado el hueco ideal para hacer una fogata. —Ésa era Bree, cómo no—. Déjame que te ayude a levantarte.

Jill notó que Bree se doblaba un poco bajo su peso mientras ella se ponía en pie con dificultad.

—Estoy bien, gracias.

La palma de la mano le escocía como si se la hubiera arañado y la tuviera en carne viva, y pensó que probablemente estuviera sangrando. Buscó la linterna, pero descubrió que el bolsillo de su anorak estaba vacío.

—¡Mierda!

—¿Te has hecho daño? —Bree seguía inclinada sobre ella.

—Creo que he perdido la linterna.

Jill miró en el sitio en que se había caído, pero estaba demasiado oscuro para distinguir nada.

—Voy a coger la mía.

Bree se alejó unos pasos. Jill oyó que alguien rebuscaba en una mochila.

—Toma. —La voz salió de la nada, cerca de su oído, y Jill dio un respingo. Era Beth—. Coge ésta.

Jill sintió que le colocaban algo en las manos. Era una linterna industrial de metal, larga y pesada.

—Gracias.

Buscó a tientas el interruptor. Un potente haz de luz atravesó la noche y cayó directamente sobre Alice, que dio un brinco y alzó una mano para taparse los ojos. Sus duros rasgos destacaban en la claridad.

—¡Madre mía, qué potencia!

Jill tardó un par de segundos más de lo necesario en apartar la luz de la cara de Alice y dirigirla a sus pies.

—Pues parece que cumple con su cometido. Quizá acabemos agradeciéndolo.

—Quizá —dijo Alice, todavía con los pies dentro del círculo de luz; después dio un paso a un lado y desapareció.

Jill fue recorriendo la zona de acampada con la linterna. La luz blanca borraba casi todos los colores, lo reducía todo a unas sombras monocromáticas. El camino por el que habían llegado parecía estrecho e irregular, y el hoyo negro de la fogata ocupaba el centro del claro. Un silencioso grupo de árboles se alzaba alrededor, con los troncos brillantes a la luz de la linterna. Tras ellos, el bosque se sumía en la oscuridad. Jill distinguió una sombra mientras barría la zona con la linterna y se detuvo. Volvió a pasar la luz por el mismo sitio, ahora con mayor lentitud.

Una esbelta figura permanecía inmóvil en el borde del claro, y Jill se sobresaltó; estuvo a punto de volver a tropezar y dejar que la linterna cayera rebotando sin control, pero logró mantener el equilibrio y estabilizar su pulso. La mano le tembló levemente cuando volvió a dirigir el haz hacia la figura.

Jill suspiró aliviada. Sólo era Lauren. Las líneas verticales de los árboles y la oscuridad circundante casi ocultaban su cuerpo alto y delgado.

—Lauren, por Dios, ¡qué susto me has dado! —exclamó Jill. Aún se notaba el corazón un poco acelerado—. ¿Qué estás haciendo ahí?

Lauren estaba como petrificada, de espaldas al grupo, mientras contemplaba la oscuridad.

—¡Lau...!

Lauren levantó la mano.

—Chist...

Todas lo oyeron a la vez. Un crujido. Jill contuvo el aliento mientras el vacío resonaba en sus oídos. Nada. Luego, otro crujido. Esta vez, el ritmo irregular de las ramas y la hojarasca partiéndose bajo unas pisadas fue inconfundible.

Jill dio un paso atrás con rapidez. Lauren se dio la vuelta, con el rostro gris bajo la luz descarnada.

—Hay alguien ahí fuera.

5

—¿A Daniel Bailey? —preguntó King, mirando primero a Falk y después a Carmen—. ¿Por qué lo están investigando?

El viento levantaba nubes de polvo y hojas y, en el otro extremo de la carretera, Falk vio que un equipo de rescate desaparecía en el bosque. Tuvo la sensación de que Melbourne quedaba muy lejos.

—Esto es estrictamente confidencial —dijo Falk, y esperó hasta que King asintió con la cabeza.

—Desde luego.

—Supuestamente, hay un problema de blanqueo de dinero.

—¿En BaileyTennants?

—Eso creemos.

Entre otras empresas. La prestigiosa compañía de contabilidad especializada era una de las diversas compañías que la Policía Federal australiana estaba sometiendo a una investigación simultánea.

—Pero ¿no se suponía que es una empresa respetable? Por el rollo ese de que es un negocio familiar que ha pasado por varias generaciones.

—Sí. Creemos que el padre de Daniel y Jill Bailey ya incurrió en estas prácticas antes que ellos.

—¿En serio? —King enarcó las cejas—. Entonces, ¿qué es lo que hizo? ¿Legarles el oficio de la familia?

—Algo así.

—¿Cómo de grave es todo este asunto? —preguntó King—. ¿Se trata tan sólo de algunas trampas en los libros, o bien...?

—Las acusaciones son graves —contestó Carmen—. Se trata de algo bien organizado, en las altas esferas. Y prolongado en el tiempo.

En rigor, Falk sabía que ni Carmen ni él estaban seguros del alcance de la investigación. A ellos les habían ordenado que se encargaran de BaileyTennants, y sólo les habían dicho lo que era relevante para el caso. La empresa era un eslabón de una cadena mayor, era lo único que sabían. Nadie les había dicho cuán larga era esa cadena ni hasta dónde llegaba. Suponían que se trataba de un fenómeno a escala nacional, y sospechaban que también internacional.

King frunció el ceño:

—¿Y Alice se puso en contacto con ustedes para delatarlos?

—La abordamos nosotros —dijo Falk.

Probablemente elegirla a ella no había sido una buena idea; ahora lo veía claro. Sin embargo, sobre el papel cumplía con el perfil ideal: ocupaba una posición lo bastante elevada en el escalafón para tener acceso a lo que ellos necesitaban, y a la vez estaba lo bastante metida en el marrón para que pudieran presionarla. Y además, no pertenecía a la familia Bailey.

—Entonces, ¿su interés se centra en Daniel y Jill Bailey?

—Sí —contestó Carmen—. Y en Leo, el padre de ambos.

—Pero hará mucho que está jubilado, ¿no?

—Supuestamente sigue en activo.

King hizo un gesto de asentimiento, pero Falk vio en su mirada una expresión que conocía muy bien; era consciente de que, por lo general, casi todo el mundo consideraba que el blanqueo de dinero ocupaba una posición intermedia entre hurtar en una tienda y colarse en el transporte público. Era algo que no debía suceder, desde luego, pero que un puñado de gente rica se empeñara en no pagar los impuestos que les correspondían no era tan importante como para dedicarle demasiados recursos policiales.

A veces, Falk trataba de explicar que el problema iba más allá, aunque sólo lo hacía si consideraba que el momento era el adecuado y la mirada de su interlocutor no era demasiado vidriosa. Si se había ocultado una cantidad importante de dinero, era por algo. Las actividades de esos ladrones de guante blanco iban haciéndose más oscuras a medida que avanzaba la investigación, hasta que al final se demostraba que eran completamente delictivas. Falk odiaba esa situación y odiaba todo lo relacionado con ella. Odiaba que ciertos hombres, en sus lujosas oficinas, pudieran lavarse las manos y convencerse de que aquello sólo era un ejercicio de contabilidad creativa. Que se gastaran las bonificaciones, que se compraran mansiones y sacaran brillo a sus coches fingiendo que no tenían ni la menor idea de que algo estaba podrido al otro extremo de la cadena. Drogas. Tráfico de armas. Explotación infantil. No siempre se trataba de lo mismo, pero en todos los casos se pagaba con la moneda del sufrimiento humano.

—¿Saben los Bailey que están siendo investigados? —preguntó King.

Falk miró a Carmen. Era la misma pregunta que habían estado planteándose ellos.

—No tenemos ningún motivo para suponerlo —contestó al fin el agente.

—Salvo por el hecho de que su contacto le llamó la noche en que desapareció.

—Sí, salvo por eso.

King se frotó el mentón mientras contemplaba las montañas.

—¿Y esta situación qué puede implicar para ellos? —dijo al cabo de un rato—. Si Alice Russell consiguiera lo que a ustedes les hace falta, ¿qué pasaría luego? ¿Los Bailey perderían su empresa?

—No sólo eso, lo ideal sería que acabaran en la cárcel —contestó Falk—. Por supuesto, la empresa acabaría cerrando.

—¿Y el resto de los empleados se quedarían sin trabajo?

—Sí.

—¿Incluidas las mujeres que salieron de excursión con ella?

—Sí.

Pareció que eso no le hacía demasiada gracia a King.

—¿Y Alice Russell qué opinaba al respecto?

—La verdad es que no tenía elección —intervino Carmen—. Si no nos hubiera ayudado, habría corrido la misma suerte que los Bailey.

—Entiendo. —King caviló unos instantes—. Todo esto empezó hace cierto tiempo, ¿no?

—Llevamos tres meses colaborando directamente con ella de forma irregular —dijo Falk.

—Entonces, ¿por qué intentó llamarles ayer? —preguntó King—. ¿A qué venía esa prisa?

Carmen lanzó un suspiro.

—Estaba previsto que entregásemos los datos que Alice nos había pasado hasta ahora al equipo general de investigación —dijo—. Hoy mismo.

—¿Hoy?

—Sí. Todavía necesitamos ciertos documentos clave, pero los datos que teníamos ya estaban listos para que los entregáramos y los examinaran.

—¿Los han entregado?

—No —dijo Carmen—. Cuando lo hagamos, el asunto ya no estará en nuestras manos. Ni en las de Alice. Así que decidimos que antes vendríamos y nos haríamos una idea de por dónde iban los tiros.

—¿Creen que ella intentaba dar marcha atrás?

—No lo sabemos. Es posible. Pero ya es demasiado tarde para que se ande con tonterías. Si lo hace, irá a juicio. Debería tener un motivo de la leche. —Carmen titubeó—. O no tener elección, imagino.

Los tres contemplaron el paisaje oscuro que por el momento se negaba a liberar a Alice Russell.

—¿Qué es lo que todavía esperaban que les entregara? —preguntó King.

—Una serie de documentos comerciales —reveló Falk—. Antiguos. —Los nombres oficiales abarcaban desde el BT-51X hasta el BT-54X, aunque Carmen y él los llamaban casi siempre «los contratos»—. Los necesitamos para poner contra las cuerdas al padre de Daniel y Jill.

A Falk y a Carmen les habían informado de que lo sucedido en el pasado era esencial. Había sido Leo Bailey quien había montado los entresijos del negocio y también era él quien había creado los lazos con varios actores cruciales a los que ahora se estaba investigando. Aunque todo aquello había ocurrido en el pasado, la conexión con el presente estaba muy viva y era de vital trascendencia.

King se quedó callado. Desde lejos les llegaba el zumbido del helicóptero, que ahora parecía estar a una distancia mayor.

—Bueno —dijo al fin—. Veamos, en estos momentos mi primera y única prioridad es Alice Russell. Encontrarla y sacarla de ahí sana y salva. Cuando alguien desaparece en el bosque, lo más probable es que se haya salido del sendero marcado y se haya desorientado, así que de momento voy a empezar por ahí. Aun así, si cabe la posibilidad de que su conexión con ustedes le haya creado algún problema dentro de la empresa, me va bien saberlo. Así que les agradezco la sinceridad.

El sargento parecía un tanto inquieto, como si tuviera ganas de volver al trabajo. Adoptó un gesto extraño, casi de alivio. Falk lo observó unos instantes y luego dijo:

—¿Qué más?

—¿A qué se refiere?

—¿Qué más podría haber pasado? Me da la impresión de que ninguna de las posibilidades que se plantea son buenas.

—No —contestó King sin mirarlo a los ojos.

—¿Y qué podría ser peor que lo que ya nos ha dicho?

El sargento contuvo su inquietud y dirigió la vista a la carretera. El bosque se había tragado a la partida de rescate y ya no se distinguían los monos de color naranja de sus miembros. Los medios de comunicación montaban guardia a una distancia prudencial. Aun así, King se acercó un poco más a ellos y susurró:

—Kovac. Lo de Kovac es peor.

Lo miraron de hito en hito.

—Pero si Kovac está muerto —replicó Carmen.

—Martin Kovac, sí. —El sargento se pasó la lengua por los dientes—. Pero en cuanto a su hijo... no lo tenemos tan claro.

DÍA 1

NOCHE DEL JUEVES

A Lauren le entraron ganas de gritar.

Era el grupo de los hombres, nada más. Con el corazón desbocado y un regusto agrio en la garganta, vio que los cinco hombres salían de entre los árboles con unas sonrisas blancas y resplandecientes, blandiendo botellas de vino. Daniel Bailey iba en cabeza.

—¿Así que al fin has llegado? —le soltó Lauren; la adrenalina acentuaba su atrevimiento.

Daniel aflojó el paso y contestó:

—Sí.

Entrecerró los ojos y, en un primer momento, Lauren pensó que se había enfadado, pero enseguida se dio cuenta de que sólo estaba intentando recordar su nombre. Jill, que apareció a través de la penumbra, lo sacó del apuro.

—Daniel, ¿qué hacéis aquí?

Si Jill estaba sorprendida o molesta, no lo demostró. Pero Lauren ya sabía por experiencia que la presidenta no solía mostrar sus sentimientos.

—Se nos ha ocurrido venir a saludar, para ver cómo os habéis instalado. —Daniel observó el rostro de su hermana—. Perdonad, ¿os hemos asustado?

Lauren pensó que Daniel tal vez era capaz de interpretar las expresiones de su hermana mejor que la mayoría de la gente. Jill no contestó, se limitó a esperar.

—¿Estáis todas bien? —prosiguió Daniel—. Nuestro campamento se encuentra a sólo un kilómetro. Hemos traído algo de beber. —Dirigió la mirada hacia los otros cuatro hombres, que alzaron las botellas obedientemente—. Que uno de vosotros ayude a las chicas a encender el fuego.

—Podemos nosotras —repuso Lauren, pero Daniel hizo un gesto con la mano.

—No pasa nada. Lo harán con mucho gusto.

Daniel se volvió hacia su hermana y Lauren observó cómo ambos se alejaban. Se dirigió al hoyo de la hoguera, donde un tipo delgado del departamento de marketing intentaba prender unas pastillas sobre un montón de hojas húmedas.

—Así no —dijo Lauren cogiéndole las cerillas.

El hombre se la quedó mirando mientras ella recogía varias ramitas bajo un árbol caído que había al borde del claro, que habían quedado protegidas de las inclemencias del tiempo. Desde allí, pudo oír a Alice enseñando a las gemelas a montar las tiendas. Parecía que a las hermanas les estaba tocando hacer casi todo el trabajo.

Se puso en cuclillas delante del hoyo mientras trataba de recordar cómo hacer fuego. Colocó las ramitas en forma de pirámide por encima de un poco de leña y contempló su obra. Tenía buena pinta. Encendió una cerilla y contuvo el aliento; la llama prendió y, un instante después, se elevó y proyectó un resplandor naranja sobre el entorno.

—¿Dónde has aprendido a hacer eso? —preguntó el tipo del departamento de marketing, mirándola fijamente.

—En los campamentos del colegio.

Se oyó un crujido en la oscuridad y Alice entró en la zona iluminada.

—Hola —dijo—. Las tiendas ya están montadas. Bree y Beth están metiendo sus mochilas en una de ellas, así que tú y yo compartiremos la otra. Jill se queda la individual. —Señaló la fogata con un gesto de la cabeza; tenía los rasgos deformados por la luz de las llamas—. Estupendo. Vamos a calentar la comida.

—¿Vamos a ver primero cómo está Jill?

El claro era ancho, y Lauren tardó un momento en distinguir a la presidenta, que estaba en uno de los extremos con su hermano, concentrada en la conversación. Jill dijo algo y Daniel negó con la cabeza.

—Están ocupados —contestó Alice—. Empecemos. De todas formas, nos tocará encargarnos a ti y a mí, ella no sabe cocinar en el fuego.

Lauren pensó que seguramente tenía razón, y Alice empezó a sacar cazos, arroz y un estofado de ternera precocinado que podía calentarse en el propio envase.

—Recuerdo que en el campamento me prometí a mí misma que jamás volvería a hacer esto, pero es como montar en bici, ¿verdad? —comentó Alice al cabo de unos minutos, mientras esperaban que el agua empezara a hervir—. Es como si tuviéramos que volver a ponernos el uniforme del colegio.

Con Alice a su lado y con el olor de los eucaliptos y de la leña quemada, Lauren sintió despertarse en su interior un recuerdo de treinta años atrás. El campamento McAllaster.

La actividad, que organizaba el Endeavour Ladies' College, aún ocupaba un lugar muy destacado en el satinado folleto informativo del centro. Una oportunidad —obligatoria— para que las chicas del noveno curso pasaran todo un año académico en algún lugar remoto. El programa estaba pensado para forjar el carácter, fomentar la resiliencia y adquirir un saludable respeto por el entorno natural de Australia. Y también estaba pensado —como podía leerse entre líneas, por lo demás cuidadosamente redactadas— para mantener a las adolescentes alejadas de todo aquello que atrae a las chicas de esa edad.

Entonces contaba quince años y Lauren echó de menos su casa desde el primer día, y tuvo la piel llena de picaduras de mosquito y en carne viva a causa de las ampollas desde el segundo. No estaba en buena forma física, y hacía muchos años que su cuerpo regordete ya no resultaba gracioso. Al cabo de una larga semana, le pusieron una venda en los ojos sin previo aviso. ¿Qué sentido tenía una prueba de confianza si no se fiaba de ninguna de sus compañeras de clase?

Sabía que la habían conducido lejos del campamento principal y que la habían llevado hasta el bosque; eso era evidente por el crujido de las hojas que pisaba, pero más allá de eso estaba desorientada. Podría haber estado justo al borde de un acantilado o a punto de saltar a un río. A su alrededor oía algunos movimientos. Pasos. Risitas. Extendió un brazo, tanteando la negrura que tenía por delante. Sus dedos sólo encontraron el vacío. Dio un paso en falso y estuvo a punto de tropezar cuando un dedo de su pie chocó con el terreno irregular. De pronto, una mano la agarró con firmeza por el brazo. Notó un aliento cálido en la mejilla, y después alguien susurró en su oído.

—Yo te sujeto. Por aquí.

Era Alice Russell.

Por lo que podía recordar, ésa era la primera vez que Alice le había dirigido la palabra, pero enseguida reconoció su voz. Lauren, que entonces estaba gorda y no tenía ninguna amiga, todavía se acordaba de la repentina mezcla de confusión y alivio que sintió cuando Alice la agarró del brazo. Ahora, casi tres décadas después, miró a la mujer que estaba al otro lado de la hoguera y se preguntó si ella también se estaría acordando de aquel día.

Lauren inspiró profundamente, pero se interrumpió al percibir un movimiento por detrás de ella. Daniel apareció a su espalda, con el rostro bañado en un tono anaranjado.

—Ah, ¿ya habéis encendido el fuego? Muy bien. —En la penumbra de las llamas, daba la impresión de que tenía las pupilas negras; le pasó a Lauren una botella de vino tinto—. Aquí tienes, tomad una copa y pasadlo bien. Alice, quiero hablar un momentito contigo.

—¿Ahora? —preguntó ella, sin inmutarse.

—Sí, por favor.

Daniel le rozó con la palma de la mano la parte superior de la espalda y, tras una breve pausa, Alice se alejó con él. Lauren se quedó mirando cómo casi desaparecían en el límite del claro, tragados por las sombras. Oyó el murmullo apagado e ininteligible de la voz de Daniel antes de que la cháchara de los demás la ahogaran.

Volvió a mirar el fuego y removió en el agua hirviendo las bolsas de comida precocinada. Ya estaban a punto. Las abrió, y añadió en cada una exactamente la misma cantidad de arroz.

—La cena está lista —dijo, sin dirigirse a nadie en concreto.

Bree se acercó, aferrada a la banderola que había encontrado antes y seguida por dos hombres.

—La vi justo en un árbol al lado del camino —les estaba contando—. Seguramente vosotros no habéis visto la vuestra.

Tenía las mejillas sonrojadas y estaba bebiendo de un vaso de plástico que llevaba en la otra mano. Cogió una de las bolsas de comida.

—Gracias, ¡qué bien!

Introdujo un tenedor y torció un poco el gesto.

—¿No te gusta la ternera? —preguntó Lauren.

—Sí, me encanta; no es eso, es que... —Bree se interrumpió—. Tiene una pinta estupenda, gracias.

Lauren observó cómo Bree se llevaba una pequeña cantidad a la boca. Sólo carne, sin arroz. Lauren reconocía a una persona que evitaba comer carbohidratos por la noche en cuanto la veía. Le entraron ganas de decirle algo, pero se calló; no era asunto suyo.

—Si tu cena está tan mala como la nuestra, vas a necesitar algo con que regarla —dijo uno de los hombres mientras se acercaba a Bree. Antes de que ella pudiera responderle, le llenó el vaso de vino.

Lauren los miró de reojo mientras cogía su cena y se sentaba a comer en un tronco junto al fuego. Abrió la bolsa. La ternera y el arroz no le apetecían nada. Pensó que tenía que cenar, pero luego miró a su alrededor. Nadie la observaba. A nadie le importaba lo que hiciera. Dejó el tenedor.

Una sombra se proyectó sobre su regazo, y Lauren alzó la vista.

—¿Puedo coger una? —preguntó Beth, señalando las bolsas.

—Claro.

—Gracias, me muero de hambre. —Beth señaló el tronco con la cabeza—. ¿Te importa que me siente aquí?

Lauren se desplazó un poco y notó que el tronco crujía y se hundía bajo el peso de su compañera. Beth comió rápido, mirando cómo su hermana coqueteaba con los hombres. Bree echó hacia atrás su largo y blanco cuello y bebió un sorbo del vaso. De inmediato volvieron a llenárselo.

—Normalmente no suele beber mucho —dijo Beth, con la boca un poco llena—. Cuando lo hace se le sube a la cabeza.

Lauren se acordó de la botella de vino tinto que Daniel había insistido en darle. Se la alargó a Beth, pero ella la rechazó.

—No, gracias, estoy bien.

—¿Tampoco te gusta?

—Me gusta demasiado.

—Ah. —Lauren no estaba segura de si Beth lo decía en broma o en serio, pero el hecho es que no sonreía.

—¿Te molesta que fume? —preguntó Beth, aplastando el envase vacío de la comida precocinada y sacando una cajetilla de tabaco.

A Lauren sí le molestaba un poco, pero le dijo que no con la cabeza. Estaban al aire libre, por qué no permitir que su compañera echase unas caladas. Contemplaron la fogata. En torno a ellas, el volumen de las risas y de las conversaciones fue aumentando a medida que se vaciaban las botellas. Uno de los hombres se alejó de Bree y se aproximó a ellas, sonriendo.

—¿Me das un pitillo?

Beth titubeó, pero finalmente le alargó la cajetilla.

—Gracias.

El hombre cogió dos cigarros, se llevó uno a la boca y se guardó el otro en el bolsillo. Se dio la vuelta antes de la primera calada. Lauren vio cómo Beth lo seguía con la mirada mientras el tipo regresaba junto a su hermana.

—¿Qué, te gusta trabajar en BaileyTennants?

Beth se encogió de hombros.

—Bueno, no está mal.

Intentó mostrar entusiasmo, pero no lo logró del todo. A Lauren no le extrañó. Todo el mundo sabía que el personal dedicado al almacenamiento de datos no estaba bien pagado, incluso tratándose de un puesto básico, y que el equipo ocupaba el sótano. Cada vez que tenía que bajar allí, Lauren salía deseosa de volver a ver la luz del día.

—¿Y te gusta trabajar con tu hermana?

—Sí, mucho. —En esta ocasión, el entusiasmo parecía sincero—. Si conseguí el puesto fue gracias a ella, que me recomendó.

—¿Y antes dónde estabas?

Beth la miró un instante, y Lauren pensó que quizá había metido la pata.

—Buscando empleo.

—Ah.

Beth dio una calada y expulsó una nube de humo tosiendo.

—Lo siento. Me siento muy agradecida por el trabajo. Pero es que todo esto... —Señaló el claro con un gesto—. La verdad es que no me va demasiado.

—No creo que le vaya mucho a nadie, salvo tal vez a Daniel.

De repente, Lauren se acordó de Alice y alzó la vista. El rincón que ésta y Daniel habían ocupado momentos antes ahora estaba desierto, y al otro lado del claro, Lauren distinguió al director general. Tanto él como su hermana estaban un poco apartados del grupo, observando. No vio a Alice por ningún sitio.

Se oyó un trueno lejano, el volumen de la conversación disminuyó y los rostros se dirigieron al firmamento. Lauren notó una gota en la frente.

—Voy a comprobar que tengo la mochila en la tienda —dijo, y Beth asintió con la cabeza.

Cruzó el claro y pasó por encima de los vientos. Las hermanas habían montado la tienda con pericia, pensó mientras se arrodillaba para bajar la cremallera de la entrada.

—¡Alice!

Ésta dio un respingo. Estaba sentada en medio de la tienda con las piernas cruzadas, la cabeza gacha y la cara iluminada por una fantasmal tonalidad azul. Sostenía un móvil en el regazo.

—Joder. —Alice se acercó el móvil al pecho—. Me has asustado.

—Perdona. ¿Estás bien? Si quieres, la comida está lista.

—Sí, estoy bien.

—¿Seguro? ¿Qué estás haciendo?

—Nada. De verdad que estoy bien, gracias.

Alice pulsó un botón y la pantalla del móvil se apagó; junto a la luz, sus rasgos también desaparecieron. Su voz sonaba rara. Por un momento, Lauren se preguntó si había estado llorando.

—¿Qué quería Daniel? —le preguntó.

—Nada. Comentarme algo sobre el orden del día de la asamblea anual.

—¿Y no podía esperar?

—Pues claro que sí, pero ya sabes cómo es Daniel.

—Ya.

A Lauren le dolían las rodillas de estar agachada en la entrada. Oía cómo la lluvia caía sobre la lona, por encima de ella.

—¿Ése es tu móvil? Creía que lo habías entregado.

—No, he dado el del trabajo. Oye, ¿tú tienes el tuyo?

—No, en teoría no debíamos traerlo.

Una carcajada breve y áspera.

—Así que no lo has traído, claro. Da igual. De todas formas, no hay cobertura.

—¿A quién querías llamar?

—A nadie. —Un silencio—. A Margot.

—¿Hay algún problema?

—No. —Alice carraspeó—. Qué va, no pasa nada, todo va bien.

Apretó un botón y la pantalla volvió a encenderse. No cabía duda de que Alice tenía los ojos un poco empañados.

—¿Sigues sin cobertura?

No hubo respuesta.

—¿Seguro que va todo bien?

—Sí. Es que... —Se oyó un golpe sordo cuando lanzó el móvil sobre el saco de dormir—. Bueno, quería hacer esa llamada.

—Alice, Margot tiene dieciséis años. No le va a ocurrir nada por estar sola un par de días. Y además, vas a verla el domingo. En la gala de premios.

Lauren percibió en su propia voz un tono de amargura que Alice no pareció advertir.

—Sólo quiero asegurarme de que está bien.

—Pues claro que sí. Margot estará de maravilla, siempre lo está. —Lauren se obligó a respirar profundamente. Era evidente que Alice estaba disgustada—. Oye, sé lo que sientes. A mí también me preocupa Rebecca.

Decir eso era quedarse corta. A veces, Lauren tenía la sensación de que, en los dieciséis años transcurridos desde el nacimiento de su hija, no había dormido una sola noche de un tirón.

No obtuvo respuesta. Sólo percibió unos movimientos torpes y, a continuación, la luz azul de la pantalla iluminó la tienda de nuevo.

—¿Alice?

—Te he oído.

Alice parecía distraída. Tenía las facciones endurecidas mientras miraba hacia abajo, hacia su regazo.

—Al menos da la impresión de que a Margot le va bien, ¿no? Por lo del premio de danza y todo eso —añadió Lauren, de nuevo en un tono un poco amargo.

—Puede. Pero... —Lauren oyó que Alice suspiraba— quería algo mejor para ella.

—Ya. Bueno. Sé lo que sientes.

Lauren imaginó a su propia hija en casa. Era la hora de cenar. Intentó visualizar qué estaría haciendo en ese momento, y la habitual sensación de angustia le formó un nudo en la boca del estómago.

Alice se frotó los ojos con la parte inferior de la palma de la mano. De repente, alzó la cabeza.

—¿Por qué hay tanto silencio?

—Está lloviendo. Se acabó la fiesta.

—¿Daniel se ha ido?

—Creo que se han ido todos.

Alice apartó bruscamente a Lauren y, al salir de la tienda, le pisó un dedo con el tacón de la bota. Lauren fue tras ella, frotándose la mano. En el exterior, el campamento se había quedado desierto. Las gemelas habían desaparecido, pero la luz de la linterna se filtraba por la lona de su tienda. Jill estaba sola junto a la hoguera, con el anorak abrochado hasta arriba y la capucha puesta. Estaba revolviendo la comida con un tenedor y contemplando el fuego agonizante mientras las gotas de lluvia silbaban y crepitaban al encontrarse con las llamas. Levantó la vista al oírlas.

—Míralas, aquí están. —Posó la mirada en ellas—. Por favor, Alice, dime que no estás rompiendo las reglas.

Silencio.

—¿Perdona?

Jill señaló la mano de Alice con un movimiento de cabeza.

—Los móviles están prohibidos.

Lauren oyó que Alice soltaba un bufido.

—Lo sé. Lo siento. No me había dado cuenta de que lo llevaba en la mochila.

—Que no lo vean ni Bree ni Beth. Las reglas son las mismas para todo el mundo.

—Lo sé, no lo verán.

—¿Aquí hay cobertura?

—No.

—Ah, bueno. —Las ascuas chisporrotearon y acabaron apagándose—. En ese caso, no te sirve de nada.

6

Falk y Carmen miraban a King de hito en hito. El helicóptero pasó repentinamente por encima de ellos, dejando tras él el fuerte zumbido de las aspas.

—No sabía que Kovac tuviera un hijo —dijo Falk al fin.

—Ya, bueno, tampoco se trataba de una familia modélica. El chico tendrá ahora casi treinta años, fue fruto de una relación esporádica que Kovac mantuvo con una camarera de un bar al que solía ir. Tuvieron un chico, Samuel (o Sam), y al parecer Kovac sorprendió a todo el mundo entregándose a la paternidad más allá de lo que suele hacerlo el chalado medio. —King soltó un suspiro—. Pero ya estaba encerrado cuando el chaval cumplió cuatro o cinco años. La madre tenía problemas con el alcohol, y Sam acabó dando tumbos de un hogar de acogida a otro. Se volvió a saber de él en los últimos años de su adolescencia, cuando empezó a visitar a su padre en la cárcel. Según parece, era prácticamente el único que lo hacía. Y después volvió a esfumarse hará unos cinco años. Está en paradero desconocido, presuntamente muerto.

—¿Presuntamente? ¿No se ha confirmado? —preguntó Carmen.

—No. —King dirigió la mirada hacia un equipo de búsqueda que había aparecido por el sendero; los rostros de sus miembros revelaban que no traían buenas noticias—. Pero era un granuja de poca monta con ambiciones muy superiores a su posición. Trapicheó con drogas y tuvo contactos con algunas bandas de moteros. Sólo era cuestión de tiempo que acabara en chirona como su padre, por cualquier delito, o que terminara tocándole los huevos a la persona equivocada y pagando por ello. En Melbourne tenemos a varios agentes dedicados a investigar el asunto. —Esbozó una sonrisa sombría—. Nos habría ido mejor si lo hubieran hecho en su momento. Pero nadie se preocupa demasiado cuando desaparece un tío como Sam Kovac. A la única persona a quien pareció importarle toda esa mierda de su desaparición fue a su padre.

—¿Y qué le hace pensar que pueda tener algo que ver con lo de Alice Russell? —preguntó Falk.

—Bueno, es que no lo pienso. En realidad, no. Pero siempre se ha oído la teoría de que Martin Kovac tenía una base en algún punto del bosque, un sitio en el que podía pasar desapercibido. En su momento se creyó que probablemente estaba cerca de donde había sorprendido a las víctimas, pero si el refugio existía, nunca llegaron a encontrarlo. —Frunció el ceño—. Sea como sea, por las descripciones que dieron las mujeres, existe una posibilidad remota de que la cabaña que encontraron esté relacionada con él.

Falk y Carmen se miraron.

—¿Cómo reaccionaron las mujeres ante esa posibilidad? —preguntó la agente.

—No se lo hemos contado. Decidimos que no servía de nada preocuparlas hasta saber con certeza que hay algo de que preocuparse.

—¿Y su equipo no tiene ni idea de dónde está la cabaña?

—Ellas creen que estaba hacia el norte, pero aquí el «norte» es una zona endemoniadamente amplia. Hay cientos de hectáreas que no conocemos bien.

—¿Y no pueden acotar la zona a partir de la señal telefónica de Alice? —preguntó Falk, aunque King ya estaba diciendo que no con la cabeza.

—Si hubieran estado en un terreno elevado, a lo mejor sí. Pero parece que no fue el caso. Hay puntos en los que a veces se tiene suerte, aunque uno nunca sabe cuándo van a aparecer. A veces son sólo unos metros cuadrados, o la señal viene y va.

Desde el sendero, un miembro del equipo de búsqueda llamó a King y éste le respondió con un gesto.

—Lo siento, ahora debo regresar. Luego podremos seguir hablando.

—¿El resto del grupo de BaileyTennants sigue aquí? Es posible que tengamos que hablar con ellos —dijo Carmen mientras regresaban con él.

—A las mujeres les he pedido que no se vayan todavía. En cuanto a los hombres, todos se han marchado menos Daniel Bailey. Si sirve de algo, pueden decirles que están ayudándome. Siempre que compartan conmigo la información, claro.

—Vale, entendido.

—Vengan, voy a presentarles a Ian Chase. —King alzó una mano y un joven con un forro polar rojo, que estaba con los miembros del equipo de búsqueda, se acercó a ellos—. Lleva el programa de Aventuras para Ejecutivos que se hace aquí. —Casi esbozó una sonrisa—. Que les cuente él personalmente hasta qué punto estas actividades son accesibles incluso para el más inútil.

—Todo es facilísimo si se siguen bien las rutas marcadas —afirmó Ian Chase.

Era un tipo enjuto y de pelo oscuro, y sus ojos no dejaban de dirigirse a la espesura, como si esperase que Alice Russell apareciera en cualquier momento.

Habían conducido de regreso a la casa rural siguiendo al microbús de Chase por la solitaria carretera. Cuando llegaron, el joven los guió hasta el sendero y apoyó la mano en un letrero de madera que señalaba el inicio de la ruta. Unas letras desgastadas por las inclemencias del tiempo decían MIRROR FALLS. A sus pies, un camino de tierra se internaba serpenteante en el bosque y después desaparecía.

—Aquí es donde inició la marcha el grupo de mujeres —declaró Chase—. La ruta de Mirror Falls no es ni siquiera nuestro itinerario más complicado. Lo completan unos quince grupos al año, y nunca hemos tenido ningún problema.

—¿Ni una sola vez? —preguntó Falk.

Chase cambió el peso de una pierna a la otra.

—Quizá muy de vez en cuando. A veces hay grupos que se retrasan. Pero normalmente, más que perderse, llegan tarde. Si sigues la ruta en sentido inverso, te los encuentras arrastrando los pies cerca del último punto de acampada, hartos de cargar con las mochilas.

—Pero en esta ocasión, no —intervino Carmen.

—No. —Chase negó con la cabeza—. Esta vez no. Siempre dejamos agua y comida en unas cajas cerradas en los puntos de acampada de la segunda y de la tercera noche, así los grupos no tienen que cargar con las provisiones para toda la ruta. Cuando las mujeres no se presentaron en el punto de llegada, una pareja de guardas forestales se internó en el bosque. Ya sabéis, ellos conocen los atajos. Examinaron la caja del tercer campamento. Ni la más mínima señal de que hubieran pasado por allí. Lo mismo en el segundo. Fue entonces cuando llamamos a la Policía Estatal.

Se sacó un mapa del bolsillo y señaló una gruesa línea roja que describía una leve curva hacia el norte, y que después terminaba en el oeste.

—Éste es el itinerario que iban siguiendo. Probablemente se desviaron más o menos en este punto. —Clavó el dedo en el papel, entre las cruces que señalaban el primer y el segundo campamento—. Estamos bastante seguros de que se metieron en el camino de canguros. El problema está en dónde acabaron después, cuando intentaron desandar lo andado.

Falk estudió la ruta. Sobre el papel parecía muy sencilla, pero era consciente de hasta qué punto el bosque podía distorsionar las cosas.

—¿Por dónde fue el grupo de los hombres?

—Iniciaron la marcha en un punto que queda a unos diez minutos en coche de aquí. —Chase señaló otra línea, que estaba trazada en negro y que discurría casi en paralelo con respecto al itinerario de las mujeres para el primer día; después describía una curva al sur y terminaba en el oeste, en el mismo lugar—. Los tipos salieron como con una hora de retraso, pero les sobró tiempo para llegar al primer campamento. Por lo visto, el suficiente para acercarse al de las mujeres y tomarse un par de copas con ellas.

Carmen enarcó las cejas:

—¿Eso suele pasar?

—No lo fomentamos, pero sucede. No es difícil ir a pie de un campamento a otro, aunque siempre te arriesgas a perderte. Si surge algún problema, puede ser muy gordo.

—¿Por qué salieron los hombres con retraso? —preguntó Falk—. ¿No llegasteis todos en el mismo vehículo?

—Todos menos Daniel Bailey —contestó Chase—, que no llegó a la hora de salida del microbús.

—¿Ah, sí? ¿Y explicó por qué?

Chase negó con la cabeza.

—A mí no. Les pidió disculpas a los otros. Dijo que los negocios lo habían entretenido.

—Entiendo. —Falk volvió a examinar el mapa—. ¿A todos se les entrega esto en el mismo día, o...?

Chase volvió a negar con la cabeza.

—Se lo mandamos con un par de semanas de antelación. Pero sólo damos un mapa por equipo, y les pedimos que no hagan ninguna copia. Claro que no podemos impedírselo, pero forma parte del proceso. Así son conscientes de los pocos recursos que hay aquí, de que las cosas no siempre pueden reponerse. Y lo mismo con lo de que no se lleven el móvil. Preferimos que confíen en sí mismos, no en la tecnología. Además, de todas formas los teléfonos no funcionan bien.

—¿Y qué impresión te dio del grupo cuando salió? —preguntó Falk.

—Estaban bien —contestó Chase sin dudarlo—. A lo mejor un poco nerviosas, pero nada fuera de lo normal.

No les habría dejado que iniciaran la ruta si algo me hubiera preocupado. Iban muy contentas. Mirad, podéis comprobarlo vosotros mismos.

Se sacó el móvil del bolsillo, pulsó la pantalla y se lo pasó a Falk para que viera la foto.

—La hice antes de que salieran.

Las cinco mujeres sonreían abrazadas. Jill Bailey estaba en el centro. Le pasaba el brazo por la cintura a Alice, que a su vez rodeaba con el suyo a otra mujer, a la que Falk reconoció: era Lauren Shaw. Al otro lado de Jill había dos jóvenes que se parecían un poco, pero no mucho, desde luego.

Falk observó a Alice, cuya cabeza rubia se ladeaba un poco. Llevaba un anorak rojo y pantalones negros, y apoyaba levemente el brazo en los hombros de Jill. Ian Chase estaba en lo cierto. En la fotografía de ese instante, todas parecían muy contentas.

Falk le devolvió el móvil.

—Vamos a hacer copias para los equipos de búsqueda —dijo Chase—. Seguidme, os enseño el inicio del sendero. —Miró a Falk y a Carmen de arriba abajo, examinando sus botas casi nuevas, y detuvo brevemente la vista en la mano quemada de Falk—. Hay que caminar un poco para llegar a la catarata, pero no creo que tengáis ningún problema.

Se internaron entre los árboles y, casi inmediatamente, Falk empezó a notar un hormigueo en la mano. No le prestó atención y se centró en el entorno. El camino estaba bien definido, y Falk distinguió marcas y hendiduras, seguramente pisadas antiguas que la lluvia había desdibujado. Por encima de ellos se mecían los altos eucaliptos. Caminaban en una penumbra constante y Falk vio que su compañera temblaba pese a ir bien abrigada. Le vino a la mente Alice Russell. Se preguntó en qué estaría pensando cuando se internó en el bosque, mientras se dirigía a algo que iba a impedirle salir de allí.

—¿Cómo funciona el programa de Aventuras para Ejecutivos?

La voz de Falk sonó extrañamente fuerte en medio de los susurros de la vegetación.

—Organizamos actividades personalizadas para formar a los empleados y fomentar el espíritu de equipo —contestó Chase—. Casi todos nuestros clientes son de Melbourne, pero ofrecemos nuestros servicios por todo el Estado. Circuitos y pruebas en el bosque, retiros de un día, de todo.

—¿Y el programa lo llevas aquí tú solo?

—Prácticamente. Otro tío dirige un curso de supervivencia a un par de horas de aquí. Nos sustituimos cuando el otro no puede encargarse, pero casi siempre estoy yo solo.

—¿Y también vives aquí? —añadió Falk—. ¿Te alojas en el parque?

—No, tengo una pequeña vivienda en el pueblo, cerca de la gasolinera.

Falk, que se había tirado todos sus años de formación en el quinto pino, pensó que incluso a él le costaría describir aquel puñado de tiendas que habían visto como un pueblo.

—No parece que tengas mucha compañía —señaló, pero Chase hizo un gesto de indiferencia.

—Tampoco es para tanto. —El guía avanzaba por el camino irregular con la destreza de quien ya lo ha transitado muchas veces—. Me gusta estar al aire libre y los guardas forestales son buenos tipos. Venía a menudo de acampada por la zona cuando era más joven, así que conozco el terreno. Nunca he querido tener un trabajo de oficina. Hace tres años me contrataron en Aventuras para Ejecutivos; llevo aquí dos. Pero ésta es la primera vez que pasa algo así estando yo de servicio.

Falk podía oír a lo lejos el inconfundible sonido de una corriente de agua. Habían emprendido la marcha lentamente, pero sin dejar de ir cuesta arriba desde que habían echado a andar.

—¿Cuánto tiempo crees que tienen para encontrar a Alice? —preguntó Falk—. En el mejor de los casos.

Las comisuras de los labios de Chase se curvaron hacia abajo.

—No es fácil decirlo. Bueno, no es que las condiciones climatológicas sean como las de Alaska, pero aquí llega a hacer un frío de mil demonios. Sobre todo de noche, y más aún al raso. Sin refugio, con un poco de viento y un poco de lluvia, puedes palmarla bastante rápido. —Suspiró—. De todos modos, si es lista y se mantiene caliente, seca y bien hidratada, nunca se sabe. La gente puede ser más resistente de lo que imaginamos.

Chase tuvo que hablar más alto cuando, después de un recodo, se toparon con una cortina de agua blanca. El río se precipitaba por el borde de un saliente rocoso y caía en una poza que quedaba muy por debajo de ellos. Cuando llegaron al puente, el rugido de la catarata era ensordecedor.

—Mirror Falls —anunció Chase.

—Es increíble. —Carmen se apoyó en la barandilla mientras el cabello le azotaba el rostro. La fina espuma parecía casi suspendida en el aire cortante—. ¿Qué altura tiene esta catarata?

—Es de las pequeñas, sólo unos quince metros —contestó Chase—. Pero la poza del fondo tiene como mínimo la misma profundidad, y la fuerza del agua es tan bestia que no os recomendaría acercaros. La caída en sí no es tan grave, el problema está en el *shock* y el frío, que podrían matar a cualquiera. Sea como sea, estáis de suerte, éste es el mejor momento del año para verla; en verano no impresiona tanto. Este año sólo hemos tenido un hilillo de agua. No sé si sabéis que ha habido sequía.

Dentro del bolsillo, Falk apretó la mano en un puño, con la piel nueva y brillante. Sí, lo sabía.

—Pero se ha recuperado desde que el tiempo cambió —añadió Chase—. Ha llovido mucho en invierno, ahora podéis ver de dónde le viene el nombre.

Falk asintió. En la parte inferior de la ruidosa catarata, gran parte de sus aguas agitadas acababan discurriendo por el cauce del río, pero el caprichoso paisaje había creado una pendiente natural a un lado, de modo que parte del agua se desviaba de su curso y formaba una charca extensa y tranquila. Allí el agua dibujaba suaves ondas, y su superficie reflejaba el espléndido entorno, reproduciéndolo de forma exacta, aunque varios tonos más oscuro. Falk se quedó embelesado mientras contemplaba aquella rugiente cortina blanca de agua. De la radio que Chase llevaba en el cinturón surgió un pitido que rompió el hechizo.

—Debería ir volviendo —dijo—. Si estáis listos.

—No hay problema.

Al darse la vuelta para seguir a Chase, Falk divisó una mancha de color a lo lejos. En el otro extremo de la catarata, donde el sendero desaparecía entre la vegetación tupida, una figura diminuta y solitaria contemplaba la catarata desde arriba. A Falk le pareció que era una mujer, cuya gorra morada contrastaba con el verde y el marrón del entorno.

—Ahí hay alguien —le dijo a Carmen.

—Es verdad. —La agente miró adonde señalaba Falk—. ¿La reconoces?

—Desde tan lejos, no.

—Ni yo. Pero no es Alice.

—No. —Su constitución era demasiado delgada, y el cabello que le salía por debajo de la gorra, demasiado oscuro—. Por desgracia.

Aunque era imposible que la mujer los oyera a tanta distancia y menos con el estruendo de la catarata, volvió bruscamente la cabeza hacia donde estaban ellos. Falk alzó la mano, pero la diminuta figura no se movió. Mientras seguía a Chase para regresar al sendero, el agente volvió a mirar atrás un par de veces. La mujer siguió observando hasta que los árboles los rodearon por completo y Falk dejó de verla.

DÍA 2

MAÑANA DEL VIERNES

Beth abrió la tienda de campaña desde dentro y torció el gesto cuando el ruido de la cremallera resonó por toda la lona. Miró hacia atrás. Su hermana aún dormía profundamente, de costado y hecha un ovillo; las largas pestañas resaltaban en las mejillas, y el cabello le formaba una aureola oscura en torno a la cabeza.

De niña siempre dormía en esa postura. Lo hacían las dos, casi nariz con nariz, con el pelo de ambas revuelto en la almohada, respirando al unísono. Por las mañanas, Beth abría los ojos y veía la imagen de sí misma devolviéndole la mirada. Pero eso pertenecía a otra época. Y ya no dormía hecha un ovillo. Ahora, Beth tenía el sueño agitado y se despertaba con frecuencia.

Salió a gatas al aire frío y cerró la tienda, sintiendo un escalofrío al ponerse las botas. Se le habían mojado el día anterior y aún no se habían secado del todo. El cielo seguía tan gris y amenazador como cuando habían iniciado la ruta. No había movimiento en las otras tiendas. Estaba sola.

Sintió el impulso de despertar a su hermana para pasar un rato con ella a solas por primera vez desde... Beth no estaba segura de cuándo había sido la última vez, pero no iba a despertarla. Había visto la cara de decepción de Bree cuando Alice había dejado juntas las mochilas de las dos hermanas delante de la misma tienda. Bree habría preferido compartir el espacio con su jefa antes que con su hermana.

Beth encendió un pitillo, saboreó la primera calada y estiró los músculos agarrotados. Luego se dirigió al hoyo donde habían hecho fuego; las cenizas de la noche anterior yacían allí, negras y frías. Habían dejado bajo una piedra los envases de comida preparada usados, cuyo contenido seguía goteando un poco. En el suelo se veían restos de estofado ya reseco —algún animal debía de haberlo encontrado durante la noche—, pero la verdad es que había sobrado bastante. «Menudo desperdicio», pensó Beth, notando cómo le rugían las tripas. A ella le había gustado mucho.

Un martín pescador se posó cerca de ella y la observó con sus ojos negros. Beth cogió un trozo de ternera de uno de los envases abandonados y se lo lanzó al ave, que lo atrapó al vuelo con la punta del pico. Se fumó el cigarrillo mientras el martín pescador sacudía la cabeza, zarandeando la carne. Convencido al fin de que no estaba viva, el pájaro se la tragó de golpe y emprendió el vuelo, dejándola sola de nuevo. Se agachó para apagar el cigarro, y su bota chocó con una botella de vino medio vacía; el líquido se derramó como una mancha de sangre.

—Mierda.

Sintió una punzada abrasadora de irritación. Alice era una imbécil y una fresca. Beth no le había dicho nada mientras ladraba órdenes para que ella y su hermana montaran las tiendas de campaña, pero, cuando Alice le pidió que sacara el alcohol, se había quedado mirándola perpleja. Con un gesto de burla, Alice había abierto la mochila de Beth, rebuscado en el fondo y extraído tres botellas de vino; un vino que ella no había visto hasta entonces.

—No son mías.

—Ya lo sé —contestó Alice con una carcajada—. Son para todas.

—Pero ¿por qué están en mi mochila?

—Porque son para todas —dijo lentamente, como si le hablara a un niño—. Todas tenemos que contribuir a llevar los víveres.

—Yo ya cargo con la parte que me toca, que pesa un montón, y además...

Se quedó en silencio.

—¿Y además qué?

—Yo no debería...

—¿No deberías qué? ¿Ayudar?

—No, no es eso. —Beth echó una ojeada a su hermana, pero Bree estaba fulminándola con la mirada, con las mejillas coloradas a causa de la vergüenza. «Deja de montar el pollo», parecía decirle. Beth suspiró—. Yo no debería llevar alcohol.

—Bueno —dijo Alice dando un golpecito a las botellas—, pues ya no lo llevas. Problema resuelto.

—¿Jill lo sabe?

Al oír eso, Alice se quedó inmóvil. Seguía sonriendo, pero ya no parecía estar de guasa.

—¿Qué?

—Que si Jill sabe que me has metido eso en la mochila.

—Beth, son sólo unas botellas. Presenta una queja si te sientes tan profundamente agraviada.

Alice se quedó esperando, en medio de un silencio cada vez más prolongado, hasta que Beth negó con la cabeza. Vio que Alice ponía los ojos en blanco conforme se daba la vuelta.

Después, cuando Lauren le alargó una botella junto a la fogata, Beth se sintió tentada como nunca en los últimos años. El bosque era un buen sitio para guardar los secretos, y no cabía duda de que Bree estaba demasiado distraída para vigilarla. El olor del vino era tan cálido y familiar como un abrazo, pero se obligó a rechazarlo antes de aceptarlo sin querer.

Habría dado lo que fuera porque Daniel Bailey no se hubiera presentado allí después con los hombres. Hombres que llevaban más alcohol. Le costó aún más resistirse estando rodeada de tantas personas. Aquello parecía una fiesta, si bien es cierto que una cutre.

Aquélla era la primera vez que veía en persona al director general. Daniel Bailey no se rebajaba a visitar las entrañas de los archivos de datos y, desde luego, a ella jamás la habían invitado a subir a la decimosegunda planta. Sin embargo, por lo que la gente decía de él, Beth había esperado algo más. A la luz de la hoguera sólo parecía un tío como los demás; un tío que lucía un corte de pelo de cien dólares y que sonreía todo el rato porque evidentemente en algún momento alguien le había dicho que tenía una sonrisa muy atractiva. Quizá en la oficina era distinto.

Beth estaba observando a Daniel y reflexionando sobre todo aquello cuando vio que el director general se alejaba con Alice y desaparecía con ella en la oscuridad. Se preguntó si habría algo entre ellos. Ciertos detalles en la actitud de él la llevaron a pensar que no, pero ¿cómo podía saberlo? Hacía años que nadie se prestaba a desaparecer con ella en la oscuridad.

Mientras se paseaba por el campamento buscando a alguien con quien hablar, había captado algunas palabras de la conversación que ambos mantenían. Y por lo visto su primera intuición había sido correcta: no. Estaba claro que aquella charla no era el preludio de una conversación de alcoba.

—El jefe parece encantado de haberse conocido, ¿no? —le susurró después a su hermana, cuando ya se habían metido en los sacos de dormir.

—Te paga el sueldo, Beth. Puede estarlo.

Y dicho esto, Bree se dio la vuelta y ella se quedó mirando la lona, sintiendo un deseo incontenible de fumarse un pitillo o, mejor aún, de recurrir a algo más fuerte.

Se puso a hacer unos estiramientos mientras el cielo iba aclarándose. Sentía la vejiga a punto de explotar, así que buscó el árbol que habían elegido la noche anterior como inodoro improvisado. Allí estaba, a poca distancia del claro, detrás de las tiendas. El de la rama partida.

Se acercó al árbol fijándose bien en dónde ponía los pies. No sabía gran cosa de la fauna local, pero suponía que habría algunos bichos que sería preferible no pisar. A su espalda, empezó a haber movimiento en el campamento.

Oyó el sonido de la cremallera de una tienda, seguido de algunos susurros. Alguien más se había levantado.

Al llegar al árbol se detuvo. ¿Seguro que era ése? Con la luz del día tenía otro aspecto, pero creía que sí. La rama partida quedaba a la altura de la cabeza, y además, si se concentraba, le parecía percibir un leve olor a orina.

Mientras estaba ahí plantada, le llegaron unas voces del campamento. Hablaban en voz baja, pero las reconoció enseguida. Eran Jill y Alice.

—Es que bebiste bastante anoche. No sólo tú, todos lo hicimos.

—No, Jill, no es por el alcohol. Es que no me encuentro bien. Tengo que volver.

—Tendríamos que regresar todas contigo.

—Puedo orientarme sola...

—No puedo dejar que vuelvas por tu cuenta. Lo digo en serio: para empezar, tenemos la obligación de cuidarnos las unas a las otras. No podemos separarnos.

Alice no contestó.

—Y la empresa tendrá que pagarlo todo igualmente, por lo que se perderá el dinero que cuesta la actividad de las cinco. Algo que, por supuesto, no tiene la menor importancia si no te encuentras bien. —Jill hizo una pausa, dejando que su argumentación flotara en el aire—. Pero el seguro nos pedirá el parte médico, así que si todo se debe a que te has pasado con el vino...

—Jill...

—También es posible que hayas dormido mal la primera noche en la tienda. Créeme, sé que no es plato de gusto para todo el mundo...

—No, no es...

—De todas formas, no podrán llevarnos a Melbourne hasta el domingo, así que, como eres una de las integrantes del equipo más veteranas, sería mucho mejor que...

—Vale. —Alice suspiró—. Está bien.

—¿Te encuentras bien para continuar?

Silencio.

—Supongo.

—Perfecto.

El viento agitó las ramas del árbol que se alzaban por encima de Beth y una cortina de agua cayó desde las hojas. Sintió que una gota helada le bajaba por el cuello y, sin más preámbulos, se bajó los vaqueros y se puso en cuclillas detrás del árbol. Enseguida empezaron a dolerle las rodillas y notó el frío en los muslos. Separó bien las piernas para evitar que la orina que fluía por el suelo le alcanzara las botas, y justo en ese momento oyó unas pisadas apresuradas detrás de ella. Sobresaltada, se dio la vuelta y cayó hacia atrás con un golpe seco. Su piel desnuda chocó contra el suelo, que estaba al mismo tiempo frío, cálido y húmedo.

—¡Madre mía! ¿En serio? ¿Justo al lado de las tiendas?

Beth guiñó los ojos ante la claridad del cielo gris; tenía los pantalones bajados hasta las rodillas y la palma de su mano tocaba algo caliente. Alice estaba mirándola de hito en hito, con la cara pálida y el gesto tenso. Por un momento, a Beth se le pasó por la cabeza la posibilidad de que estuviera enferma de verdad.

—Mira, si eres tan jodidamente perezosa como para no ir a mear donde habíamos acordado, al menos ten la cortesía de hacerlo cerca de tu tienda, no de la mía.

—Es que creía que... —Beth se incorporó con torpeza y se subió los vaqueros, que le quedaban demasiado ajustados y se le habían retorcido, y la dejaban en evidencia a cada tirón—. Lo siento, creía que... —Gracias a Dios había conseguido ponerse en pie, aunque un cálido hilillo le humedecía la parte interior del muslo—. Creía que éste era el árbol que habíamos elegido.

—¿Éste? Pero si sólo queda a un par de metros de las tiendas.

Beth lanzó una mirada furtiva a su alrededor. ¿Sólo dos metros? De acuerdo que en la oscuridad parecían más, pero incluso ahora daba la impresión de que eran al menos cinco.

—Y ni siquiera hay una pendiente.

—Vale, ya te he dicho que lo siento.

Beth quería que Alice se callara de una vez, pero ya era demasiado tarde. Se oyó el frufrú de las lonas y tres cabezas aparecieron por encima de las tiendas. Beth vio que su hermana la miraba con dureza. A Bree no le hacía falta saber con exactitud qué estaba viendo para sacar sus conclusiones. «Beth lo ha vuelto a hacer.»

—¿Algún problema? —preguntó Jill.

—No, todo controlado. —Alice se enderezó—. El árbol que elegimos es ése.

Señaló un punto a lo lejos. No se veía una rama rota por ningún sitio.

Beth se volvió hacia los tres rostros de las tiendas.

—Perdón, es que creía que... Lo siento.

—¿Ves a cuál me refiero? —insistió Alice, señalando todavía con el dedo.

—Sí, lo veo. Oye, perdo...

—Beth, no pasa nada —intervino Jill, interrumpiéndola—. Y gracias, Alice. Creo que ahora ya sabemos todas dónde está el árbol.

Alice no despegó la vista de Beth; luego bajó el brazo con lentitud. Beth caminó lastimosamente hacia el claro sin mirar a las otras; sentía que el rostro le ardía. Su hermana estaba en la entrada de la tienda, muda y con los ojos enrojecidos. Beth se dio cuenta de que tenía resaca, y a Breanna las resacas le sentaban fatal.

Se agachó, entró en la tienda y volvió a subir la cremallera. Sólo tenía aquellos vaqueros, que ahora olían a orina, y sintió que una densa bola le quemaba detrás de los ojos. Los cerró con fuerza y se obligó a quedarse completamente inmóvil, tal como le habían enseñado en el centro de desintoxicación. Respiraciones profundas y pensamientos positivos hasta que la ansiedad desaparezca. «Inspira, espira.»

Mientras contaba las respiraciones e intentaba concentrarse, imaginó que proponía a las otras mujeres que formasen un círculo con ella. Vio la escena con nitidez y también a sí misma acercando la mano a Alice. «Inspira, espira.» Imaginó que alzaba el brazo, que extendía los dedos y que los pasaba por los rubios mechones de su compañera. «Inspira, espira.» Que apretaba el puño y estampaba su cuidadísimo rostro contra el suelo, que lo machacaba hasta que Alice pataleaba y chillaba. «Inspira, espira.» Al llegar a cien, soltó aire por última vez y sonrió para sus adentros. Su terapeuta tenía razón. Visualizar lo que de verdad quería hacer la ayudaba a sentirse muchísimo mejor.

7

Fue un alivio salir del sendero de Mirror Falls. Falk respiró profundamente cuando vio que las copas de los árboles se abrían y empezaba a divisarse el cielo. Más allá, la luz se reflejaba en las ventanas de la casa rural, aunque su resplandor apenas llegaba a iluminar la maleza oscura del camino. Los dos agentes siguieron a Chase por el aparcamiento, sintiendo cómo la gravilla crujía bajo sus botas. Cuando ya estaban cerca de la casa, Falk notó que Carmen le daba un golpecito en el brazo.

—Ahí tenemos a dos por el precio de uno —le susurró.

Daniel Bailey estaba al lado de su BMW negro con una mujer a quien Falk reconoció enseguida. Era su hermana, Jill. Pese a la distancia, distinguió la marca de un moratón en la mandíbula de la mujer y recordó lo que el sargento King les había dicho. «Algunas lesiones.» Jill no tenía ese moratón en la foto de grupo del primer día, de eso estaba seguro.

Ahora los dos hermanos estaban frente a frente, enzarzados en una discusión. Era una de esas peleas en las que los músculos se tensan y los labios se mantienen apretados, para no montar una escena en público.

Jill se inclinaba sobre Daniel mientras hablaba. Hizo un movimiento brusco con una mano en dirección al bosque y luego en la dirección contraria. Él replicó negando con la cabeza una sola vez, y ella insistió y se acercó un poco más. Daniel Bailey dirigió su mirada a la lejanía, más allá de su hermana, para evitar encontrarse con los ojos de ella. Volvió a negar con la cabeza. «He dicho que no.»

Jill lo miró fijamente con expresión impasible y luego, sin añadir nada más, se dio la vuelta, subió los escalones de la entrada y se metió en la casa. Bailey se apoyó en el coche y se quedó mirando a su hermana hasta que desapareció. Negó con la cabeza y, justo en ese momento, su mirada se posó en Ian Chase y su forro polar rojo de Aventuras para Ejecutivos. Por un instante pareció azorado porque lo hubieran pillado en plena discusión, pero se repuso enseguida.

—¡Hola! —Bailey levantó un brazo, y su voz resonó por todo el aparcamiento—. ¿Alguna novedad?

Se acercaron a él. Era la primera vez que Falk tenía la oportunidad de ver a Daniel Bailey de cerca. Tenía los labios apretados y era evidente la tensión alrededor de los ojos, pero aun así mantenía un aspecto juvenil y no aparentaba sus cuarenta y siete años. De hecho, se parecía muchísimo a las fotos que Falk había visto de Leo Bailey, que seguía perteneciendo a la junta directiva y siempre aparecía en el folleto de la empresa. Daniel iba menos encorvado y lucía menos arrugas que su padre, pero la semejanza era clara.

Bailey escudriñó a Falk y a Carmen con un educado interés. Falk aguardó un momento, pero no detectó signo alguno de que el director general lo hubiera reconocido. Sintió un leve cosquilleo de alivio. Eso ya era algo, al menos.

—Me temo que no —contestó Chase—. Por lo menos, nada nuevo de momento.

Bailey negó con la cabeza.

—Por amor de Dios, si dijeron que hoy ya la habrían encontrado.

—Que hoy esperaban encontrarla.

—¿Serviría de algo que les diera más dinero? Ya les he dicho que estoy dispuesto a pagar lo necesario. Lo saben, ¿no?

—No es algo que se solucione con dinero. Lo que cuenta son otras cosas. —Chase dirigió su mirada al bosque—. Usted ya sabe cómo es este sitio.

Antes de que Falk y Carmen salieran del centro de operaciones, el sargento King había desplegado un mapa con cuadrículas y les había mostrado las áreas que aún tenían que peinar. Añadió que en la zona donde el bosque era menos denso se tardaba unas cuatro horas en cubrir un kilómetro cuadrado, aunque la búsqueda se complicaba si había más vegetación, si el terreno era empinado o si lo cruzaba una corriente de agua. Falk había empezado a contar el número de cuadrículas; lo había dejado al llegar a veinte.

—¿Han recorrido ya la cordillera del noroeste? —preguntó Bailey.

—Este año no se puede acceder a ella, y es demasiado peligroso con este tiempo.

—Razón de más para inspeccionarla, ¿no? En esa parte es fácil perderse.

Había algo en el tono imperativo de Bailey que sonaba un poco falso.

Falk carraspeó y decidió intervenir:

—Todo esto debe de ser muy difícil para usted y sus empleados. ¿Conocía bien a la desaparecida?

Bailey se fijó en él por primera vez, con un gesto de pocos amigos y una mirada interrogante.

—¿Y usted es...?

—Son agentes de policía —intervino Chase—. Nos están ayudando en la búsqueda.

—Ah, muy bien. Eso está bien. Gracias.

Alargó una mano y se presentó. Tenía la palma fría y callos en las yemas de los dedos. No era la mano de un hombre que se pasa la vida sentado tras una mesa. Era evidente que Bailey pasaba tiempo al aire libre de una forma u otra.

—Entonces, ¿la conocía bien? —repitió Falk mientras se estrechaban la mano.

—¿A Alice? —La expresión poco amistosa de Bailey se endureció aún más—. Sí, bastante bien. Lleva cuatro años trabajando con nosotros...

«En realidad, cinco», pensó Falk.

—... y por eso es un miembro del equipo a quien apreciamos mucho. Bueno, como a todos, claro. Pero que haya desaparecido sin dejar rastro de este modo... —Hizo un gesto de incredulidad—. Es muy preocupante —añadió, y pareció que lo decía en serio.

—Usted no vio a Alice Russell antes de que ella se marchara con su grupo el jueves, ¿verdad? —preguntó Carmen.

—No, me retrasé, me lié con una cosa y no llegué a tiempo para subir al vehículo en el que iba todo el grupo.

—¿Le puedo preguntar por qué?

Bailey la miró de hito en hito:

—Por un asunto familiar privado.

—Supongo que, al gestionar una empresa familiar, nunca puede desconectar del todo —dijo Carmen con tacto.

—Sí, eso es cierto. —Bailey esbozó una sonrisa forzada—. Aunque intento separar las cosas en la medida de lo posible. Si no, me volvería loco. Por desgracia, de esto no pude zafarme. Les pedí disculpas a los otros miembros del equipo. Lógicamente, no era lo que tenía pensado, pero sólo nos retrasamos una hora como mucho. Al final, tampoco nos condicionó demasiado.

—¿Su equipo no tuvo ningún problema para llegar a tiempo al punto de encuentro? —preguntó Falk.

—No. El terreno es complicado, pero las rutas en sí no son demasiado difíciles. O no deberían serlo, al menos.

Bailey dirigió la mirada a Chase, que bajó la vista.

—Da la impresión de que conoce usted la zona, ¿no? —dijo Falk.

—Un poco. He venido a hacer senderismo un par de fines de semana. Y en los últimos tres años hemos organizado aquí varias actividades empresariales con Aventuras para Ejecutivos. Normalmente es un sitio estupendo. Aunque, desde luego, no es el mejor lugar para perderse durante mucho tiempo.

—¿Y usted siempre participa en las actividades?

—Es la mejor excusa que tengo para salir de la oficina. —Bailey empezó a esbozar una sonrisa automática, pero se detuvo a medio camino convirtiéndola en una mueca poco afortunada—. Siempre nos ha parecido que estas actividades eran muy positivas y que, en general, estaban bien organizadas. Siempre hemos quedado satisfechos, hasta... —Se interrumpió unos segundos—. Bueno, hasta ahora.

Chase seguía con la vista clavada en el suelo.

—Pero sí que vio usted a Alice Russell durante la ruta —dijo Falk.

Bailey pareció sorprendido.

—¿Se refiere a la primera noche?

—¿Hubo algún otro momento?

—No. —Su respuesta fue casi demasiado rápida—. Sólo esa primera noche. Fue una visita de cortesía a los miembros del otro equipo.

—¿De quién fue la idea?

—Mía. Creo que es positivo que nos relacionemos en un espacio que no sea la oficina. Todos formamos parte de la misma empresa, vamos en el mismo barco.

—¿Habló entonces con Alice Russell? —preguntó Falk, observando detenidamente a Bailey.

—Un poco al principio, pero no nos quedamos mucho tiempo. Nos marchamos cuando empezó a llover.

—¿De qué hablaron?

Bailey frunció el ceño.

—De nada importante, fue una charla superficial sobre asuntos de la oficina.

—¿Incluso en un encuentro social? —preguntó Carmen.

—Bueno, como han señalado ustedes —repuso Bailey con una sonrisita—, nunca aparco del todo el trabajo.

—¿Y qué impresión le dio esa noche?

Bailey dudó un instante:

—Parecía estar bien. Pero no hablamos mucho.

—¿Vio usted algo en ella que le preocupase? —inquirió Falk.

—¿Como qué?

—Cualquier cosa. Su salud, su estado mental... Su capacidad para completar la ruta.

—Si hubiera tenido alguna duda sobre Alice, o sobre cualquiera de nuestros empleados, habría hecho algo al respecto.

Desde algún lugar de las profundidades del bosque llegó el canto de un ave, agudo e intenso. Bailey frunció el ceño y miró el reloj.

—Oigan, lo siento. Gracias por colaborar en la búsqueda, pero voy a tener que irme. Quiero acercarme en coche al centro de operaciones para llegar a la reunión informativa de la noche.

Chase cambió el peso de una pierna a la otra y después dijo:

—Yo también voy a ir, ¿quiere que le lleve?

Bailey dio un golpecito al techo del BMW.

—No hace falta, gracias.

Sacó las llaves y, tras otra ronda de apretones de manos y un breve gesto de saludo, se marchó, oculto tras los cristales tintados del vehículo.

Chase observó cómo se alejaba el BMW y después miró con cierta tristeza el microbús de Aventuras para Ejecutivos, que parecía una carraca, aparcado en una esquina del aparcamiento.

—Yo también debería acercarme. Si hay alguna novedad os aviso —dijo, y se alejó con las llaves en la mano.

Falk y Carmen volvieron a quedarse solos.

—Me encantaría saber por qué Bailey llegó con retraso —dijo la agente—. ¿Tú te crees eso de que fue por un problema familiar?

—No lo sé. BaileyTennants es una empresa familiar. Cualquier cosa podría entrar en esa categoría.

—Ya. Aunque debo decir que, si yo tuviera un coche como el suyo, también habría pasado de ir en ese microbús.

Se aproximaron a su sedán, que estaba estacionado en la zona más alejada del aparcamiento. En las rendijas se habían acumulado polvo y hojas, que salieron volando, formando una nube, cuando abrieron el maletero. Falk sacó su maltrecha mochila y se la colgó al hombro.

—Creía que habías dicho que no te gusta el senderismo —comentó Carmen.

—Y no me gusta.

—Pues cualquiera lo diría viendo tu mochila. Parece estar en las últimas.

—Ah, sí, es que ha tenido mucho trote. Aunque no por mi parte. —Falk no dijo más, pero Carmen se lo quedó mirando, esperando que continuara. Falk suspiró—. Era de mi padre.

—Es algo bonito. ¿Te la regaló él?

—Más o menos. Murió, así que me la quedé.

—Ay, mierda. Lo siento.

—No pasa nada. Él ya no la necesita. Vamos.

Falk se dio la vuelta antes de que ella pudiera decir nada más; atravesaron el aparcamiento y llegaron a la recepción de la casa rural. Comparado con el exterior, aquello parecía un horno y Falk empezó a sentir el hormigueo del sudor en la piel. Tras el mostrador estaba el mismo guarda forestal de antes. Revisó la lista de las habitaciones reservadas para los agentes de policía y para los miembros del equipo de rescate, y les entregó una llave a cada uno.

—Volved a salir por donde habéis venido y seguid el sendero que tuerce a la izquierda —les dijo—. Vuestras habitaciones están al final de la hilera, una al lado de la otra.

—Gracias.

Salieron y rodearon la casa hasta llegar a una larga y recia cabaña de madera, que estaba dividida en habitaciones individuales con un porche compartido que se extendía a lo largo de la fachada. Mientras avanzaban, Falk oyó que la lluvia comenzaba a golpetear el techo de hojalata. Sus habitaciones estaban al final, como les había dicho el guarda.

—¿Nos vemos de nuevo dentro de veinte minutos? —dijo Carmen, y desapareció por su puerta.

Una vez en el interior, Falk comprobó que su habitación era pequeña pero sorprendentemente acogedora. La cama ocupaba casi todo el espacio; había también un armario, que a duras penas cabía en el rincón, y una puerta que daba a un baño minúsculo. Se quitó el abrigo y miró el móvil. Ahí tampoco tenía cobertura.

Apoyó la mochila de su padre en la pared, que era de un blanco inmaculado. Se veía hecha polvo en contraste con la pintura de la habitación. No sabía muy bien por qué la había llevado. Tenía otras que le habrían servido igualmente. La había encontrado en el fondo del armario mientras buscaba las botas de senderismo. Casi había olvidado que la tenía. Casi, pero no del todo. La había sacado y se había quedado largo rato sentado en el suelo de su silencioso apartamento, mirándola.

No había sido del todo sincero con Carmen. No se había llevado la mochila cuando murió su padre siete años antes, sino que se la había entregado una enfermera del servicio de oncología de un hospital para enfermos terminales. Pesaba poco, pero no estaba vacía; contenía las escasas pertenencias de Erik Falk.

Había tardado mucho en revisar el contenido y todavía más en decidir qué iba a donar y qué iba a conservar. Al final, sólo se había quedado con la mochila y otros tres objetos: dos fotografías y un sobre sin cerrar, grande y desgastado, arrugado y con los bordes deteriorados.

Falk abrió el bolsillo superior de la mochila y lo sacó. El sobre estaba todavía más maltrecho de lo que recordaba. Extendió el contenido por la cama. Ante él había varios mapas con curvas de nivel, pendientes, zonas sombreadas y símbolos. Cumbres, valles, bosques y playas. La naturaleza en todo su esplendor reproducida sobre el papel.

Mientras iba revisando los mapas, sintió una repentina sensación de familiaridad que casi le dio vértigo. Había más de dos docenas. Algunos eran antiguos, unos se habían consultado más que otros, tenían el papel fino y muy manido. Su padre los había corregido, desde luego. Él conocía mejor que nadie el territorio. O, al menos, creía conocerlo mejor. La caligrafía de Erik Falk trazaba florituras y curvas en las rutas de las principales regiones de senderismo del estado. Eran las observaciones que hacía cada vez que se calzaba las botas, se echaba la mochila a la espalda y abandonaba la ciudad con un suspiro de agradecimiento.

Hacía mucho tiempo que Falk no miraba aquellos mapas. De hecho, nunca había sido capaz de estudiarlos con detenimiento. Pero en ese momento pasaba de un mapa a otro, hojeándolos, hasta que encontró el que buscaba: el de Giralang Ranges y sus alrededores. Era uno de los más antiguos, con los bordes amarilleados. Los lugares por los que se había plegado se veían quebradizos y desdibujados.

Se quitó las botas, se tumbó en la cama y hundió la cabeza en la almohada, sólo un minuto. Sentía los párpados pesados. Hacía mucho más calor dentro que fuera. Abrió el mapa al azar, entrecerrando los ojos a causa de la luz. Con el paso de los años, las marcas grisáceas a lápiz se habían ido borrando en algunos puntos, y las palabras que había escritas en los bordes no se leían bien. Falk se acercó el mapa un poco más y experimentó una punzada de irritación que conocía muy bien: la caligrafía de su padre siempre había sido condenadamente difícil de leer. Trató de concentrarse.

«Lugar con agua. Campamento no oficial. Camino bloqueado.»

Falk volvió a parpadear, ahora con mayor insistencia. En aquella cabaña la temperatura era agradable.

«Atajo. Mirador. Árbol caído.»

Un parpadeo. El viento ululaba en el exterior y golpeaba el cristal de la ventana.

«Poco seguro en invierno. Atención.»

El eco de un aviso.

«Caminar con cuidado. Zona peligrosa.»

Falk cerró los ojos.

DÍA 2

MAÑANA DEL VIERNES

Tardaron más de lo previsto en recoger el campamento. Las tiendas se negaban a plegarse y adquirir el pequeño tamaño que tenían originalmente, y las cremalleras de los sacos de dormir se atascaron y se resistieron en señal de protesta.

Jill sabía que su mochila no podía pesar más que el día anterior. Lo sabía, pero cuando se la echó a la espalda apenas podía creerlo. Aunque ya iban con retraso, dejó que las otras se demoraran bajo la tenue luz de la mañana, mientras jugueteaban con los cierres y las botellas de agua. No tenía ganas de abandonar el campamento y sospechaba que no era la única. Sabía que las otras zonas de acampada del trayecto eran más pequeñas y estaban peor acondicionadas, pero no se trataba sólo de eso. Alejarse de la seguridad del lugar de partida e internarse en lo desconocido la inquietaba un poco.

Miró de refilón a Alice mientras ésta guardaba sus cosas. Apenas había abierto la boca y le habían tenido que pedir dos veces la bolsa de las varillas. Pero no estaba enferma, de eso Jill estaba segura. Y no le iba a permitir que abandonara la excursión antes de hora, de eso también estaba muy segura.

Observó cómo Alice recogía las botellas de vino vacías y la bolsa de basura común, y cómo se lo daba todo directamente a Beth. Por lo visto, no sentía ningún remordimiento por haber perdido los estribos con ella aquella misma mañana. Jill se preguntó si debía intervenir, pero Beth se limitó a coger la basura y a meterla en su mochila sin decir nada, así que decidió dejar pasar el asunto. Había aprendido a decidir en qué batallas valía la pena meterse.

Finalmente, con una hora de retraso y ya sin más excusas, se pusieron en marcha. Alice no tardó en tomar la delantera, y Bree le pisaba los talones, con el mapa en las manos. Jill se recolocó la mochila por detrás de ellas. Notaba que las asas le rozaban en los hombros. El dependiente le había asegurado que estaban hechas de un material transpirable especialmente concebido para un completo confort. El recuerdo de esa conversación le inspiró una profunda y duradera sensación de traición.

El sendero se fue allanando por fin, pero el terreno era tan irregular que tenía que ir mirando al suelo todo el rato. Tropezó una vez, y después otra, y esa segunda vez estuvo a punto de perder el equilibrio. Notó que una mano le agarraba el brazo y la ayudaba a estabilizarse.

—¿Estás bien? —le preguntó Lauren.

—Sí, gracias. Es que no estoy acostumbrada a estas botas.

—¿Te hacen daño?

—Un poco —reconoció.

—Tal vez te iría bien ponerte dos pares de calcetines. Uno fino debajo de otro grueso. Oye, Jill —añadió Lauren bajando un poco la voz—, quería disculparme.

—¿Por qué?

Lo sabía. O quizá no. Si Jill se paraba a pensar en ello, Lauren podía sentirse culpable por varias cosas.

—Por lo de la otra semana, cuando me salté la reunión informativa... —dijo Lauren—. Bueno, siento no haber estado allí. Pero Andrew me dijo que él podía hacer solo la presentación y... —Se quedó callada—. Lo siento. Sé que tendría que haber ido. Últimamente he tenido problemas en casa.

Al oír eso, Jill la miró. Ella sabía muy bien lo que eran los problemas domésticos.

—¿Hay algo en lo que podamos ayudarte?

—Desgraciadamente, no. Pero gracias de todos modos.

Lauren siguió mirando hacia delante y Jill pensó que su compañera había adelgazado mucho últimamente; los huesos del cuello y de las muñecas se le marcaban en la piel.

—¿Estás segura?

—Sí.

—Vale. Porque la reunión...

—De verdad que siento mucho no haber...

—Lo sé, pero no es la primera vez que no asistes. Ni la segunda.

—No volverá a pasar.

—¿Estás segura, Lauren? Porque...

—Sí, estoy segura. Las cosas van a mejorar.

«Más te vale», pensó Jill. Lauren había sido una de las candidatas más firmes en la última ronda de despidos. De hecho, era la primera de la lista, hasta que Alice había propuesto la fusión de varios puestos de trabajo a tiempo parcial para lograr el mismo ahorro. Jill sospechaba que Alice le había cubierto las espaldas a Lauren al menos dos veces en los últimos meses, evitando así por los pelos que se produjeran algunos errores. Y si ella era consciente de estos dos episodios, era casi seguro que habría habido otros. Sabía que las dos mujeres se conocían desde hacía mucho. Lo que aquello implicaba para Lauren era otra cuestión.

Por delante de ellas, podían ver la cabeza de Alice, con su rubio cabello destacando en el sendero oscuro. A Jill se le ocurrió una idea.

—Anoche se te dio bien lo de hacer la fogata. Vi cómo la encendías.

—Ah, gracias. Lo aprendí en el colegio.

—Pues te lo enseñaron bien.

—No es para menos. Estuve todo un año en el Campus McAllaster en la Naturaleza, un curso especial del Endeavour Ladies' College. Es mucho tiempo, así que se aprenden un montón de cosas de ese tipo. Alice también asistió. —Lauren miró a Jill—. Tú seguramente fuiste a un colegio privado, ¿en el tuyo no hacían cosas parecidas?

—Me eduqué en Suiza.

—Ah. Entonces supongo que no.

—Gracias a Dios. —Jill la miró de reojo con una leve sonrisa—. Creo que no podría aguantar un año entero así.

Lauren le devolvió la sonrisa, pero Jill se percató de que en su mirada había una pregunta que no había llegado a formular. Si tan poco le gustaba todo aquello, ¿por qué demonios había accedido a participar? Jill había perdido la cuenta de las mil maneras en que se había planteado esa pregunta en los últimos treinta años, pero su respuesta siempre había sido la misma: BaileyTennants era una empresa familiar. Y Jill Bailey hacía lo que era más conveniente para la familia.

—Bueno —añadió Lauren—, eso es todo lo que quería decir. Soy consciente de que últimamente en el trabajo no he rendido como debía.

Al mirar al frente, Jill vio que Alice y Bree se habían detenido. En el camino había una bifurcación, con un sendero a la izquierda y otro más estrecho a la derecha. Bree estaba sentada en un tocón y examinaba el mapa con la nariz casi pegada al papel. Alice estaba de pie con los brazos en jarras, contemplándola. Alzó la vista mientras se acercaban, con los ojos azules en alerta y la cabeza ladeada. Jill se preguntó de pronto si habría oído su conversación. No. Sin duda estaba demasiado lejos.

—Y agradezco muchísimo mi trabajo y las oportunidades que me habéis dado —dijo Lauren, bajando la voz de nuevo—. Y tu paciencia. Quiero que sepas que te lo compensaré.

Jill asintió. Más allá, Alice seguía observándolas.

—Sé que lo harás.

8

Cuando Falk se despertó con un sobresalto, viró hacia la ventana y vio que fuera estaba más oscuro de lo que recordaba. Oyó el crujido de un papel y desvió la mirada hacia su propio cuerpo: aún tenía abierto en el pecho el mapa de su padre. Se frotó los ojos y, entornándolos, se fijó en la lluvia que golpeaba el cristal de la ventana. Tardó unos segundos en darse cuenta de que los golpes venían de la puerta.

—¡Sí que has tardado! —dijo Carmen cuando por fin le abrió; una ráfaga de aire frío entró junto con ella.

—Lo siento, me he dormido. Pasa. —Falk recorrió la estancia con la mirada. No había sillas. Estiró la colcha de la cama, que estaba arrugada—. Siéntate.

—Gracias. —Carmen se hizo un hueco entre los mapas desplegados encima de la colcha—. ¿Qué es todo esto?

—Nada. Eran de mi padre.

Carmen cogió el mapa de Giralang Ranges, que estaba abierto en lo alto del montón.

—Está lleno de anotaciones.

—Sí, como todos. Era su gran afición.

—Imagino que no habrás encontrado una enorme equis negra con las palabras «Alice está aquí», ¿verdad? —bromeó Carmen mientras estudiaba las marcas a lápiz—. Mi abuela hacía lo mismo con sus libros de cocina, anotaba comentarios y correcciones. Todavía los tengo. Me gusta, es como si aún me hablara. Además, tenía razón: si mezclas media cucharadita de zumo con la ralladura, te sale el mejor bizcocho de limón que hayas probado en tu vida. —Dejó el mapa que tenía en las manos y cogió otro—. ¿Recorristeis juntos todas estas rutas?

—No —contestó Falk, negando con la cabeza.

—¿Cómo? ¿Ni una sola?

Falk se puso a recoger los mapas lentamente.

—La verdad es que él y yo no nos llevábamos demasiado bien.

Notó que se le secaba la boca y tragó saliva.

—¿Por qué no?

—Es una larga historia.

—¿Hay una versión corta?

Falk miró los mapas.

—Cuando yo tenía dieciséis años, mi padre vendió nuestra granja y nos trasladamos a Melbourne. Yo no quería que la vendiera, pero había muchos problemas en nuestro pueblo. Las cosas se pusieron feas rápidamente y supongo que pensó que era lo mejor para mí. No sé, imagino que creía que debía sacarme de allí.

Años más tarde, siendo ya adulto y con la perspectiva que dan los años, Falk había acabado entendiéndolo, al menos en parte. Pero en aquel momento se había sentido traicionado. No le había gustado nada huir a la ciudad de ese modo, sintiendo en la nariz el olor del miedo y la sospecha.

—En teoría íbamos a empezar de cero —continuó—, pero la verdad es que las cosas no salieron bien. Mi padre detestaba la ciudad, y a mí me pasó más o menos lo mismo. —Se detuvo. Su padre y él nunca habían hablado del tema. Ni de su vida anterior ni de la nueva. Las palabras que no habían pronunciado se interpusieron entre ellos como un velo, que se fue engrosando año tras año. Al final acabó siendo tan grueso que Falk casi no reconocía al hombre que vivía con él. Suspiró—. En cualquier caso, casi todos los fines de semana mi padre preparaba la mochila, se subía al coche y se iba a hacer senderismo. Con estos mapas.

—¿Nunca estuviste tentado de acompañarlo?

—No. No sé... Él me preguntaba si quería acompañarlo. Al principio. Pero ya sabes cómo son estas cosas. Yo tenía dieciséis o diecisiete años y estaba enfadado.

—Como casi todos los chavales a esa edad, ¿no? —dijo Carmen con una sonrisa.

—Supongo.

Sin embargo, no siempre había sido así. Falk recordaba que había habido una época en la que seguía a su padre como una sombra. Cuando todavía era tan pequeño que la cabeza no le llegaba siquiera al travesaño más bajo de las cercas, corría por los prados de la granja detrás de las largas y regulares zancadas de su progenitor. La brillante luz del sol hacía que sus sombras fueran más alargadas aún y que el cabello rubio de ambos brillase con un tono casi blanco. En aquellos días quería ser igual que su padre. Ahora, con el paso de los años, había entendido que lo había puesto en un pedestal demasiado alto.

Carmen estaba diciéndole algo.

—¿Perdón?

—Te estaba preguntando qué pensaba tu madre de todo esto.

—Ah. Nada. Murió cuando yo era muy pequeño.

Mientras daba a luz, de hecho, aunque Falk evitaba aludir a ese detalle siempre que podía. Por lo visto, aquello incomodaba mucho a la gente y llevaba a algunas personas —normalmente a las mujeres— a mirarlo con un brillo acusador en la mirada. «¿Crees que valió la pena que muriera para traerte al mundo?» Él trataba de no plantearse esa cuestión, pero a veces no podía evitar preguntarse cuáles habrían sido los últimos pensamientos de su madre. Esperaba que no sólo hubieran sido de arrepentimiento.

—Bueno. Pues así es como he acabado con estos mapas.

Añadió el último de ellos al montón y los apartó. Era suficiente. Carmen captó la indirecta. El viento silbaba y ambos se volvieron cuando uno de los postigos golpeó en el marco.

—Entonces no se sabe nada de Alice —dijo Carmen.

—Todavía no.

—¿Y ahora qué hacemos? ¿Crees que servirá de algo que nos quedemos aquí mañana?

—No lo sé.

Falk suspiró y se recostó en el cabecero de la cama. La búsqueda estaba en manos de profesionales, pero, aunque consiguieran localizar a Alice en el transcurso de la hora siguiente —en un estado que podía ir de sana y salva a con hipotermia y ensangrentada—, Falk sabía que iban a tener que buscar otro modo de conseguir los contratos que necesitaban. Alice Russell no iba a volver pronto al trabajo, si es que llegaba a hacerlo.

—Daniel Bailey no nos ha reconocido —dijo Falk—. O si lo ha hecho, lo ha disimulado muy bien.

—Sí, estoy de acuerdo contigo.

—Así que me inclinaría a creer que todo esto no tiene nada que ver con nuestra investigación, si no fuera por...

Señaló con la mirada en dirección a su móvil, que permanecía sobre la mesilla de noche sin emitir ningún sonido.

—Desde luego —convino Carmen.

La grabación. «...Le haga daño.»

Falk se frotó los ojos.

—Olvidemos por un momento lo que decía. ¿Por qué intentó llamarme Alice desde ahí fuera?

—Ni idea. Por lo visto antes intentó llamar a emergencias, pero no pudo contactar con ellos. —Carmen se quedó cavilando unos instantes—. Aun así, la verdad es que tú no serías la primera persona a la que yo llamaría si me perdiera en ese bosque.

—Gracias. ¿Ni siquiera con todos los mapas que tengo?

—Ni siquiera. Pero ya me entiendes, la llamada tiene que estar relacionada con nosotros. O contigo. Lo único que se me ocurre es que quisiera echarse atrás. ¿Parecía preocupada la última vez que hablaste con ella?

—Tú estabas delante. Fue la semana pasada.

—Ah, es verdad... ¿Y no habéis vuelto a contactar desde entonces?

Aquél había sido un encuentro para olvidar. Cinco minutos en el aparcamiento de un gran supermercado. «Necesitamos los contratos —le habían dicho—. Los vinculados con Leo Bailey. Por favor, dales prioridad.» Se lo habían planteado como una petición. Pero el tono había dejado claro que se trataba de una orden. Alice les había contestado que estaba haciendo todo lo que podía.

—¿La presionamos demasiado? —preguntó Falk—. ¿Hicimos que metiera la pata de un modo u otro?

—No fuimos más duros de lo habitual con ella.

Falk no estaba seguro de que aquello fuera cierto. Ellos también se habían visto sometidos a la presión que les llegaba desde arriba y no tardaron en transmitírsela a quien estaba por debajo. Los marrones se los acababa comiendo el eslabón inferior, ése era el modelo de negocio clásico, y Falk estaba convencido de que Alice lo conocía bien. «Tienes que conseguir los contratos de Leo Bailey.» Igual que en el juego del teléfono roto, las palabras que ellos habían escuchado se las habían transmitido a Alice Russell. Ni a Falk ni a Carmen les habían revelado por qué aquello era tan importante, aunque el secretismo que rodeaba a esa orden era de lo más elocuente. «Conseguid los contratos.» Sí, Alice Russell tal vez hubiera desaparecido, pero la presión de arriba, no. «Conseguid los contratos.» Ésa era la prioridad. Falk volvió a observar el móvil. «... Le haga daño.»

—Si Alice metió la pata, alguien tuvo que darse cuenta para que eso se convirtiera en un problema —señaló Carmen—. ¿Y si hablamos con la asistente de Alice, Breanna McKenzie? Si pasa algo con el jefe, el asistente suele ser el primero en enterarse.

—Sí, aunque la cuestión es si querrá decírnoslo o no.

Falk pensó que eso podía depender de en qué medida Alice le hubiera encasquetado a su asistente aquellos marrones a lo largo del tiempo.

—Ya. —Carmen cerró los ojos con fuerza y se pasó una mano por la cara—. Deberíamos informar a la oficina. ¿Has hablado con ellos hoy?

—Desde anoche, no.

Falk había contactado con sus superiores después de su conversación telefónica con el sargento King. La noticia de la desaparición de Alice Russell no había sido bien recibida.

—¿Acaso quieres que me lleve yo la bronca?

—No te preocupes —contestó Falk con una sonrisa—. Esta vez me encargo yo.

—Gracias. —Carmen soltó un suspiro y se recostó—. Si Alice hubiera tenido algún problema antes de iniciar esa excursión, nos habría llamado. De modo que, sea lo que sea lo que haya ocurrido, ha sido en ese bosque, ¿no crees?

—Eso parece. Ian Chase nos ha asegurado que Alice parecía estar bien cuando salieron. Aunque es cierto que él no tenía por qué darse cuenta de cómo estaba.

Si algo sabían de Alice, era que se le daba bien ocultar sus sentimientos. O al menos, eso esperaba Falk.

—¿Dónde están las imágenes de la cámara de vigilancia de la gasolinera? —preguntó Carmen—. Las que muestran al grupo cuando venía hacia aquí.

Falk sacó el portátil de la mochila. Buscó el lápiz de memoria que le había dado el empleado y echó la pantalla hacia atrás para que Carmen pudiera verla bien. La agente se acercó un poco.

La grabación era en color, pero casi toda la pantalla era una gran mancha gris porque la cámara apuntaba a la zona delantera y asfaltada que rodeaba los surtidores. No había sonido, aunque la calidad de la grabación era decente. Las imágenes registradas abarcaban los siete días anteriores; los coches entraban y salían a toda velocidad de la pantalla mientras Falk pulsaba el botón de avance rápido para llegar al jueves. Cuando el reloj de la cámara indicó la media tarde, apretó la tecla de reproducción y se dedicaron a observar durante unos minutos.

—Ahí —señaló Carmen cuando un microbús se detuvo en la gasolinera—. Es ése, ¿verdad?

En las imágenes tomadas desde lo alto, se veía cómo se abría la puerta del conductor. Chase bajaba del vehículo y se dirigía al surtidor. Su figura larguirucha, con el forro polar rojo, se reconocía perfectamente.

En la pantalla también se veía cómo se abría la puerta lateral del vehículo, con un brusco y silencioso movimiento sobre sus goznes. Un tipo de origen asiático bajaba del microbús, seguido por dos individuos de cabello moreno y por otro que se estaba quedando calvo. Este último se dirigía a la tienda mientras los otros formaban un corro disperso y se estiraban y charlaban. Tras ellos, se veía a una mujer corpulenta que salía del vehículo con dificultad y descendía con pasos pesados.

—Ésa es Jill —dijo Carmen.

Observaron cómo Jill Bailey sacaba el móvil, pulsaba la pantalla, se lo llevaba al oído, lo apartaba y se quedaba mirándolo. A Falk no le hizo falta distinguir claramente la cara de Jill para percibir su frustración.

—¿A quién estaría intentando llamar? —se preguntó—. ¿A Daniel, quizá?

—Es posible.

Justo entonces, bajó del vehículo otra mujer con una coleta morena que se mecía entre sus hombros.

—¿Y ésa es Breanna? —preguntó Carmen—. Se parece a la de la foto.

Mientras la mujer de cabello moreno miraba a su alrededor y se daba la vuelta, una tercera descendía del vehículo.

—Ahí la tenemos —dijo Carmen con un suspiro.

Rubia y esbelta, Alice Russell bajaba y estiraba los brazos como si fuera un gato. Le decía algo a la morena, que estaba a su lado. Las dos sacaban los móviles; el lenguaje corporal de ambas reproducía el de Jill un minuto antes. Miraban los móviles, pulsaban las pantallas, volvían a mirarlos, nada. Un leve encogimiento de hombros, un gesto de frustración.

La morena guardaba el teléfono, pero Alice seguía sosteniendo el suyo. Se acercaba de nuevo al microbús y miraba a través de las ventanillas hacia el interior, donde se intuía la forma de un cuerpo robusto apoyado en el cristal. El vídeo no era lo bastante claro para que pudieran distinguir los detalles, pero, para Falk, todo parecía indicar que Alice estaba contemplando la vulnerabilidad relajada de un cuerpo dormido.

Siguieron observando. Ahora Alice acercaba el móvil a la ventanilla, se veía un destello y luego ella miraba la pantalla y se la enseñaba a los tres hombres que estaban cerca. Todos se reían sin que se oyera nada. Alice también se lo enseñaba a la chica morena, que se detenía un momento y luego esbozaba una sonrisa pixelada. En el interior del vehículo, el cuerpo se movía, y a cada cambio de postura la ventanilla se iluminaba y se oscurecía. El atisbo de un rostro aparecía tras el cristal, con los rasgos invisibles pero un lenguaje corporal inequívoco: «¿Qué está pasando?»

Alice se alejaba en el acto, moviendo la mano con un gesto de desdén. «Nada. Sólo es una broma.»

El rostro seguía pegado a la ventana hasta que Chase salía de la tienda, acompañado por el empleado de la gasolinera. Falk reconoció la gorra del tipo. Los dos hombres se quedaban charlando en la zona de surtidores, hasta que el equipo de BaileyTennants volvía a subir al microbús.

Alice Russell era la última en entrar; sus rasgos de porcelana desaparecieron cuando la puerta se cerró con un golpe tras ella. Chase le daba un golpecito en la espalda al empleado y ocupaba el asiento del conductor. La parte delantera del vehículo se estremeció cuando el motor se puso en marcha y los neumáticos empezaron a rodar.

El empleado contemplaba cómo se alejaba el microbús. Se quedaba solo.

—Qué trabajo tan solitario —comentó Falk.

—Desde luego.

Al cabo de unos segundos, el hombre se daba la vuelta y salía de la imagen. La zona de los surtidores volvía a ser una desierta mancha gris. Falk y Carmen siguieron viendo cómo avanzaba la grabación, aunque nada se movía en la pantalla. Finalmente, Carmen se echó hacia atrás.

—Bueno, son sorpresas. Alice es una borde que saca de quicio a la gente. Eso ya lo sabíamos.

—Sí, pero en ese momento parecía bastante relajada —objetó Falk—. Más de lo que nunca lo ha estado con nosotros.

Pensó que eso tampoco era ninguna sorpresa.

Carmen se tapó la boca con la mano, reprimiendo un bostezo.

—Lo siento, estoy empezando a acusar el madrugón.

—Es normal. —En el exterior, el cielo había adquirido un tono azul oscuro. Falk vio los rostros de ambos reflejados en el cristal de la ventana—. Ya está bien por hoy.

—¿Llamas tú a la oficina? —preguntó Carmen mientras se levantaba para marcharse; Falk asintió—. Mañana iremos al hospital, a ver qué nos cuenta la asistente de Alice. Quién sabe. —Esbozó una sonrisa sombría—. Si a mí me mordiera una serpiente en horario laboral, te aseguro que me pillaría un buen cabreo. A lo mejor tiene ganas de hablar.

Cuando abrió la puerta para marcharse, entró de nuevo una ráfaga de aire frío.

Falk miró el teléfono fijo de la mesilla de noche. Lo cogió, marcó un número que se sabía de memoria y se reclinó en la cama mientras escuchaba los tonos, que sonaron a varios cientos de kilómetros al oeste, en Melbourne. Le respondieron enseguida.

¿Habían encontrado a la mujer? No. Todavía no. ¿Habían conseguido los contratos? No. Todavía no. ¿Cuándo iban a tenerlos en su poder? Falk no lo sabía. Una pausa al otro lado de la línea. Era imprescindible. Sí. Era fundamental. Sí, lo entendía. Estaba el factor tiempo, otras personas esperaban. Sí, lo sabía. Se hacía cargo.

Se quedó sentado, escuchando, dejando que le cayera encima toda la porquería. De vez en cuando decía que sí.

Entendía lo que le transmitían. No era de extrañar, no era la primera vez.

Posó la vista en el montón de mapas y, mientras escuchaba, desplegó el de Giralang Ranges. La ordenada cuadrícula estaba llena de caminos serpenteantes que mostraban rutas a otros lugares. Siguió las líneas con el dedo mientras permanecía al teléfono. ¿Estaría ahora Alice por allí, estudiando las mismas líneas bajo la luz de una linterna o de la luna, escudriñando el paisaje mientras trataba de relacionar la imagen impresa con la realidad? ¿O era ya demasiado tarde para eso?, le susurró una voz. Falk esperaba que no.

Alzó la mirada hacia la ventana. La habitación estaba demasiado iluminada y sólo distinguió su reflejo, que sostenía el teléfono. Alargó el brazo y apagó la lámpara de la mesilla. Se hizo la oscuridad. A medida que sus ojos iban acostumbrándose a la penumbra, los detalles entre azules y negros del exterior empezaron a concretarse. Divisó a lo lejos el inicio del sendero de Mirror Falls. Daba la impresión de que los árboles de ambos lados respiraban y palpitaban en medio del viento.

En el inicio del camino apareció un destello repentino, y Falk se inclinó hacia delante. ¿Qué había sido eso? Mientras miraba, una silueta salió de entre la línea de los árboles, con la cabeza gacha y encorvada para resistir las inclemencias del tiempo, caminando todo lo rápido que el viento le permitía. Iba casi corriendo. A sus pies se bamboleaba el fino haz de luz de una linterna.

Estaba muy oscuro y hacía demasiado frío para salir a dar un paseo. Falk se puso en pie y acercó la cara al cristal, todavía con el auricular pegado a la oreja. En la oscuridad, a lo lejos, los rasgos de la figura apenas se apreciaban. Aunque, por la forma en que se movía, le pareció que era una mujer. No veía el destello de la ropa reflectante, así que, fuera quien fuera, no formaba parte del equipo de rescate oficial.

En su oído, el monólogo iba perdiendo intensidad.

Conseguid los contratos. Sí. Y pronto. Sí. No nos falléis. No.

Un chasquido y se acabó, al menos por el momento. Falk se quedó sosteniendo el auricular, oyendo el pitido de la línea.

En el exterior, la figura bordeaba el camino, evitando la luz que salía de la casa, y llegaba al aparcamiento. La mujer, o quien fuera, rodeó el edificio, y Falk la perdió de vista.

Colgó y miró el móvil, que permanecía inservible al lado del fijo. «...Le haga daño.» Titubeó un instante, luego cogió la llave y abrió la puerta. Maldiciendo el hecho de que su habitación estuviera en un extremo, avanzó deprisa por el sendero mientras el aire helado se le metía por debajo de la ropa y le subía por la piel. Lamentó no haber cogido el abrigo. Dobló la esquina de la casa y recorrió con la mirada el aparcamiento vacío, sin saber muy bien qué esperaba encontrar.

El lugar estaba desierto. Se detuvo y aguzó el oído. El viento ahogaba cualquier sonido de pisadas. Falk subió las escaleras de la entrada, entró en la casa rural y distinguió el sonido metálico de los cubiertos y las conversaciones apagadas que le llegaban de la zona de la cocina. El guarda forestal que le había atendido antes había sido sustituido por una compañera.

—¿Ha entrado alguien?

—¿Aparte de usted?

Falk se la quedó mirando y la empleada dijo que no con la cabeza.

—¿No ha visto a una mujer ahí fuera?

—No he visto a nadie en los últimos diez minutos.

—Gracias.

Falk abrió la puerta y volvió al exterior. Aquello era como zambullirse en una piscina, y cruzó los brazos por encima del pecho para protegerse del frío. Escudriñó el bosque y avanzó por la gravilla en dirección al inicio de la ruta.

Ante él reinaba la oscuridad; las luces de la casa brillaban a su espalda. Al mirar atrás, distinguió lo que le parecía que era la ventana de su habitación, que ahora estaba relativamente lejos: un cuadrado vacío. Bajo sus botas, podía ver un sinfín de pisadas en el camino. Oyó un aleteo cuando un murciélago pasó disparado por encima de él, una sombra recortada contra el firmamento nocturno. Al margen de eso, el camino estaba desierto.

Falk se dio la vuelta lentamente mientras el viento le mordía la piel. Estaba solo. Fuera quien fuera quien hubiera estado allí, había desaparecido.

DÍA 2

MAÑANA DEL VIERNES

Bree estaba sudando. A pesar del frío, la humedad se le pegaba a la piel y, mientras caminaba, le llegó el olor del alcohol que transpiraba. Era nauseabundo.

Le dolía la cabeza desde que se había despertado y aún se había encontrado peor mientras recogían el campamento. Habían tardado una eternidad, muchísimo más de lo que esperaban. Sólo Alice parecía con ganas de emprender la marcha. Bree la había visto meter una tienda en una de las bolsas con tanta fuerza que temió que fuera a romperla. Bree no se había ofrecido a ayudarla. Ya tenía suficiente con la suya.

Cuando al fin consiguió cerrar la cremallera, tuvo que agacharse tras un árbol lejano y ponerse a vomitar, acalorada y en silencio. ¿Cuánto había bebido la noche anterior? No recordaba haber llenado el vaso más de un par de veces, pero tampoco haberlo tenido vacío. La culpa la tenían esos capullos. Sintió una punzada de rabia, aunque no hacia ellos, sino hacia sí misma. Normalmente era más prudente en situaciones como ésa.

Se secó el sudor de los párpados y miró a Alice, que caminaba por delante del grupo desde que habían salido. Por una vez, a Bree le costaba seguirle el ritmo. ¿Habría visto Alice cómo se pasaba con la bebida la noche anterior? Esperaba que no. Por la noche, Alice había estado casi todo el rato lejos de ella, hablando con Daniel. Cuando Bree volvió a verla, ya un poco mareada, su jefa se dirigía a las tiendas. A lo mejor nadie se había dado cuenta de sus excesos, aunque estaba claro que ahora estaba pagando las consecuencias.

A lo largo de esa mañana se habían topado dos veces con una bifurcación y, en ambas ocasiones, Alice se había detenido para escudriñar el entorno. Bree había consultado el mapa, intentando no prestar atención a las punzadas en su cabeza, y había señalado una dirección. Con un gesto de asentimiento, Alice había seguido avanzando sin decir nada.

Bree oyó un leve gemido de dolor por detrás de ella. La queja podía venir de cualquiera de las tres que la seguían, y se preguntó si los hombros, los pies y el ánimo de todas ellas empezaban a fallar. Unos kilómetros antes, el camino se había estrechado y habían acabado caminando en fila india.

La cuesta era tan pronunciada que a nadie le apetecía hablar. Alice, que encabezaba la marcha, se detuvo de nuevo en un punto en que el sendero describía una leve curva, se ensanchaba y se dividía en dos una vez más. Bree oyó otro gemido detrás de ella. Ahora se trataba de Jill, sin duda.

—Eh, las de delante, ¡deteneos! —exclamó Jill—. ¿Por qué no hacemos aquí una parada para comer?

Bree soltó un suspiro de alivio, pero Alice miró la hora y replicó:

—Todavía es muy pronto.

—No tanto. Éste es un buen sitio para parar.

«En realidad no lo es», pensó Bree mientras se liberaba de la mochila. El suelo estaba lleno de barro y únicamente se veían los árboles que se alzaban ante ellas. Notó un escalofrío y se sentó encima de la mochila con las piernas un poco temblorosas. Al dejar de moverse, sintió más frío. Sin el ruido de las pisadas, el silencio también era mayor. Distinguió los trinos y los graznidos de unos pájaros invisibles. Detrás de ella, en los matorrales, oyó un crujido que la obligó a darse la vuelta. Sus pensamientos se deslizaron por una pendiente oscura y se toparon de bruces con el fantasma de Martin Kovac.

Allí no había nadie, claro. Bree volvió a su posición anterior, sintiéndose como una tonta. Sí, aquello era una tontería. Era demasiado joven para recordar las historias de aquella época, pero había cometido el error de tropezarse con ellas en internet mientras buscaba información sobre Giralang Ranges. Estaba en la mesa de la oficina, ensimismada en lo que podría haberle ocurrido a la supuesta última víctima —Sarah Sondenberg, de dieciocho años, a quien no habían llegado a encontrar—, cuando el vicegerente de administración se le había acercado por detrás, sobresaltándola.

—Ten cuidado en Giralang —le había dicho con una sonrisa, señalando hacia la pantalla con un movimiento de la cabeza—. Esa chica se parece un poco a ti.

—Ten cuidado tú también, no sea que se me ocurra denunciar este tipo de comentarios a los de recursos humanos.

Aquel tibio flirteo entre ambos había ido aumentando de intensidad a lo largo del mes anterior. Bree estaba convencida de que él acabaría proponiéndole quedar para tomar una copa y, aunque aún no lo tenía claro, probablemente aceptaría.

Cuando el hombre se marchó, Bree volvió a fijarse en la pantalla. ¿De verdad que Sarah Sondenberg se parecía a ella? Tal vez en la forma de la nariz y de la boca. La chica era guapa, eso estaba claro. Pero a su manera. Además, Sarah era rubia y de ojos azules. Bree salió de la página web y no volvió a acordarse de aquella historia hasta ese momento en el bosque.

Miró de nuevo hacia atrás. Nada. Aun así, tal vez sería mejor no quedarse mucho rato allí. Bebió un trago de agua para tratar de aliviar el dolor de cabeza y cerró los ojos.

—Por favor, si vas a hacer eso, ¿podrías alejarte un poco?

Bree se estremeció al oír la voz de Alice y abrió los ojos de nuevo. Por supuesto, Alice no se dirigía a ella. A Bree no le hablaba así. Miraba a Beth, que estaba apoyada en un árbol con un pitillo encendido en la mano.

Por Dios, estaban rodeadas de aire puro y su hermana estaba dispuesta a contaminarlo. Entonces oyó mentalmente la voz de su madre. «Déjala en paz, mejor que sea adicta al tabaco que al...» En ese punto, su madre siempre dejaba la frase a medias. Era incapaz de pronunciar la palabra.

Beth se encogió de hombros y Bree vio cómo se alejaba con pasos cansinos mientras las volutas de humo se mezclaban con el aroma de los eucaliptos. Alice se abanicó con una mano.

—La comida —dijo una voz a su lado.

Al alzar la vista, Bree se encontró con Lauren, que le tendía un bocadillo de queso envuelto en film transparente y una manzana.

—Ah, gracias.

Trató de sonreír, pero su estómago se revolvió al pensar en la comida.

—Deberías comer algo. —Lauren seguía a su lado—. Te sentará bien.

Su compañera no hizo el menor ademán de moverse, así que Bree quitó el plástico de una esquina y mordisqueó la corteza del pan. Lauren se la quedó mirando y sólo se alejó cuando vio que se tragaba aquel bocado.

Alice la miraba como si hasta ese momento no se hubiera fijado realmente en ella ese día.

—¿Bebiste demasiado anoche?

—Estoy cansada, nada más. No he dormido bien.

—Bienvenida al club.

Era cierto que Alice estaba pálida; Bree se dio cuenta en ese momento y le sorprendió no haberlo notado antes.

—¿Te sientes con fuerzas para seguir guiándonos? —preguntó Alice.

—Sí, desde luego.

—¿Seguro? Si nos equivocamos, perderemos mucho tiempo.

—Ya lo sé. No te preocupes.

Pronunció aquellas palabras en un tono más alto del que pretendía y Jill alzó la vista hacia ellas. Estaba sentada en una roca, en un punto más adelantado del camino; se había quitado una bota y estaba ajustándose el calcetín.

—¿Va todo bien?

—Sí, gracias —contestó Bree.

Alice habló casi al mismo tiempo que ella:

—Bree está cansada después de la noche de ayer.

Jill miró primero a una y después a la otra:

—Ya veo.

—No, de verdad, estoy bien.

La presidenta esperó antes de volver a decir nada, pero Bree vio algo en su gesto que la llevó a pensar que, la noche anterior, Jill se había dado cuenta de más cosas que Alice. Sintió que se ruborizaba.

—¿Quieres que alguien te sustituya un rato con lo del mapa? —preguntó Jill con amabilidad.

—No, qué va. Gracias, no hace falta.

Jill siguió ajustándose el calcetín.

—Como quieras, pero, si crees que lo necesitas, dilo, por favor.

—Lo haré. Gracias.

Bree se mordió la punta de la lengua, irritada. Notaba que Alice seguía observándola y trató de concentrarse en el bocadillo que tenía en el regazo. Dio un pequeño bocado para no tener que añadir nada más, pero le costó tragarlo. Unos minutos después, volvió a envolverlo y se lo metió en la mochila.

—No es que quiera restregártelo por la cara —dijo Alice—, pero el domingo tenemos que llegar a la hora prevista.

Algo en su voz hizo que Bree levantara la vista. Repasó mentalmente su agenda. ¿Qué planes tenía Alice el domingo? La entrega de premios en el colegio de Margot. Bree cerró los ojos para no ponerlos en blanco.

Sólo había visto a Margot Russell una vez, dos meses antes. Alice le había pedido que fuera a la tintorería a recoger el vestido de noche de su hija y que lo dejara en su casa. Aquello no formaba parte de las obligaciones de Bree, evidentemente, pero ¿podía hacérselo como un favor personal? Claro, ningún problema. El vestido era precioso. En su propio baile de gala, Bree había llevado uno muy parecido, aunque no tan sofisticado como aquél. Incluso sin haberla visto en las fotos del despacho de Alice, habría reconocido a Margot en cuanto le abrió la puerta. Una versión más joven de su madre. Estaba con una amiga, bebiendo unos batidos de col kale de una de las tiendas ecológicas preferidas de Bree.

—Están buenísimos, ¿a que sí? —dijo Bree.

Estaba familiarizada con esas bebidas y también con esa clase de chicas, de pelo brillante, piel tersa, cuerpos envidiables y miradas burlonas. En el colegio, también había sido una de ellas. Todavía lo era.

Margot se quedó callada unos instantes; después señaló con la pajita hacia la bolsa de la tintorería que llevaba Bree.

—¿Ése es mi vestido?

—¡Ah, sí! Toma. Por cierto, soy Bree.

—Ya lo sé. Gracias.

Se oyó el crujido del plástico y la puerta se cerró. Bree se quedó sola, contemplando la reluciente pintura.

—¿Quién era esa pava? —preguntó una voz que le llegó atenuada a través de una ventana abierta.

—Una de las empleadas de mi madre.

—Parecía una pringada.

—Eso dice mi madre.

Bree se había marchado sin más.

Miró a Alice. Era treinta años mayor que su hija, pero tenía la misma expresión en la mirada. Se obligó a sonreír.

—No te preocupes. No nos retrasaremos.

—De acuerdo.

Bree se puso en pie y, con el pretexto de que iba a hacer unos estiramientos, avanzó por el sendero hasta que llegó a un tocón. Distinguía a lo lejos a su hermana, que seguía fumando mientras contemplaba la densa vegetación. Bree apoyó una pierna en el tocón; al estirar los isquiotibiales, sintió que la cabeza le daba vueltas. Se le revolvieron las tripas y tuvo que contener el vómito caliente que le subía por la garganta.

Abrió el mapa y lo desplegó para estudiarlo mientras seguía con los estiramientos. Los caminos daban vueltas en el papel.

—¿Te encuentras bien?

Bree levantó la vista. Frente a ella estaba su hermana, tendiéndole una botella de agua.

—Sí.

No cogió el botellín.

—¿Sabes adónde vamos?

—¡Sí, por Dios! ¿Por qué todo el mundo me hace la misma pregunta sin parar?

—Pues quizá sea porque parece que no lo tienes muy claro.

—Beth, cierra el pico.

Su gemela se encogió de hombros y se sentó en el tronco de un árbol caído, que crujió bajo aquella mole de carne. Bree se preguntó cuánto pesaría ahora. Cuando eran adolescentes solían intercambiarse la ropa. Ahora ya no podían hacerlo, eso estaba claro.

Seis meses antes, cuando Beth la había llamado, Bree había dejado que saltara el contestador, como de costumbre. En el mensaje, su hermana le preguntaba si podía incluirla entre sus referencias en una solicitud de empleo, pero Bree no había movido un dedo por ella. Una semana después, un segundo mensaje le informaba de que Beth había conseguido un empleo de baja cualificación en el departamento de procesamiento de datos de BaileyTennants. Bree había dado por hecho que era una broma. Tenía que serlo. Ella había pasado por mucho para lograr su puesto, y eso sin olvidar la carrera de Comercio y dos temporadas como becaria sin sueldo. ¿Y ahora iba a tener que trabajar en el mismo sitio que su hermana, la del peinado barato, la de la ropa de talla grande, la que estaba legalmente obligada a declarar su «error» en las solicitudes de empleo?

Su madre le había confirmado que, efectivamente, no se trataba de una broma.

—Eres un estímulo para ella. Ya te lo había dicho.

Bree pensó que lo más probable era que su hermana se hubiera visto estimulada por el temor de que se le acabara el subsidio de desempleo. Había hecho algunas indagaciones discretas en Recursos Humanos. Al parecer, había sido la propia Jill Bailey quien había dado el visto bueno a ese insólito nombramiento. A Bree le dijeron, de forma extraoficial, que los impecables servicios que ella prestaba a la empresa habían inclinado la balanza en favor de su hermana. Bree se había pasado diez minutos encerrada en el cuarto de baño, reprimiendo las lágrimas de rabia mientras digería la noticia.

Para entonces, sólo había visto a su hermana una vez en los dieciocho meses anteriores. Poco antes de Navidad, Bree había recibido una llamada de su madre, que le pedía, o más bien le suplicaba, que «perdonase». Durante cincuenta minutos, Bree permaneció impertérrita al teléfono oyendo llorar a su madre, pero al final cedió. Al fin y al cabo, era Navidad. Así que volvió al hogar de su infancia, cargada de regalos para todos los miembros de la familia menos uno.

Beth, que estaba en paro y sin blanca, como era de esperar, había pasado una temporada fuera y ahora lucía una mirada sorprendentemente poco turbia. Le dio a Bree una foto de ambas de cuando eran pequeñas; la había impreso y puesto en un marco barato que habría quedado fatal en el piso de Bree. En la tarjeta navideña que la acompañaba sólo había escrito: «Lo siento.» Como su madre las estaba mirando, Bree no se había atrevido a zafarse de su hermana cuando ésta se acercó para abrazarla.

Ya en su casa, después de las fiestas, Bree había sacado la foto y había donado el marco a una organización benéfica. Pero una hora después había regresado para volver a comprarlo. Enmarcó de nuevo la fotografía y la guardó en el fondo de un armario. La última vez que la había visto seguía allí, detrás de los adornos navideños.

El primer día que Beth fue a trabajar a BaileyTennants, su madre había llamado a Bree y le había pedido que hiciera todo lo posible para que su hermana conservara el empleo. Ahora, mientras veía cómo Beth fumaba sentada en el tronco, lamentó habérselo prometido.

—Eh, chicas, ¿estáis listas por ahí?

La voz procedía del camino, y Bree se volvió. Jill, Alice y Lauren ya se habían puesto en pie y miraban las mochilas con desgana.

—Sí, ya vamos.

Bree cogió el mapa y volvió a paso rápido. Demasiado rápido. Se mareó un poco.

—¿Ahora tenemos que seguir hacia la izquierda o hacia la derecha? —preguntó Jill mientras se cargaba la mochila a la espalda.

La ruta se bifurcaba en dos senderos estrechos que la maleza había invadido. La tierra del de la izquierda parecía más compacta, pero Bree sabía que en todas las bifurcaciones de la primera parte del día tenían que ir hacia la derecha. Lo volvió a comprobar, notando las miradas de las otras cuatro clavadas en ella. Todas estaban deseando ponerse en marcha ahora que volvían a cargar con las mochilas. Bree resiguió el itinerario con el dedo; las manos le temblaban y su estómago vacío seguía revuelto. Sí, ese día ya habían llegado dos veces a una bifurcación, aquélla era la tercera.

—Bree, si necesitas ayuda... —dijo Alice, moviendo los pies.

—No.

—Vale. Entonces, ¿hacia dónde...?

—Hacia la derecha.

—¿Seguro? Ese sendero no parece estar en muy buenas condiciones.

Bree le mostró el mapa, señalando la bifurcación. La línea roja.

—Aquí. Giro a la derecha.

—Ah, ¿ya estamos en este punto? —preguntó Alice, sorprendida—. Entonces, vale.

Bree dobló el mapa de malos modos.

—Vamos bien de tiempo, ¿lo ves? No hay de qué preocuparse. —«Ni de qué quejarse», pensó mientras se obligaba a respirar profundamente y a esbozar una sonrisa—. Seguidme.

9

Aquello era como estar frente a un espejo deformante. Dos rostros, ambos un reflejo retorcido del otro, se alzaron al unísono cuando los dos agentes llamaron a la puerta de la habitación del hospital.

—¿Breanna McKenzie? —preguntó Falk.

Una de las mujeres, la que estaba en la cama, había perdido la lozanía que mostraba en su fotografía de empleada. Ahora tenía unas profundas ojeras y sus labios estaban pálidos y cuarteados. Llevaba un grueso vendaje en el brazo derecho.

—Somos de la policía. ¿Le ha dicho la enfermera que estábamos esperando para hablar con usted?

—Sí.

Falk se había dirigido a Breanna, pero quien le había contestado era la otra mujer, la que se sentaba en una silla de plástico al lado de la cama.

—Nos ha dicho que querían hacer algunas preguntas sobre Alice.

—Eso es. Usted es Bethany, ¿verdad?

—Puede llamarme Beth.

Era la primera vez que Falk veía a Beth McKenzie en persona y la estudió con interés. El parecido resultaba extraño, era como si los rasgos de Breanna se hubieran derretido al sol y se hubiesen vuelto más flácidos y carnosos. Beth tenía la tez rubicunda, con venitas rojas en torno a la nariz y el mentón. No llevaba el cabello ni corto ni largo, y tenía el aspecto apelmazado y triste de un tinte casero y de poca calidad. Parecía tener diez años más que su gemela de veintitantos, pero cuando miró a Falk lo hizo con seguridad.

Habían dejado la bandeja con los restos de la comida al lado de la cama para que la enfermera se la llevara, aunque por lo visto apenas habían comido nada. Carmen y Falk habían localizado el hospital público, que estaba dos calles por detrás de la gasolinera y que daba la impresión de ser poco más que la consulta de un médico de cabecera, aunque estaba preparado para atender todo tipo de dolencias, desde las enfermedades de los residentes a las lesiones de los turistas. La enfermera de la recepción les había indicado con vehemencia que se marcharan y regresaran al cabo de noventa minutos, cuando a Breanna se le hubiera pasado el efecto de los somníferos. Habían recorrido tres veces la hilera de tiendas del pueblo y luego habían estado setenta y ocho minutos metidos en el coche. Cuando entraron de nuevo, les anunciaron que acababan de servir la comida.

—No se permiten visitas a esta hora. No hacemos excepciones.

Finalmente, la enfermera les había hecho una señal con el dedo indicándoles que se acercaran al mostrador. Ya podían pasar. Según les dijo, Breanna McKenzie estaba en la sala compartida para estancias nocturnas del final del pasillo, pero era la única paciente. Estaban en temporada baja.

Cuando entraron por fin en la habitación, acercaron un par de sillas a la cama.

—¿Han encontrado ya a Alice? —preguntó Beth, mirando con atención a Falk y a Carmen—. ¿Por eso han venido?

—Todavía no —contestó el agente—. Lo siento.

—Ah. ¿Y qué querían preguntar?

—La verdad es que queríamos hablar con su hermana —intervino Carmen—. Preferiblemente, a solas.

—Creo que debería quedarme.

Bree se removió sobre la almohada:

—Beth, por Dios, no pasa nada. Vete y deja que hagan su trabajo. —Torció el gesto—. ¿Hay analgésicos?

—Todavía no te tocan —contestó Beth, sin mirar el reloj.

—Pregúntaselo a la enfermera.

—Es muy pronto. No van a darte más hasta la noche.

—Madre mía, ve a preguntárselo, por favor.

Beth se levantó de la silla.

—Bueno. Voy a la parte de atrás a fumar. Y sí —dijo al ver que su hermana abría la boca—, se lo pregunto a la enfermera. Pero ya te digo yo que es muy pronto.

Observaron cómo se marchaba.

—Disculpen. Le molesta que no permitan que haya medicamentos en la habitación mientras ella esté aquí —dijo Bree cuando la puerta se cerró.

—¿Por qué no lo permiten? —preguntó Carmen.

—En realidad, el asunto tampoco es tan grave. En el pasado tuvo algunos problemas con el abuso de sustancias, aunque ya hace más de un año que está bien. Supongo que las enfermeras creen que más vale prevenir que curar. Probablemente todo sería más fácil si ella no estuviera aquí, pero... —Bree bajó la mirada—. Bueno, creo que quiere quedarse.

—¿Va a venir alguien más a hacerle compañía? —preguntó Falk—. ¿Su novio, sus padres?

—No. —Bree empezó a toquetearse el vendaje. Sus uñas, que habían estado pintadas de un rosa intenso y atrevido, ahora se veían rotas y desportilladas—. Mi madre tiene esclerosis múltiple.

—Lo siento.

—No pasa nada. Bueno, sí pasa, pero es lo que hay. No puede desplazarse. Últimamente mi padre tiene que pasar casi todo el tiempo con ella. Aunque, bueno... —añadió, tratando de sonreír—, tengo a Beth.

Se produjo un silencio incómodo.

—Queríamos preguntarle por Alice Russell, si no le importa —dijo Falk—. ¿Cuánto lleva trabajando para ella?

—Dieciocho meses.

—¿Es su asistente?

—Soy coordinadora administrativa.

A Falk le pareció que Carmen reprimía una sonrisa, pero enseguida recobró la compostura.

—¿Y en qué consiste su trabajo? —preguntó el agente.

—Al principio me encargaba básicamente de tareas administrativas, pero al final me he convertido en una especie de pasante. Acompaño a Alice a todas partes para ir adquiriendo conocimientos útiles de cara a una promoción interna.

—¿Es buena como jefa?

Bree dudó un brevísimo instante antes de contestar:

—Sí, desde luego.

Esperaron a ver si añadía algo, pero Bree no dijo nada más.

—Entonces, ¿cree conocerla bien? —insistió Falk.

—Sí, muy bien. —Había algo extraño en la voz de Bree. El agente la miró con atención, pero no advirtió ningún signo de reconocimiento en sus ojos cuando ella le devolvió la mirada. Al igual que Daniel Bailey, si Bree sabía quiénes eran, no lo demostraba.

—¿Cómo vio usted a Alice durante la ruta? —preguntó Carmen.

Bree se toqueteó de nuevo la venda, cuyos bordes ya estaban deshilachados.

—La verdad es que, antes de que nos perdiéramos, estaba como siempre. A veces puede ser un poco borde, pero allí, en ese bosque, ninguna de nosotras estaba muy fina. Y cuando nos perdimos... —Bree negó con la cabeza—. Todas estábamos asustadas.

—¿Le mencionó algo que la tuviera preocupada? —preguntó Carmen—. Al margen de que se hubieran perdido, claro.

—¿Por ejemplo?

—Cualquier cosa. Algo relacionado con el trabajo, con su casa, algún conflicto con los colegas...

—No, a mí no.

—Pero, conociéndola como la conoce —insistió Carmen—, ¿no notó que hubiera algún problema?

—No.

—¿Y en la oficina, antes de la actividad? ¿Alguna petición inusual, alguna cita extraña que le llamara la atención?

—¿Qué tiene eso que ver con lo que pasó en el bosque?

—Probablemente nada —contestó Falk—. Tan sólo intentamos comprender qué pudo ir mal.

—Yo no les puedo decir exactamente cuál fue el problema. —Una expresión indescifrable le crispó el rostro—. Pero no fue por mi culpa.

—¿A qué se refiere?

—A que yo no tuve la culpa de que nos perdiéramos. Fue por el dichoso camino para canguros del segundo día. Eso es lo que han dicho los otros agentes. Comentaron que era fácil cometer ese error... —Se quedó callada, y por unos instantes sólo se oyó el discreto pitido de las máquinas del hospital. Respiró profundamente—. Las otras no me tendrían que haber endilgado el papel de guía. Yo no tenía ni idea. Me mandan a un curso de medio día, con pausas para el café cada veinte minutos, ¿y se supone que ya soy una experta?

Movió el brazo lesionado e hizo una mueca mientras la frente se le perlaba de sudor.

—¿Qué pasó cuando se dieron cuenta de que se habían equivocado de camino?

—A partir de ahí todo se torció. No llegamos a encontrar el segundo campamento, así que tampoco conseguimos las provisiones de esa noche. Teníamos poca comida. Fuimos tontas y nos cargamos las tiendas. —Una breve carcajada—. Casi resulta gracioso lo rápido que se fue todo al garete. Pero no pensábamos con claridad y tomamos decisiones erróneas. Cuesta explicar lo que se siente en ese entorno. Tienes la sensación de que no quedan más personas en el mundo.

—¿Cómo reaccionó Alice cuando se dio cuenta de que se habían perdido? —insistió Falk.

—Se puso muy pesada con lo que teníamos que hacer. Cuando se estresa puede parecer agresiva. Había hecho senderismo y muchas acampadas en el colegio, en uno de esos campus en la naturaleza que duran todo un curso. Creo que por eso pensaba que su opinión estaba por encima de las del resto. No sé. —Suspiró—. A lo mejor era cierto. Pero Lauren... Me refiero a Lauren Shaw... Ella también formaba parte del grupo, había hecho el mismo curso en el colegio y tampoco pensaba que Alice acertara en todo. Por ejemplo, el tercer día, cuando encontramos esa cabaña. La verdad es que era horrible. No es que a mí me gustara, pero era la opción menos mala de las que teníamos. El tiempo estaba empeorando y necesitábamos un lugar en el que refugiarnos. Así que nos quedamos. —Hizo una breve pausa—. Alice era la única que no quería quedarse allí.

—¿No logró convencerlas para que se marcharan? —preguntó Falk.

—No, y no le hizo ninguna gracia. Dijo que sabía cómo salir de allí, quería que continuásemos la marcha, pero nos negamos. Precisamente por caminar a ciegas nos habíamos metido en aquel lío. Alice dijo que iba a continuar ella sola, pero Jill no se lo permitió. A la mañana siguiente, cuando nos despertamos, Alice se había ido. Y se había llevado el móvil.

—¿Dijo Jill Bailey por qué no quería que Alice se fuera por su cuenta?

—Pues porque era peligroso, obviamente. Y está claro que tenía razón.

Bree miró a Falk, y después a Carmen, con una actitud desafiante.

—¿Qué hicieron al ver que se había marchado? —preguntó al fin el agente.

—No soy la persona más indicada para contestar a esa pregunta —dijo Bree negando con la cabeza—. Creía que había sido la primera en despertarme, así que fui a hacer mis necesidades entre los arbustos. Cuando estaba volviendo, tropecé con algo. Al principio no me di cuenta de lo que había pasado, me pareció que me había caído sobre algo afilado. Tal vez unos cristales rotos. Entonces vi cómo la serpiente desaparecía y lo entendí.

Bree se mordió el labio inferior con tanta fuerza que se le puso blanco. Atravesó a los agentes con la mirada.

—Creí que me iba a morir allí mismo. Lo creí de verdad. Nos habían dicho que había serpientes tigre. No tenía ni la menor idea de dónde estábamos. Pensé que no iba a volver a ver a mi familia, que no podría despedirme de mi madre. —Respiró de forma entrecortada—. Recuerdo que me mareé, que me costaba respirar. El médico me ha dicho que probablemente estaba sufriendo un ataque de pánico, pero en aquel momento estaba convencida de que era el efecto del veneno. Logré volver a la cabaña y del resto no me acuerdo muy bien. Me pusieron una venda muy apretada en el brazo. Me dolía. No estoy segura de cuándo me di cuenta de que Alice no estaba.

Se volvió a toquetear el vendaje.

—Cuando las otras dijeron que teníamos que irnos... sin ella, quiero decir, no me opuse. Me dejé llevar, iba caminando por donde me indicaban. Lauren consiguió llevarnos hacia el norte, hasta que encontramos un camino. La verdad es que no recuerdo demasiado bien los detalles. El médico dice que, para entonces, seguramente ya estaba en *shock*. Pensé que lo más probable era que Alice se hubiera adelantado para pedir ayuda y que nos estaría esperando en el punto de encuentro. —Bajó la vista—. Creo que incluso llegué a preguntar por ella, pero tenía la cabeza fatal. No sabía ni lo que hacía.

Los ojos se le llenaron de lágrimas y Falk le tendió un pañuelo de papel. Esperaron a que se recompusiera. El zumbido de los aparatos llenaba el silencio mientras Bree se enjugaba las lágrimas.

—Alice disponía de un teléfono —dijo Carmen al fin—. ¿Llamó a alguien mientras estaba con usted?

—No. —La respuesta fue inmediata—. Bueno, lo intentó, como es lógico. Marcó muchas veces el número de emergencias, pero no hubo manera de contactar, era completamente imposible.

—Aun así, se llevó el móvil al marcharse.

Bree se encogió ligeramente de hombros.

—Supongo que era suyo.

Allí, recostada en la almohada, mientras les contaba su versión de lo ocurrido, Bree tenía un aspecto frágil. El largo cabello suelto y el brazo vendado, las uñas rotas, su versión de lo ocurrido.

—Usted ha dicho que conocía bien a Alice —prosiguió Falk—. ¿Le sorprendió que se marchara de ese modo?

—En circunstancias normales, me habría sorprendido.

Bree miró al agente con los ojos muy abiertos. «Sabe cómo mentir a los hombres», pensó Falk sin saber exactamente el origen de ese pensamiento.

—Aunque, como ya les he dicho, en el bosque todo es distinto. Ahora lamento no haberle hecho caso. Tal vez no habría pasado nada de todo esto...

—Pero podrían haberse perdido todas.

—Es posible. Aunque también es posible que cualquier otra cosa fuera mejor que esto.

Les mostró el brazo vendado e hizo una mueca de dolor. Falk y Carmen intercambiaron una mirada.

—Creo que será mejor que lo dejemos por hoy. Tiene que descansar —dijo la agente mientras se levantaban—. Gracias, Breanna.

Bree asintió con la cabeza. Sus ojeras parecían más oscuras que cuando habían llegado.

—Si ven a mi hermana ahí fuera, díganle que haga venir a la enfermera con los analgésicos, o que se marche de una puñetera vez para que puedan ponerme el gota a gota. Por favor.

Aunque la temperatura de la habitación era agradable, mientras cerraba la puerta, Falk vio que Bree volvía a tener la frente perlada de sudor.

DÍA 2

TARDE DEL VIERNES

El tenue sol se había desplazado por la estrecha franja de cielo y la hierba les llegaba a los tobillos cuando finalmente una de ellas se decidió a decir:

—¿No nos habremos equivocado?

Beth soltó un suspiro de alivio al oír las palabras de Jill. Llevaba veinte minutos queriendo hacer esa pregunta, pero no se había atrevido. Bree la habría matado.

Su hermana se detuvo y miró hacia atrás.

—En principio, vamos bien.

—¿Sólo en principio?

—Vamos bien. —Bree no parecía muy convencida, así que consultó el mapa—. No puede ser de otro modo. No nos hemos desviado en ningún punto.

—Eso ya lo sé, pero... —Jill hizo un gesto con la mano, abarcando el paisaje que las rodeaba. El sendero estaba lleno de maleza y la densidad de los árboles iba en aumento a cada paso que daban. El mapa podía decir lo que quisiera, pero todo parecía indicar que no iban bien.

A su alrededor se oían los chillidos de unos pájaros ocultos que se llamaban y respondían entre sí. Beth tuvo la sensación de que el bosque estaba hablando de ellas.

—No hemos visto ningún banderín de señalización en todo el día —observó Jill—. El último fue el del árbol de ayer y, en teoría, hay seis. A estas alturas, creo que ya deberíamos haber visto otro, como mínimo.

—Tal vez nos hemos equivocado de camino en la bifurcación que hemos encontrado después de comer —dijo Alice—. ¿Puedo echar un vistazo? —Le arrancó el mapa a Bree antes de que ella pudiera decir nada.

Bree se quedó petrificada, con la mano vacía extendida. Parecía estar perdida en todos los sentidos. Beth trató de captar su atención, pero no lo logró.

—Mirad. —Alice estaba estudiando el mapa con el ceño fruncido—. Apuesto a que ha sido aquí. Ya me parecía a mí que habíamos llegado demasiado pronto.

—La verdad es que no...

—Bree —dijo Alice en un tono cortante—. No vamos bien.

Durante un instante sólo se oyeron los extraños murmullos del bosque. Beth alzó la vista hacia los eucaliptos. La corteza colgaba en tiras flácidas, como piel despellejada. Daba la impresión de que los árboles estaban muy cerca, de que eran muy altos, de que las rodeaban por todas partes. «Estamos atrapadas», pensó de pronto.

—¿Y ahora qué hacemos? —La voz de Jill tenía un tono ligeramente distinto del habitual, y Beth no supo cómo interpretarlo. No era miedo, todavía no. Tal vez inquietud, o un vivo interés.

Alice sostuvo el mapa para que Jill lo mirara.

—Si hubiéramos tomado el camino que tocaba, estaríamos aquí. —Le señaló el lugar—. Pero si no ha sido así... No sé, seguramente andemos por esta zona.

Trazó un pequeño círculo en la hoja.

Jill se inclinó un poco sobre el mapa, luego un poco más; se le marcaron las arrugas en torno a los ojos.

Beth se dio cuenta de que Jill no podía leer el mapa. Seguramente las letras eran demasiado pequeñas. Por más que lo examinase, si el papel impreso hubiera estado en blanco habría sido lo mismo. Había visto a su abuela disimular de un modo semejante cuando no quería reconocer que ya era incapaz de leer de cerca. Mientras Jill fingía con bastante pericia que estudiaba el mapa, Alice la observaba con un gesto de curiosidad. A Beth le pareció que también se había dado cuenta de que no podía leerlo.

—Mmm. —Jill emitió un sonido que no significaba nada y le pasó el mapa a Lauren—. ¿Tú qué opinas?

Lauren parecía un tanto sorprendida, pero lo cogió. Inclinó la cabeza y lo recorrió con la mirada.

—Sí, yo también creo que nos hemos equivocado —le dijo—. Lo siento, Bree.

—¿Y qué hacemos? —preguntó Jill, mirándola.

—Creo que deberíamos dar la vuelta y tratar de desandar lo andado.

—¡Buf! —exclamó Alice—. Si hacemos eso, tardaremos una eternidad. Nos pasaremos horas dando vueltas.

—Bueno —respondió Lauren, encogiéndose de hombros—, no sé qué otra opción tenemos.

Jill las iba mirando alternativamente, primero a una y después a otra, como en un partido de tenis. Bree se encontraba a sólo un par de metros, pero era como si fuera invisible.

Alice contempló el sendero por el que habían venido.

—¿Estáis seguras de que sabremos volver por el mismo sitio? No lo veo claro, igual nos salimos del camino.

Beth se asustó al advertir que Alice estaba en lo cierto. A su espalda, el sendero que habían recorrido se veía ahora desdibujado, los bordes se fundían con el paisaje. Instintivamente, Beth buscó el paquete de tabaco. No lo llevaba en el bolsillo. Su corazón empezó a latir un poco más deprisa.

—Creo que sigue siendo la mejor opción —insistió Lauren—. O por lo menos, la más segura.

—Tardaremos varias horas más en completar todo el recorrido —objetó Alice dirigiéndose a Jill—. Y tendremos que caminar de nuevo a oscuras antes de llegar al campamento, eso seguro.

Jill bajó la mirada hacia sus botas nuevas, y Beth intuyó que a ninguna de ellas le entusiasmaba la idea de recorrer varios kilómetros más. La presidenta abrió la boca, pero la volvió a cerrar y negó levemente con la cabeza.

—Bueno, pues no sé —dijo al fin—. ¿Qué alternativa tenemos?

Alice estudió el mapa, levantó la vista y entrecerró los ojos.

—¿Soy la única que oye el sonido de un arroyo?

Beth contuvo el aliento. Las palpitaciones en sus oídos casi apagaban el leve rumor del agua. ¡Joder, qué poco preparada estaba! Las otras, al menos, asentían con la cabeza.

—Si nos hemos equivocado en este punto, el arroyo debería ser éste de aquí —añadió Alice, señalando el mapa—. Parece que está cerca. Puede servirnos para orientarnos. Si averiguamos dónde estamos, podríamos tratar de coger un atajo y retomar el camino correcto más adelante.

Beth advirtió que Lauren se había cruzado de brazos y que apretaba mucho los labios.

—¿Crees...? —Jill carraspeó—. ¿Estás segura de que podremos orientarnos a partir de ahí?

—Sí, deberíamos poder.

—¿Tú qué opinas? —le preguntó Jill a Lauren.

—Creo que deberíamos volver por donde hemos venido.

—¡Por Dios, nos vamos a pasar toda la noche a la intemperie! —protestó Alice—. Sabéis que tengo razón.

Lauren no dijo nada. Jill la miró; luego a Alice y, por último, fijó la vista de nuevo en sus botas. Soltó un suspiro ahogado.

—Vamos a buscar el arroyo.

Nadie se molestó en preguntarle a Bree qué opinaba ella.

Beth fue avanzando mientras el sonido del agua cobraba mayor nitidez. No sonaba igual que el rugido de las cataratas del día anterior, que era más pesado y sordo. Cruzaron una arboleda y Beth vio que habían llegado a una cornisa llena de barro.

El suelo arcilloso describía una pendiente cerca de sus pies, de una altura superior a un metro y que terminaba en una corriente agitada y marrón. Aquello era más un río que un arroyo, sin duda, pensó mientras contemplaba el caudal, que había aumentado a causa de la lluvia y que dejaba una línea de espuma en la orilla al pasar. La broza que flotaba en el agua daba una idea de la velocidad de la corriente bajo la superficie.

Alice examinó el mapa mientras Jill y Lauren la observaban. Bree se acercó al borde de la cornisa con aire triste. Beth se quitó la mochila, metió la mano en el interior y buscó el paquete de tabaco. No lo encontró y, pese al frío, las palmas empezaron a sudarle. Introdujo más el brazo. Finalmente, localizó con los dedos aquella forma que le era tan familiar, sacó el paquete, y con él arrastró prendas de ropa y otras cosas.

Era ya demasiado tarde cuando Beth advirtió que un brillante bote de metal salía rodando de la mochila; extendió los dedos para cogerlo, pero el objeto rebotó y quedó fuera de su alcance, dio otro tumbo en dirección a la orilla y acabó cayendo por el borde de la cornisa.

—¡Mierda! —soltó Beth; se metió el paquete de tabaco en el bolsillo y se acercó con dificultad al filo.

—¿Qué era eso? —preguntó Alice, alzando la vista del mapa.

—No lo sé.

Beth echó un vistazo y exhaló un suspiro de alivio entrecortado. Fuera lo que fuese, había quedado suspendido en una maraña de ramas muertas situada por encima del agua.

—Genial. —Ahora Alice estaba mirando el bote, igual que todas las demás—. Es la bombona de gas para el hornillo.

—La... ¿qué? —preguntó Beth, contemplando el brillo del metal mientras las ramas se movían de un lado a otro.

—La bombona para el hornillo —repitió Alice—. La necesitamos para preparar la cena esta noche. Y mañana. Por Dios, Beth. ¿Cómo es posible que se te haya caído?

—Ni siquiera sabía que la llevaba yo.

—Las cosas comunes nos las repartimos, eso lo sabes, ¿verdad?

Un tronco suelto pasó a toda velocidad por el agua y chocó contra las ramas. La bombona tembló, pero no se movió.

—¿Podemos apañárnoslas sin ella? —preguntó Jill.

—Si queremos cenar esta noche, no.

Otro temblor en el agua, y otra sacudida de la bombona. Beth notó que Alice la miraba fijamente. Contempló el río crecido, previendo lo que se avecinaba. Alice se acercó a ella por detrás. Beth sintió que una mano invisible se le clavaba en la espalda.

—Ve a buscarla.

10

Beth estaba apoyada en la pared exterior del hospital con una mano metida en el bolsillo del abrigo y los ojos entrecerrados, mientras el humo del cigarrillo le flotaba delante de la cara. Enderezó un poco la espalda cuando vio que Falk y Carmen salían.

—¿Ya han terminado? ¿Bree está bien? —les gritó.

—Un poco incómoda —contestó Carmen mientras se acercaban a ella—. Nos ha dicho que le recordemos que le pida analgésicos a la enfermera.

—Ya lo he hecho, es muy pronto aún. Nunca me hace caso. —Volvió la cabeza para no echarles el humo y trató de dispersarlo moviendo la mano—. ¿Se sabe algo de Alice? ¿Todavía no hay rastro de ella?

—Que nosotros sepamos, no —contestó Falk.

—Mierda. —Beth se quitó una hebra de tabaco del labio inferior. Su mirada se posó en los árboles que rodeaban la parte posterior del aparcamiento—. A saber qué le habrá pasado.

—¿Usted qué piensa?

Beth centró la vista en el pitillo.

—¿Después de que se marchara? Ni idea. Ahí fuera puede pasar cualquier cosa. Todas intentamos advertírselo.

Falk la escudriñó y preguntó:

—¿Usted a qué se dedica en BaileyTennants?

—Tratamiento de datos y archivos.

—¿Ah, sí? ¿Y en qué consiste eso?

—Pues básicamente en lo que parece. Gestionar archivos, introducir datos, asegurarse de que los socios puedan acceder a los documentos que buscan.

—Entonces, ¿usted tiene acceso a todos los documentos de la empresa?

—A los de libre consulta. Hay carpetas y archivos confidenciales a los que sólo tienen acceso los altos cargos.

—¿Veía a menudo a Alice Russell en el trabajo?

—Sí, a veces. —No parecía que aquello le hiciera mucha ilusión—. Pasaba bastante tiempo en la sala de datos, recopilando información.

Falk notó que Carmen se removía a su lado.

—¿Hablaba mucho con ella cuando bajaba a esa sala? —preguntó la agente con tacto—. ¿Le comentaba qué estaba buscando?

Beth ladeó la cabeza y una expresión, casi se diría que calculadora, le cruzó el rostro.

—No, Alice no hablaba con nadie del departamento de Tratamiento de Datos si no era imprescindible. De todas formas, yo no entiendo ni jota de lo que pasa por allí. No me pagan lo suficiente para que piense.

—¿Y durante la ruta? ¿Se llevó mejor con ella? —preguntó Falk.

La expresión de Beth se endureció, con el cigarrillo a medio camino de la boca.

—¿Me está tomando el pelo?

—No.

—Pues no, Alice Russell y yo no nos llevábamos bien. Ni en el trabajo ni durante esa excursión. —Beth dirigió la mirada a las puertas del centro—. ¿Mi hermana no se lo ha comentado?

—No.

—Ah. —Beth dio una última calada y apagó el cigarrillo—. Seguramente pensaría que ya lo sabían. Yo no le caía bien a Alice, y ella no se molestaba en disimularlo.

—Y ¿por qué? —quiso saber Carmen.

—No tengo ni idea —contestó Beth, encogiéndose de hombros. Sacó el paquete y les ofreció un pitillo a los agentes. Ambos dijeron que no con la cabeza—. La verdad es que sí sé por qué —prosiguió—. No le caía bien porque no se veía obligada a ello. Yo no tenía nada que ofrecerle, así que no le interesaba. No soy Bree... —Hizo un ademán impreciso recorriendo su cuerpo, desde su rostro cetrino hasta sus gruesos muslos—. Alice lo tenía muy fácil para complicarme la vida y no se cortaba.

—¿Aunque su hermana trabajara en la oficina?

Beth esbozó una sonrisa torcida.

—Sobre todo por eso. Creo que es lo que le divertía.

Tapó el cigarrillo con una mano y lo encendió. El viento la despeinó y se arrebujó en el abrigo.

—Así que Alice no le ponía las cosas fáciles —dijo Carmen—. ¿Le plantaba usted cara? ¿Se defendía?

Una sombra pareció cruzar por un momento el rostro de Beth.

—No.

—¿Nunca? Debía de ser frustrante para usted.

—Siempre hay alguien que va de borde por la vida —contestó Beth con indiferencia—. No vale la pena montar un escándalo por eso. Y menos aún si se está en libertad condicional.

—¿Y por qué está usted en libertad condicional? —preguntó Falk.

—¿No lo saben?

—Podemos averiguarlo, pero será más fácil si nos lo dice.

Beth volvió a dirigir la mirada a las puertas del hospital. Cambió el peso de una pierna a la otra y dio una profunda calada antes de contestar.

—¿A qué cuerpo policial me han dicho que pertenecían?

—Somos federales —respondió Falk, que sacó la placa; Beth se inclinó para mirarla.

—Estoy en libertad condicional... —Hizo una breve pausa y suspiró—. Por lo que pasó con Bree.

Los agentes se quedaron esperando, hasta que Carmen añadió:

—Tendrá que contarnos algo más.

—Sí, disculpen. La verdad es que no me gusta hablar del tema. Hace un par de años... —Dio la impresión de que se acababa el resto del pitillo de una sola calada—. Yo no estaba muy bien. Entré por la fuerza en el piso de Bree y me llevé varias cosas. Algo de ropa, el televisor... Objetos para los que ella había ahorrado. Joyas que le había regalado nuestra abuela antes de morir. Cuando Bree volvió a casa, me sorprendió metiéndolo todo en el maletero del coche. Intentó impedírmelo y la emprendí a golpes con ella.

Escupió estas últimas palabras como si tuvieran un sabor amargo.

—¿Sufrió lesiones graves? —preguntó Falk.

—Físicamente, nada serio. Pero le había pegado en la calle su hermana gemela, que además intentaba robarle sus pertenencias para comprar droga, así que... Sí, sufrió mucho. Sufrió mucho por mi culpa.

Aquello parecía una frase que había tenido que repetir con frecuencia delante de un terapeuta. Se terminó el pitillo, pero esta vez tardó en apagarlo.

—Oigan, si les soy sincera, yo no recuerdo gran cosa del incidente. Tuve problemas con las drogas durante algunos años. De hecho, desde... —Dejó la frase sin acabar y se pasó la mano por el brazo. Ese gesto hizo que Falk se acordara de su gemela, de cómo se rascaba la venda en la cama—. Desde el último año de universidad. Aquello fue una estupidez. La policía me pilló enseguida cuando intenté vender las cosas de Bree. Ni siquiera sabía que le había pegado hasta que me lo contó mi abogado. En ese momento yo ya tenía antecedentes, así que me encerraron. No fue culpa de mi hermana. Evidentemente. Lo que quiero decir es que ella no me denunció. Lo podría haber hecho, nadie se lo habría reprochado, pero quien avisó del incidente fue un vecino que nos vio peleándonos. Bree sigue sin querer hablar del tema. De todas formas, tampoco habla mucho conmigo. Casi todo lo que sé del episodio lo he leído en los documentos judiciales.

—¿Y qué pasó con usted? —preguntó Carmen.

—Estuve un par de meses en un correccional, que fue algo duro, y después una temporada un poco más larga haciendo un tratamiento de desintoxicación, que fue mejor.

—¿La ayudaron a recuperarse?

—Sí. Bueno, lo hicieron lo mejor que pudieron. Como yo ahora. La recuperación es algo que nunca se acaba, pero me enseñaron a responsabilizarme de mis decisiones. Y de lo que le hice a mi hermana.

—¿Cómo están ahora las cosas entre ustedes dos? —preguntó Carmen.

—Bien. Me ayudó a conseguir el trabajo en BaileyTennants, lo cual es estupendo. Antes de dejar la universidad estaba estudiando Informática y Tecnología, así que el empleo en el archivo me resulta un poco monótono, pero es difícil encontrar algo si estás en libertad condicional, así que le estoy muy agradecida. —La sonrisa le quedó un poco forzada—. Aunque antes estábamos muy unidas. Nos poníamos la misma ropa hasta que tuvimos catorce años o algo así, una cosa exagerada. Demasiado tiempo. Como si fuéramos la misma persona. Estábamos convencidas de que podíamos leerle el pensamiento a la otra. —Miró la puerta del hospital—. Y no es así.

Dio la impresión de que esto último la sorprendía un poco.

—Debió de asustarse usted mucho cuando esa serpiente picó a su hermana —dijo Falk.

Beth apretó los labios.

—Pues sí. Me dio muchísimo miedo la idea de perderla. Me había levantado temprano para hacer mis necesidades y acababa de volver a dormirme cuando Bree irrumpió en la cabaña agarrándose el brazo. Teníamos que llevarla al médico, pero la condenada Alice había desaparecido. Estuvimos dando vueltas como locas tratando de encontrarla, pero no había ni rastro de ella. —Se pasó la pequeña y gruesa uña del dedo pulgar por los labios—. Si les soy sincera, Alice no me importaba una mierda. Sólo me preocupaba Bree. Por lo que a mí respectaba, Alice podía cuidarse solita. Tuvimos suerte de que Lauren fuera capaz de orientarse y avanzar en línea recta; si no, nos habríamos quedado atrapadas allí. Nos guió hacia el norte y gracias a ella encontramos la carretera y pudimos seguirla en sentido inverso. Nunca me he alegrado tanto de encontrarme con asfalto.

—¿Llegó a ver cómo se marchaba Alice? —preguntó Falk, mirándola de hito en hito.

—No, pero no me sorprendió. No había dejado de amenazarnos con eso.

—Y, por lo que nos han contado, se llevó el móvil.

—Sí. Un gesto de lo más egoísta, pero así es Alice. De todas formas, no tenía mucha importancia. No llegó a funcionar en ningún momento.

—¿En ningún momento?

—No. —Beth los miró como si fueran lentos de entendederas—. Si no, habríamos llamado para que nos rescataran.

—Cuando volvieron, ¿le sorprendió que Alice no estuviera en el punto de encuentro? —preguntó Falk.

Beth se tomó su tiempo antes de responder.

—Sí. Un poco, la verdad. Sobre todo teniendo en cuenta que probablemente seguimos el mismo camino y que nos llevaba unas horas de ventaja. Si no la alcanzamos ni tampoco regresó antes que nosotras, ¿qué pasó?

Ese interrogante se quedó flotando en el aire. Falk distinguió el sonido del helicóptero de la policía, que describía círculos a lo lejos. Beth los miró a ambos.

—Oigan... —Hizo un ademán de incomodidad y bajó un poco la voz—. ¿Creen que Alice se traía algo entre manos?

—¿Como qué? —preguntó Falk, impertérrito.

—Díganmelo ustedes, que son de la Policía Federal.

Ninguno de los dos dijo nada y Beth acabó encogiéndose de hombros.

—No sé. Ya les he contado que últimamente había estado pidiendo mucha información en el departamento de

Tratamiento de Datos. Y además había empezado a ir a buscar el material en persona, lo que era un poco extraño. Sólo me di cuenta porque normalmente enviaba a Bree, pero luego comenzó a presentarse ella para consultar los archivos confidenciales con mayor frecuencia. Y ahora, como ha desaparecido...

Beth desvió la mirada hacia las colinas que se alzaban a lo lejos y volvió a encogerse de hombros.

—Beth, ¿hasta qué punto está usted segura de que Alice se marchó de la cabaña por voluntad propia? —preguntó Carmen.

—Miren, estoy segura. Es cierto que no la vi hacerlo, pero sólo porque ella sabía que se lo habríamos impedido. No quería quedarse. Ya había intentado convencer a Jill para que la dejara volver sola la primera noche, pero ella le dijo que no. Después, en la cabaña, insistió.

—Entonces, ¿hubo tensión entre ellas? —preguntó Carmen.

—Claro.

—Porque, cuando vimos brevemente a Jill Bailey, parecía que tenía un moratón en la cara. En la zona de la mandíbula.

Se produjo un largo silencio. Beth se quedó mirando fijamente el pitillo.

—No sé muy bien cómo se lo hizo. Aunque durante la caminata tropezó un par de veces.

Falk dejó que el silencio se alargara, pero Beth no alzó la vista.

—Bueno —dijo finalmente el agente—, así que las cosas no iban muy bien entre Jill y Alice.

—No, pero eso tampoco es de extrañar. Alice era capaz de montar una bronca en una sala vacía. Y ya estaba cabreada mucho antes de que Jill hiciera nada. Estaba de mal humor desde la primera noche, cuando tuvo esa charlita íntima con Daniel Bailey.

Más allá de las puertas del hospital, Falk podía oír el insistente pitido de una alarma.

—¿Daniel Bailey? —repitió el agente.

—El hermano de Jill, el director ejecutivo. El grupo de los hombres se presentó en nuestro campamento la primera noche, y Daniel se llevó a Alice a un lado para hablar a solas con ella.

—¿Alguna idea de sobre qué estuvieron hablando?

—La verdad es que no. No pude oír mucho. Pero Alice le preguntó que cómo había descubierto algo, y Daniel contestó que porque lo había visto con sus propios ojos. Ella repitió varias veces: «¿Quién más lo sabe?» Y él respondió: «Todavía nadie.» —Beth torció el gesto al recordarlo—. Daniel dijo algo como: «Es una cuestión de respeto, por eso quería avisarte.»

—¿Avisarla? —dijo Falk—. ¿Está segura de que lo oyó decir eso?

—Sí, aunque no sé muy bien a qué se refería. Me llamó la atención porque, en la oficina, Daniel Bailey no es conocido precisamente por el respeto que muestra a las mujeres.

—¿Es agresivo? —preguntó Carmen.

—Por lo visto, más bien desdeñoso.

—Ya —intervino Falk—. ¿Con qué tono le habló esa noche? ¿Parecía enfadado?

—No, estaba tranquilo, aunque no muy contento. No daba la impresión de que le apeteciera mantener esa conversación.

—¿Y Alice?

—¿Sinceramente? —Beth caviló unos instantes—. Me pareció que Alice estaba asustada.

DÍA 2

TARDE DEL VIERNES

—Baja, Beth. —Alice señaló el río crecido—. Deprisa, antes de que la perdamos.

Lauren escudriñó la ribera. La pequeña bombona de metal para el hornillo reposaba entre las ramas rotas y se movía de un lado a otro mientras el torrente de agua corría por debajo.

Beth se acercó un poco más al borde de la cornisa y masculló algo.

—¿Qué dices? —le espetó Alice—. ¿A qué esperas?

—He dicho que si esta noche no podríamos hacer una fogata y ya está.

—Sólo están permitidas en el primer campamento —respondió Alice—. La bombona nos va a hacer falta para cocinar. Baja y recupérala de una vez.

Beth miró el río y después volvió a mirar hacia atrás:

—Pero ¿cómo?

Lauren pensó que aquélla era una buena pregunta. La pendiente era pronunciada, estaba llena de barro y acababa directamente en el agua. La broza de la superficie se acumulaba en torno a las ramas partidas y formaba una capa asquerosa.

—Me caeré al agua. —Beth seguía inmóvil en el borde—. Y no sé nadar.

Casi dio la impresión de que aquello le hacía gracia a Alice:

—¿En serio? ¿Ni siquiera un poco?

—No lo hago bien.

—¡Por Dios, pues entonces no te caigas!

Una ráfaga de viento agitó las ramas. La pequeña bombona se desplazó un poco.

—Quizá sería mejor dejarla. —Jill parecía haber recuperado la voz y observaba el río con recelo—. No estoy convencida de que esto sea seguro.

—No podemos dejarla, la necesitamos —repuso Alice—. Vamos a estar varios días en este bosque.

Jill miró a Lauren, que asintió. Alice tenía razón. Iban a estar allí hasta el domingo y se les iba a hacer larguísimo sin un hornillo que funcionase.

—¡Beth! —chilló Alice—. Baja. ¡Vamos a perderla!

—¡No! —Beth estaba colorada y los ojos le brillaban—. No voy a hacerlo y punto. ¡Me caeré!

—No te pongas tan melodramática. Sin esa bombona, hoy no cenamos.

—¡Me da igual! ¡Anoche ninguna de vosotras se acabó la dichosa cena! No voy a partirme el cuello porque ahora tengas un poco de hambre.

Beth se mostraba firme, aunque Lauren vio que le temblaban las manos.

—Tú has dejado que se te cayera, Beth —soltó Alice—. Tú la recoges.

—Me la metiste tú en la mochila sin decírmelo.

—¿Y?

—Que la recojas tú.

Las dos mujeres estaban ahora cara a cara. Beth se metió las manos en los bolsillos.

—Joder, Beth... —empezó a decir Alice.

—Lo haré yo. —Lauren pronunció esas palabras casi sin darse cuenta. Cuatro pares de ojos sorprendidos se volvieron hacia ella. Lamentó inmediatamente haber hablado, pero ya no había vuelta atrás—. Yo bajaré, pero tendréis que ayudarme todas.

—Gracias —dijo Beth, que se sonrojó todavía más, esta vez de alivio.

—¿Estás segura? —preguntó Jill, alejándose del borde—. Quizá deberíamos...

Lauren la interrumpió antes de que la hiciera cambiar de idea.

—No, voy a cogerla. Nos hace falta.

Miró por encima del borde. La pendiente era empinada, pero había un par de rocas y matas de maleza que podían utilizarse para apoyar las manos y los pies. Respiró profundamente, sin saber muy bien por dónde empezar. Al final se sentó, se dio la vuelta y empezó a bajar por la cornisa. Al tocarla, notó la tierra fría y arenosa. Sintió que cuatro manos le agarraban los antebrazos y el anorak mientras descendía trabajosamente, con la punta de las botas deslizándose sobre la pendiente fangosa.

—Vamos bien, te sostenemos —oyó decir a Alice.

Lauren no miró hacia arriba; centraba su atención en la pequeña bombona y en la corriente de agua de debajo. Extendió un brazo, y con las yemas de los dedos arañó el aire. Casi. Una nueva ráfaga de viento agitó las ramas, y vio cómo la bombona oscilaba entre ellas.

—Tengo que acercarme más.

Volvió a extender el brazo, resistiéndose a la fuerza de la gravedad mientras los pies le resbalaban en el barro. Sólo un poco más. Acababa de rozar con los dedos la lisa superficie de metal cuando, de pronto, algo cedió. Lauren sintió que perdía el equilibrio y, un segundo después, se zambullía entre las ramas. Un crujido y ya estaba en el agua.

Logró tomar aire con fuerza una sola vez y después el río la cubrió por completo. El frío hizo que sus pulmones se contrajeran cuando el agua, densa y terrosa, le entró en la boca. Intentó patalear, pero los pies le pesaban demasiado por culpa de las botas. Para su propia sorpresa, consiguió salir de nuevo a la superficie, tragando aire a bocanadas y cegada por las aguas.

—¡Socorro!

No pudo terminar la palabra porque volvió a tragar agua.

—¡Levanta los brazos! ¡Levanta los brazos!

Lauren oyó el grito ahogado por encima de ella y vio que una de sus compañeras bajaba haciendo eses por la pendiente. Le estaban tendiendo algo y lo agarró con las dos manos. Al cerrar los puños, percibió el ruido de algo que se movía dentro de una lona: era la bolsa de las varillas de las tiendas.

—¡Aguanta, te arrastraremos hasta la orilla!

Pasó a duras penas la muñeca por el asa y la giró varias veces hasta que la tuvo bien sujeta. El brillo plateado de la bombona se deslizó junto a su rostro, arrastrado por la corriente, y Lauren la agarró.

—No puedo...

El tronco salió de la nada. Recio y lleno de barro, con hojas empapadas, surgió del torrente de agua y le golpeó en la cabeza. Lo último que vio Lauren fue el madero ensangrentado alejándose río abajo después de rebotar contra ella, desapareciendo en el agua sin dejar rastro.

Lauren se moría de frío. Su cuerpo temblaba con tanta fuerza que parecía rebotar contra el duro suelo. Se obligó a abrir los ojos. Estaba tumbada de costado. Todo le parecía dolorosamente luminoso, pero la claridad era de una tonalidad distinta a la de antes. ¿Cuánto tiempo había pasado? Creyó oír un llanto, seguido de un áspero susurro. El sonido cesó.

—Te has despertado. Gracias a Dios. —Era la voz de Alice.

—¿Está bien? —preguntó Jill.

—Creo que sí.

«No lo estoy», quiso decir Lauren, pero apenas tenía fuerzas. Se incorporó como pudo. La cabeza le palpitaba y se tocó donde le dolía. Al bajar la mano, se vio sangre en los dedos. La envolvía un abrigo que no era el suyo. Por debajo, llevaba la ropa completamente empapada.

A su lado estaba Bree, sentada en cuclillas y abrazándose las rodillas, con una toalla de microfibra en torno a los hombros. Su pelo también estaba empapado, y entre ellas había un charco de vómito aguado. Lauren no sabía muy bien de quién era. Notaba un sabor horrible y una textura húmeda en la boca.

Jill y Alice estaban de pie delante de ella, las dos pálidas de miedo. Beth estaba detrás, temblando con los ojos enrojecidos. No llevaba el abrigo, y Lauren se dio cuenta de que estaba tendida sobre él. Se preguntó vagamente si debía devolvérselo, pero le castañeteaban tanto los dientes que no podía ni hablar.

—Estás bien —repetía Alice, con un deje defensivo en la voz.

«¿Qué ha pasado?», quería preguntar Lauren, aunque era incapaz de pronunciar las palabras. Su rostro debía de decirlo todo.

—Te ha sacado Bree —le explicó Jill—. Respirabas, pero te has llevado un buen golpe en la cabeza.

Aquello parecía más que un golpe. El simple hecho de estar sentada la mareaba.

—Al menos habremos recuperado la bombona...

Sus caras le dieron la respuesta.

—¿Y la bolsa de los mástiles?

Más rostros sombríos.

—Se lo ha llevado todo el río —dijo Jill—. No ha sido culpa de nadie —añadió rápidamente.

«Bueno, mía no, desde luego», pensó Lauren enseguida.

—¿Y qué haremos ahora?

Alice carraspeó antes de contestar:

—Debería haber provisiones de repuesto en el campamento.

Intentó decirlo con un tono optimista, pero no lo consiguió.

—No sé si podré llegar.

—Pues tendrás que hacerlo —replicó Alice. Después suavizó el tono—: Lo siento. Pero no podemos quedarnos aquí sin las tiendas. Hará demasiado frío.

—Pues haced un fuego. —Cada palabra le costaba. Lauren vio que su jefa negaba con la cabeza—. Por favor, Jill. Sé que no está permitido, pero...

—No es eso. Es que también se ha mojado el encendedor.

A Lauren le entraron ganas de llorar. Volvió a sentir náuseas y se tumbó. El contacto con el suelo frío le agudizaba el dolor de cabeza. Notó que una gota le recorría la frente y bajaba por la sien. No sabía si era agua del río o sangre. Con esfuerzo, levantó un poco la cabeza. Alice seguía de pie ante ella.

—Llama para pedir ayuda —le pidió Lauren.

Alice no se movió.

—Alice, llama a alguien con tu móvil.

—Ya lo ha intentado —dijo Jill, intranquila—. No hay cobertura.

Lauren volvió a apoyar la cabeza en el suelo y preguntó:

—Entonces, ¿qué hacemos?

Nadie respondió. Algo correteó entre la vegetación.

—A lo mejor deberíamos buscar un terreno más elevado —dijo Alice al fin—. Tal vez consigamos así algo de cobertura.

—¿Crees que servirá de algo? —preguntó Jill.

—¿Cómo quieres que lo sepa?

Se produjo un silencio incómodo.

—Perdona. —Alice abrió el mapa y se inclinó sobre él. Después levantó la vista—. Mirad, estoy bastante segura de que el río es este de aquí, en el norte. Ahí, un poco más al oeste, hay una pequeña colina con un camino. No parece muy empinada. En todo caso, el campamento queda en esa dirección. Podemos ver si hay cobertura en esa cima. ¿Qué os parece?

—¿Puedes guiarnos hasta ese punto? —preguntó Jill.

—Sí, creo que sí. El oeste está por ahí. Cuando lleguemos a ese sendero, todo debería ser más fácil.

—¿Ya has hecho esto antes?

—Varias veces.

—¿En el campamento del colegio o hace poco?

—En el colegio. Pero me acuerdo de cómo se hace. Desde entonces no ha cambiado nada.

—¿Y en su momento supiste arreglártelas?

Alice esbozó una sonrisa desalentadora.

—Bueno, no acabé muerta en medio del bosque. Pero mira, Jill, si tienes una idea mejor...

—No es eso. —Jill cogió el mapa y entrecerró los ojos. Con un bufido de frustración se lo pasó a Lauren—. Tú también estuviste en ese campamento. ¿Qué opinas?

Lauren tenía los dedos tan entumecidos que le costaba sostener el papel. Intentó descifrar lo que estaba viendo. Notaba que Alice la observaba. Había un par de colinas, pero no podía estar segura de a cuál se refería Alice. Estaba helada y le costaba pensar con claridad.

—No sé —contestó—. Yo quiero quedarme aquí.

—Bueno, pues no puedes —replicó Alice, y se mordió el labio—. Hay que conseguir ayuda o, al menos, llegar al campamento. Vamos, Lauren. Seguro que eres consciente de eso.

Lauren sentía un martilleo en la cabeza y se dio cuenta de que no tenía fuerzas para discutir.

—Está bien, como queráis.

—¿Sí? ¿Todas de acuerdo? —Jill parecía aliviada—. ¿Seguimos el plan de Alice?

Mientras Lauren se ponía en pie, vacilante, recordó de nuevo aquel día en McAllaster. También había caminado con paso tambaleante cuando le habían vendado los ojos para llevar a cabo la prueba de confianza. La abrumadora sensación de alivio cuando Alice la había agarrado del brazo, su mano firme y estable... «Yo te sostengo. Por aquí.» Lauren, desorientada e insegura, había notado en la piel el tacto cálido de Alice y, paso a paso, la había seguido por aquel terreno desconocido.

Ahora, mientras le devolvía el mapa a Jill, lamentaba volver a sentirse igual de desvalida. Pero por lo menos tenían un plan.

—Hagamos lo que ella propone.

De Alice podían decirse muchas cosas, pero estaba claro que siempre sabía muy bien lo que se hacía.

11

—¿Qué le diría Daniel a Alice la primera noche para que ella se asustase? —preguntó Carmen, que miraba por la ventanilla del coche mientras pasaban a toda velocidad junto a los árboles y dejaban atrás el hospital.

Falk no contestó enseguida. Se le ocurrían unas cuantas cosas, pero ninguna de ellas era buena.

—Fuera lo que fuese, no cabe duda de que pensó que merecía la pena darse un paseíto por el bosque a oscuras para llegar hasta donde estaba ella —dijo al fin.

—Debía de estar relacionado con el motivo por el que perdió el microbús —aventuró Carmen—. Si no, se lo habría comunicado o la habría avisado, o lo que sea que hiciera, antes de salir.

Falk se acordó entonces de lo que Bailey les había dicho el día anterior en el aparcamiento: «Un asunto familiar privado.»

—También podría estar relacionado con su hermana Jill —dijo Falk—. Quizá era con ella con quien quería hablar con urgencia. No sé. Tal vez deberíamos preguntárselo directamente a él.

—Hablando de hermanas... ¿Qué te han parecido las gemelas? Ya sé que es Bree quien tiene el mejor trabajo en la planta superior, pero creo que Beth no es nada tonta, que su cabeza está igual de bien amueblada.

Falk también le había estado dando vueltas a esa idea.

—Y tampoco me sorprendería que sepa qué hay en los documentos que pasan por delante de sus narices mejor de lo que da a entender.

—Pues estupendo. Eso no pinta bien para nosotros, ¿no crees? Si hasta la empleada de la sala de datos se dio cuenta de que Alice actuaba de forma rara...

—No sé —repuso Falk—. No me extrañaría que Alice hubiera subestimado a Beth. Bueno, hasta cierto punto todos lo hemos hecho. Alice podría haber bajado la guardia delante de ella, no haber sido lo bastante cuidadosa.

«O haber actuado con precipitación», pensó el agente. Recordó su última conversación con Alice. «Consiga los contratos. Consiga los contratos.» La presión de arriba se transmitía al eslabón inferior.

—Imaginemos que Beth sospechaba de Alice —dijo Carmen—. ¿Acaso le importaría el tema? Parece que necesitaba el trabajo, pero un empleo de nivel inferior no inspira una lealtad inquebrantable hacia la empresa. Y ella es de las que no se integran en una oficina. —Hizo una pausa—. Aunque muchas veces lo que más desean los marginados es integrarse.

—Es posible que a Beth le diera igual —observó Falk—, pero podría habérselo contado a Bree.

Y a Bree sí que podía interesarle el tema, y mucho.

—Sí, es posible —reconoció Carmen—. Pero entre ellas hay una dinámica rara.

Falk giró el volante y entraron en el último tramo de carretera que llevaba a la casa rural.

—Lo sé. No me he enterado muy bien de si se quieren o se odian a muerte.

—Probablemente las dos cosas —dijo Carmen—. Tú no tienes hermanos, ¿verdad?

—No. ¿Y tú?

—A montones. Se pasa del amor al odio en cuestión de segundos. Con los gemelos es probable que eso se acentúe.

Falk entró en el aparcamiento y estacionó en el primer hueco que vio. Cuando cerró la puerta del conductor, notó que algo no encajaba; recorrió el lugar con la mirada, dubitativo, hasta que lo vio. O, más bien, hasta que no lo vio.

—Mierda.

—¿Qué?

—Su maldito coche no está.

—¿Cuál? ¿El de Daniel? —Carmen se dio la vuelta. Allí no había ningún BMW negro—. ¿Será capaz de volverse a Melbourne antes de que encuentren a Alice?

—No lo sé. Es posible. —Falk torció el gesto—. Especialmente si sabe que la espera va a ser larga.

Empezó a llover de nuevo; cuando llegaron a la entrada de la casa, unas gruesas gotas les empapaban los abrigos. En la puerta, Falk se limpió las botas y se pasó la mano por el cabello mojado.

—Eh, mira eso —susurró Carmen, señalando la zona del bar con la cabeza.

Jill Bailey estaba sentada y sola, con una taza de café en la mano y los ojos vidriosos. Les dirigió una breve mirada de sorpresa, y después de leve irritación, cuando se acercaron y se sentaron frente a ella. Visto de cerca, el cardenal del mentón estaba adquiriendo una fea tonalidad amarilla en los bordes, y Falk advirtió que tenía el labio hinchado allí donde se le había partido.

—Si quieren hablar de cuestiones legales, tendrán que hacerlo con nuestros abogados —les soltó.

—¿Disculpe? —preguntó Falk.

El agente se dio cuenta demasiado tarde de que había cometido el error de sentarse en un sillón viejo y tan blando que le costaba apoyar los pies en el suelo. Se apoyó discretamente en el brazo para no hundirse más.

—¿No son ustedes de Aventuras para Ejecutivos?

Jill no podía pronunciar bien las palabras y se rozó el labio hinchado con la punta de la lengua.

—No, somos policías. —Falk sólo le dijo el nombre de ambos—. Estamos ayudando al sargento King.

—Ah, disculpen. Me pareció verlos ayer con Ian Chase y he dado por hecho que... —No terminó la frase.

Carmen la miró.

—¿Va a emprender acciones legales contra Aventuras para Ejecutivos?

Jill removió el café, pero el líquido ya no desprendía vapor. Parecía que llevaba cierto rato con él en la mano.

—BaileyTennants directamente no. Pero la aseguradora que cubre este viaje ha mandado una carta de intenciones. No puedo decir que se lo reproche. —Miró a uno y después al otro—. Y eso al margen de cualquier acción legal que quieran emprender Alice o su familia, evidentemente.

—¿Ha venido la familia de Alice Russell? —preguntó Falk.

—No. Tiene una hija adolescente que está en casa del padre. Alice y él están divorciados. Como es lógico, les hemos ofrecido ayuda, lo que necesiten. Pero, por el momento, es mejor que su hija Margot esté en un entorno conocido. Aquí no haría más que angustiarse.

Se miró las manos. Falk vio que tenía las uñas de la mano derecha rotas, igual que Bree.

—¿Su hermano sigue aquí? —preguntó Carmen—. Su coche no está fuera.

Jill dio un lento sorbo al café antes de contestar. Por la cara que puso, Falk notó que estaba de lo más frío.

—No. Me temo que ya no van a poder hablar con él.

—¿Adónde se ha ido? —preguntó Falk.

—Ha vuelto a Melbourne.

—¿Por un tema de la empresa?

—Por un asunto familiar.

—Debe de ser algo muy urgente para que lo obligue a regresar con todo lo que está pasando aquí. No parece lo más conveniente.

El rostro de Jill se contrajo en un gesto de irritación antes de que pudiera evitarlo; Falk sospechó que estaba de acuerdo con él.

—No ha tomado la decisión a la ligera.

—¿Usted no tiene que irse también?

—Es algo relacionado con sus familiares más cercanos, no con los míos. —Jill se dispuso a dar otro sorbo, pero luego cambió de idea—. Disculpen, ¿de qué cuerpo han dicho que eran?

—De la Policía Federal.

—Creía que era la policía del estado la que se ocupaba de este asunto. Con ellos ya he hablado.

—Participamos varios cuerpos —contestó Falk, mirándola a los ojos—. Le agradeceríamos poder repasar un par de cuestiones.

Hubo una pequeña pausa.

—Claro. Lo que sea con tal de ayudar.

Jill dejó el café en una mesita lateral, al lado del móvil. Miró la pantalla en blanco del teléfono y le dio la vuelta con un suspiro.

—Es como tener una extremidad fantasma, ¿verdad? —dijo Carmen.

—Creo que lo de tener el maldito teléfono sin cobertura fue una de las peores cosas de estar en ese bosque —contestó Jill—. Es penoso, ¿no creen? Habría sido más fácil no tener nada, por lo menos no nos habría hecho perder el tiempo.

—¿Sabía usted que Alice se había llevado el suyo? —preguntó Falk.

—Hasta la primera noche, no. Pero la verdad es que no me sorprendió. Alice tiende a hacer ese tipo de cosas.

—¿Qué tipo de cosas?

Jill le devolvió la mirada y respondió:

—Pues cosas como ésa, llevarse el móvil a una actividad de este tipo, cuando está prohibido.

—Ya —dijo el agente—. ¿Y sabe a quién trató de llamar?

—Al número de emergencias, evidentemente.

—¿A nadie más?

—Que yo sepa, no —contestó Jill frunciendo el ceño—. Teníamos que ahorrar batería. Tampoco es que sirviera de nada. No llegamos a tener cobertura.

—¿En ningún momento? —preguntó Falk.

—No. —Jill suspiró—. No pueden imaginar cuánto me enfadé cuando desapareció con el móvil. Contábamos con él, aunque no sirviera de nada. Ahora, estando aquí, me parece ridículo. Me alegro de que lo tenga. Espero que la ayude.

—¿Se quedará usted aquí mientras la búsqueda esté en marcha? —intervino Carmen—. ¿O también piensa volver a Melbourne?

—No, me quedaré hasta que la encuentren. Sana y salva, espero. Daniel también se habría quedado, pero... —Se pasó la mano por la cara e hizo un leve gesto de dolor al tocarse el cardenal—. Lo siento. Todo esto es nuevo para nosotros. Llevo ya veintinueve años en la empresa y nunca nos había pasado algo así. La verdad, estas dichosas actividades...

—¿Plantean más problemas de los que resuelven? —preguntó Falk, y Jill esbozó una débil sonrisa.

—Incluso cuando salen bien. Personalmente, yo preferiría que la gente se ocupara del trabajo para el que le pagan y punto, pero por lo visto pensar así hoy en día es de lo más incorrecto. Ahora todo tiene que hacerse con una gestión holística. —Movió la cabeza—. Es una verdadera pesadilla, por Dios.

Tras ella, el gran ventanal vibró y todos dirigieron la mirada hacia allí. La lluvia golpeaba contra el cristal y desdibujaba las vistas.

—¿Cuánto hace que conoce a Alice Russell? —preguntó Falk.

—Cinco años. Fui yo quien la contrató, de hecho.

—¿Es una buena empleada?

El agente estudió detenidamente la reacción de Jill, pero la presidenta miró hacia él con una expresión franca.

—Sí, es buena. Trabaja duro. Lo da todo.

—¿Le apetecía venir a la actividad?

—Ni más ni menos que a los demás. Creo que a nadie le hacía especial ilusión dedicarle a esto un fin de semana.

—Nos han contado que Alice quiso marcharse después de la primera noche, pero que usted la convenció de que no lo hiciera.

—Es cierto, pero ¿qué otra cosa podía hacer? Tendríamos que haber regresado todas, nos habríamos visto obligadas a explicar por qué, nos habría costado dinero y, en cualquier caso, habríamos tenido que repetir la experiencia en otra fecha. Claro que, si lo pienso ahora, lamento no haberle dicho que sí. Nos habríamos ahorrado todo esto. —Negó con la cabeza—. Alice me dijo que se encontraba mal, pero yo no la creí. Su hija tenía un acto en el colegio, y me pareció que quería volver por eso. La semana anterior también había intentado librarse de la actividad, y en aquel momento llegué a la conclusión de que tenía que resignarse, como todos. En realidad, creo que a ninguno de nosotros le apetecía venir.

—¿Ni siquiera a usted? —preguntó Carmen.

—A mí menos que a nadie. Al menos Alice y Lauren habían participado en actividades parecidas en el colegio. Y Bree McKenzie está muy en forma. Aunque su hermana... Bueno, creo que ella tampoco lo ha disfrutado.

Oyeron pisadas de botas en el vestíbulo. Los tres alzaron la vista y miraron hacia la puerta abierta de la zona de la cafetería. Había vuelto uno de los equipos de búsqueda. Todos se dirigieron a la cocina; la expresión de agotamiento en sus rostros lo decía todo.

—¿Qué criterio se siguió para elegir a las cinco participantes del grupo de mujeres? —preguntó Falk.

—Se llevó a cabo una combinación aleatoria de personas con distintos salarios y experiencia; la idea es desarrollar el trabajo en equipo y entre todos los ámbitos de la empresa.

—Ya, ¿y cuál es el motivo real?

Jill esbozó una pequeña sonrisa.

—El equipo de dirección selecciona a los empleados que considera que necesitan desarrollarse, profesional o personalmente, sometiéndose a un reto.

—¿El equipo de dirección? ¿Quién lo forma? ¿Usted? ¿Daniel?

—Yo no. Daniel sí. Básicamente lo integran los directores de cada departamento.

—¿Qué tipo de desarrollo se aspiraba a conseguir con este grupo?

—Es muy probable que Bree McKenzie reciba un ascenso pronto, y esto formaba parte de su programa de promoción. Su hermana... —Jill se quedó callada unos instantes—. ¿Han conocido a Beth?

Falk y Carmen asintieron.

—Ya, bueno. Pues entonces igual no hace falta que añada nada. No es una persona con mucha... mentalidad empresarial. Probablemente alguien pensó que a Bree no le iría mal que su hermana estuviera también, pero creo que no calibraron bien el tipo de relación que mantienen. —Jill apretó los labios—. En cuanto a Lauren... Supongo que esto quedará entre nosotros, ¿no? La verdad es que no ha estado rindiendo bien. Creo que tiene problemas en casa y han acabado afectando a su trabajo.

—¿Y Alice?

Hubo un silencio.

—Se ha presentado una queja contra ella.

—¿Por qué?

—¿Es relevante?

—No lo sé —dijo Falk—. Sigue desaparecida, así que puede serlo.

—Por acoso —respondió Jill con un suspiro—. Técnicamente. Aunque lo más probable es que sólo fuera una discusión acalorada. Alice puede ser muy brusca. Esto es absolutamente confidencial, por cierto. Las otras no lo saben.

—¿La queja tiene fundamento? —preguntó Carmen.

—Es difícil saberlo. La presentó uno de los asistentes de administración, así que es posible que sólo se deba a un choque entre dos personalidades fuertes, aunque... —se interrumpió—. No era la primera vez. Hace dos años hubo un problema parecido. Aquello quedó en agua de borrajas, pero en dirección consideraron que a Alice no le vendría mal desarrollar un poco más su capacidad de trabajar en equipo. Otro de los motivos por el que no pude dejar que se marchara la primera noche.

Falk consideró lo que Jill acababa de decir.

—¿Y usted? ¿Por qué se sumó a la actividad?

—En la última reunión de altos directivos nos comprometimos a participar en algo todos los años. Si hay algún otro motivo de mayor peso, tendrán que preguntárselo a los miembros del Consejo de Dirección.

—¿La razón es la misma en el caso de su hermano Daniel?

—La verdad es que a Daniel le gusta todo esto, por increíble que parezca. Pero tiene razón. Para la empresa es importante que vean que él y yo nos implicamos.

—Que se ensucian las manos —dijo Falk.

—Sí, imagino que sí —contestó Jill sin pestañear.

Les llegó un fuerte estrépito del vestíbulo cuando se abrió la puerta del establecimiento. Oyeron un ruido de pasos y que alguien la volvía a cerrar con firmeza.

—Supongo que trabajar en una empresa familiar conlleva muchas obligaciones —dijo Carmen—. Uno no puede escurrir el bulto sin más. Su hermano nos comentó algo parecido.

—¿Ah, sí? Bueno, pues es verdad. Cuando entré en la universidad estudié Literatura Inglesa e Historia del Arte. Quería ser profesora de Humanidades.

—¿Y qué pasó?

—Nada. Es una empresa familiar y se espera que los miembros de la familia trabajemos en ella. En ese sentido somos igual que una familia de agricultores, o que una pareja que les deja a sus hijos su tienda de barrio. Necesitas a personas en las que puedas confiar. Yo trabajo en ella, Daniel también, nuestro padre sigue vinculado a la empresa. Joel, el hijo de Daniel, hará lo mismo cuando acabe la universidad.

—¿Y usted? ¿Tiene hijos? —quiso saber Falk.

—Sí, dos. Ya son adultos. —Una pausa—. Pero también son una excepción. No les interesaba lo más mínimo formar parte del negocio, y yo no los obligué. A mi padre no le hizo gracia, pero ya estábamos todos los demás, así que estaba compensado. —Jill suavizó un poco el gesto—. Mis dos hijos son profesores.

—Qué bien —dijo Carmen—. Estará orgullosa.

—Sí, gracias.

—Volviendo a la actividad —dijo Falk, mirándola a los ojos—, su hermano y el grupo de los hombres se presentaron en su campamento esa primera noche. ¿Sabía usted que pensaban hacerlo?

—No. —Jill negó con la cabeza—. Y si lo hubiera sabido, le habría pedido a Daniel que no lo hicieran. Aquello fue... innecesario. No quería que las otras mujeres tuvieran la sensación de que los hombres nos estaban vigilando.

—Su hermano habló con Alice Russell esa noche.

—Sólo éramos diez personas. Creo que casi todos hablamos con todos.

—Pero, por lo visto, con ella lo hizo en privado —insistió Falk.

—No está prohibido.

—¿Sabe de qué charlaron?

—No estoy segura. Tendrán que preguntárselo a él.

—Nos encantaría —intervino Carmen—, pero se ha marchado.

Jill no añadió nada, pero sacó de nuevo la punta de la lengua para tocarse el corte del labio.

—Entonces, ¿no le pareció que Alice estuviera especialmente alterada o incómoda después hablar con Daniel? —preguntó Carmen.

—Claro que no. ¿Por qué iba a estarlo?

—Bueno, Alice le dijo a usted que quería marcharse —aclaró la agente—. Y al menos lo hizo dos veces.

—Ya, pero, como les he dicho, si hubiera dejado que todos los que querían irse lo hicieran, no habría quedado nadie.

—Tenemos entendido que esto provocó cierta tensión entre ustedes dos.

—¿Quién les ha dicho eso? En ese bosque todas estábamos tensas. La situación era muy complicada.

Jill cogió de nuevo la taza de café de la mesa y la sostuvo entre las manos. Falk no acabó de distinguir si le temblaban.

—¿Cómo se ha hecho ese cardenal? —preguntó—. Tiene muy mala pinta.

—¡Por el amor de Dios! —Jill dejó la taza con tanta fuerza que el líquido se derramó—. ¿Qué pretende insinuar con esa pregunta?

—Nada. Sólo es una pregunta.

Jill miró alternativamente a Falk y a Carmen. Suspiró.

—Fue un accidente. Sucedió en la última noche en la cabaña, cuando intervine para frenar una discusión estúpida.

—¿Una discusión? ¿De qué tipo?

—Se hizo una montaña de un grano de arena. Ya se lo he contado a la Policía Estatal. Estábamos frustradas, cada vez teníamos más miedo, y la cosa se descontroló un poco. Hubo algunos empujones y tirones de pelo, cosas propias de un patio de colegio. Aunque aquello apenas duró unos segundos. Acabó en un abrir y cerrar de ojos.

—Pues no lo parece.

—Tuve mala suerte. Estaba donde no debía y recibí un golpe. No fue intencionado.

—¿Quién participó en la pelea? —preguntó Falk, escudriñándola—. ¿Todas ustedes?

—No, por Dios. —El rostro hinchado de Jill mostró sorpresa—. Fue entre Alice y Beth. Teníamos frío y hambre, Alice amenazó con marcharse una vez más y fue entonces cuando las cosas se salieron de madre. Me siento responsable, tendría que haberlo visto venir. Ellas dos nunca se han llevado bien.

DÍA 2

TARDE DEL VIERNES

A Jill le castañeteaban los dientes mientras avanzaba. En el río se había puesto ropa seca —todas lo habían hecho, de espaldas unas a otras mientras temblaban y se desnudaban—, pero luego, al cabo de veinte minutos, les había caído encima otro chaparrón. Le habría gustado poder caminar un poco más deprisa para entrar en calor, pero se dio cuenta de que los pasos de Lauren aún no eran muy seguros. La tirita del botiquín de emergencia se le despegaba continuamente de la frente y dejaba al descubierto un corte lleno de sangre.

Alice abría la marcha con el mapa en la mano. Bree se lo había entregado sin rechistar poco antes de llegar a la orilla del río. Beth, como siempre, iba la última.

Jill pensó que era extraño el modo en que el paisaje empezaba a parecerle todo igual. En dos ocasiones se había fijado en algo —primero un tocón, después un árbol caído— que estaba convencida de recordar de un momento anterior. Aquello era como caminar con una sensación semiconstante de *déjà vu*. Se recolocó la mochila. Sin la bolsa de las varillas pesaba menos, aunque su pérdida no la tranquilizaba, precisamente.

—¿Seguimos yendo bien? —preguntó Jill cuando aflojaron el paso para rodear una zanja fangosa.

Alice sacó la brújula y la consultó. Se dio la vuelta para mirar en la otra dirección y la consultó de nuevo.

—¿Vamos bien? —repitió Jill.

—Sí, no hay problema. Lo que pasa es que en este punto el sendero describe una curva. Pero vamos bien.

—Creía que en teoría íbamos a llegar a un terreno más elevado.

El suelo que pisaban estaba repleto de maleza, pero se mantenía obstinadamente llano.

Les llegó una voz desde atrás.

—Tenemos que consultar la brújula con mayor frecuencia, Alice —dijo Lauren mientras se apretaba la tirita de la frente con una mano.

—Lo acabo de hacer, ya lo has visto.

—Pero deberías consultarla más.

—Ya lo sé, gracias, Lauren. Si quieres abrir la marcha y sustituirme, tú misma.

Alice sostuvo la brújula en la palma de la mano, como una ofrenda. Lauren titubeó y finalmente negó con la cabeza.

—Sigamos avanzando —propuso Alice—. Enseguida empezaremos a subir.

Prosiguieron la marcha. El terreno seguía siendo llano. Jill estaba a punto de preguntar cuándo llegaría ese «enseguida», pero entonces percibió el inequívoco ardor en los muslos. Estaban ascendiendo. Poco a poco, pero no cabía duda de que iban cuesta arriba. Se sintió tan aliviada que le entraron ganas de llorar. Gracias a Dios. Con un poco de suerte, en la cumbre de esa colina habría cobertura. Podrían llamar a alguien y poner fin a todo aquel desastre.

El miedo había empezado a cristalizar en su mente; un miedo que quizá sólo había sentido dos o tres veces en toda su vida, y siempre acompañado de una certeza: «Algo va muy mal.» La primera de ellas, cuando tuvo aquel accidente de tráfico a los diecinueve años, al ver cómo los ojos del otro conductor se abrían como platos y se le ponían en blanco mientras los vehículos de ambos se acercaban a toda velocidad en una danza macabra. La segunda, tres años después, en una de sus primeras fiestas de

Navidad en la oficina. Demasiado alcohol, demasiado coqueteo con un hombre poco conveniente, y un paseo de vuelta a casa que casi había acabado en tragedia.

También estaba aquel día peculiar en que su padre los había recibido, a Daniel y a ella, en su despacho privado —el de casa, no el del trabajo— y les había explicado con precisión cómo funcionaba el negocio familiar de Bailey-Tennants.

Jill le había dicho que no. En años sucesivos, aquella negativa inicial a veces incluso le había servido de consuelo. Daniel había accedido de inmediato, pero ella se había resistido a aceptarlo durante casi dieciocho meses. Se había matriculado en un curso de formación del profesorado y había excusado su ausencia en las reuniones familiares.

Durante un tiempo, incluso llegó a creer que su familia había aceptado su decisión. Sólo más tarde se dio cuenta de que únicamente le habían dado un poco de espacio para que fuera haciendo a su ritmo el lento recorrido hacia lo inevitable. Sin embargo, algún imprevisto debió de acelerar el proceso —ella nunca preguntó qué había ocurrido—, porque después de aquellos dieciocho meses su padre volvió a llamarla a su despacho. Esta vez, sola. Le pidió que se sentase.

—Haces falta. Me haces falta.

—Tienes a Daniel.

—Y hace todo lo que puede. Pero...

Su padre, la persona a la que más quería y en la que más confiaba del mundo, la miró e hizo un leve gesto de negación.

—Sólo tienes que dejarlo, papá.

—No podemos.

Utilizó claramente el plural, no el singular.

—Tú sí puedes.

—Jill... —Su padre le cogió la mano; ella nunca lo había visto tan triste—. No podemos.

Al oír aquellas palabras, Jill notó que apenas podía contener las lágrimas que le quemaban en la garganta. Por él, y por aquel sencillo favor que mucho tiempo antes su padre le había hecho a las personas equivocadas. Por la trampa en la que se había visto atrapado. Por el dinero fácil, fruto de la codicia, que Bailey todavía se veía obligado a devolver, varias décadas después y multiplicado por mil. Pero también por ella, por el curso de profesora que nunca llegaría a terminar, por el «no» que debía convertirse en «sí». Aunque al menos durante una temporada, se recordaría Jill en los años sucesivos, había sido un «no».

Ahora, mientras le ardían los pulmones y le dolían las piernas, intentó centrarse en la tarea inmediata que debía abordar. Cada paso ascendente era un paso que la acercaba adonde debía estar. Contempló la nuca de Alice, que guiaba al grupo.

Cinco años antes, Jill era la directora financiera y Alice una de las candidatas que iba a someterse a la tercera ronda del proceso de entrevistas. Ya sólo competía con otro candidato, un hombre de formación parecida aunque probablemente con mayor experiencia. Al final de la entrevista, Alice había mirado de hito en hito a todos los miembros de la mesa y había afirmado que podía desempeñar el empleo, pero que sólo lo aceptaría si incrementaban en un cuatro por ciento el sueldo inicial que le ofrecían. Jill había sonreído para sus adentros. Había pedido que la contrataran. Que encontrasen ese cuatro por ciento.

Cuando se acercaron a un recodo del camino, Alice se detuvo y consultó el mapa. Esperó a que Jill la alcanzara. Las otras iban un poco retrasadas.

—Deberíamos llegar pronto a la cima —dijo Alice—. ¿Quieres descansar un poco?

Jill negó con la cabeza; el recuerdo del tropezón de la noche anterior, cuando llegaron al campamento a oscuras, aún era muy reciente. El día avanzaba. No sabía con exactitud a qué hora se ponía el sol, pero sí que no tardaría mucho.

—Sigamos mientras tengamos luz. ¿Has mirado la brújula?

Alice la sacó y le echó un vistazo.

—¿Vamos bien?

—Sí... Bueno, la senda serpentea un poco, así que depende de hacia dónde estemos mirando, pero seguimos en la buena dirección.

—Vale. Si estás segura...

—Lo estoy —afirmó Alice tras estudiar la brújula de nuevo.

Prosiguieron la marcha.

Jill nunca había lamentado darle el empleo. Y menos aún lo del cuatro por ciento. Con el paso del tiempo, Alice había demostrado que valía más. Era inteligente, sabía por dónde iban los tiros más rápido que la mayoría y entendía las cosas. Cosas como cuándo hablar y cuándo morderse la lengua, algo muy importante en una empresa que más bien era una familia. En una ocasión, en el pícnic de BaileyTennants del año anterior, su sobrino Joel —el hijo de Daniel, que entonces tenía diecisiete años y se parecía muchísimo a su padre a la misma edad— se había quedado mirando desde el otro lado de la mesa a la preciosa hija de Alice. Su mirada lastimera era más que elocuente, y Alice y Jill se habían mirado con complicidad.

A veces Jill pensaba que, en otro momento y en otro lugar, ambas podrían haber sido amigas. En otras ocasiones, sin embargo, le parecía que no. Tener a Alice a tu lado era como tener a un perro de una raza agresiva. Siempre se mostraba leal, pero no podías despistarte.

—¿Falta mucho?

Jill oyó la voz de Lauren por detrás. Se le había vuelto a despegar la tirita y un hilo de sangre mezclado con la lluvia le corría por la sien y la mejilla hasta la comisura de los labios.

—Casi estamos en la cumbre. Creo.

—¿Tenéis un poco de agua?

Jill sacó su botella y se la pasó a Lauren, que dio un gran trago sin dejar de caminar. Luego se pasó la lengua por la comisura de la boca y torció el gesto al notar la sangre. Ahuecó la mano y vertió agua en ella; parte del líquido cayó al suelo antes de que se pasara la mano por la cara.

—Tal vez no deberíamos... —empezó a decir Jill cuando Lauren se dispuso a repetir el proceso, pero se quedó callada.

—¿Qué?

—Da igual.

Iba a decir que tal vez no debían malgastar el agua potable, pero no hacía falta. En el campamento habría más víveres. Y Jill aún no estaba dispuesta a reconocer que quizá acababan pasando la noche en otro sitio.

El sendero se volvió muy escarpado y Jill notó que, a su alrededor, todas empezaban a jadear por el esfuerzo. El terreno en pendiente que quedaba a su derecha descendía en un ángulo más pronunciado, hasta convertirse en una pequeña ladera y después en el borde de un precipicio. Jill siguió con la vista clavada al frente, ascendiendo paso a paso. Ya había perdido la noción de cuánto habían subido cuando, casi sin previo aviso, el sendero se allanó.

Dejaron atrás los eucaliptos y se toparon con una espléndida vista de unas colinas ondulantes y unos valles que se extendían por debajo de ellas hasta el horizonte. Las sombras de las nubes en movimiento creaban un océano de verde que se agitaba como si tuviera olas. Habían llegado a la cumbre, y aquello era sobrecogedor.

Jill dejó la mochila en el suelo. Las cinco mujeres se quedaron una al lado de otra, con los brazos en jarras y las piernas doloridas, recuperando el aliento mientras oteaban el paisaje.

—Esto es increíble.

Casi como respondiendo a sus palabras, las nubes se abrieron y dejaron ver el sol, que estaba cerca ya del horizonte. Sus rayos acariciaron la copa de los árboles más altos y los inundó de un resplandor líquido y encendido. Jill parpadeó mientras esa bienvenida luz dorada la cegaba, y casi pudo imaginar que sentía el calor en el rostro. Por primera vez en todo el día, notó que se quitaba un peso de encima.

Alice ya había sacado el móvil del bolsillo y miraba la pantalla con mala cara, pero no pasaba nada, se dijo Jill.

Aunque no tuvieran cobertura, todo saldría bien. Llegarían al segundo campamento, se secarían y se acomodarían en el refugio. Dormirían unas horas y lo verían todo de otro modo por la mañana.

Jill oyó que alguien carraspeaba por detrás de ella.

—Perdón —dijo Beth—, pero ¿en qué dirección íbamos?

—Hacia el oeste —contestó Jill, mirándola.

—¿Estás segura?

—Sí, hacia el campamento. —Jill se volvió hacia Alice—. Es así, ¿no? ¿Vamos al oeste?

—Sí, al oeste.

—Entonces ¿llevamos todo este rato avanzando en esa dirección? —insistió Beth—. ¿Desde que dejamos el río?

—Por Dios, que sí, ya te lo he dicho —contestó Alice sin alzar la vista del teléfono.

—Entonces... —Una pausa—. Perdona, pero es que... si esto es el oeste, ¿por qué el sol se está poniendo por el sur?

Todos los rostros se volvieron, justo a tiempo para ver cómo el sol se hundía un poco más entre los árboles.

Jill pensó que ésa era otra de las características de Alice. Que a veces lograba que te sintieras increíblemente traicionada.

12

Empezaba a anochecer cuando Falk y Carmen dejaron a Jill Bailey en la cafetería, sumida en sus pensamientos. Volvieron por el sendero a sus habitaciones, mientras los primeros reclamos del coro vespertino resonaban a su alrededor.

—Qué pronto se hace aquí de noche —dijo Carmen al tiempo que miraba la hora y el viento la despeinaba—. Supongo que los árboles tapan la luz.

Distinguieron unas furgonetas que aparcaban delante de la casa rural; los agotados miembros de un equipo de búsqueda salieron de ellas. Por lo que traslucían sus rostros, seguía sin haber buenas noticias. Reinaba el silencio en el firmamento; el helicóptero debía de haber aterrizado. La esperanza se iba apagando al mismo tiempo que el día.

Falk y Carmen llegaron a sus habitaciones y se detuvieron frente a las puertas.

—Voy a ducharme y a calentarme un poco. —Su compañera se desperezó, y Falk oyó cómo le crujían las articulaciones debajo de las capas de ropa. Habían tenido dos días muy largos—. ¿Quedamos para cenar dentro de una hora?

Hizo un gesto y desapareció en el interior. Falk abrió su puerta y encendió la luz.

Desde el otro lado de la pared, le llegó el sonido de un grifo que se abría.

Se sentó en la cama y repasó mentalmente la conversación con Jill Bailey, que demostraba una agudeza de la que su hermano carecía, algo que inquietó a Falk. Rebuscó en la mochila y sacó una carpeta con los papeles en los que estaban sus notas sobre Alice Russell. Los fue pasando, leyéndolos sólo a medias. Ya conocía a fondo el contenido. Al principio no sabía muy bien qué buscaba, pero, al ir pasando las hojas lo tuvo claro enseguida. Quería encontrar algo que aliviase su sentimiento de culpa, algún indicio que le confirmase que la desaparición de Alice Russell no estaba relacionada con él. Que Carmen y él no la habían empujado a un callejón sin salida que la hubiera llevado a cometer un error. Que ellos tampoco habían cometido ninguno. Que no habían puesto a Alice en peligro. Que no le habían «hecho daño».

Suspiró y se recostó en la cama. Al llegar al final de la carpeta, volvió al principio y sacó los extractos bancarios de Alice. Ella se los había entregado voluntariamente, aunque con cierta reticencia, y por supuesto Falk ya los había examinado con atención, igual que el resto de los documentos. Pero había algo en esos extractos que lo reconfortaba. La forma en que las columnas ordenadas de cifras y fechas se extendían hoja tras hoja, el modo en que documentaban las transacciones cotidianas, gracias a las cuales el mundo de Alice Amelia Russell seguía funcionando.

Falk recorrió los números con la mirada. Los extractos eran mensuales y la primera entrada llevaba una fecha de unos doce meses atrás. La más reciente era del jueves, el día en que Alice y los otros habían iniciado la ruta. Se había gastado cuatro dólares en un supermercado de carretera. Era la última vez que había utilizado su tarjeta bancaria.

Examinó los ingresos y los gastos e intentó hacerse una imagen cabal de cómo era aquella mujer. Vio que cuatro veces al año, con gran regularidad, se gastaba varios miles de dólares en los grandes almacenes David Jones, justo dos semanas antes de cada cambio de estación. Que pagaba a la mujer de la limpieza una cantidad que, según las horas que trabajara, parecía estar sospechosamente por debajo del salario mínimo.

A Falk siempre le había gustado averiguar qué era lo que los demás consideraban valioso. Se sorprendió mucho la primera vez que vio la suma anual de cinco dígitos que Alice desembolsaba para que su hija siguiera sus pasos en el Endeavour Ladies' College. Y ahora se percató de que, por lo visto, el coste de una educación de primera no se acababa con el pago de la matrícula, porque Alice había hecho un cuantioso donativo al centro en una ocasión, seis meses antes.

Cuando empezó a ver los números algo borrosos, se frotó los ojos y cerró la carpeta. Se acercó a la ventana y se fijó en el bosque mientras flexionaba la mano lesionada. El inicio del sendero de Mirror Falls aún se distinguía en la penumbra creciente. Con el rabillo del ojo también pudo ver el montón que formaban los mapas de su padre en la mesilla de noche. Buscó en la pila hasta que encontró el de Giralang Ranges y lo abrió donde aparecía la ruta de Mirror Falls. No le sorprendió del todo ver que el inicio de la ruta estaba marcado con un círculo; sabía que su padre había estado en esa zona, y aquél era uno de los itinerarios más populares. Aun así, al estudiar la hoja sintió una punzada. ¿Cuándo había trazado su padre esa indicación a lápiz? ¿En su casa, frente a la mesa de la cocina? ¿O situado en el sendero, a doscientos metros y diez años de donde se encontraba Falk ahora?

Sin pensar en lo que hacía, se puso el anorak y se metió el mapa en el bolsillo. Dudó unos instantes y finalmente cogió también la linterna. Del otro lado de la pared aún le llegaba el ruido del grifo abierto. Muy bien. Aquello quería hacerlo sin tener que dar explicaciones. Cerró la puerta de la habitación y siguió el sendero que cruzaba el aparcamiento y que llegaba al inicio de la ruta. Detrás de él, el resplandor de la casa.

Se detuvo en la entrada de la ruta de Mirror Falls y contempló el entorno. Si Erik Falk había recorrido ese camino, habría estado exactamente allí, en ese mismo punto. Trató de imaginar qué habría visto su padre. Los árboles que lo rodeaban contaban varias décadas. Pensó que era posible que lo que él divisaba fuera prácticamente lo mismo que había visto su progenitor.

Entró en el sendero. Al principio sólo oía su propia respiración, pero poco a poco los sonidos nocturnos se fueron volviendo más nítidos. La tupida línea de árboles le resultaba un tanto claustrofóbica, tenía la sensación de estar siendo asediado. En el bolsillo, la mano le dolía, pero Falk no prestó atención al dolor. Sabía que aquello era psicosomático. Mientras avanzaba se dijo que había llovido, que ahí no podía haber fuego. Se lo repitió entre dientes, hasta que se sintió un poco mejor.

Se preguntó en cuántas ocasiones habría recorrido su padre ese camino. Por lo menos un par veces, teniendo en cuenta las marcas del mapa. A gran distancia de la ciudad que odiaba. Y solo, porque el hijo se negaba a acompañarlo. Aunque Falk sospechaba que, en realidad, era probable que le gustara esa soledad. Aquélla era una de las cosas en las que siempre se habían parecido.

Algo se movió más allá de los arbustos y Falk dio un respingo. Se rió un poco de sí mismo al ver hasta qué punto se le habían acelerado las pulsaciones. ¿Le habría llegado a inquietar a su padre la historia de Kovac? Era fácil sentirse aislado en un lugar como aquél, y la fama del asesino debía de estar entonces mucho más fresca en la memoria colectiva que ahora. Sin embargo, Falk no creía que aquello le hubiera preocupado mucho a Erik. Su padre siempre había sido un tipo más bien pragmático. Además, se sentía más cómodo rodeado de árboles, senderos y espacios al aire libre que entre la gente.

Notó que unas gotas de lluvia le caían en la cara y se puso la capucha del anorak. Le llegó un rumor tenue desde lejos, pero no supo muy bien si eran truenos o la cascada. Tenía que volver. Ni siquiera estaba seguro de qué hacía allí, solo en medio de la oscuridad. Era la segunda vez que recorría ese sendero, pero no reconoció nada. Daba la impresión de que el paisaje cambiaba y se alteraba cuando nadie lo observaba. Falk podía estar en cualquier sitio de ese bosque. Se dio la vuelta y se dispuso a volver a la casa.

Apenas había dado unos pasos cuando frenó en seco. Aguzó el oído. Nada: sólo el viento y unas patitas invisibles que correteaban. El camino estaba desierto en ambas direcciones. ¿A cuánta distancia se encontraría de la persona más próxima? Era consciente de que no se había alejado mucho, pero le parecía que podía ser el único hombre en varios kilómetros. Se quedó completamente inmóvil, mirando y escuchando. Entonces volvió a oírlo.

Unas pisadas. Avanzaban con tiento, pero hicieron que se le pusiera el pelo de punta. Se volvió lentamente, tratando de discernir de dónde venían. Atisbó la luz a través de los árboles un instante antes de que el haz apareciera tras una curva, cegándolo por completo. Oyó un grito ahogado y el estrépito de algo que chocaba contra el suelo. Sumido de nuevo en la oscuridad, Falk buscó a tientas la linterna en el bolsillo; sus dedos estaban tan fríos y agarrotados que apenas fue capaz de dar con el interruptor. La encendió y el haz de luz formó una silueta deformada. El bosque se extendía a ambos lados como un denso telón negro y, en medio del camino, una figura femenina menuda se tapaba los ojos.

Falk entrecerró los suyos hasta que su vista se acostumbró a la claridad.

—Soy policía. —Mostró la placa—. ¿Se encuentra usted bien? No quería asustarla.

La mujer estaba medio girada, pero la reconoció por la foto. Era Lauren. Se agachó a coger su linterna, temblando, y cuando Falk se acercó a ella, se fijó en la fea herida que tenía en la frente, que apenas empezaba a cicatrizar. Aún tenía la zona hinchada y la piel tensa brillaba bajo el resplandor de la linterna.

—¿Es usted policía? —preguntó Lauren en tono receloso, mirando la placa.

—Sí. Hemos venido a ayudar en la búsqueda de Alice Russell. Usted es Lauren Shaw, ¿verdad? ¿Formaba parte del grupo de BaileyTennants?

—Sí, disculpe. He pensado... —Respiró profundamente—. Por un instante... Es una estupidez, pero al ver a alguien en el sendero he pensado que podía ser Alice.

Falk había pensado exactamente lo mismo durante una milésima de segundo.

—Siento haberla asustado. ¿Se encuentra bien?

—Sí. —Lauren aún jadeaba; sus finos hombros subían y bajaban por debajo de su anorak—. Es que me ha asustado.

—¿Qué hace aquí a estas horas? —preguntó Falk.

Aunque Lauren podría haberle preguntado lo mismo, se limitó a negar con la cabeza. Debía de llevar un buen rato en el bosque. Falk incluso podía notar el frío que desprendía su ropa.

—Nada muy sensato. He ido a las cataratas de día. Quería volver antes, pero aquí anochece muy rápido.

Falk recordó la figura oscura que había visto saliendo del camino.

—¿También estuvo aquí anoche?

Ella asintió.

—Sé que seguramente es una tontería, pero he pensado que Alice quizá lograba volver al inicio del sendero. El primer día pasamos por la cascada y es un sitio muy reconocible. En la casa, dando vueltas sin hacer nada, estaba volviéndome loca, así que he estado viniendo por aquí.

—Ya. —Falk se fijó en su gorra morada por primera vez—. Ayer por la tarde la vimos cerca de la cascada.

—Es probable.

Se oyó el rumor de los truenos, y ambos alzaron la vista.

—Venga, estamos muy cerca de la casa —dijo el agente—. La acompaño.

Avanzaron lentamente, con las linternas proyectando haces de luz sobre el terreno desigual.

—¿Cuánto tiempo lleva en BaileyTennants?

—Casi dos años. Soy directora estratégica de planificación prospectiva.

—¿Y ese trabajo en qué consiste?

—Consiste en identificar las futuras necesidades estratégicas de la empresa —contestó Lauren con un suspiro— y en proponer planes de acción. —Hizo una pausa—. Lo siento, es que todo me parece una bobada después de lo que le ha pasado a Alice.

—Por lo visto, parece que todos ustedes han vivido unos días muy complicados.

Lauren no contestó enseguida.

—Sí. No es que saliera mal una cosa en concreto, sino mil pequeños detalles. Todo se iba acumulando hasta que ya no había vuelta atrás. Espero que Alice esté bien.

—¿Usted y ella colaboraban mucho?

—Directamente, no mucho, aunque hemos mantenido una relación intermitente desde hace años. Hicimos juntas la secundaria y después acabamos trabajando en el mismo sector, así que nuestros caminos se han cruzado varias veces. Además, nuestras hijas tienen la misma edad y ahora van a nuestro antiguo colegio. Cuando Alice se enteró de que había dejado mi último trabajo, habló bien de mí en BaileyTennants, y ahí llevo desde entonces.

—Nos han dicho que fue usted quien logró guiar al grupo hasta una carretera —dijo Falk—, quien logró traer a las demás de vuelta.

—Probablemente es una exageración. Aprendí a orientarme al aire libre en el colegio, pero nos limitamos a avanzar en línea recta y a cruzar los dedos. —Suspiró de nuevo—. En todo caso, la idea de ir en esa dirección había sido de Alice. Cuando nos dimos cuenta de que se había ido, pensé que sólo nos llevaría un par de horas alcanzarla. Me quedé desconcertada cuando vi que no estaba en el punto de encuentro.

Siguieron por una curva del sendero y el inicio de la ruta apareció ante ellos. Habían llegado. Lauren sintió un escalofrío y, mientras salían del bosque, se rodeó el cuerpo con los brazos. El cielo estaba cargado y amenazaba tormenta, y, por delante de ellos, la casa se alzaba cálida y acogedora.

—¿Hablamos dentro? —propuso él, pero Lauren vaciló.

—¿Le importa si nos quedamos aquí fuera? No tengo nada en contra de Jill, pero esta noche no me siento con fuerzas para lidiar con ella.

—Claro. —Falk notó que el frío se le colaba por las botas y movió los dedos de los pies dentro de los calcetines—. Hábleme del campamento escolar al que fueron Alice y usted.

—¿Del McAllaster? Lo hacían en el quinto pino. Teníamos asignaturas convencionales, pero las actividades principales eran al aire libre. Senderismo, acampada, resolución de problemas, cosas de ésas. No había televisión ni podíamos llamar por teléfono; a lo largo del trimestre, el único contacto con nuestras familias era a través de cartas escritas a mano. Todavía lo organizan, mi hija estuvo hace dos años. La de Alice, también. Muchos colegios privados los hacen. —Hizo una pausa—. Y no es fácil.

Incluso Falk, que no tenía hijos, había oído hablar de esos temidos campamentos de un año. Historia sueltas que le habían contado colegas que habían ido a alguno de los centros de mayor prestigio. Las anécdotas normalmente se narraban en voz baja; la voz de quien ha sobrevivido al ataque de un oso o que ha salido con vida de un accidente aéreo. Incredulidad mezclada con orgullo: «Logré superarlo.»

—Parece que al menos les sirvió de algo —aventuró Falk.

—Puede que un poco. Pero sigo pensando que tener ciertos conocimientos oxidados puede ser peor que no tenerlos. Si no hubiéramos estado en ese campamento, a lo mejor a Alice no se le habría ocurrido la estúpida idea de que podía marcharse sola.

—¿Cree usted que no estaba preparada para hacerlo?

—Creo que ninguna de nosotras lo estaba. Yo quería que no nos moviésemos y que esperásemos a que llegara la ayuda. —Otro suspiro—. No sé. Tal vez tendríamos que haberla acompañado y, al menos, seguir juntas, en grupo. Tenía muy claro que acabaría largándose tras perder la votación. Alice siempre...

Se interrumpió. Falk aguardó.

—Alice siempre sobrevaloraba sus capacidades. En el campamento era la líder del grupo muchas veces, pero no la elegían porque destacase especialmente. Vaya, que era bastante buena, sí, pero no tanto como ella se creía.

—¿Era un concurso de popularidad? —preguntó Falk.

—Exacto. La elegían a ella porque era popular. Todo el mundo quería ser su amigo, formar parte de su círculo. No puedo reprocharle que se le subiera a la cabeza. Si todo el que te rodea te dice todo el rato que eres estupenda, es fácil que acabes creyéndotelo.

Lauren miró hacia atrás, hacia los árboles.

—Aunque supongo que, en cierto sentido, nos hizo un gran favor. Si nos hubiéramos quedado en la cabaña y hubiésemos esperado a que llegara la ayuda, creo que aún estaríamos allí. Por lo visto, todavía no han podido localizarla.

—Sí, así es.

Lauren se lo quedó mirando.

—Aunque, por lo que veo, todos los esfuerzos se centran en buscarla —añadió—. Algunos de los agentes sólo quieren hablar de esa cabaña.

—Supongo que será porque se trata del último sitio en el que vieron a Alice.

Falk recordó lo que el sargento King le había contado. «A las mujeres no les hemos dicho nada de lo de Sam Kovac.» Se preguntó si ésa era una buena decisión, dadas las circunstancias.

—Es posible. —Lauren lo escudriñaba con la mirada—. Pero sospecho que hay algo más. Ese sitio llevaba vacío una temporada, pero no una eternidad. Se lo he dicho a los otros agentes de policía. Al menos una persona conocía esa cabaña, porque había estado en ella.

—¿Cómo lo sabe?

—Esa persona enterró un perro.

Se produjo un silencio. Unas hojas muertas revolotearon en torno a sus pies.

—Un perro.

—Uno como mínimo. —Lauren se tocó las uñas. Sus manos recordaban las patas de un pájaro; los huesos de la muñeca se le veían por debajo de la piel—. La policía no hace más que preguntarnos si vimos a alguien más mientras andábamos por allí.

—¿Y?

—No, no vimos a nadie. Al menos después de la primera noche, cuando el grupo de los hombres vino a nuestro campamento. Pero... —Lauren clavó brevemente la mirada en el bosque—. Era un poco extraño. A veces teníamos la sensación de que nos vigilaban. Obviamente, no era así. Es imposible que alguien lo hiciera. Pero en ese entorno te entra la paranoia, la mente empieza a jugarte malas pasadas.

—¿Y seguro que no volvieron a ver a los hombres?

—No. Ojalá los hubiéramos visto. Pero nos habíamos desviado mucho de nuestra ruta. Sólo nos habrían encontrado si nos hubieran seguido... —Negó con la cabeza, rechazando la idea antes de que ésta llegara a formarse del todo—. No entiendo qué puede haberle pasado a Alice. Sé que su intención era seguir avanzando por esa ruta en dirección al norte. Y nosotras recorrimos el mismo camino sólo un par de horas después que ella. Además, Alice siempre ha sido una mujer muy fuerte, tanto mental como físicamente. Si nosotras pudimos salir, ella también tendría que haber sido capaz. Pero, por lo visto, parece que se esfumó sin más. —Lauren parpadeó—. Así que he estado yendo a esa cascada con la esperanza de que aparezca de repente, enfadada, en plan acusador, amenazando con emprender acciones legales.

Falk señaló la línea oscura que la mujer tenía en la frente.

—Esa herida tiene muy mala pinta. ¿Cómo se la hizo?

Lauren se rozó la herida con los dedos y soltó una carcajada amarga.

—Nos las apañamos para perder la bombona del hornillo y las varillas de las tiendas en un río crecido. Mientras intentaba recuperarlos, me di un golpe en la cabeza.

—Entonces, ¿no fue en la pelea en la cabaña? —preguntó Falk en tono despreocupado.

Lauren lo miró fijamente durante unos instantes y después respondió:

—No.

—Sólo se lo pregunto porque Jill Bailey asegura que ella se hizo en ese momento el cardenal que tiene en el mentón. Mientras intervenía en una pelea para frenarla.

—¿Ah, sí?

Falk tenía que reconocérselo: su expresión no delataba nada.

—¿No pasó eso?

Pareció que Lauren sopesaba su respuesta.

—Jill recibió un golpe durante la pelea. Que ella interviniera para detenerla es otra cuestión.

—Entonces, ¿ella estuvo implicada?

—Jill fue quien la inició. Cuando Alice quiso marcharse. Se pelearon porque las dos querían quedarse con el móvil. No fue una pelea muy larga, pero el motivo fue ése. ¿Por qué? ¿Qué ha declarado ella?

—No tiene importancia —contestó Falk, moviendo la cabeza—. Es posible que no entendiéramos bien su versión de los hechos.

—Bueno, no sé qué les habrá contado, pero le aseguro que ella participó. —Lauren miró al suelo—. No estoy orgullosa de ello, pero supongo que todas lo hicimos. Y Alice también. Por eso no me sorprendió que se marchara.

Un relámpago brillante estalló en el firmamento y la silueta de los eucaliptos se recortó nítidamente. Después llegó el estruendo de un trueno y, de repente, empezó a llover. No les quedó más remedio que moverse. Se pusieron las capuchas y corrieron hacia la casa mientras la lluvia repiqueteaba en sus anoraks.

—¿No entra? —preguntó Falk cuando llegaron a los escalones; el ruido era tan intenso que tuvo que gritar.

—No, me voy pitando a mi habitación —contestó Lauren desde el inicio del sendero—. Búsqueme si necesita algo más.

Falk se despidió con la mano y subió los escalones de la entrada; la lluvia caía sobre el tejado del porche. Dio un respingo cuando una figura oscura se movió entre las sombras, cerca de la puerta.

—Hola.

Reconoció la voz de Beth. Se resguardaba debajo del porche y fumaba mientras contemplaba el chaparrón. Falk se preguntó si le habría visto hablar con Lauren. Y también si aquello tenía alguna importancia. Beth sostenía un cigarrillo en la mano, y en la otra, algo que no alcanzó a distinguir. Su expresión era de culpabilidad.

—Antes de que diga nada, ya sé que no debería —dijo Beth.

Falk se secó el rostro con una manga mojada:

—¿Que no debería qué?

La gemela le mostró un botellín de cerveza de baja graduación.

—Ya sabe, estoy con la condicional. Pero han sido unos días realmente duros. Lo siento. —Su disculpa parecía sincera.

Falk no tenía energía suficiente para que le importase una cerveza de baja graduación. En su infancia y adolescencia, aquello apenas se consideraba un poco más fuerte que el agua.

—Bueno, mientras no supere el límite permitido para conducir.

Aquello parecía un acuerdo razonable, pero Beth parpadeó, sorprendida, y después sonrió.

—En teoría tampoco se puede fumar aquí —dijo—. Pero estamos al aire libre, por Dios.

—Eso es verdad —contestó Falk mientras contemplaban el chaparrón.

—Cuando llueve cuesta más buscar a alguien. Por lo menos es lo que me han dicho. —Beth dio un sorbo—. Y ha estado lloviendo mucho.

—Desde luego.

Falk la miró detenidamente. A pesar de la poca iluminación, vio que parecía agotada.

—¿Por qué no me ha comentado lo de la pelea en la cabaña?

Beth se quedó mirando el botellín.

—Por el mismo motivo por el que no debería estar bebiendo esto. Por la condicional. Y tampoco fue para tanto. Todas teníamos miedo. Y nuestra reacción fue desmesurada.

—Pero ¿usted se peleó con Alice?

—¿Eso es lo que le han contado? —Costaba descifrar su mirada en la oscuridad—. Todas nos peleamos con ella. Si alguien dice lo contrario, miente.

Parecía molesta y Falk guardó silencio unos instantes.

—¿Qué tal va todo lo demás? —preguntó al fin.

Beth tomó aire y suspiró.

—Bien. A lo mejor le dan el alta mañana o pasado.

El agente advirtió que hablaba de su hermana.

—Me refería a usted. ¿Se encuentra bien?

—Ah... —Beth parpadeó, un tanto sorprendida. Parecía que no sabía muy bien qué contestar—. Sí. Supongo. Gracias.

A través del ventanal de la cafetería, Falk distinguió a Carmen, que se había acomodado en una butaca desgastada, en un rincón. Estaba leyendo algo; el cabello le caía suelto y húmedo por los hombros. En la sala, varios miembros del equipo de búsqueda descansaban mientras charlaban o jugaban a las cartas. Algunos estaban simplemente sentados, con los ojos cerrados delante de la chimenea. Carmen alzó la cabeza y lo saludó con un gesto al verlo.

—No se quede aquí fuera por mí —dijo Beth.

Falk abrió la boca para contestar, pero el estrépito de otro trueno ahogó sus palabras. El resplandor blanco del relámpago iluminó el cielo y luego todo quedó a oscuras. Falk oyó un murmullo colectivo de sorpresa y después un lamento general que salía de la casa. Se había ido la luz.

Parpadeó, intentando que sus ojos se acostumbrasen a la oscuridad. Al otro lado del cristal, el brillo tenue del fuego de la chimenea del salón formaba sombras de color negro y naranja en los rostros. Los rincones de la estancia apenas se distinguían. Percibió un movimiento en la puerta y Carmen surgió de entre las tinieblas con algo bajo el brazo. Parecía un libro enorme.

—Hola. —Su compañera saludó a Beth, después miró a Falk y puso mala cara—. Te has mojado.

—Me ha pillado la lluvia. ¿Todo bien?

—Sí —contestó, y movió levemente la cabeza, como si quisiera decir: «Aquí no podemos hablar.»

Beth había escondido la cerveza y tenía las manos delicadamente entrelazadas delante del cuerpo.

—Sí que está oscuro aquí —dijo Falk—. ¿Quiere que la acompañemos a la habitación?

Beth dijo que no con la cabeza.

—Me quedaré aquí un rato, no me molesta la oscuridad.

—Muy bien. Tenga cuidado.

Carmen y él se pusieron la capucha y salieron del cobijo que prestaba el porche. La lluvia golpeó en sus rostros. Algunas luces de baja intensidad brillaban en distintos puntos de las instalaciones, y Falk se preguntó si aquello se debía a la energía solar o a un generador de emergencia. Fuera como fuese, bastaban para que vieran por dónde iban.

Otro relámpago iluminó el cielo y las gotas de lluvia formaron una cortina blanca y espectral. A través de ella, Falk vio que alguien cruzaba corriendo el aparcamiento. Distinguió el forro polar rojo de Aventuras para Ejecutivos de Ian Chase. Era imposible saber de dónde salía, pero, por lo pegado a la cabeza que tenía el pelo, era fácil deducir que llevaba un rato bajo la tormenta. La breve luz del relámpago se extinguió enseguida y Chase desapareció en la oscuridad.

Falk se enjugó la cara y centró su atención en el sendero que seguían, resbaladizo por el agua y el barro; sintió alivio cuando rodearon la casa y llegaron al porche de la cabaña. Se detuvieron delante de la habitación de Carmen, que se había metido el enorme libro dentro del anorak, apretándolo contra el pecho. Lo sacó y se lo tendió a Falk mientras buscaba la llave en los bolsillos. Era un libro de recortes de tapas plastificadas, por lo que pudo ver el agente. Las esquinas estaban un poco húmedas y en la cubierta había una pegatina que rezaba: «Propiedad de Giralang Lodge. Prohibido sacarlo de la casa.» Carmen se dio la vuelta a tiempo para ver cómo Falk enarcaba las cejas. Su compañera soltó una carcajada.

—Oh, vamos, sólo me lo he llevado a cincuenta metros. Y, por supuesto, pienso devolverlo. —Carmen abrió la puerta y ambos pasaron al interior, resoplando por el frío y la lluvia—. Pero antes hay una cosa que deberías ver.

DÍA 2

NOCHE DEL VIERNES

Estuvieron discutiendo qué debían hacer hasta que se hizo demasiado tarde para hacer nada.

Finalmente, mientras el sol se ponía por el sur, bajaron un poco por la ladera para buscar un sitio en el que guarecerse. Cuando la última luz del día se les escapó del todo, decidieron acampar donde estaban. O al menos, acampar lo mejor que pudieran.

Juntaron todos los víveres en un montón en el suelo y, con las linternas, formaron un círculo y observaron en silencio todo lo que tenían: tres tiendas de lona, intactas; menos de un litro de agua, repartido de forma desigual en cinco botellas; seis barritas de cereales.

Beth miró el exiguo conjunto y sintió las primeras punzadas de hambre. También tenía sed. A pesar del frío y de la ropa húmeda, notó que la caminata cuesta arriba la había hecho sudar y que tenía las axilas empapadas. Su botella de agua era una de las más vacías. Tragó saliva. Sintió la lengua seca en la boca.

—Deberíamos tratar de recoger agua de lluvia durante la noche —dijo Lauren, que también observaba las botellas casi vacías con una mirada de nerviosismo.

—¿Sabes cómo se hace? —preguntó Jill en un tono que casi parecía una súplica.

—Puedo intentarlo.

—¿Y dónde están las otras barritas de cereales? —preguntó Jill—. Creía que teníamos más.

Beth sintió que su hermana la miraba de refilón, pero no le devolvió la mirada. «Que te den, Bree.» Por una vez, Beth tenía la conciencia tranquila.

—Debería haber al menos un par más —insistió Jill. Su rostro tenía un enfermizo matiz grisáceo bajo la luz de la linterna y no dejaba de parpadear. Beth no sabía muy bien si a su jefa le había entrado suciedad en el ojo o si le parecía increíble hallarse en aquel lugar.

—Si alguien se las ha comido, que lo diga y punto.

Beth notó la intensidad de la mirada de sus compañeras posándose en ella. Bajó la vista y la clavó en el suelo.

—Está bien —dijo Jill, decepcionada, y se volvió hacia Alice—. Ve a ver si encuentras cobertura.

Alice hizo lo que le pedían, por una vez sin rechistar. En el último rato, había pasado de la perplejidad a adoptar una actitud defensiva, para volver de nuevo al asombro, estudiando el mapa con detenimiento y dándole golpecitos a la esfera de la brújula. Estaba segura de que habían estado avanzando en dirección oeste, pero sus protestas se habían recibido fundamentalmente con un silencio de estupefacción. Era difícil ponerle objeciones al sol poniente.

Ahora todas observaron cómo se alejaba con el móvil en la mano. Jill abrió la boca como si quisiera añadir algo, pero no se le ocurrió el qué. Dio una patada a las bolsas de las tiendas con la punta de la bota.

—A ver si puedes apañártelas con esto —le dijo a Lauren; después se dio la vuelta y siguió a Alice.

Beth escuchó atentamente a Lauren mientras les explicaba cómo tender las lonas entre los árboles con las cuerdas de los tensores, para improvisar un techo que las protegiera de la lluvia. Intentó demostrarlo cogiendo uno de los cables con una mano, pero al mismo tiempo tenía que apretarse la tirita de la frente con la otra, ya que se le caía, así que finalmente tuvo que desistir. Bajo la luz de la linterna, su pelo se veía apelmazado por la sangre. Dio un paso atrás y les señaló a las gemelas un tronco, después el otro. Beth notó que el frío aire nocturno le entumecía las manos. Aquello les habría costado incluso de día, y se alegró de tener su pesada linterna, que proyectaba un potente haz.

Cuando por fin terminaron, las lonas se extendían de árbol a árbol, pero enseguida se combaron un poco en el centro. Aún no llovía, aunque Beth tenía la sensación de que amenazaba tormenta. Probablemente tendrían que enfrentarse a eso dentro de un rato.

Al mirar hacia el oscuro sendero, Beth distinguió a Alice, que aparecía y desaparecía en medio de una aureola de luz artificial, que dibujaba círculos que llegaban al cielo en una suerte de danza desesperada.

Beth sacó el saco de dormir de la mochila y suspiró al ver la franja de humedad en el extremo de los pies. Intentó averiguar cuál era el punto más resguardado, pero le pareció un esfuerzo inútil. Todas las opciones eran una mierda. Extendió el saco debajo de la lona más cercana; después, al incorporarse, vio que su hermana iba de un lado a otro, sopesando la cuestión de dónde poner su saco. Normalmente, Bree habría querido estar lo más cerca posible de Alice. Beth pensó que era curioso lo rápido que podían cambiar las tornas.

Un poco más allá, Lauren estaba sentada sobre su mochila y manoseaba la brújula.

—¿Está rota? —preguntó Beth.

Al principio no obtuvo respuesta. Luego Lauren suspiró.

—Creo que no. Pero hay que utilizarla bien para que funcione. En las distancias largas, es fácil ir desviándose poco a poco. Sabía que Alice no la estaba consultando lo suficiente.

Beth se rodeó el cuerpo con los brazos y dio unos saltitos. Estaba temblando.

—¿Intentamos encender un fuego? Mi mechero se ha secado.

Lauren escudriñó la oscuridad que las rodeaba. La nueva tirita de la frente ya se le estaba despegando. Beth sabía que sólo quedaba otra en el botiquín.

—En un sitio así no deberíamos.

—¿Se enteraría alguien?

—Nosotras, si se nos va de las manos.

—¿Con este tiempo?

La oscura silueta de Lauren se encogió de hombros.

—Beth, no me pagan lo bastante para tomar decisiones de ese tipo. Pregúntaselo a Jill.

Apenas podía distinguir a Jill bajo el débil resplandor del móvil de Alice. Se habían alejado bastante para buscar cobertura. Eso no auguraba nada bueno.

Beth se llevó un pitillo a la boca y se alejó del refugio improvisado. La diminuta llama brotó del mechero y la cegó por unos instantes, pero no le importó. El familiar aroma del cigarrillo le llenó la boca cuando dio la primera calada y, por primera vez desde hacía horas, le pareció que podía respirar bien.

Se quedó fumando, calentándose los pulmones, mientras su vista y su oído se habituaban poco a poco a la noche. Contempló el bosque. Detrás de los grises troncos de los eucaliptos más cercanos, la oscuridad era absoluta. No veía nada y sintió un desagradable cosquilleo al percatarse de que a ella sí podían verla. El resplandor del cigarrillo sería muy evidente, y las linternas iluminaban el campamento que estaba a su espalda. Cualquier ser que anduviera por allí podría verla con total nitidez. Dio un respingo cuando le llegó un crujido lejano desde las sombras. «No seas tonta», se dijo. Era un animal. Una criatura nocturna. E inofensiva. Tal vez una comadreja.

Aun así, le dio una última calada al pitillo y regresó al campamento. Al hacerlo, tres cabezas se volvieron hacia ella. Eran Jill, Alice y Lauren. De Bree no había ni rastro. El trío estaba apiñado y sostenía algo en el centro. Por un instante, a Beth le pareció que era la brújula, pero al acercarse más vio que se trataba de un sándwich de queso envuelto en plástico. Jill tenía una manzana en la mano.

—¿Dónde habéis encontrado eso? ¿Ha sobrado de la comida? —preguntó Beth, a quien le rugió el estómago de forma perceptible.

—Estaba en las mochilas —contestó Jill.

—¿En la de quién? —insistió Beth, mirando el montón. Las mochilas se habían quedado tiradas en el suelo, con el contenido desparramado, después de que todas hubieran aportado los víveres que tenían en la oscuridad creciente. Vio la expresión en sus rostros y, de forma lenta y fría, se dio cuenta de lo que estaban insinuando—. Pues mío no era.

No hubo respuesta.

—Que no. Yo me he comido lo mío. Todas lo habéis visto.

—No —replicó Alice—. Estabas fumando camino arriba.

Beth le clavó la mirada en medio de la penumbra.

—Echarme a mí el marrón no te va a servir de nada, que lo sepas.

—Vosotras dos, parad ya —les espetó Jill—. Beth, si has dejado intacta tu comida, técnicamente sigue siendo tuya. Pero dijimos que íbamos a poner en común todo lo que teníamos...

—Eso no es mío. ¿Es que no hablo claro?

—Muy bien. De acuerdo entonces.

Era evidente que Jill no la creía.

—Si lo fuera, lo reconocería. —Beth notaba que los ojos le escocían a causa del cansancio. Aguardó unos instantes, pero nadie decía nada, de modo que añadió—: Pero no lo es.

—Esa comida es mía. —Todas se dieron la vuelta. Bree apareció detrás del grupo—. Lo siento. Estaba haciendo pis por ahí. Es mía. No la he tocado a la hora de comer.

Jill torció el gesto y preguntó:

—¿Por qué no nos lo has dicho al abrir las mochilas?

—Se me ha olvidado, perdón.

Cuando era más joven, Beth creía firmemente en la telepatía. Miraba a Bree fijamente a los ojos y ponía los dedos en las sienes de su gemela con precisión, como en un ritual. «¿En qué estás pensando?» Bree había sido la primera en cansarse del juego. Nunca se le había dado muy bien; Beth estaba convencida de que eso sólo lo explicaba la falta de interés. Cuando Bree comenzó a negarse a mirarla a los ojos y a apartarle los dedos, Beth empezó a observarla desde el otro lado de la habitación, a fijarse en los latiguillos que empleaba al hablar y en los detalles de sus movimientos. A buscar pistas. «¿En qué piensas, Bree?» Beth se percató más tarde de que aquello no era telepatía, sino más bien la capacidad de interpretar los tics y los gestos sutiles de los demás. Y ahora, ese lenguaje no pronunciado que Beth había llegado a dominar cuando era joven le susurraba al oído: «Bree está mintiendo.» No sabía cuál era el motivo por el que no se lo había contado a las demás, pero no era porque se le hubiera olvidado.

—Bree, no tienes por qué protegerla —dijo Alice, como si estuviera decepcionada.

—No lo estoy haciendo.

Beth detectó la vacilación en la voz de su gemela.

—Nadie te está echando la culpa. No mientas por ella.

—Ya lo sé, pero no lo estoy haciendo.

—¿En serio? Porque esto no es propio de ti.

—Lo sé. Lo siento.

Incluso en una confesión como aquélla, a Bree le salían bien las cosas. A Beth casi le entraron ganas de echarse a reír. Casi, pero no del todo, porque, a pesar de la oscuridad, se dio cuenta de que su hermana estaba a punto de echarse a llorar. Suspiró.

—Está bien, es verdad —dijo Beth, tratando de parecer arrepentida—, la comida era mía.

—Lo sabía.

—Sí, Alice. Tenías toda la razón, eres un hacha. Perdona, Bree.

—Pero si no era... —trató de replicar.

—Gracias por intentar ayudarme, pero no pasa nada. Os pido disculpas a todas.

Pensó que aquello era extraño. Casi podía palpar la sensación de alivio que experimentaba. Bree lo había hecho bien y Beth lo había hecho mal. El orden natural quedaba restaurado, todas podían relajarse. La situación no presentaba ningún misterio.

—Muy bien —dijo Jill al fin—. Vamos a dividir lo que tenemos y no se hable más.

—Vale. —Beth se dio la vuelta antes de que la metieran en una discusión sobre la sanción o la ración de castigo que debía recibir—. Haced lo que queráis. Yo voy a acostarme.

Notó cómo la observaban mientras se quitaba las botas y se metía completamente vestida en el saco de dormir. Se hizo un ovillo y se tapó la cabeza con la capucha. Apenas se estaba más caliente dentro que fuera, y las piedrecitas del suelo se le clavaban y le pinchaban a través del fino material.

Le llegaron retazos de una discusión amortiguada por la capucha mientras cerraba los ojos. No estaba cómoda, pero fue quedándose dormida de puro agotamiento. Cuando ya casi lo había conseguido, sintió el leve peso de una mano sobre el saco.

—Gracias —dijo una voz en un susurro.

Beth no contestó y, un instante después, notó que la ligera presión de la mano desaparecía. Siguió con los ojos cerrados, sin prestar atención a los leves sonidos que le llegaban: las demás estaban discutiendo de nuevo, primero por la comida y después por el fuego.

Cuando volvió a abrir los ojos dio un respingo. No sabía cuánto llevaba dormida, pero en algún momento debía de haber llovido. La tierra alrededor del saco estaba empapada, y tenía las piernas heladas.

Beth se quedó temblando y escuchando. ¿La había despertado algo? Parpadeó, pero la vista no le servía de nada en la oscuridad. Sólo percibía el rumor de su respiración cuando tomaba aire y lo soltaba. Había algo sobre su saco de dormir, junto a la abertura de la cabeza, y se arrastró hacia atrás para verlo mejor. Lo tocó con un dedo.

Era un trozo de sándwich de queso y una porción de manzana, todo envuelto en plástico mojado. No supo si era la quinta parte que le correspondía a ella o la cuarta parte de su hermana. Se planteó no comérsela, pero el hambre la acuciaba con más fuerza que sus principios. De todas formas, en el bosque las reglas eran distintas.

Beth no estaba segura de si las otras también se habían dado cuenta, pero antes había notado que algo había cambiado entre ellas. Algo vil y primario, casi primitivo, que provocaba que un trozo de pan y queso rancios se convirtieran en un trofeo por el que merecía la pena luchar.

Hubo un movimiento en el exterior del saco de dormir, y Beth se puso rígida. Era difícil saber si procedía de una de sus compañeras o de la fauna del lugar. Se quedó inmóvil y, cuando la agitación desapareció, la palabra que estaba buscando tomó forma en sus labios, tan real que casi notó el sabor que dejaba: «Salvaje.»

13

La oscuridad en la habitación de Carmen era absoluta. Falk le alargó su linterna y oyó cómo su compañera maldecía en voz baja mientras se dirigía a la ventana dando traspiés y corría las cortinas. Las luces de emergencia del sendero bastaban para que se distinguieran los contornos de los muebles.

—Siéntate —le dijo Carmen.

Al igual que en la habitación de Falk, no había sillas, de modo que éste se sentó en el borde de la cama. La estancia era exactamente igual que la suya, pequeña y austera, pero el olor era algo distinto. Tenía algo agradable, liviano y sutil que recordaba un poco a los meses de verano. Se preguntó si Carmen siempre olía así, y le extrañó no haberse dado cuenta de ese detalle hasta entonces.

—Me he encontrado con Lauren fuera —le dijo.

—¿Ah, sí?

Carmen le dio una toalla y se sentó sobre los talones delante de él. Se pasó el pelo por encima de un hombro y se lo frotó con ambas manos para secárselo mientras Falk le contaba su conversación con Lauren. Le explicó lo de la discusión en la cabaña, lo de Alice. En el exterior, la lluvia golpeaba la ventana.

—Pues espero que Lauren esté infravalorando a Alice —comentó Carmen cuando Falk terminó—. Uno de los forestales me ha dicho que incluso él lo pasaría mal en el bosque con este tiempo. Eso si damos por hecho que efectivamente Alice se marchó por voluntad propia.

Falk se acordó otra vez del mensaje de voz: «... Le haga daño.»

—¿Has cambiado de idea al respecto?

—No sé qué pensar —contestó Carmen, que puso el libro de recortes entre ambos y empezó a pasar las páginas. Estaban llenas de noticias de periódicos con las esquinas arrugadas en los sitios en los que se había secado el pegamento—. He estado hojeando esto mientras te esperaba. Es una crónica de este lugar para los turistas.

Encontró la página que buscaba y se la puso delante a Falk.

—Mira. Pasan de puntillas por los años de Kovac, lo que no me sorprende, aunque supongo que no podían omitirlos del todo.

Falk miró el libro. Había un artículo sobre la sentencia que había recibido Martin Kovac. Según el titular, cadena perpetua. Era fácil adivinar por qué habían incluido ese recorte de periódico y no otros. Aquello suponía un punto y final. Una línea que ponía fin a un período oscuro. Era un artículo de fondo en el que se hablaba de toda la investigación y del juicio. Casi al final de la página, había tres fotos, una de cada víctima; tres mujeres que sonreían a la cámara. Eliza. Victoria. Gail. Y una cuarta, Sarah Sondenberg, con un breve pie de foto: «En paradero desconocido.»

Falk ya había visto imágenes de las víctimas de Kovac, pero hacía tiempo de eso y nunca juntas, como ahora. Estaba sentado frente a Carmen en la habitación oscura e iluminó cada rostro con la linterna. Cabello rubio, rasgos atractivos, esbeltas... Eran mujeres guapas, sin duda. De pronto, se dio cuenta de lo que había visto Carmen.

Eliza, Victoria, Gail, Sarah.

¿Alice?

Falk se fijó en los ojos de las fallecidas y luego negó con la cabeza.

—Es demasiado mayor. Estas cuatro eran adolescentes o tenían veintitantos.

—Alice es demasiado mayor ahora, pero no lo habría sido en esa época. ¿Cuántos años debía de tener cuando pasó todo esto? ¿Dieciocho? ¿Diecinueve? —Carmen inclinó el libro para ver mejor las imágenes; las fotografías mostraban un matiz grisáceo y espectral bajo la luz de la linterna—. Si vivieran, tendrían la misma edad que Alice.

Falk no contestó. Al lado de los cuatro rostros de las víctimas había un gran retrato de Martin Kovac, hecho poco antes de su detención. Era una fotografía informal, probablemente hecha por un amigo o un vecino. Una imagen que se había reproducido cientos de veces a lo largo de los años, en prensa y en televisión. Kovac estaba al lado de una barbacoa. Un verdadero australiano de los pies a la cabeza, con camiseta sin mangas, pantalones cortos y botas. El inevitable botellín de cerveza en la mano y una sonrisa en la cara. Por encima de esa sonrisa, los ojos entrecerrados a causa del sol, el pelo rizado y desgreñado. Se le veía delgado pero fuerte, incluso en una foto en blanco y negro como aquélla podían adivinarse los músculos de sus brazos.

Falk conocía bien la imagen, pero ahora, por primera vez, advirtió otra cosa. Al fondo, cortada por la mitad en el borde de la imagen, se distinguía la parte trasera y borrosa de una bicicleta infantil. No se apreciaba gran cosa. Una piernecita desnuda, una sandalia de niño en un pedal, la espalda de una camiseta de rayas, un atisbo de cabello moreno. Era imposible identificar al pequeño, pero, mientras lo miraba, a Falk se le puso el pelo de punta. Apartó la vista del niño, de Martin Kovac, de esas miradas pretéritas que le dirigían las cuatro mujeres.

—No sé —dijo Carmen—, la posibilidad es muy remota, pero se me ha ocurrido.

—Ya. Entiendo por qué.

Su compañera contempló la línea de árboles del exterior y añadió:

—Imagino que, sea lo que sea lo que haya pasado, por lo menos sabemos que Alice está ahí. La zona es inmensa, pero finita. En algún momento la encontrarán.

—No fue así en el caso de Sarah Sondenberg.

—No, pero Alice tienen que estar en algún sitio. No habrá vuelto a pie a Melbourne.

El simple nombre de la ciudad despertó algo en la mente de Falk. Por la ventana a duras penas distinguía el espacio que el coche de Daniel Bailey había ocupado hasta ese día. Un BMW negro, espacioso. Cristales tintados. Un maletero enorme. En su lugar ahora se veía un todoterreno.

—Nos va a hacer falta volver a hablar con Daniel Bailey —dijo—. Tendremos que regresar a Melbourne y averiguar de qué habló con Alice esa primera noche.

—Llamaré a la oficina para informar —convino Carmen.

—¿Quieres que yo...?

—No, no pasa nada. Tú te encargaste la última vez. Lo haré yo esta noche, a ver qué les parece.

Esas palabras les hicieron sonreír a los dos. Ambos sabían perfectamente lo que iban a decirles. «Conseguid los contratos. Es esencial que consigáis los contratos. Tened en cuenta que es imprescindible que consigáis los contratos.» A Falk se le borró la sonrisa. Lo tenía muy presente. Aunque no sabía cómo iban a conseguirlos.

Mientras el viento ululaba en el exterior, se permitió plantearse la pregunta que le había estado acuciando. Si Alice seguía en el bosque por culpa de ellos, ¿merecía la pena todo aquello? Lamentó no conocer más detalles de toda la operación, aunque era consciente de que probablemente eso no cambiaría nada. Fuera cual fuese el contexto general de la investigación, en esas situaciones siempre se daba el mismo fenómeno: unas pocas personas en lo alto de la pirámide se aprovechaban de las que estaban por debajo y eran más vulnerables.

—¿Por qué pediste el traslado a esta unidad? —le preguntó a Carmen.

—¿La de investigación financiera? —La agente sonrió en la oscuridad—. Ésa es la pregunta que suelen hacerme en la fiesta navideña de la oficina y normalmente me la suelta un tío borracho con cara de perplejidad. —Se removió en la cama—. Cuando empecé me propusieron que entrara en el departamento de Protección de Menores. Ahora gran parte de ese trabajo consiste en manejar algoritmos y programas, pero cuando estuve allí haciendo las prácticas... —Se le entrecortó la voz—. En fin, no pude aguantar lo que se veía en primera línea.

Falk no le pidió detalles. Conocía a varios agentes que trabajaban en ese departamento. De vez en cuando, a todos se les entrecortaba la voz.

—Duré un tiempo, pero sólo porque empecé a ocuparme más de los aspectos técnicos —prosiguió Carmen—. A perseguir a los criminales a través de las transacciones que llevaban a cabo. Se me daba bastante bien, así que acabé aterrizando en esta división. Esto es mejor. En mi última etapa allí apenas conseguía dormir. —Se quedó callada unos instantes—. ¿Y tú?

Falk suspiró.

—Lo mío fue poco después de que muriera mi padre. Al principio estuve un par de años en la brigada de estupefacientes. Ya sabes, ahí es donde está toda la emoción, que es lo que buscas cuando empiezas...

—Eso me cuentan en las fiestas de Navidad.

—Bueno, pues nos dieron un chivatazo sobre un sitio al norte de Melbourne, un bungaló que usaban de almacén.

Falk recordó el momento en que detuvo el coche frente a un bungaló familiar de una calle poco recomendable. La pintura estaba descascarillada y el césped de delante crecía amarillento y de forma desigual, pero al final del camino de entrada se alzaba un buzón hecho a mano con la forma de un barco. En ese instante pensó que, en otro tiempo, alguien había valorado lo bastante la vida en esa casa para fabricarlo o comprarlo.

Uno de sus compañeros aporreó la puerta y, al no obtener respuesta, decidieron entrar por la fuerza. La derribaron sin problemas, la madera se había deteriorado con el paso de los años. Falk vio brevemente su propio reflejo en un espejo polvoriento del vestíbulo, una sombra oscura con el equipo de protección y, por un segundo, apenas se reconoció. Doblaron la esquina que llevaba al salón gritando, con las armas en alto, sin saber muy bien qué iban a encontrarse.

—El dueño era un viejo con demencia —explicó Falk.

Aún podía verlo, allí, diminuto en su butaca, demasiado aturdido para asustarse, con ropa mugrienta que le iba muy grande.

—En la casa no había comida. Le habían cortado la luz y alguien utilizaba sus armarios para guardar droga. Su sobrino, o un tipo al que él consideraba su sobrino, dirigía una de las bandas locales de narcotraficantes. Él y sus colegas entraban y salían de la casa a su antojo.

La vivienda apestaba. El papel con motivos florales de las paredes estaba pintarrajeado con grafitis, y por la moqueta estaban tiradas cajas de cartón mohosas de comida para llevar. Falk se sentó junto al viejo y hablaron de críquet mientras el resto del equipo registraba la casa. El anciano creyó que Falk era su nieto, y él, que había enterrado a su padre tres meses antes, no lo sacó de su error.

—Por lo visto, hacía tiempo que le habían vaciado las cuentas bancarias y se quedaban con su pensión. Habían solicitado tarjetas de crédito a su nombre y lo habían endeudado comprando cosas que él jamás habría adquirido. Era un anciano enfermo y lo dejaron sin nada. Menos que nada. Y todo se veía en los extractos, sólo hacía falta que alguien se fijara. Todo lo que le pasaba a ese pobre hombre se podría haber detectado meses antes si alguien hubiera advertido el problema con el dinero.

Falk lo había explicado así en el informe. Semanas después, un agente de la Unidad de Investigación Financiera se había pasado a verlo para tener una charla informal con él. Al cabo de unas semanas, Falk volvió a visitar al anciano en una residencia. Parecía estar mejor, y habían seguido hablando de críquet. Al volver a la oficina, consultó los requisitos para cambiar de departamento.

Su decisión suscitó cierta incredulidad en su momento, pero él sabía que empezaba a perder la motivación. Aquellas redadas no eran más que un parche a corto plazo. Lo único que hacían era apagar un fuego tras otro cuando el daño ya estaba hecho. Comprendió que, para la mayoría de aquella gente, el dinero era lo más importante en la vida. Había que cortar la cabeza para que las extremidades se pudrieran y murieran.

Al menos eso era lo que siempre le venía a la cabeza cuando se enfrentaba a alguien que, desde su flamante despacho, se creía que su título universitario le daba licencia para saltarse las reglas a su antojo. Alguien como Daniel, Jill o Leo Bailey, de quienes sabía que seguramente pensaban que en realidad lo que hacían tampoco era para tanto. Sin embargo, cuando Falk miraba a personas como ellos, veía a todos los que se encontraban en el otro extremo: ancianos, las mujeres que luchaban por salir adelante y los niños tristes, sentados solos y asustados, vestidos con ropa sucia. Y esperaba, de un modo u otro, poder atajar la podredumbre antes de que los alcanzara.

—No te preocupes —le dijo Carmen—. Ya se nos ocurrirá algo. Sé que los Bailey creen que saben muy bien lo que se hacen después de tanto tiempo, pero no son tan listos como nosotros.

—¿Ah, no?

—No. —La agente esbozó una sonrisa. Incluso sentada era tan alta como él. No tenía que hacer ningún esfuerzo para mirarlo directamente a los ojos—. Para empezar, tú y yo sabemos cómo blanquear capitales sin que se note.

Falk no pudo evitar devolverle la sonrisa.

—¿Y cómo lo harías? —le preguntó.

—Con inversiones inmobiliarias. No tiene más misterio. ¿Y tú?

Falk, que había escrito un estudio detallado sobre el tema, sabía exactamente cómo lo haría: con dos buenos planes de contingencia. La inversión inmobiliaria era uno de ellos.

—No sé. En un casino, tal vez.

—Venga ya. Tendrías que recurrir a algo más sutil.

—No te metas con los clásicos —respondió él, sonriendo de nuevo.

Carmen soltó una carcajada.

—A lo mejor no eres tan listo, después de todo. Para eso tendrías que andar de juerga por las mesas, y cualquiera que te conociera de antes se daría cuenta de que te traías algo entre manos. Sé de qué estoy hablando. Mi prometido se pasa horas en sitios como ésos. Y no se dedica a lo mismo que tú.

Era cierto: aquél era uno de los motivos por el que un casino ni siquiera era una de las tres opciones que prefería Falk. Demasiado trabajo preliminar. Pero se limitó a sonreír.

—Me lo tomaría con calma. Crearía una pauta de comportamiento. Puedo ser paciente.

Carmen soltó otra pequeña carcajada.

—Eso sí que me lo creo.

La agente se removió en la cama y extendió las piernas bajo la tenue luz. Todo estaba en silencio cuando volvieron a mirarse.

Les llegó un murmullo y un zumbido desde el edificio principal y, sin previo aviso, volvió la luz. Falk y Carmen se miraron con los ojos entornados. El ambiente de confesión se disipó al mismo tiempo que la oscuridad. Los dos se movieron a la vez y la pierna de ella rozó la rodilla de Falk mientras él se levantaba. Ya de pie, titubeó.

—Bueno, quizá debería irme a mi habitación antes de que se vuelva a ir la luz.

Una pausa brevísima.

—Sí, quizá.

Carmen se incorporó y lo acompañó hasta la puerta. Cuando Falk la abrió, una fuerte ráfaga de aire frío lo golpeó. Notó que ella lo observaba mientras recorría la escasa distancia que lo separaba de su habitación. Falk se dio la vuelta.

—Buenas noches.

Tras un breve instante de duda, Carmen contestó:

—Buenas noches.

Luego volvió al interior y desapareció.

Ya en su habitación, Falk no encendió la luz enseguida. Se acercó a la ventana y repasó las ideas que le rondaban por la cabeza.

La lluvia había cesado al fin y distinguió algunas estrellas en los pocos huecos entre las nubes. Hacía mucho tiempo que no contemplaba el firmamento nocturno. Las luces de la ciudad siempre eran demasiado intensas. Ahora alzaba la vista hacia el cielo en cuanto se le presentaba la ocasión. Se preguntó qué vería Alice en ese momento si hiciera lo mismo. Si es que podía ver algo.

La luna se veía luminosa y blanca, con jirones plateados de nubes flotando frente a su resplandor. Falk sabía que la Cruz del Sur se ocultaba tras ellas. De pequeño, en el campo, la había visto muchas veces. En uno de sus primeros recuerdos, su padre lo llevaba al exterior y señalaba hacia arriba. Las estrellas refulgían en el cielo y su padre lo abrazaba con fuerza mientras le enseñaba las constelaciones que, según él, siempre estaban ahí, en algún sitio a lo lejos. Falk siempre le había creído, aunque no siempre pudiera distinguirlas.

DÍA 3

MAÑANA DEL SÁBADO

El viento helado del sur no les daba tregua. Las cinco mujeres avanzaban sin decir nada y con dificultad, con la cabeza gacha por culpa del vendaval. Habían encontrado un sendero estrecho, o al menos algo que se le parecía bastante, tal vez un camino que utilizaban animales. Por una especie de acuerdo tácito, ninguna de ellas decía nada cuando el sendero desaparecía bajo sus pies de vez en cuando. Se limitaban a levantar un poco más las botas sobre la maleza y a mirar el suelo con ojos entrecerrados, hasta que el sendero reaparecía.

Bree se había despertado horas antes, de mal humor y completamente helada, sin saber muy bien cuánto había dormido. Oyó los ronquidos de Jill un poco más allá. Por lo visto era de esas personas que duermen profundamente. O a lo mejor sólo estaba exhausta. Ni siquiera se había despertado cuando el viento había desmontado el toldo improvisado durante la noche.

Allí tumbada en el duro suelo, contemplando el pálido cielo matutino, Bree sintió que le dolían los huesos hasta la médula y que tenía la boca seca a causa de la sed. Vio que las botellas que Lauren había colocado para recoger el agua de la lluvia se habían volcado. Con suerte cada una podría dar un trago. Bueno, al menos la comida que Bree había dejado a su hermana sobre el saco de dormir había desaparecido. Aunque aquello le inspiraba tanto un sentimiento de alivio como de decepción.

Aún no sabía por qué no les había dicho a las demás que no había comido. Había abierto la boca para explicarlo, pero un instinto primario enterrado en las profundidades de su cerebro le había impedido pronunciar las palabras. Le daba miedo pensar en el verdadero motivo. En el trabajo, a menudo bromeaba diciendo que sólo se dedicaba a «sobrevivir» en su escritorio hasta que llegaban las copas del viernes por la noche, pero en cualquier otro contexto, ese término le parecía ajeno y aterrador.

Esa mañana había intentado hablar con su hermana mientras enrollaban los sacos de dormir empapados.

—Gracias.

Entonces fue Beth quien se mostró un tanto hosca.

—No tiene importancia —le dijo—. Aunque no sé por qué te dan tanto miedo.

—¿Quiénes?

—Todos. Alice. Jill. Incluso Daniel.

—No me dan miedo, pero me preocupa lo que piensen. Son mis jefes, Beth. Y los tuyos también, por cierto.

—¿Y qué? Tú vales tanto como ellos. —Beth dejó de recoger sus cosas y la miró a los ojos—. La verdad es que, si yo estuviera en tu lugar, no me apoyaría mucho en Alice para conseguir un ascenso.

—Pero ¿de qué estás hablando?

—No importa. Pero ten cuidado con ella. A lo mejor te convendría más encontrar a otra persona a quien lamerle el culo.

—Por Dios, Beth, lo único que hago es tomarme en serio mi carrera. A ti no te vendría mal probarlo.

—Y a ti no te vendría mal tomar un poco de perspectiva. Sólo es un maldito trabajo.

Bree no contestó, porque sabía que su hermana nunca podría entenderla.

Habían tardado veinte minutos en levantar el campamento improvisado, y una hora más en decidir qué hacer. Quedarse o irse. Quedarse. Irse.

Alice quería marcharse. Buscar el lugar de acampada, buscar una salida, hacer algo. Lauren no estaba de acuerdo. Decía que debían seguir en un terreno elevado, que allí estaban más seguras. Pero en aquella cresta el viento no dejaba de fustigarlas, y todas tenían ya la cara roja y las mejillas ardiendo. Cuando comenzó a lloviznar de nuevo, incluso Jill dejó de asentir pacientemente cuando Lauren hablaba. Se apiñaron debajo de una de las lonas e intentaron recoger agua de lluvia en una botella. Mientras tanto, Alice deambulaba por las inmediaciones y agitaba el móvil con el brazo en alto durante más rato del que habrían creído posible. Cuando la batería descendió al treinta por ciento, Jill le ordenó que lo apagara.

Lauren había seguido repitiendo que debían quedarse donde estaban, pero Alice desdobló el mapa. Todas se congregaron en torno a ella y empezaron a señalar los distintos puntos fácilmente reconocibles que se veían en el papel, mientras el viento amenazaba con arrancárselo de las manos. Una cordillera, un río, una pendiente. Ninguno coincidía del todo, y no pudieron ponerse de acuerdo. No tenían ni idea de en cuál de aquellas cimas estaban.

En uno de los bordes del mapa, una carretera se extendía hacia el norte. Si eran capaces de abrirse paso entre la vegetación, podrían llegar hasta ella y seguirla, afirmó Alice. Lauren estuvo a punto de soltar una carcajada. Aquello era peligrosísimo. Alice replicó que también lo era la hipotermia, clavándole la mirada hasta que Lauren la desvió. Al final, lo que más pesó fue el frío. Jill anunció que ya no soportaba seguir allí, sin moverse.

—Vamos a buscar la carretera. —Le dio el mapa a Alice, titubeó y le alargó la brújula a Lauren—. Sé que no te parece una buena idea, pero estamos todas en el mismo barco.

Cada una dio un trago del agua de lluvia que habían recogido en la botella —para Bree, aquello no hizo más que acentuar su sed—, y sólo entonces emprendieron la marcha, sin prestar atención a las punzadas en el estómago y las agujetas en las extremidades.

Bree avanzaba con la mirada clavada en el suelo, colocando un pie tras otro. Llevaban casi tres horas caminando cuando notó que algo caía con un leve ruido sordo cerca de una de sus botas. Se detuvo. En el suelo vio un diminuto huevo roto, con la yema, clara y gelatinosa, derramándose. Alzó la vista. Por encima, las ramas se mecían al viento y, entre ellas, un pequeño pájaro miraba hacia abajo y movía la cabeza. Bree no tenía forma de saber si el pájaro entendía lo que había sucedido. ¿Echaría en falta el pequeño huevo perdido, o ya lo habría olvidado?

Oyó que su hermana se acercaba por detrás; sus pulmones de fumadora la delataban.

«Toma un poco de perspectiva. Sólo es un maldito trabajo.»

Pero no, no lo era. Bree tenía veintiún años y le quedaban cuatro días para licenciarse con matrícula de honor cuando se dio cuenta de que estaba embarazada. Su novio, con el que llevaba saliendo desde hacía dieciocho meses —ella sabía, además, que él había estado mirando anillos en secreto en la página web de Tiffany—, se había quedado callado durante diez minutos mientras iba de un lado a otro de la cocina del piso de estudiantes que compartían. Ése era uno de los detalles que Bree recordaba con mayor claridad: las ganas que tenía de que se sentara. Finalmente lo hizo y posó una mano sobre la de ella.

—Con lo que has trabajado —le dijo—, ¿qué va a pasar con tus prácticas? —Estaba previsto que él empezara las suyas en Nueva York al cabo de cuatro semanas y después tenía una plaza para un doctorado en Derecho—. ¿A cuántos licenciados coge BaileyTennants cada año?

A uno. BaileyTennants sólo admitía a un licenciado al año para su programa de formación. Él lo sabía. Ese año la escogida había sido Bree McKenzie.

—Te hace muchísima ilusión.

Eso era cierto. La idea la emocionaba muchísimo. Todavía lo hacía, sin duda. Entonces él tomó las manos de Bree entre las suyas.

—Es una pasada. En serio. Y te quiero muchísimo. Pero es que... —Su mirada denotaba un auténtico pavor—. Éste no es un buen momento.

Bree terminó asintiendo y, a la mañana siguiente, él la ayudó a concertar la cita necesaria.

—Algún día nuestros hijos estarán orgullosos —añadió su novio. Dijo «nuestros», claramente. Ella lo recordaba con nitidez—. Tiene muchísimo sentido que primero te establezcas profesionalmente. Te mereces sacarle el máximo partido a tus oportunidades.

Sí, eso es lo que ella se repitió después muchas veces. Había tomado aquella decisión para salvar su carrera y por las increíbles oportunidades que la aguardaban. No porque él se lo hubiera pedido, eso desde luego. Lo cual era una suerte, porque no había vuelto a llamarla tras marcharse a Nueva York.

Bree se fijó en aquel pequeño huevo roto. Por encima de ella, la madre había desaparecido. Con una bota arrastró unas hojas secas por encima de la cáscara partida. Fue lo único que se le ocurrió hacer.

—Parad aquí —pidió Jill desde atrás; era la última de la comitiva—. Vamos a descansar un minuto.

—¿Aquí? —preguntó Alice, que se volvió y miró hacia atrás.

La arboleda aún era densa a su alrededor, pero el camino se había ensanchado un poco y ya no desaparecía bajo sus pies.

Jill soltó la mochila sin contestar. Estaba colorada y tenía el pelo alborotado.

Mientras rebuscaba algo en los bolsillos del anorak, se detuvo de pronto y clavó la vista en un tocón agujereado, a un lado del camino.

Sin mediar palabra se dirigió a él. En la parte cóncava del centro se había formado un pequeño charco de agua. Jill, a quien Bree había visto una vez rechazar una infusión porque las hojas habían pasado demasiado tiempo en remojo, metió las manos en el tocón, se las llevó a los labios y dio un profundo trago. Se detuvo unos instantes para sacarse algo negro de la boca, lo tiró al suelo y después volvió a introducir las manos.

Bree tragó saliva. Notó la lengua hinchada y áspera, se acercó al tocón y hundió las manos; la mayor parte del agua se derramó entre sus dedos cuando su brazo chocó con el del Jill. Volvió a intentarlo, y en esta ocasión se acercó la mano a la boca con mayor rapidez. El agua tenía un sabor mohoso y fuerte, pero eso no la detuvo y metió de nuevo la mano en el agua; enseguida tuvo que pelear con otros cuatro pares de manos para hacerse un hueco. Alguien se las apartó y Bree las introdujo de nuevo, haciendo caso omiso del dolor que sentía al doblar los dedos. Las hundió otra vez, pugnando por la parte que le tocaba, mientras oía los gruñidos que soltaban las demás al tragar. Se quedó con la cabeza gacha, decidida a llevarse a la boca la máxima cantidad posible. Antes de que se diera cuenta, el agua había desaparecido y sus uñas estaban arañando el fondo musgoso.

Dio un paso atrás. Tenía arenilla en la boca y se sentía un poco mareada, como si hubiera cruzado una línea cuya existencia desconocía hasta entonces. Se dio cuenta de que no era la única al ver su sorpresa y su vergüenza reflejadas en los rostros que la rodeaban. El agua le revolvía el estómago vacío y tuvo que morderse el labio para no vomitar.

Una a una, se fueron alejando del tocón, evitando el contacto visual. Bree se sentó en la mochila y observó cómo Jill se quitaba una bota y el calcetín. Tenía el talón ensangrentado y en carne viva. A poca distancia, Lauren consultaba la brújula por enésima vez. Bree deseó que le estuviera dando información.

Se oyó el chasquido de un mechero y le llegó un leve aroma a humo de tabaco.

—¿En serio vas a ponerte con eso ahora? —exclamó Alice.

—Sí, por eso se le llama adicción —contestó Beth sin alzar la vista, aunque Bree notó que una oleada de inquietud se extendía por el grupo.

—Pues es asqueroso. Apágalo.

Bree apenas olía el humo.

—Que lo apagues —repitió Alice.

En esta ocasión, Beth sí levantó la mirada. Y lanzó al aire una larga bocanada de humo, que se quedó flotando, burlándose de ellas. Con un movimiento rápido, Alice extendió la mano y cogió el paquete de tabaco. Alargó el brazo hacia atrás y lo lanzó hacia la vegetación.

—¡Oye! —exclamó Beth, que se puso en pie.

Alice también se levantó:

—Se acabó el descanso. En marcha.

Beth no le hizo caso. Se dio la vuelta y, sin mirar atrás, se internó en los arbustos y desapareció entre los árboles.

—¡No vamos a esperarte, que lo sepas! —gritó Alice. No hubo respuesta, sólo se oyó el golpeteo del agua en las hojas; había empezado a llover de nuevo—. Por Dios, Jill, sigamos adelante. Ya nos alcanzará.

Bree notó cómo la rabia se acumulaba en su interior, pero consiguió calmarse al ver que Jill decía que no con la cabeza.

—No vamos a dejar a nadie atrás, Alice. —En la voz de Jill había una dureza que Bree nunca había advertido en ella—. Así que más te vale ir a buscarla. También le debes una disculpa.

—Lo dirás en broma.

—Para nada.

—Pero... —empezó a decir Alice, y justo en ese momento les llegó un grito desde detrás de la tupida cortina de vegetación.

—¡Eh! —La voz de Beth sonó apagada, parecía estar muy lejos—. ¡Aquí hay algo!

14

El cielo matutino era de un gris sucio cuando Falk llamó a la puerta de Carmen, que ya estaba esperando con el equipaje listo. Llevaron los bultos al aparcamiento, pasando con cuidado por los sitios en los que la lluvia de la noche había vuelto resbaladizo el camino.

—¿Qué han dicho en la oficina? —preguntó Falk mientras alargaba el brazo hacia el parabrisas del coche y quitaba unas cuantas hojas muertas que se habían quedado enganchadas en las escobillas.

—Lo de siempre. —A Carmen no le hizo falta explicar nada. Él ya imaginaba que habría sido una repetición exacta de la última conversación que había mantenido con ellos. «Conseguid los contratos. Conseguid los contratos.» Su compañera metió la bolsa en el maletero—. ¿Le has dicho a King que nos vamos?

Falk asintió. Antes de acostarse, le había dejado un mensaje al sargento King, que le devolvió la llamada al fijo de su cuarto al cabo de una hora. Ambos se habían puesto al día: por ambas partes, la charla había sido deprimente y breve. Parecía que la falta de progresos les estaba pasando factura.

—¿Estás perdiendo la esperanza? —preguntó Falk.

—No del todo —respondió King—. Pero cada vez más tengo la sensación de estar buscando una aguja en un pajar.

—¿Hasta cuándo vais a seguir?

—Hasta que deje de tener sentido —respondió King, que no aclaró cuándo llegaría ese momento—. Pero tendremos que empezar a retirarnos si no encontramos nada pronto. Aunque preferiría que esto no se lo dijeras a nadie.

Ahora, a la luz de la mañana, Falk apreció la tensión que se veía en los rostros de los integrantes de un equipo de búsqueda que estaba subiendo a un microbús. Dejó su mochila al lado de la de Carmen, y los dos agentes se dirigieron a la casa rural.

Detrás del mostrador había otra guarda forestal, inclinada sobre la mesa y dándole instrucciones a una mujer que se encorvaba delante de un viejo ordenador para los huéspedes.

—Intente volver a conectarse —le dijo la guarda forestal.

—Ya lo he hecho. ¡Dos veces! No me deja.

Falk advirtió que se trataba de Lauren. Parecía estar a punto de echarse a llorar. Levantó la vista cuando oyó que los agentes dejaban las llaves en el mostrador.

—¿Se van ya? ¿Vuelven a Melbourne? —Ya se había levantado a medias—. ¿Les importaría llevarme? Tengo que ir a mi casa. Llevo toda la mañana buscando un modo de regresar.

Bajo la dura luz de la mañana, se le veían los ojos enrojecidos y llenos de arrugas. Falk no supo muy bien si era por la falta de sueño o si había estado llorando. Tal vez ambas cosas.

—¿El sargento King le ha dado permiso para marcharse?

—Sí, me ha dicho que puedo hacerlo. —Ya había llegado a la puerta—. No se vayan sin mí, por favor. Voy a coger mi equipaje. Denme cinco minutos.

Desapareció antes de que Falk pudiera decir nada. En el mostrador, el agente distinguió una pila de octavillas acabadas de imprimir. En negrita, se leía la palabra DESAPARECIDA por encima de una reproducción de la fotografía de empleada de una risueña Alice Russell, junto a algunos detalles esenciales y una descripción. En la parte inferior se veía la última foto de grupo que Ian Chase había hecho ante el cartel del sendero de Mirror Falls.

Falk volvió a estudiarla. Jill Bailey ocupaba el centro, con Alice y Lauren a la izquierda. Bree estaba a su derecha, y Beth, levemente apartada del resto del grupo. En la octavilla costaba menos apreciar los detalles que en el móvil de Chase. Todas sonreían, pero tras un examen más minucioso le pareció que esas sonrisas eran un poco forzadas. Con un suspiro, dobló el papel y se lo metió en el bolsillo del abrigo.

Carmen estaba hablando por la radio de la guarda forestal y, justo cuando el sargento King le confirmaba lo que Lauren les había dicho, ésta apareció de nuevo. Se quedó en la puerta con su equipaje en la mano. La mochila estaba muy sucia, y Falk se dio cuenta, sobresaltado, de que debía de ser la misma que Lauren se había llevado a la ruta.

—Muchísimas gracias —les dijo mientras los seguía por el aparcamiento; después subió al asiento trasero, se puso el cinturón de seguridad y se quedó erguida, con las manos entrelazadas sobre el regazo. Falk se percató de lo ansiosa que estaba por marcharse de allí.

—¿Tiene algún problema en su casa? —preguntó mientras hacía girar la llave de contacto.

—No lo sé. —Lauren frunció el ceño—. ¿Alguno de ustedes tiene hijos?

Tanto Falk como Carmen negaron con la cabeza.

—No. Bueno, pues cada vez que te descuidas surge algún maldito tema —dijo, como si eso lo explicara todo.

Falk aguardó, pero Lauren no añadió nada.

Pasaron junto al cartel que señalaba el límite oficial del parque y, mientras se dirigían al pueblecito, Falk distinguió el conocido brillo del letrero de la gasolinera. Miró el indicador y entró. Detrás del mostrador encontró al mismo tipo de siempre.

—Así que no la han encontrado —dijo el hombre al ver a Falk. Aquello no era una pregunta.

—Todavía no.

Falk estudió a aquel tipo por primera vez. El gorro de lana le cubría el pelo, pero tanto en las cejas como en la barba de tres días no tenía ninguna cana.

—¿No han encontrado ninguna de sus pertenencias? ¿Un lugar que utilizara para guarecerse? ¿La mochila? —preguntó el dependiente. Falk se limitó a contestar que no—. Seguramente eso sea una buena señal —prosiguió—. Si encuentras las pertenencias o un refugio, el cadáver siempre está al lado. Siempre. En el bosque no puedes sobrevivir si no vas equipado. A mí me parece que a estas alturas hay muchas posibilidades de que no la encuentren. Si no han hallado ningún indicio hasta hora, ya no lo harán.

—Bueno, ojalá se equivoque.

—No me equivoco. —El tipo miró al exterior. Carmen y Lauren habían salido del coche y cruzaban los brazos sobre el pecho para protegerse del aire frío—. ¿Piensan volver?

—No lo sé —respondió Falk—. Si la encuentran, es posible.

—En ese caso, espero volver a verle pronto, amigo.

Esas palabras tenían el carácter incontestable de una despedida de funeral.

Falk regresó al vehículo y se sentó al volante. Ya se había alejado unos diez kilómetros del parque y del pueblo cuando se dio cuenta de que circulaba por encima del límite de velocidad. Ni Carmen ni Lauren protestaron. Cuando la cordillera ya casi había desaparecido en el horizonte por el retrovisor, Lauren se removió en el asiento.

—Por lo visto, creen que Martin Kovac podría haber estado en la cabaña que encontramos.

Falk la observó por el espejo. Estaba mirando por la ventanilla, mordiéndose el pulgar.

—¿Quién se lo ha contado?

—Jill. A ella se lo dijo uno del equipo de búsqueda.

—Me parece que en estos momentos eso no es más que una sospecha. No se ha confirmado.

Lauren torció el gesto y se sacó la yema del pulgar de la boca. Le sangraba la uña. En la parte inferior se le estaba formando una media luna creciente y negra. Se fijó en ella y se echó a llorar.

Carmen se dio la vuelta para ofrecerle un pañuelo de papel.

—¿Quiere que paremos a tomar un poco el aire?

Se detuvieron en el arcén. La carretera estaba vacía en ambas direcciones. El bosque había sido al fin sustituido por tierras de cultivo, y Falk se acordó del trayecto de ida a Giralang Ranges. Sólo habían pasado dos días, pero parecían una eternidad. Mañana haría una semana que Alice se había internado en el bosque junto a sus compañeras. «La buscaremos hasta que deje de tener sentido.»

Falk bajó y sacó del maletero una botella de agua para Lauren. Los tres se quedaron en el arcén mientras ella bebía.

—Lo siento. —Lauren se pasó la lengua por los labios, que se veían resecos y pálidos—. Me siento culpable por irme, cuando Alice sigue ahí.

—Si usted pudiera hacer algo, se lo habrían dicho —repuso Falk.

—Eso ya lo sé. Y también sé... —Esbozó una leve sonrisa apenada—. Que Alice habría hecho exactamente lo mismo en mi lugar. Aunque eso no mejora las cosas. —Dio otro trago. Ya no parecía temblarle el pulso—. Me ha telefoneado mi marido. En el colegio de nuestra hija están llamando a todos los padres. Se han filtrado en internet unas fotos de una alumna. Por lo visto bastante explícitas, pero no sé hasta qué punto.

—¿No serán de su hija? —preguntó Carmen.

—No, no son de Rebecca. Ella jamás haría algo así. Al menos, no ahora, pero... Lo siento, gracias. —Lauren cogió un nuevo pañuelo que le ofrecía Carmen y se enjugó las lágrimas—. Pero el año pasado tuvo un problemilla con el mismo tema. Gracias a Dios no había nada explícito, pero algunas compañeras empezaron a acosarla. Otras chicas le hacían fotos mientras se cambiaba después de la clase de gimnasia, mientras comía, tonterías así. Pero se las mandaban a los móviles y las publicaban en las redes sociales, animando a los alumnos del colegio de chicos a que las comentasen. Rebecca... —Lauren hizo una pausa—. Lo pasó mal.

—Lo lamento mucho —dijo Carmen.

—Sí, nosotros también. La verdad es que resulta increíble, si pienso en el dineral que he pagado para que pueda ir a ese colegio. Nos escribieron para informarnos de que habían castigado a algunas de las responsables y que habían organizado una asamblea para hablar del respeto. —Lauren se secó los ojos por última vez—. Disculpen. Cuando me entero de algo así, la herida vuelve a abrirse.

—A esa edad las chicas pueden llegar a ser muy crueles —dijo Carmen—. Lo recuerdo bien. El instituto ya era complicado antes incluso de que apareciera internet.

—Ahora todo es muy distinto, montan unos líos tremendos —prosiguió Lauren—. No sé qué debería hacer. ¿Borrarle las cuentas? ¿Quitarle el móvil? Por cómo me mira, da la impresión de que le estoy proponiendo cortarle una mano. —Apuró el agua y se enjugó las lágrimas otra vez; logró esbozar una sonrisa—. Disculpen. Creo que me hace falta estar en casa, nada más.

Subieron de nuevo al vehículo; Lauren apoyó la cabeza en la ventanilla y Falk arrancó. Al cabo de un rato, se dio cuenta de que Lauren se había dormido por cómo respiraba. Pensó que parecía una sombra de sí misma, ahí, un ovillo. Era como si el bosque le hubiera chupado la energía.

Carmen y él se turnaron para conducir y echar una cabezada. Los regueros de lluvia del parabrisas fueron desapareciendo a medida que avanzaban y se alejaban de Giralang Ranges y su clima. La radio chisporroteó tenuemente cuando las emisoras volvieron a captarse poco a poco.

—¡Aleluya! —exclamó Carmen cuando su móvil vibró—. Ya hay cobertura.

Se inclinó en el asiento del copiloto y revisó los mensajes.

—Jamie debe de tener ganas de verte, ¿no? —preguntó Falk, y enseguida le resultó extraño haber planteado esa pregunta.

—Sí. Bueno, le hará ilusión saber que estoy en casa. Ahora está fuera un par de días, en un curso.

Inconscientemente, Carmen pasó el dedo por su anillo de compromiso y, casi sin pretenderlo, Falk se acordó de la noche anterior. De las largas piernas de su compañera estiradas en la cama. Carraspeó y miró por el espejo. Lauren seguía dormida; una arruga de preocupación se le marcaba aún en la frente.

—Bueno, parece que a ella también le alegrará volver —dijo.

—Sí. —Carmen se volvió hacia el asiento de atrás—. A mí me pasaría lo mismo si hubiera vivido una experiencia como ésa.

—¿Alguna vez has tenido que ir a una de esas actividades para fomentar el espíritu de equipo?

—No, menos mal. ¿Y tú?

Falk negó con la cabeza y añadió:

—Supongo que eso son cosas del sector privado.

—Jamie ha ido un par de veces.

—¿Con la empresa de bebidas para deportistas?

—Oye, tú, que es una marca que ofrece un estilo de vida integral —replicó Carmen con una sonrisa—. Pero sí, les encantan esos rollos.

—¿Y él ha participado en alguna actividad parecida?

—Creo que no. Más que nada se dedican a estrechar lazos entre ellos practicando deportes de aventura. Aunque una vez el grupo al que pertenecía tuvo que alicatar un baño de un almacén en desuso.

—¿En serio? —Falk soltó una carcajada—. ¿Y sabían poner azulejos?

—Me parece que no. Y además estaban segurísimos de que al día siguiente les iban a pedir que lo quitaran todo. Así que ya te imaginarás lo bien que fue la cosa. Incluso dejó de hablarse con uno de los miembros del grupo.

Falk sonrió sin despegar la vista de la carretera.

—¿Lo tenéis ya todo listo para la boda?

—Casi. Está a la vuelta de la esquina. De todas formas ya tenemos un oficiante, y Jamie sabe dónde y cuándo tiene que echar una mano, así que lo conseguiremos. —Miró a su compañero—. Por cierto, deberías venir.

—¿Qué? No... No estaba intentando pescar una invitación.

Era cierto. No recordaba la última vez que había ido a una boda.

—Ya lo sé, pero deberías. Estaría bien. Y a ti no te vendría mal, tengo varias amigas solteras.

—Pero la boda es en Sídney...

—Queda a una hora en avión.

—Y dentro de tres semanas. ¿No es un poco tarde para la asignación de asientos y todo eso?

—Ya conoces a mi prometido. Te juro que tuve que poner «NO ACUDIR EN VAQUEROS» en las invitaciones de sus familiares. ¿Te parece eso propio de un evento con una asignación concreta de asientos? —Reprimió un bostezo—. Bueno, te envío los detalles y te lo piensas.

Notaron un movimiento en el asiento de atrás y Falk miró por el retrovisor. Lauren se había despertado y contemplaba el entorno con los ojos abiertos como platos y la expresión de sorpresa de quien ha olvidado dónde está. Daba la impresión de que el flujo del tráfico la dejaba estupefacta. A Falk no le extrañó. A pesar de que él sólo había estado un par de días en Giralang Ranges, también se sentía algo desorientado. Volvió a intercambiar el sitio con Carmen, y ambos se quedaron enfrascados en sus pensamientos mientras la ciudad se iba aproximando y la radio sonaba de fondo. A la hora en punto empezó el informativo. Falk subió el volumen y lo lamentó enseguida.

Era el tema principal. La policía estaba examinando el posible vínculo entre el famoso Martin Kovac y una cabaña en la que Alice Russell, la senderista de Melbourne desaparecida, había sido vista por última vez, según informaba el locutor.

A Falk no le sorprendió que se hubiera filtrado ese detalle. Con la cantidad de personas que participaban en las labores de búsqueda, sólo era cuestión de tiempo. Se volvió y su mirada se encontró con la de Lauren. Parecía asustada.

—¿Quiere que la apague?

Ella dijo que no con un gesto y escucharon cómo el locutor resumía los detalles que se habían difundido dos décadas antes. Tres víctimas de sexo femenino, una cuarta a la que jamás habían hallado. Entonces la voz del sargento King se adueñó del coche. El agente señaló el carácter histórico de los crímenes de Kovac y aseguró que se estaba haciendo todo lo posible; también pidió de nuevo información a cualquier persona que conociera la zona y finalmente el boletín informativo pasó a otros asuntos.

Falk dirigió una mirada a Carmen. No habían dicho nada del hijo de Kovac. Parecía que por el momento King había logrado ocultar ese dato.

Lauren les dio las indicaciones para llegar a uno de los barrios residenciales con más zonas verdes de la ciudad, uno de esos que los agentes inmobiliarios suelen llamar «ideales». Carmen detuvo el vehículo delante de una casa que estaba muy bien cuidada, pero en la que se detectaban ciertas señales de que había sido desatendida en los últimos días. El césped de la entrada estaba demasiado alto y nadie se había molestado en quitar un grafiti garabateado en la valla.

—Gracias de nuevo. —Lauren se desabrochó el cinturón con un evidente gesto de alivio—. Me avisarán enseguida si hay noticias de Alice, ¿verdad?

—Claro —contestó Falk—. Espero que lo de su hija no sea nada.

—Y yo.

La expresión de Lauren se endureció, no parecía nada segura. Observaron cómo cogía la mochila del maletero y entraba en la casa.

Carmen miró a Falk:

—Bueno, ¿y ahora qué? ¿Avisamos a Daniel Bailey de que estamos de camino, o le pillamos por sorpresa?

—Vamos a avisarle —dijo Falk tras pensarlo unos instantes—. Querrá que lo vean participando en las labores de búsqueda y así colaborará con nosotros.

Carmen sacó el móvil y llamó a BaileyTennants. Tenía un gesto contrariado cuando colgó.

—No está en la oficina.

—¿En serio?

—La secretaria me lo ha asegurado. Por lo visto se ha tomado unos días libres. Asuntos personales.

—¿Mientras tiene a una empleada desaparecida?

—Jill nos dijo que había vuelto por un problema familiar, ¿no?

—Ya, pero no me lo creí —repuso Falk—. ¿Por qué no nos pasamos por su casa?

Carmen puso el coche en marcha, pero se detuvo de inmediato, como si se le hubiera ocurrido algo.

—Bueno, la casa de Alice no queda muy lejos de aquí. Quizá tengamos suerte y encontremos a algún vecino servicial que tenga un juego de llaves.

Falk se la quedó mirando.

—¿Y también unas copias relucientes de los documentos que necesitamos, impresos sobre la encimera de la cocina de Alice?

—Eso sería lo ideal, sí.

«Conseguid los contratos. Conseguid los contratos.» A Falk se le borró la sonrisa.

—Vale. A ver qué averiguamos.

Veinte minutos después, Carmen dobló una esquina, enfiló por una calle arbolada y redujo la velocidad. Nunca habían estado en casa de Alice Russell y, mientras seguían circulando lentamente, Falk escudriñó los alrededores con interés. El barrio era la viva imagen de la serenidad y la opulencia. La acera y las vallas estaban inmaculadas, y los poquísimos vehículos aparcados en la calle brillaban bajo el sol. Falk supuso que la mayoría estarían a buen recaudo, cubiertos por lonas protectoras y en garajes cerrados. Los cuidados árboles que bordeaban los jardines públicos parecían modelos de plástico si se comparaban con la exuberancia primitiva que los había rodeado durante los tres últimos días.

Carmen avanzó por la calle, escudriñando los relucientes buzones con ojos entornados.

—Por amor de Dios, ¿por qué esta gente no pone números bien visibles en sus casas?

—No sé, ¿para que no se acerque la chusma? —Un movimiento por delante de ellos llamó la atención de Falk—. Eh, mira eso.

Le señaló una gran casa de color crema situada al final de la calle. Carmen siguió su mirada y abrió mucho los ojos, sorprendida, cuando una figura apareció en el camino de entrada con la cabeza gacha. Movió levemente la muñeca y el BMW negro que estaba en la calle emitió un tenue pitido al abrirse. Era Daniel Bailey.

—No puede ser —susurró Carmen.

Bailey llevaba vaqueros y la camisa por fuera, y se pasó la mano por el cabello oscuro en un gesto de preocupación mientras abría la puerta del conductor. Entró en el vehículo, lo arrancó y se separó del bordillo. El BMW había doblado ya la esquina y desaparecido, cuando ellos llegaron a la altura de la vivienda. Carmen continuó avanzando y vio como desaparecía entre el tráfico de una de las arterias principales de la ciudad.

—No me siento cómoda en los seguimientos —dijo, y Falk negó con la cabeza.

—No, no lo sigas. No sé qué estaba haciendo, pero no daba la impresión de que estuviera huyendo.

Carmen dio media vuelta y se detuvo delante de la vivienda color crema.

—En todo caso, creo que hemos encontrado la casa de Alice.

Apagó el motor y bajaron. Falk notó que el aire de la ciudad parecía tener ahora una fina membrana que se le colaba en los pulmones e iba recubriéndolos con cada respiración. Se quedó en la acera, sintiendo la extraña dureza del cemento bajo las botas de senderismo, e inspeccionó la casa de dos plantas. El jardín era grande y tenía el césped bien recortado; la puerta de entrada lanzaba destellos en un tono brillante de azul marino. Delante de ella, una gruesa alfombrilla daba la bienvenida a los visitantes.

Falk percibió en el ambiente el aroma marchito de las rosas de invierno y el lejano zumbido del tráfico. Y en la segunda planta de la casa de Alice Russell, a través de una impoluta ventana, distinguió la estrella blanca de cinco puntas que formaban unos dedos apoyados en el cristal, el fulgor de un pelo rubio y un rostro redondo y boquiabierto que contemplaba el exterior.

DÍA 3

TARDE DEL SÁBADO

—Ahí detrás hay algo.

La voz de Beth les llegó ahogada. Al cabo de un instante, oyeron un rumor y un crujido y su compañera volvió a aparecer, abriéndose paso entre la maleza que crecía alta y silvestre al otro lado del camino.

—Por aquí. Hay un refugio.

Jill miró en la dirección que señalaba Beth, pero la vegetación era densa y lo cubría todo. Sólo distinguía árboles y más árboles.

—¿Qué tipo de refugio? —preguntó Jill, que alargó el cuello y dio un paso adelante mientras su talón izquierdo, en carne viva, lanzaba un grito de protesta.

—Una especie de cabañita. Venid a verla.

Beth desapareció nuevamente. Alrededor de ellas, el golpeteo de la lluvia se hacía más insistente. Sin previo aviso, Bree se internó entre la hierba alta en pos de su gemela.

—¡Espera...! —empezó a decir Jill, pero ya era demasiado tarde, ambas habían desaparecido. Se volvió hacia Alice y Lauren—. Vamos. No quiero que acabemos separándonos.

Jill salió del camino y se metió en el bosque antes de que ninguna de las dos pudiera replicar. Las ramas le arañaban la ropa y tenía que levantar mucho los pies. Sólo distinguía unas manchas de color allí donde los anoraks de las gemelas aparecían y desaparecían. Finalmente, vio que se detenían. Jill las alcanzó entre jadeos.

La cabaña se alzaba, pequeña y alargada, en un pequeño claro. Sus marcadas aristas contrastaban con las formas sinuosas del bosque. Dos ventanas negras y vacías se abrían en unos marcos de madera podridos, y la puerta oscilaba en los goznes. Jill alzó la vista. Tal vez las paredes estuvieran combadas, pero parecía tener tejado.

Beth se dirigió a la edificación y se asomó a una de las ventanas, con la nuca mojada y brillante por la lluvia.

—¡Está vacía! —exclamó, mirando a su hermana—. Voy a entrar.

Abrió la puerta combada y se la tragó la oscuridad del interior. Antes de que Jill pudiera decir nada, Bree ya había seguido a su hermana.

Jill se quedó sola, escuchando su respiración jadeante. De pronto, la cara de Beth apareció por una ventana.

—Esto está seco —le dijo—. Ven a verlo.

Jill avanzó a duras penas entre la alta hierba en dirección a la cabaña. Al acercarse a la puerta, notó una punzada de inquietud. Sintió un profundo impulso de dar media vuelta y salir de allí, pero no tenían otro sitio adonde ir. Sólo había bosque y más bosque. Tomó aire y entró.

El interior estaba poco iluminado y sus ojos tardaron unos segundos en acostumbrarse a la penumbra. Oyó un repiqueteo metálico por encima. Al menos, el tejado cumplía con su función. Dio otro paso y advirtió cómo las tablas del suelo crujían y se doblaban bajo sus pies. Lauren apareció en la puerta, sacudiéndose el agua del anorak. Alice la seguía, observando, sin decir nada.

Jill escudriñó la estancia. Tenía una forma extraña y estaba vacía, a excepción de una mesa destartalada apoyada contra una pared. De los rincones del techo colgaban unas densas y blancas telarañas, y alguna criatura había fabricado un nido de ramitas y hojas en un pequeño hueco de las tablas. Sobre la mesa había una taza de metal. La cogió para examinarla y se fijó en el círculo perfecto que había dejado en el polvo y la suciedad.

En el pasado, alguien había unido con clavos unos tableros baratos de contrachapado para que diera la sensación de que había una segunda estancia. Las gemelas ya se encontraban en ella y la contemplaban en silencio. Jill las siguió e inmediatamente lamentó haberlo hecho.

Había un colchón apoyado contra una pared. En la tela se apreciaban motas verdes de moho, pero en el centro destacaba una gran mancha oscura que cubría por completo el dibujo de flores. Era imposible adivinar de qué color había sido en origen.

—Esto no me gusta —dijo Alice detrás de ella. Jill dio un respingo. A su espalda, Alice tenía la vista clavada en el colchón—. Deberíamos seguir avanzando.

Las gemelas se volvieron hacia ellas; costaba descifrar su expresión. Jill advirtió que estaban temblando y sólo entonces se dio cuenta de que ella también. A partir de ese momento, ya no pudo dejar de temblar.

—Un segundo. —Beth se rodeó el cuerpo con los brazos—. Al menos deberíamos pensarlo. Aquí no nos mojamos y hace un poco menos de frío. Y vamos a estar más seguras que si nos pasamos la noche dando vueltas por ahí.

—¿Más seguras? —preguntó Alice, mirando el colchón con una expresión que lo decía todo.

—Sí, Alice, más seguras. La gente se muere a la intemperie —replicó Beth—. No tenemos tiendas ni comida. Necesitamos un lugar en el que guarecernos. Sólo rechazas este sitio porque he sido yo quien lo ha encontrado.

—Lo estoy rechazando porque es horrible.

Las dos se volvieron hacia Jill, que de repente notó que una oleada de agotamiento se apoderaba de ella.

—Jill, vamos —dijo Alice—. No sabemos nada de este sitio. Cualquiera podría estar usándolo como base, no tenemos ni idea de quién conoce este lugar...

Jill notó el polvo entre los dedos.

—No parece que se use mucho —declaró, apartando la mirada del colchón.

—Pero nadie sabe que estamos aquí —insistió Alice—. Tenemos que volver...

—¿Cómo?

—¡Encontrando la carretera! Hemos de seguir avanzando hacia el norte. Es lo que hemos decidido. No podemos quedarnos aquí indefinidamente.

—No estamos hablando de quedarnos aquí indefinidamente, sólo hasta que...

—¿Hasta qué? Aquí podrían tardar semanas en encontrarnos. Por lo menos debemos intentar volver.

A Jill le ardían los hombros y estaba harta de cargar con la mochila, que le había dejado dos feas franjas en la piel. Además, todas las capas de ropa que llevaba estaban húmedas y la herida del talón le impedía avanzar con normalidad. Escuchó el sonido de la lluvia en el tejado y supo que no soportaría salir de nuevo al exterior.

—Beth tiene razón. Deberíamos quedarnos.

—¿En serio? —preguntó Alice, estupefacta.

Beth no ocultó su satisfacción.

—Ya la has oído, Alice.

—¡A ti nadie te ha preguntado nada, joder! —Alice miró a Lauren—. Échame una mano. Sabes que podemos salir de aquí.

Lauren se llevó la mano a la frente. La tirita que llevaba estaba sucia y apenas pegaba.

—Yo también creo que deberíamos quedarnos, Alice. Al menos esta noche.

Alice miró a Bree, que titubeó. Finalmente, asintió con la cabeza sin apartar la mirada del suelo.

Alice soltó un bufido de incredulidad.

—Madre mía. —Negó con la cabeza—. Está bien, me quedaré con vosotras.

—De acuerdo —dijo Jill, que soltó la mochila.

—Pero sólo hasta que deje de llover. Luego me marcharé.

—¡Por el amor de Dios! —A pesar del frío, Jill notó que una ardiente oleada de calor le recorría el cuerpo, de los hombros doloridos al talón despellejado—. ¿Por qué tienes que ser tan conflictiva? Ya lo hemos hablado. Ninguna de nosotras va a marcharse sola. Te quedarás hasta que acordemos irnos, Alice. Juntas.

Alice miró hacia la puerta de la cabaña, que se abrió girando sobre los goznes hundidos y proyectó un rectángulo de luz invernal en su rostro. Cogió aire para decir algo, pero se detuvo y cerró la boca con suavidad; la punta rosada de su lengua siguió visible durante unos segundos más entre sus blancos incisivos.

—¿De acuerdo? —preguntó Jill. En el cráneo ya notaba las palpitaciones que presagiaban un dolor de cabeza.

Alice se encogió ligeramente de hombros. No dijo nada, pero no hacía falta. El significado estaba claro: «No puedes detenerme.»

Jill miró a Alice, después a la puerta abierta y al bosque que había fuera, y se preguntó si eso sería cierto.

15

Falk llamó con fuerza a la puerta de color azul marino de la casa de Alice Russell, y escuchó cómo el sonido resonaba en las profundidades de la vivienda. Aguardaron. Reinaba cierta quietud, pero no se percibía la soledad vacía de una casa sin ocupantes. Falk se dio cuenta de que contenía el aliento.

El rostro había desaparecido de la ventana de arriba en cuanto lo había visto. Falk le había dado un codazo a Carmen, pero cuando ella miró el cristal ya sólo era un cuadrado vacío. Le explicó que unos segundos antes había alguien allí. Una mujer.

Volvieron a llamar y Carmen ladeó la cabeza.

—¿Has oído eso? —susurró—. Creo que tienes razón, ahí hay alguien. Yo me quedo aquí, a ver si tú puedes entrar por detrás.

—Vale.

Falk se dirigió al otro lado de la casa e intentó abrir una verja alta. Estaba cerrada, así que acercó un contenedor de basura con ruedas que estaba cerca y, alegrándose de llevar la ropa de montaña, subió y saltó la valla. Oía los golpes de Carmen en la puerta principal mientras avanzaba por un camino empedrado que llevaba a un enorme jardín trasero, al que no le faltaban ni un porche ni una piscina con hidromasaje llena de un agua de un tono azul que no se veía en la naturaleza; la hiedra que trepaba por el muro lograba que el espacio ofreciera cierta sensación de intimidad.

La parte de atrás de la casa la componían casi exclusivamente unas ventanas desde las que se veía una amplia cocina. Los limpios cristales reflejaban tanto la luz que el agente apenas distinguió a la mujer rubia del interior, que estaba en la puerta del vestíbulo, completamente inmóvil y dándole la espalda. Falk oyó que Carmen volvía a llamar y la mujer dio un respingo. Al mismo tiempo debió de notar su presencia en el exterior, porque dio media vuelta y se le escapó un grito al verlo en el jardín. Falk reconoció aquel rostro a pesar del gesto de intensa sorpresa.

Alice.

Durante una milésima de segundo, el agente sintió que el vértigo y la euforia del alivio le recorrían el cuerpo. Tuvo un subidón de adrenalina, potente, pero después, con un dolor que casi podía palpar, desapareció con la misma rapidez con que había surgido. Parpadeó mientras su mente asimilaba lo que estaba viendo.

El rostro de aquella mujer le resultaba conocido, pero no lo reconocía. Además, la palabra «mujer» no era la más indicada. Un grave y profundo gruñido se le formó en la garganta. No era más que una niña, que lo miraba de hito en hito desde la cocina con expresión de miedo. No era Alice. Se parecía mucho a ella, pero no lo era.

Falk sacó la identificación antes de que la hija de Alice volviera a chillar. Extendió el brazo y se la mostró.

—Somos de la policía. No tengas miedo —gritó a través de la ventana. Trató de recordar el nombre de la muchacha—. Te llamas Margot, ¿verdad? Estamos colaborando en la búsqueda de tu madre.

Margot Russell dio medio paso en dirección al cristal. Sus ojos parecían hinchados y enrojecidos de haber llorado cuando miró la placa.

—¿Qué quieren?

Le temblaba la voz, que también resultaba extrañamente inquietante. Falk se percató de que era casi idéntica a la de su madre.

—¿Podemos hablar contigo? Mi compañera está en la puerta. Es una mujer, ¿por qué no le abres antes a ella?

Margot titubeó y estudió de nuevo la placa; después hizo un gesto de asentimiento y desapareció. Falk se quedó esperando. Cuando apareció de nuevo en la cocina, Carmen la seguía. Margot abrió la puerta de atrás y lo dejó pasar. Al acceder al interior, Falk pudo verla bien por primera vez. Pensó que, al igual que Alice, casi se diría que era guapa, aunque tenía esos mismos rasgos afilados que le daban un toque diferente. Falk sabía que tenía dieciséis años, pero con esos vaqueros, descalza y con la cara lavada, parecía más joven.

—¿En teoría no deberías estar con tu padre? —le preguntó.

La chica se encogió levemente de hombros mientras miraba al suelo.

—Quería venir a casa.

Llevaba un móvil en la mano y le daba vueltas como si fuera una sarta de cuentas de esas que sirven para relajarse.

—¿Cuánto llevas aquí?

—Desde esta mañana.

—No puedes estar aquí sola —señaló Falk—. ¿Tu padre lo sabe?

—Está en el trabajo. —Se le llenaron los ojos de lágrimas, pero no llegaron a rebosar—. ¿Ha aparecido ya mi madre?

—Todavía no. Pero están haciendo todo lo que pueden por encontrarla.

—Pues podrían esforzarse un poco más.

A la muchacha le tembló la voz y Carmen la condujo a un taburete de la cocina.

—Siéntate. ¿Dónde tenéis los vasos? Voy a ponerte un poco de agua.

Margot señaló un armario sin dejar de manosear el móvil.

Falk cogió otro taburete y se sentó frente a ella.

—Margot, ¿conoces al hombre que ha venido antes? —le preguntó—. El que llamaba a la puerta.

—¿A Daniel? Sí, claro. —En su voz había un deje de inquietud—. Es el padre de Joel.

—¿Quién es Joel?

—Mi ex novio —contestó, recalcando mucho el «ex».

—¿Has hablado con Daniel Bailey? ¿Te ha dicho por qué ha venido?

—No, no quiero tener nada que ver con él. Y sé lo que quería.

—¿Y qué es lo que quería?

—Está buscando a Joel.

—¿Estás segura? —preguntó Falk—. ¿No ha sido por nada relacionado con tu madre?

—¿Con mi madre? —Margot lo miró como si fuera tonto—. Si mi madre no está. Ha desaparecido.

—Ya lo sé. Pero ¿cómo puedes estar segura de que Daniel ha venido por eso?

—¿Que cómo puedo estar segura? —Margot soltó una extraña carcajada ahogada—. Pues porque Joel la ha liado. Ha estado de lo más atareado en internet. —Agarró el móvil con tanta fuerza que la piel de las manos se le puso blanca. Entonces respiró hondo y se lo tendió a Falk—. Supongo que no pasa nada porque lo vea. Ya lo ha hecho todo el mundo.

La Margot que aparecía en la pantalla parecía mayor. Iba maquillada y llevaba la brillante melena suelta. Y le faltaban los vaqueros. La nitidez de las fotos era sorprendente, teniendo en cuenta la poca luz. Falk pensó que en el colegio tenían razón. No cabía duda de que eran explícitas.

Margot contempló la pantalla. Tenía la cara hinchada y los ojos rojos.

—¿Cuánto tiempo llevan en internet? —quiso saber Falk.

—Creo que desde ayer al mediodía. También hay dos vídeos. —Parpadeó con fuerza—. Desde entonces ya han tenido más de dos mil visitas.

Carmen puso un vaso de agua delante de la joven.

—¿Y crees que las ha publicado Joel Bailey? —preguntó.

—Es el único que las tenía. O al menos lo era.

—¿Y el que aparece contigo en las imágenes es él?

—A él le hacen gracia. Pero me prometió que las iba a borrar. Le obligué a que me enseñara el móvil para demostrármelo. No sé, debió de guardarlas. —Empezó a irse por las ramas, a hablar de forma entrecortada—. Nos las hicimos el año pasado, antes de romper. Sólo para... divertirnos —dijo con una mueca triste—. Cuando lo dejamos estuve mucho tiempo sin saber nada de él, pero la semana pasada me mandó un mensaje. Quería que le enviara más.

—¿Se lo contaste a alguien? ¿A tu madre? —intervino Carmen.

—No —contestó Margot con una mirada de incredulidad—. ¿Cómo iba a hacer eso? Le dije a Joel que se perdiera, pero siguió mandándome mensajes. Me aseguró que, si no le enviaba fotos nuevas, les enseñaría las antiguas a sus amigos. Le contesté que era un cabrón. —Negó con la cabeza—. ¡Me había prometido que las había borrado!

Se llevó una mano a la cara y rompió a llorar. Las lágrimas le caían por las mejillas al tiempo que se le agitaban los hombros. Durante un rato, fue incapaz de hablar.

—Pero me mintió. —Apenas se la entendía—. Y ahora son públicas y absolutamente todos las han visto.

Se tapó la cara y siguió llorando mientras Carmen alargaba el brazo y le acariciaba la espalda. Falk anotó el nombre de la página web que aparecía en la pantalla de Margot y le envió por correo electrónico los detalles a un colega del grupo de delitos informáticos.

«Publicadas sin consentimiento —escribió—. Chica de dieciséis años. Haz todo lo posible por eliminarlas.»

No tenía muchas esperanzas. Probablemente lograrían borrarlas de la página original, pero eso no serviría de nada si ya se habían compartido. Se acordó de un viejo refrán: aquello era como tratar de ponerle puertas al campo.

Al cabo de un buen rato, Margot se sonó la nariz y se secó los ojos.

—Tengo muchas ganas de hablar con mi madre —dijo con un hilo de voz.

—Lo sé —contestó Falk—. Ahora mismo la están buscando. Pero tú no puedes quedarte aquí sola, Margot. Tenemos que llamar a tu padre para que te acompañe a su casa.

Ella negó con la cabeza.

—No, por favor. No llamen a mi padre, por favor.

—Tenemos que hacerlo...

—Por favor. No quiero ver a mi padre. Esta noche no puedo quedarme en su casa.

—Margot...

—No.

—¿Por qué no?

La muchacha extendió el brazo y, para sorpresa de Falk, le agarró la muñeca con fuerza. Lo miró a los ojos y habló apretando los dientes.

—¡Escúcheme! No puedo ir a casa de mi padre ¡porque no me atrevo a verlo! ¿Es que no lo entiende?

Sólo se oía el tictac del reloj de la cocina. «Todos las han visto.» Falk asintió con la cabeza.

—Sí, lo entiendo.

Tuvieron que prometerle que le encontrarían un sitio donde quedarse para que Margot accediera a preparar una bolsa para pasar la noche fuera.

—¿Adónde puedo ir? —preguntó la muchacha.

Era una buena pregunta.

Le pidieron que les diera el nombre de otro pariente o amigo con el que quisiera quedarse, pero se había negado: «No quiero ver a nadie.»

—Probablemente podríamos conseguir algún hogar de acogida de emergencia —propuso Falk en voz baja. Estaban en el vestíbulo. Margot había aceptado al fin coger unas cuantas cosas, y el sonido de su llanto salía de su cuarto y descendía por la escalera—. Pero no me parece bien dejarla con desconocidos en este estado.

Carmen tenía el móvil en la mano; había estado tratando de localizar al padre de la chica.

—¿Y qué te parece que se quede con Lauren? —propuso finalmente—. Se me acaba de ocurrir. Sólo será una noche. Por lo menos ella conoce el tema de las fotos.

—Sí, podría ser.

—Vale. —Carmen miró escalera arriba—. Tú intenta contactar con Lauren. Yo voy a hablar con Margot, a ver si consigo que me cuente dónde podría guardar su madre documentos confidenciales.

—¿Ahora?

—Sí, ahora. Difícilmente se nos presentará una ocasión como ésta.

«Conseguid los contratos. Conseguid los contratos.»

—Está bien. De acuerdo.

Carmen desapareció escalera arriba y Falk sacó el teléfono y volvió a la cocina mientras marcaba el número. Detrás de los ventanales ya empezaba a oscurecer. Las formas de las nubes se reflejaban en la superficie lisa de la piscina.

Se apoyó en la encimera y se quedó mirando un tablón de corcho de la pared mientras esperaba que Lauren contestara. En él habían pegado el número de un manitas al lado de una receta de un plato con el nombre de «albóndigas energéticas de quinoa». La letra era de Alice. También había una invitación para la entrega de premios del Endeavour Ladies' College, que ya se había celebrado el domingo, el mismo día en que se había denunciado la desaparición de Alice. La factura de unos zapatos. Un folleto de Aventuras para Ejecutivos con las fechas del fin de semana garabateadas en la parte superior.

Falk se acercó un poco más. En la portada del folleto distinguió a Ian Chase en la última fila de una fotografía de los empleados. No miraba directamente a cámara, y el colega de su derecha lo tapaba parcialmente.

Los tonos del teléfono se iban sucediendo y Falk paseó la mirada por varios *collages* fotográficos enmarcados que ocupaban las paredes de la cocina. Todas las imágenes eran de Alice y su hija, juntas o por separado. Muchas de ellas eran la misma en dos versiones distintas: Alice y Margot cuando ambas eran un bebé, en su primer día de colegio, en bailes, al lado de una piscina y en biquini.

Falk oyó que los tonos cesaban y saltaba el contestador de Lauren. Soltó una maldición en voz baja y dejó un mensaje en el que le pedía que lo llamara lo antes posible.

Cuando colgó, se inclinó para inspeccionar el *collage* más cercano con mayor detenimiento. Una fotografía algo desvaída le llamó la atención. Era una imagen de exterior hecha en un entorno que le recordaba un poco a Giralang Ranges. Alice llevaba una camiseta y unos pantalones cortos en los que aparecía el logo del Endeavour Ladies' College, y se encontraba al lado de un río agitado, con la cabeza erguida y una sonrisa en el rostro y sosteniendo un remo de kayak en una mano. Detrás de ella se veía a un grupo de chicas con el cabello mojado y las mejillas coloradas, en cuclillas al lado de la embarcación. La mirada de Falk se detuvo en una de las muchachas del fondo y soltó una leve exclamación de sorpresa. Era Lauren. Detrás de aquella rolliza adolescente se ocultaba la mujer delgada de hoy en día, pero, al igual que pasaba con Alice, era perfectamente reconocible, sobre todo por la mirada. Falk pensó que esa foto debía de tener unos treinta años. Era interesante observar lo poco que habían cambiado las dos.

El móvil emitió un agudo pitido en su mano y Falk dio un respingo. Miró la pantalla —era Lauren— y se obligó a volver al presente.

—¿Ha pasado algo? —preguntó la mujer en cuanto él descolgó—. ¿La han encontrado?

—Joder, no. Lo siento. No he llamado por Alice —dijo Falk, enfadado consigo mismo. Tendría que haberla avisado en el mensaje—. Tenemos un problema con su hija. Necesita un sitio en el que dormir esta noche.

Le explicó lo de las fotografías de internet. Se produjo un silencio tan largo que Falk creyó que se había cortado la llamada. Lo de hacer de padre era algo bastante misterioso para él, pero mientras escuchaba el vacío telefónico, se preguntó con cuánta rapidez reaccionarían las madres del colegio para alejar a sus vástagos de Margot.

—No lo está llevando muy bien —dijo Falk al fin—. Sobre todo después de lo que ha pasado con su madre.

Otro silencio, ahora más breve.

—Lo mejor será que la traiga —dijo Lauren con un suspiro—. Hay que ver, estas chicas. Le juro que son capaces de despellejarse vivas.

—Gracias.

Falk colgó y se dirigió al vestíbulo. Al lado de la escalera había una puerta que daba a un estudio. Carmen estaba detrás de un escritorio, mirando la pantalla de un ordenador. Alzó la vista cuando él entró.

—Margot me ha dado la contraseña —anunció en voz baja.

Falk cerró la puerta y preguntó:

—¿Hay algo?

Carmen negó con la cabeza y añadió:

—Yo no encuentro nada. Pero estoy buscando a ciegas. Aunque Alice hubiera llegado a guardar algo útil aquí, podría haberles puesto cualquier nombre a los archivos, haberlos metido en cualquier directorio. Tenemos que conseguir los permisos correspondientes para llevarnos el equipo e inspeccionarlo en condiciones. —Suspiró y levantó la mirada—. ¿Qué ha dicho Lauren?

—Que sí. Al final. Aunque no le ha hecho demasiada ilusión.

—¿Por qué, por las fotos?

—No lo sé. Es posible. Pero puede que no sólo sea por eso. Por lo que ha comentado antes, da la impresión de que tiene bastantes problemas con su hija.

—Sí, es verdad. Aunque no será la primera ni la última en juzgar a Margot por este tema, ya lo verás. —Carmen echó un vistazo a la puerta cerrada y bajó la voz—. Por favor, a la chica no le cuentes que he dicho esto.

Falk negó con la cabeza y dijo:

—Voy a contarle cuál es el plan.

La puerta del dormitorio de Margot estaba abierta y Falk la vio sentada en una alfombra de un rosa intenso. Delante de ella había una pequeña maleta abierta, completamente vacía. Margot miraba el móvil en su regazo y se sobresaltó cuando él dio unos golpecitos en el marco de la puerta.

—Hemos acordado que esta noche duermas en casa de Lauren Shaw —anunció. La chica lo miró, sorprendida.

—¿En serio?

—Sólo esta noche. Sabe lo que está pasando.

—¿Va a estar Rebecca?

—¿Su hija? Seguramente. ¿Hay algún problema con eso?

Margot toqueteó una esquina de la maleta.

—Es que llevo un tiempo sin verlos. ¿Rebecca sabe lo que ha pasado?

—Imagino que su madre se lo habrá contado.

Pareció que Margot estaba a punto de poner alguna objeción, pero no lo hizo.

—Bueno, supongo que no es mala idea.

La forma en que lo dijo tuvo algo de peculiar. La boca de la hija, la voz de la madre. Falk parpadeó, sintiéndose de nuevo un tanto inquieto.

—Ya. Bueno, sólo es por una noche. —Señaló la maleta vacía—. Mete un par de cosas y te llevamos en coche.

Con un movimiento distraído, Margot alargó el brazo y cogió dos llamativos sujetadores de encaje de un montón del suelo. Los sostuvo, miró hacia arriba y observó la reacción de Falk. Un leve temblor cruzó su rostro. Aquello era una prueba.

Él le sostuvo la mirada con firmeza y gesto totalmente inexpresivo.

—Te esperamos en la cocina —le dijo.

Sintió una oleada de alivio al cerrar la puerta de aquella empalagosa habitación decorada en tonos rosas. ¿Cuándo se habían sexualizado tanto las adolescentes? ¿Eran así en su juventud? Pensó que probablemente sí, aunque entonces eso le había parecido estupendo. A esa edad, muchas cosas parecen ser una diversión inocente.

DÍA 3

TARDE DEL SÁBADO

Por una vez, Beth lamentó que la lluvia cesara.

Mientras había estado cayendo con fuerza sobre el tejado de la cabaña, había sido complicado hablar. Las cinco mujeres se distribuyeron por la mayor de las dos habitaciones y se quedaron allí, mientras el viento de última hora de la tarde ululaba por los marcos sin ventana. En realidad, no hacía mucho más calor dentro que fuera, eso había que reconocerlo, pero al menos allí no se mojaban. Beth se alegró de que hubieran decidido quedarse. Cuando al fin dejó de llover, un silencio profundo y pesado se adueñó de la cabaña.

Beth se removió con una cierta sensación de claustrofobia. Distinguía un borde del colchón en la otra estancia.

—Voy a echar un vistazo ahí fuera —anunció.

—Te acompaño —dijo Bree—. Tengo que hacer mis necesidades.

Lauren se incorporó.

—Yo también.

En el exterior, el aire era cortante y húmedo. Cuando Beth entornó la puerta, oyó que Alice le susurraba algo inaudible a Jill. Fuera lo que fuese lo que le hubiera dicho, Jill no contestó.

—Dios mío, ¿en serio que eso de ahí es un retrete exterior? —exclamó Bree señalando un punto situado al otro lado del pequeño claro.

La diminuta choza quedaba a cierta distancia; el tejado estaba podrido y uno de los lados se abría a los elementos.

—No te emociones mucho —dijo Lauren—. Será un agujero en el suelo.

Beth observó cómo su hermana avanzaba con dificultad entre la maleza en dirección a la destartalada estructura. Bree echó un vistazo al interior y dio un paso atrás con un chillido. Las gemelas intercambiaron una mirada y se pusieron a reír. A Beth le pareció que aquélla era primera carcajada en días. Años incluso.

—¡Ay, Dios! Eso es un no —exclamó Bree.

—¿Está asqueroso?

—Lleno de arañas. Mejor te lo ahorras. Hay cosas que uno no puede quitarse de la cabeza después de verlas. Voy a probar suerte en el bosque.

Se dio la vuelta y desapareció entre los árboles. Lauren logró esbozar una sonrisa, se marchó en la dirección opuesta y dejó sola a Beth. Ya estaba oscureciendo y el cielo iba adquiriendo un tono gris más oscuro.

Ahora que ya no llovía, Beth fue consciente de que habían tenido suerte al encontrar la cabaña. Entre los árboles había dos o tres huecos que podían haber sido antiguos senderos, pero no había nada que ayudara a descubrir el claro a quien fuera que pasase cerca de allí. Sintió una inquietud repentina y buscó a las otras con la mirada. Se habían esfumado. Por encima de ella, los pájaros se lanzaban sus reclamos, agudos y urgentes, pero cuando miró hacia arriba fue incapaz de ver a ninguno.

Se metió la mano en el bolsillo para buscar el tabaco. Había encontrado la cajetilla hundida en el barro de un charco después de que Alice la tirara. Se había echado a perder, el agua sucia la había empapado completamente, pero no había querido decírselo a nadie. No le apetecía darle esa satisfacción a Alice.

Rodeó con los dedos la cajetilla, cuyas marcadas esquinas estaban ahora mojadas, y sintió la abrumadora llamada de la nicotina. Abrió el paquete y comprobó una vez más que no había forma de salvar los cigarrillos. El olor húmedo del tabaco despertó algo en ella y, de repente, le resultó insoportable tenerlos tan cerca y tan lejos. Le entraron ganas de llorar. Por supuesto, no quería ser adicta. Ni al tabaco ni a ninguna otra cosa.

Beth ni siquiera sabía que estaba embarazada cuando sufrió un aborto espontáneo. Se quedó sentada en la aséptica sala de la clínica universitaria, mientras el médico le explicaba que aquello no era infrecuente en las primeras doce semanas. Probablemente llevaba poco tiempo embarazada y no podría haber hecho gran cosa por evitarlo. A veces esas cosas pasaban.

En aquel momento, Beth se limitó a asentir. Explicó en voz baja que solía salir y beber casi todos los fines de semana. Y también algunos días laborables. Era una de las pocas chicas que estudiaban Informática en esa época, y los chicos de su clase eran muy divertidos. Eran jóvenes e inteligentes, y todos ellos esperaban poder ser los creadores del próximo gran pelotazo puntocom, hacerse millonarios y jubilarse con treinta años. Pero hasta que eso sucediera les gustaba beber, bailar, flirtear con las drogas blandas, trasnochar y seducir a aquella chica que, a los veinte años, todavía se parecía mucho a su despampanante hermana gemela. Y a Beth también le gustaban todas esas cosas. Quizá demasiado, mirándolo con perspectiva.

Aquel día, bajo las brillantes luces de la aséptica sala de la clínica, confesó todos sus vicios. El doctor negó con la cabeza. Seguramente aquello no había influido. ¿Seguramente? Casi con certeza. Pero no podía estar seguro, ¿no? El médico le contestó que podía asegurarle que no había influido casi con absoluta certeza y le dio un folleto informativo.

De todas formas, había sido una suerte, pensó mientras salía del centro con el folleto en la mano; lo tiró en la primera papelera que vio. No iba a seguir dándole vueltas a aquello. Tampoco tenía ningún sentido contárselo a nadie. No en ese momento. En todo caso, Bree no lo entendería. No pasaba nada. Beth no podía echar de menos algo que ni siquiera sabía que tenía.

Su intención era volver directamente a casa, pero su piso de estudiante le parecía un lugar un poco solitario. Así que bajó del autobús, se fue al bar y se vio con los chicos. Para tomar una copa, y después varias más, porque tampoco tenía ningún motivo para evitar el alcohol o alguna pastillita que otra, ¿verdad? Ya era un poco tarde para pensar en eso. Cuando se despertó a la mañana siguiente, le dolía la cabeza y tenía la boca seca, pero la verdad es que no le importó. Ésa era una de las pocas cosas buenas de una resaca en condiciones. Que no dejaba mucho espacio para sentir nada más.

Beth contempló el bosque que la rodeaba y apretó la cajetilla mojada. Sabía que se habían metido en un marrón tremendo. Todas lo sabían. Sin embargo, mientras había podido seguir fumando le había parecido que continuaba conectada a la civilización de algún modo. Pero ya habían conseguido estropearle incluso eso. Con una oleada de rabia, Beth cerró los ojos y lanzó el paquete a la maleza. Cuando los abrió, había desaparecido. No pudo ver dónde había aterrizado.

Una ráfaga de viento recorrió el claro y Beth sintió un escalofrío. Las ramas y las hojas que la rodeaban estaban empapadas. Por allí no sería fácil encontrar leña. Se acordó de la primera noche, cuando Lauren había buscado madera seca en las inmediaciones. Beth se rascó la palma de la mano, vacía sin la cajetilla, y dirigió la mirada a la cabaña. Estaba algo inclinada y el tejado de hojalata sobresalía más por un lado que por otro. Seguramente eso no bastaba para que el suelo de debajo estuviera seco, pero aquella era la mejor opción que tenían.

Caminó hacia su refugio y, al acercarse, oyó que unas voces salían del interior.

—Ya te he dicho que la respuesta es no —dijo Jill, cuyas palabras sonaban entrecortadas a causa del estrés.

—No te estoy pidiendo permiso.

—Oye, guapa, te conviene recordar cuál es tu posición.

—No, Jill. Te conviene a ti abrir los ojos y mirar bien dónde estamos. Esto ya no tiene nada que ver con el trabajo.

Jill se quedó callada unos segundos.

—Yo siempre estoy en el trabajo —replicó finalmente.

Beth dio un paso adelante y, de pronto, tropezó sin querer cuando el suelo desapareció debajo de su bota. Aterrizó frenando el impacto con las manos y se le torció el tobillo bajo el peso de su cuerpo. Miró hacia abajo y el gruñido que estaba a punto de soltar se transformó en un grito cuando vio encima de qué había caído.

El sonido atravesó el aire y los reclamos de las aves se apagaron. Un silencio conmocionado se apoderó de la cabaña. Poco después, dos rostros aparecieron en la ventana. Beth oyó unas pisadas que corrían hacia ella mientras se incorporaba a duras penas. Su maltrecho tobillo torcido palpitó en señal de protesta mientras lo arrastraba.

—¿Estás bien?

Lauren fue la primera en alcanzarla, con Bree siguiéndola a poca distancia. Las caras de la ventana desaparecieron y, un instante después, Jill y Alice se reunieron con ellas en el exterior. Beth logró incorporarse del todo. Al caer, había dispersado un montón de hojas muertas y broza, dejando al descubierto un agujero poco profundo en el terreno.

—Ahí hay algo —dijo Beth, notando que se le quebraba la voz.

—¿El qué? —preguntó Alice.

—No lo sé.

Con un bufido de impaciencia, Alice se acercó, pasó la bota por encima del agujero y apartó algunas hojas más. Las mujeres se inclinaron hacia delante a la vez y después hacia atrás casi de inmediato. Sólo Alice se quedó inmóvil, mirando hacia abajo. Pequeños, amarillentos, cubiertos en parte por el barro: incluso para un ojo no experto resultaban inconfundibles. Huesos.

—¿Qué es eso? —susurró Bree—. Por favor, decidme que no es un niño.

Beth extendió el brazo y le cogió la mano a su hermana. Sorprendentemente, la sensación que tuvo le resultó muy poco familiar. Le alivió que Bree no se zafara de ella.

Alice volvió a pasar la bota por el agujero y apartó más hojas. Beth advirtió que ahora lo hacía con cierta vacilación. Su pie tropezó con algo duro, que salió despedido a escasa distancia a través de las hojas. A Alice se le tensaron los hombros de un modo evidente y entonces se agachó poco a poco y lo cogió. Su rostro se congeló, luego soltó un leve suspiro de alivio.

—Madre mía —dijo—. No pasa nada. Tan sólo es un perro.

Sostuvo una pequeña cruz carcomida, torpemente fabricada con dos trozos desiguales de madera unidos con clavos. En el centro, con letras tan antiguas que apenas se leían, alguien había tallado la palabra «*Butch*».

—¿Por qué estás segura de que es un perro? —preguntó Beth con una voz que no parecía del todo la suya.

—¿Tú llamarías *Butch* a un hijo tuyo? —contestó Alice, mirándola—. Bueno, puede que sí. En todo caso, esto no tiene pinta de ser humano.

Alice señaló con el pie algo que parecía ser un cráneo parcialmente desenterrado. Beth se fijó en él. Era cierto, tenía que ser de un perro. O al menos eso suponía. Se preguntó cómo habría muerto, pero prefirió no plantear la cuestión en voz alta.

—¿Por qué no está enterrado en condiciones?

Alice se puso en cuclillas al lado del agujero.

—Es probable que el suelo se haya erosionado. Aquí hay poca profundidad.

Beth se moría de ganas de fumar. Dirigió la mirada a la linde del bosque. Tenía exactamente el mismo aspecto que hacía unos minutos, pero sintió un hormigueo en la piel y la turbadora sensación de que las observaban. Apartó la vista de los árboles e intentó centrarse en otra cosa. En el movimiento de las hojas que se mecían al viento, en la cabaña, en el claro...

—¿Qué es eso?

Señaló un punto por detrás del agujero poco profundo en el que estaba el perro. Las otras siguieron su mirada y Alice se incorporó enseguida.

La depresión se hundía en el terreno junto a la pared de la cabaña, formando una discreta curva. El hueco era tan leve que casi no se distinguía. La hierba que lo cubría estaba húmeda y se mecía con el viento. Tenía un tono ligeramente distinto al de la vegetación del otro lado. Beth supo de inmediato que esa pequeña diferencia bastaba para indicar que ahí habían removido la tierra. En este caso, no se veía ninguna cruz.

—Ése es más grande —dijo Bree, como si estuviera a punto de echarse a llorar—. ¿Por qué?

—No es más grande. No es nada —replicó Beth, que trataba de recordar conocimientos ya olvidados. Aquello sólo era una hondonada natural, seguramente debida a la erosión o a un corrimiento de tierras, o a cualquier cosa relacionada con alguna disciplina científica. ¿Qué sabía ella sobre la forma en que volvía a crecer la hierba? No tenía ni la más remota idea.

Alice seguía sosteniendo la cruz de madera con un gesto poco habitual en ella.

—No pretendo asustaros —dijo con una voz extrañamente apagada—, pero ¿cómo se llamaba el perro de Martin Kovac?

Beth respiró de forma entrecortada y replicó:

—Estarás de coña...

—No... Claro que no. Cierra el pico, Beth. Por supuesto que no. Pensadlo bien. ¿No os acordáis? Pensad en esa época, cuando pasó todo aquello, dijeron que tenía un perro con el que atraía a las senderistas y...

—¡Cállate! ¡Déjalo ya! —gritó Jill.

—Pero... —Alice miró a Lauren—. Tú te acuerdas, ¿verdad? Salió en el telediario. Cuando estábamos en el colegio. ¿Cómo se llamaba el perro? ¿No era *Butch*?

Lauren miraba a Alice como si fuera la primera vez que la viera.

—No me acuerdo —contestó, muy pálida—. Es posible que tuviera un perro. Mucha gente los tiene. No lo recuerdo.

Beth, que no había soltado la mano de su hermana, notó que una lágrima cálida le caía en la muñeca. Se volvió hacia Alice y sintió que una emoción se apoderaba de ella. No era miedo, sino rabia, se dijo.

—¡Eres una zorra y una manipuladora! ¿Cómo te atreves a hacer que todo el mundo se muera de miedo sólo porque por una puñetera vez en tu vida no hayas logrado salirte con la tuya? ¡Debería darte vergüenza!

—¡No es eso! Yo...

—¡Sí es eso lo que estás haciendo!

Las palabras resonaron por todo el claro.

—Tenía un perro —añadió Alice en un susurro—. No deberíamos quedarnos aquí.

Beth inspiró profundamente mientras sentía cómo la ira le estremecía el pecho, y se obligó a coger aire de nuevo antes de replicar.

—Y una mierda. Todo eso pasó hace veinte años. Y se va a hacer de noche dentro de media hora. ¿Jill? Tú ya estabas de acuerdo. Si salimos ahora y vamos por ahí dando tumbos en la oscuridad, sólo conseguiremos que una de nosotras acabe muerta.

—Beth tiene razón —empezó a decir Lauren.

Pero Alice se volvió hacia ella y la interrumpió.

—¡A ti nadie te ha preguntado nada, Lauren! Tú podrías ayudarnos a salir de aquí, pero estás demasiado asustada, así que no te metas.

—¡Alice, déjalo ya! —Jill miró primero los huesos de perro, luego los árboles y de nuevo los huesos. Beth se dio cuenta de que no sabía qué hacer—. Bueno —dijo al fin—, la verdad es que tampoco me emociona mucho quedarme aquí, pero las historias de fantasmas no van a hacernos ningún daño. Caminar por ahí fuera, en cambio, sí podría hacerlo.

En el rostro de Alice se dibujó un gesto de incredulidad.

—¿De verdad? ¿En serio vas a quedarte aquí?

—Sí. —El rostro de Jill se oscureció. Tenía el pelo mojado y pegado a la cabeza, lo que le dejaba al descubierto un mechón canoso en la raya—. Sé que no te parece bien, Alice, pero por una vez resérvate tu puñetera opinión. Estoy harta de escucharte.

Las dos mujeres estaban cara a cara, con los labios apretados y los cuerpos en tensión. Algo invisible se movió entre la maleza y ambas dieron un respingo. Jill se echó hacia atrás.

—Ya está bien. Hemos tomado una decisión. ¡Que alguien haga un fuego, por Dios!

Los eucaliptos se estremecieron y observaron cómo las mujeres buscaban leña y se sobresaltaban ante cualquier ruido insignificante, hasta que se hizo tan oscuro que ya no se veía nada. Alice no colaboró.

16

Margot Russell no dijo gran cosa en el coche.

Se sentó en el asiento trasero y estuvo mirando el móvil mientras Falk y Carmen se dirigían a casa de Lauren por segunda vez aquel día. La muchacha veía los vídeos de manera obsesiva, con la cara pegada a la pantalla. Los débiles sonidos de los dos adolescentes practicando el sexo llegaban hasta el asiento delantero. Los agentes se miraron. Después de que los reprodujera todos hasta el final por segunda vez, Carmen le sugirió con tacto que se centrara en otra cosa. Margot se limitó a quitar el sonido y a seguir viéndolos.

—Nos aseguraremos de que los agentes que dirigen el rescate sepan dónde estás esta noche, por si hubiera noticias —dijo Carmen.

—Gracias —contestó Margot en voz baja.

—Imagino que en el colegio querrán hablar contigo, aunque supongo que ya tienen los datos de Lauren. A lo mejor su hija puede recoger lo que necesites de la taquilla si no quieres entrar.

Margot levantó la vista.

—Pero... —Sonaba sorprendida—. Si Rebecca ya no va a clase.

—¿Ah, no? —Falk la observó por el retrovisor.

—No. Hará unos seis meses que dejó de ir.

—¿Del todo?

—Sí, claro —respondió Margot—. ¿Ustedes la han visto?

—No.

—Ya. Bueno, pues eso, lleva un tiempo sin ir. Se burlaban un poco de ella. Nada serio, era por unas fotos muy tontas. Pero supongo que se sintió...

Se quedó callada. Volvió a fijarse en la pantalla con los labios apretados y dejó la frase en el aire.

Lauren los esperaba en la puerta cuando se detuvieron delante de su casa.

—Pasad —les dijo mientras avanzaban en grupo por el camino de entrada.

Al ver la cara de Margot, congestionada por el llanto, Lauren extendió el brazo como si le fuera a acariciar la mejilla. Se frenó en el último segundo.

—Lo siento, se me había olvidado lo mucho... —Se interrumpió. Falk sabía lo que había estado a punto de decir: «Lo mucho que te pareces a tu madre.» Lauren carraspeó—. ¿Cómo lo llevas, Margot? Siento muchísimo que te haya pasado algo así.

—Gracias.

La joven se quedó mirando la herida de la frente de Lauren, hasta que ésta se llevó la mano a la cabeza.

—Ven, dame la bolsa y te enseño tu habitación. —Lauren miró a los agentes—. El salón está al final del pasillo. Vuelvo enseguida.

Mientras Lauren se llevaba a la muchacha con ella, Falk pudo oír que Margot preguntaba:

—¿Está Rebecca en casa?

—Creo que está echando una cabezada.

El pasillo daba a un salón sorprendentemente desordenado. En una mesita y al lado del sofá, había varias tazas de café a medio beber y se veían varias revistas abiertas y abandonadas. En el suelo había una alfombra gruesa de fibras largas y, por todas partes, un montón de fotografías enmarcadas. Al echar un vistazo, Falk vio que en su mayor parte eran de Lauren y de una chica que evidentemente era su hija adolescente. Algunas mostraban lo que parecía ser una pequeña boda íntima, y en ellas salía un hombre. Supuso que se trataba del nuevo marido de Lauren, padrastro de Rebecca.

Le sorprendió ver que la adolescente gordita que había sido Lauren en el colegio aparecía y desaparecía con el paso del tiempo. Su cuerpo se inflaba y se desinflaba casi en cada cambio de estación, pero la tensión en su mirada permanecía inalterable. Sonreía en todas las imágenes, pero no parecía feliz en ninguna de ellas.

No había fotos de su hija después de los primeros años de adolescencia. Por lo visto, la última era aquella en que la chica aparecía con el uniforme escolar, con la inscripción NOVENO CURSO. Era guapa, pero de una manera discreta. Tenía una sonrisa tímida, unas mejillas suaves y redondeadas y un brillante cabello castaño.

—Ojalá mi madre la quitara.

La voz les llegó desde atrás. Al darse la vuelta, Falk tuvo que obligarse a no reaccionar. Ahora entendía a qué se refería Margot en el coche. «¿La han visto?»

La muchacha tenía los ojos enormes y muy hundidos. Las ojeras y una fina telaraña de venas azules que parecían palpitar por debajo de la piel apergaminada eran la única nota de color en su rostro. Incluso desde donde estaba, Falk podía ver los huesos de la cara y el cuello. Era una imagen impactante.

«Cáncer», pensó Falk enseguida. Su padre tenía exactamente el mismo aspecto estremecedor antes de su fallecimiento. Aun así, rechazó la idea en cuanto le vino a la cabeza. Aquello era otra cosa. Se intuía el borde afilado de algo autoinfligido.

—Hola, ¿eres Rebecca? —le preguntó—. Somos de la policía.

—¿Han encontrado a la madre de Margot?

—Todavía no.

—Ah. —La chica parecía tan frágil que casi daba la impresión de que flotaba—. Vaya mierda. Yo una vez me perdí en el bosque. No fue divertido.

—¿Fue en McAllaster? —preguntó Carmen, y pareció que Rebecca se sorprendía.

—Sí. ¿Conocen el sitio? De todos modos, no puede compararse con lo que le ha pasado a la madre de Margot. Me alejé del grupo unas dos horas. —Hizo una pausa—. Bueno, la verdad es que se alejaron ellos de mí. Volvieron a buscarme cuando se aburrieron.

Manoseaba algo; no dejaba de mover los dedos. Miró hacia el vestíbulo vacío.

—¿Cómo es que Margot ha querido quedarse aquí?

—Nosotros se lo sugerimos —respondió Carmen—. No le apetecía mucho ir a casa de su padre.

—Ah. Pensaba que a lo mejor era por lo de las fotos. Yo también tuve un problema parecido. No por cuestiones de sexo —añadió rápidamente—, sino de comida y eso.

Por como lo dijo, aquello parecía avergonzarla. El movimiento de los dedos se aceleró. Falk advirtió en ese momento que estaba fabricando algo. Trenzaba hilos plateados y rojos.

Rebecca miró hacia la puerta.

—¿Han visto las fotos de Margot? —preguntó en voz baja.

—Ella nos ha enseñado algunas —contestó Carmen—. ¿Y tú?

—Todo el mundo las ha visto. —No lo dijo como si se regodeara, sino con objetividad. Seguía moviendo los dedos.

—¿Qué estás haciendo? —preguntó Falk.

—Oh. —Rebecca soltó una carcajada azorada—. No es nada, una tontería.

Les mostró una colorida pulsera trenzada en la que los hilos rojos y plateados formaban un complejo dibujo.

—¿Una pulsera de la amistad? —preguntó Carmen.

Rebecca hizo una mueca.

—Supongo. Tampoco es que se las dé a nadie. En teoría es un rollo de ésos de *mindfulness*. Mi terapeuta me lo ha recomendado. Cuando me entra ansiedad o ganas de hacer algo autodestructivo, debo concentrarme en esto.

—Pues te está quedando muy bien —dijo Carmen mientras se inclinaba para examinarla.

Rebecca anudó los hilos sueltos y se la dio.

—Para usted. Tengo un montón.

Señaló con un gesto una caja que estaba en la mesita baja. En el interior, Falk distinguió una madeja enredada de rojo y plata. Era imposible contar cuántas pulseras había. Docenas. Resultaba perturbador pensar en la cantidad de tiempo que Rebecca debía de haber dedicado a entrelazar ese montón, sus finos dedos moviéndose a toda velocidad para distraerla de los oscuros pensamientos que bullían en su mente.

—Gracias —dijo Carmen mientras se la guardaba en el bolsillo—. Me gusta el dibujo que has hecho.

Pareció que a Rebecca le hacían ilusión esas palabras; sus mejillas escuálidas se hundieron todavía más cuando trató de esbozar una tímida sonrisa.

—El diseño es mío.

—Pues es precioso.

—¿Qué es precioso? —preguntó Lauren, que apareció en la puerta. Comparada con su esquelética hija, su cuerpo menudo daba la impresión de ser enorme.

—Hablábamos del nuevo diseño. Mi madre también tiene una con el mismo.

Rebecca se fijó en las muñecas de su madre, que llevaba un reloj en una, pero nada en la otra, sólo una fina marca roja que rodeaba la piel. El gesto de la joven se endureció.

Lauren miró hacia abajo, horrorizada.

—Cariño, lo siento muchísimo. La perdí en el bosque. Iba a contártelo.

—No pasa nada.

—Sí, sí que pasa. Me encantaba de verdad.

—Tranquila.

—Lo siento.

—Mamá —le soltó Rebecca—, olvídalo, no pasa nada. Tampoco es que fuera la única que tengo, precisamente.

Su madre miró la caja abierta en la mesa, y Falk adivinó enseguida que odiaba lo que contenía. Lauren alzó la cabeza, casi con alivio, cuando Margot apareció en la puerta. Tenía los ojos rojos, pero por el momento no había lágrimas en ellos.

—Hola, Margot. —Rebecca parecía un poco azorada; extendió el brazo y cerró de golpe la caja de pulseras.

Hubo un extraño silencio.

—Bueno, supongo que habrás visto las fotos, ¿no? —preguntó Margot, que no parecía capaz de mirar a su compañera de clase a los ojos. Su mirada revoloteaba indecisa por el salón.

—No —contestó Rebecca, vacilante.

Margot soltó una pequeña y áspera carcajada:

—Sí, claro —replicó—. En ese caso serías la única.

Lauren dio una palmada.

—Muy bien, chicas, id a la cocina y decidid lo que queréis cenar entre las dos, por favor, Rebecca...

—No tengo hambre.

—No voy a discutir. En serio, esta noche no.

—Pero...

—Rebecca, ¡por el amor de Dios! —Dio la sensación de que Lauren había gritado un poco más de lo que pretendía. Se detuvo y respiró profundamente—. Lo siento. Id a la cocina, por favor.

Con una mirada rebelde, Rebecca se dio la vuelta y salió del salón. Margot la siguió. Lauren aguardó hasta que oyó que sus pisadas se desvanecían más allá del vestíbulo.

—Me aseguraré de que Margot se instale bien aquí. Y, si puedo, intentaré que no acceda a internet.

—Gracias por el detalle —dijo Carmen mientras se dirigían a la puerta—. Un agente de enlace ha hablado con el padre de Margot. Él la recogerá mañana cuando la chica se haya calmado.

—No hay problema. Es lo mínimo que puedo hacer por Alice. —Lauren los siguió hasta el camino de la entrada, se volvió y miró la casa. De la cocina no les llegaba ninguna conversación, ningún ruido—. Las cosas por aquí no han sido fáciles últimamente, pero al menos yo he podido volver a casa.

DÍA 3

TARDE DEL SÁBADO

Por lo menos, el fuego ya era algo.

Lanzaba destellos en el pequeño claro que se abría ante la cabaña. Las llamas eran demasiado débiles para dar calor de verdad, pero cerca del fuego Lauren se sintió un poco mejor que en los dos días anteriores. Bien no, ni de lejos, pero sí mejor.

Habían tenido que esforzarse mucho y durante más de una hora para encenderlo. Lauren se puso de espaldas al viento, con las manos entumecidas, acercando el mechero de Beth a una pila de leña húmeda. Al cabo de veinte minutos, Alice dejó de cruzar los brazos sobre el pecho y se acercó para echar una mano. Lauren pensó que era evidente que sentía más frío que rabia. Jill y las gemelas se habían retirado a la cabaña. Al cabo de un rato, Alice carraspeó.

—Siento lo de antes.

Costaba oírle la voz. Alice se las apañaba para que sus disculpas, si es que llegaba a pronunciarlas, siempre tuvieran un tono rencoroso.

—No pasa nada. Todas estamos cansadas.

Lauren se preparó para otra discusión, pero Alice seguía enfrascada con la fogata. Parecía distraída. Formaba montoncitos con los palos y después los deshacía para volver a erigirlos.

—Lauren, ¿cómo está Rebecca?

Le hizo la pregunta de una forma tan directa que Lauren parpadeó, sorprendida.

—¿Disculpa?

—Nada, me preguntaba qué tal lo lleva después del tema ese de las fotos del año pasado.

«El tema ese de las fotos.» Por cómo lo decía, daba la impresión de que aquello no tenía la menor importancia.

—Está bien —contestó Lauren al fin.

—¿De verdad? —El tono de Alice denotaba auténtica curiosidad—. ¿Va a volver a clase?

—No. —Lauren cogió el mechero—. No lo sé.

Se centró en la tarea que tenía delante. No quería hablar de Rebecca con Alice, que tenía una hija que estaba sana; una hija que iba a las entregas de premios y tenía «un gran futuro».

Lauren aún recordaba la primera vez que había visto a Margot Russell, dieciséis años antes, en el centro de vacunación de la maternidad. Sólo era la segunda vez que los caminos de Alice y Lauren se cruzaban desde el colegio, pero la reconoció enseguida. Observó cómo su antigua compañera de clase empujaba un cuerpecito rosado que iba dentro de un costoso carrito hasta llegar al mostrador de enfermería. Llevaba el pelo recién lavado y los vaqueros no le apretaban la cintura. Su bebé no lloraba y Alice sonreía a la enfermera. Daba la impresión de estar descansada y orgullosa, y parecía sumamente feliz. Lauren salió al pasillo, se escondió en el lavabo y se quedó mirando un anuncio de anticonceptivos situado en la parte posterior de la puerta del cubículo, mientras Rebecca berreaba. En ese momento no quiso comparar a su hija con la de Alice Russell y, desde luego, tampoco quería hacerlo ahora.

—¿Por qué lo preguntas? —dijo Lauren mientras ponía gran atención al encendido del mechero.

—Tendría que habértelo preguntado hace siglos.

«Sí, eso es cierto», pensó Lauren, pero no dijo nada y encendió de nuevo el mechero.

—Creo... —empezó a decir Alice, pero luego se interrumpió. Seguía manipulando la leña, mirando hacia abajo—. Creo que Margot...

—¡Eh, ya está!

Lauren suspiró cuando saltó una chispa, brillante e intensa. La rodeó con las manos para protegerla y avivó la pequeña llama hasta que ésta prendió, justo a tiempo para la noche.

Jill y las gemelas salieron de la cabaña con un ostensible gesto de alivio, y todas formaron un círculo en torno al fuego. Lauren miró de refilón a Alice, pero el momento propicio para verbalizar lo que había estado a punto de decir ya se había esfumado. Se quedaron mirando las llamas un rato y después, una a una, extendieron los impermeables en el suelo y se sentaron.

Lauren notó que la humedad empezaba a evaporarse poco a poco de la ropa. La forma en que la luz anaranjada se reflejaba en los rostros de las demás le recordó la primera noche, cuando habían estado en el campamento con los hombres, bebiendo vino. Y la comida. Le dio la sensación de que aquello quedaba muy lejos en el espacio y el tiempo. Como si le hubiera pasado a otra persona.

—¿Cuánto tiempo creéis que tardarán en darse cuenta de que nos hemos perdido? —La voz de Bree rompió el silencio.

Jill, que contemplaba el fuego con mirada vidriosa, contestó:

—Espero que no mucho.

—A lo mejor ya nos están buscando. Es posible que lo hayan deducido después de que no apareciéramos en el segundo campamento.

—Aún no lo saben. —La voz de Alice atravesó el aire. Señaló hacia arriba—. No hemos oído ningún helicóptero de rescate. Nadie nos está buscando.

La única respuesta que recibió fue la del crepitar del fuego. Lauren esperaba que Alice se equivocase, pero no tenía energía para discutir. Quería quedarse contemplando las llamas hasta que alguien saliera de entre los árboles a por ella. Corrigió ese pensamiento de inmediato: hasta que un grupo de búsqueda saliera de entre los árboles a por ella. Pero ya era demasiado tarde. Ya había plantado una infecta semilla en su mente, y miró a su alrededor.

Una luz rojiza bañaba los árboles y arbustos más cercanos, y las llamas creaban la ilusión de que se movían de forma espasmódica. Por detrás de ellos, era como mirar a la nada. Lauren negó con la cabeza. Aquello era una bobada. Aun así, no miró hacia donde sabía que estaba aquella horrible zanja, que en realidad tampoco era tan horrible si uno se convencía de que probablemente era producto de la erosión. A pesar de todo, una vocecita en la cabeza le susurró que Alice estaba en lo cierto. No había ningún helicóptero.

Respiró profundamente varias veces, apartó la mirada del bosque y la dirigió al firmamento. Sintió una enorme sorpresa cuando la vista se le acostumbró a la oscuridad mientras ella pestañeaba para enfocar la imagen. Por una vez, las nubes se habían disipado y las estrellas se esparcían por el negrísimo cielo de un modo que llevaba años sin ver.

—Eh, mirad hacia arriba.

Las otras inclinaron el cuerpo hacia atrás y se taparon los ojos para que las llamas no las deslumbraran.

Lauren se preguntó si aquello habría sido igual las otras noches. Sólo recordaba el opresivo manto de nubes, pero era posible que ni siquiera se hubiera molestado en fijarse.

—¿Alguna de vosotras conoce las constelaciones? —preguntó Alice, que estaba apoyada sobre los codos, mirando hacia arriba.

—Eso de ahí es la Cruz del Sur, obviamente —dijo Bree, señalándola—. Y a veces se distingue una de las estrellas principales de Virgo en esta época del año. Sagitario está demasiado cerca del horizonte para que se vea desde aquí. —Advirtió que las otras la miraban y se encogió de hombros—. A los hombres les gusta enseñarme las estrellas. Creen que es romántico. Lo es, un poco. También creen que es original, y eso sí que no.

En el rostro de Lauren se dibujó una leve sonrisa.

—Es increíble —susurró Jill—. Con esto entiendes por qué la gente creía que el futuro estaba escrito en las estrellas.

Alice soltó una breve carcajada y replicó:

—Algunos todavía lo creen.

—Tú no, imagino.

—No. Yo no. Yo creo que todos tomamos nuestras decisiones.

—Y yo —convino Jill—. Aunque a veces le doy vueltas al tema. Porque yo nací dentro de BaileyTennants. Seguí los pasos de mi padre en la empresa, como me pidieron, y trabajo con mi hermano, que es lo que se esperaba de mí. —Suspiró—. Todos los días hago lo que debo por el negocio, para preservar el legado familiar y todo por lo que mi padre ha trabajado. Porque es lo que debo hacer.

—Pero puedes elegir, Jill —dijo Alice con un matiz que Lauren no supo interpretar—. Todos podemos.

—Ya lo sé. Aunque a veces tengo la sensación de que las cartas que me han tocado están un poco... —Jill lanzó algo al fuego, que crepitó y chisporroteó—. Marcadas.

En la oscuridad, Lauren no pudo distinguir si Jill tenía lágrimas en los ojos. Nunca se le había ocurrido que ésta pudiera no sentirse a gusto con lo que le había tocado en BaileyTennants. Se dio cuenta de que la estaba mirando fijamente y apartó la vista.

—Te entiendo —dijo Lauren, porque le parecía que debía hacerlo—. A todo el mundo le gusta la sensación de llevar las riendas, pero...

Pensó en Rebecca. Controlaba mucho lo que comía, pero no controlaba nada la enfermedad que la estaba destrozando. Eso era algo que, por lo visto, no cambiaba. Por muchas sesiones de terapia o pulseras de *mindfulness* que hiciera, por muchos abrazos que le diera o por mucho que la amenazara. Lauren pasó un dedo por el brazalete trenzado que llevaba en la muñeca.

—No sé. Quizá no podemos evitar ser como somos. Quizá nacemos de determinada manera y no se puede hacer nada al respecto.

—Pero la gente puede cambiar —intervino Beth por primera vez—. Ése es mi caso, tanto en el buen sentido como en el malo. —Estaba inclinada hacia el fuego y encendía el extremo de un largo tallo de hierba en las llamas—. Sea como sea, todo el rollo ese de la astrología y del destino es una chorrada. Bree y yo nacimos con tres minutos de diferencia y con el mismo signo. Eso te dice todo lo que hace falta saber sobre la idea de que tu destino está escrito en las estrellas.

Todas ellas soltaron una pequeña carcajada al oír eso. Después, Lauren recordaría que era la última vez que se habían reído.

Se quedaron calladas, contemplando las estrellas y el fuego. A una de ellas le rugió el estómago con fuerza. Nadie comentó nada. No tenía sentido. Habían conseguido llenar en parte las botellas de agua gracias a la lluvia, pero hacía mucho que se habían quedado sin comida. Una leve brisa hizo oscilar las llamas. A su alrededor, sumidos en las tinieblas, los árboles invisibles crujieron y gimieron al unísono.

—¿Qué creéis que nos pasará aquí? —preguntó Bree en voz baja.

Lauren esperaba que alguien la tranquilizara diciendo: «Todo irá bien.» Nadie lo hizo.

—¿Saldremos de ésta? —insistió Bree.

—Claro que sí —respondió ahora Beth—. Mañana por la tarde empezarán a buscarnos.

—¿Y si no dan con nosotras?

—Lo harán.

—Pero ¿y si no son capaces? —añadió Bree con los ojos muy abiertos—. En serio, ¿y si Alice tiene razón? Olvidaos del tema ese de que tienes elección y de que controlas las cosas: ¿qué pasa si todo eso es una chorrada? Yo no siento que esté controlando nada. ¿Y si no podemos escoger, si nuestro destino consiste en quedarnos aquí perdidas, solas, asustadas, y que no nos encuentren nunca?

Nadie respondió. Las estrellas las observaban desde arriba, con una luz fría y distante que envolvía la Tierra.

—Bree, nuestro destino no es en ningún caso quedarnos aquí. —Desde el otro lado de la hoguera, Alice logró soltar una pequeña risita—. A no ser que alguna de nosotras haya hecho algo verdaderamente horrible en una vida anterior.

A Lauren casi le hizo gracia que, en la relativa intimidad de la titilante penumbra, en todos los rostros hubiera cierta expresión de culpabilidad.

17

—Sí que ha sido incómodo —dijo Carmen.

—¿Qué momento?

—Todo el rato.

Estaban dentro del coche, delante de casa de Lauren. Había anochecido mientras estaban en el interior, y el brillo de las farolas provocaba destellos de color naranja en las gotas de lluvia del parabrisas.

—No sabía qué decirle a Margot cuando estábamos en su casa —añadió la agente—. Es que tiene razón. ¿Qué narices se supone que puede hacer ahora que las fotos se han publicado? Porque retirarlas es imposible. Y luego está lo de Rebecca. Me ha impactado. No me extraña que Lauren esté con los nervios a flor de piel.

Falk pensó en la esquelética adolescente y en su colección de pulseras de *mindfulness*. ¿Cuánta angustia y cuánto estrés ocultaban esos hilos trenzados? Negó con la cabeza.

—Y ahora ¿qué? —dijo.

Falk miró el reloj. Tenía la sensación de que era más tarde de lo que parecía.

Carmen le echó un vistazo al móvil.

—En la oficina nos dan el visto bueno para ir a visitar a Daniel Bailey a su casa, si es que está allí, claro. Pero dicen que vayamos con pies de plomo.

—Qué buen consejo. —Falk puso el coche en marcha—. ¿No dicen nada más?

—Lo de siempre. —Carmen lo miró de reojo con una sonrisita. «Conseguid los contratos.» Apoyó la espalda en el asiento—. No sé si su hijo habrá vuelto ya.

—Tal vez sí —dijo Falk, aunque lo dudaba. Había visto la expresión de Daniel Bailey cuando salía apresurado de casa de Alice. No le hacía falta conocer a Joel Bailey para saber que lo más probable era que hubiera puesto pies en polvorosa.

La casa de los Bailey estaba oculta detrás de una verja de hierro forjado llena de florituras, y de unos setos tan tupidos que desde la calle era imposible ver nada a través de ellos.

—Venimos por lo de Alice Russell —anunció Falk por el interfono.

El piloto rojo de la cámara de seguridad titiló, luego la puerta se abrió en silencio y dejó al descubierto un largo y liso sendero. Una hilera de cerezos llorones japoneses bordeaba el camino; delicadamente podados, parecían de juguete.

Bailey en persona salió a recibirlos. Escudriñó sorprendido a los agentes y frunció el ceño mientras trataba de identificarlos.

—¿Nos conocemos ya?

Aquello era una pregunta, no una afirmación.

—Nos vimos en la casa rural. Ayer. Nos presentó Ian Chase.

—Ah, es verdad. —Bailey tenía los ojos enrojecidos. Parecía haber envejecido desde el día anterior—. ¿Han encontrado a Alice? Nos dijeron que nos llamarían si daban con ella.

—No, no la han encontrado todavía —respondió Falk—. Pero nos gustaría hablar con usted.

—¿Otra vez? ¿De qué?

—Para empezar, del motivo que le ha llevado a aporrear la puerta de Alice Russell hace apenas unas horas.

Bailey se quedó helado.

—¿Han estado en su casa?

—Sigue desaparecida —dijo Carmen—, creía que usted quería que removiésemos cielo y tierra.

—Sí, sí, claro... —Bailey se quedó callado unos instantes. Finalmente, se pasó una mano por los ojos, abrió del todo la puerta y dio un paso atrás—. Lo siento. Pasen.

Lo siguieron por un pasillo impoluto hasta un porche acristalado, enorme y suntuoso. Había varios sofás de piel y el suelo de madera pulida brillaba bajo las tenues llamas de la chimenea, que calentaba la sala de forma agradable. Todo estaba tan pulcro como en una tienda de muebles. Falk tuvo que resistir el impulso de quitarse los zapatos. Con un ademán, Bailey les indicó que se sentaran.

Sobre la repisa de la chimenea colgaba una fotografía de familia, hecha por un profesional, en la que aparecía un sonriente Bailey al lado de una atractiva morena. Él apoyaba la mano en el hombro de un adolescente de piel suave y relucientes dientes blancos y con los pliegues de la camisa perfectamente planchados. Falk supuso que se trataba de Joel Bailey. No tenía precisamente ese aspecto en la pantalla del móvil de Margot Russell.

Bailey se dio cuenta de que estaban mirando el retrato.

—He ido a casa de los Russell para ver si mi hijo se encontraba allí. No estaba, o al menos eso me ha parecido, y me he marchado.

—¿Ha intentado hablar con Margot? —preguntó Carmen.

—Estaba allí, ¿verdad? Eso me ha parecido. No, se ha negado a abrirme. —Alzó la vista hacia ellos—. ¿Han hablado con Margot? ¿Sabe dónde está Joel?

Falk iba a contestar, pero entonces hubo un movimiento en la puerta.

—¿Qué dices de Joel? ¿Lo han encontrado? —preguntó una voz.

La mujer morena del retrato familiar los contemplaba desde el umbral. Al igual que a su marido, la angustia la había envejecido. Iba vestida elegantemente, con joyas de oro que le lanzaban destellos al cuello y las orejas, pero en los ojos se apreciaba la humedad de las lágrimas no vertidas.

—Michelle, mi mujer —intervino Bailey—. Les estaba contando que he ido a casa de Margot Russell a buscar a Joel.

—¿Por qué? Dudo mucho que haya ido a verla. —Los labios de Michelle esbozaron una mueca de incredulidad—. No quiere saber nada de ella.

—Sea como sea, no estaba allí —dijo Bailey—. Estará escondido en casa de algún amigo suyo.

—Al menos le habrás pedido a Margot que lo deje en paz, ¿no? Porque si sigue bombardeándolo con más fotos y vídeos, iré personalmente a la policía.

Falk carraspeó.

—No creo que haya ningún riesgo de que Margot le envíe más fotos. Que hayan acabado en internet la ha alterado mucho.

—¿Y cree que a Joel no? Está más alterado que nadie. Le da tanta vergüenza que es incapaz de mirarnos a la cara. A él no le hace ninguna gracia verse envuelto en todo este lío.

—Pero le pidió las fotos a Margot —adujo Carmen—. O al menos eso dice ella.

—No, eso no es cierto —replicó Michelle en un tono duro y arisco—. Mi hijo nunca habría hecho algo así. Se lo aseguro.

Bailey quiso intervenir, pero su mujer lo frenó alzando la mano.

—Incluso si se hubiera producido un error... —Michelle dirigió la mirada al retrato familiar—. Aunque hubieran estado coqueteando y él hubiera dicho algo que Margot hubiese malinterpretado, ¿cómo es posible que se atreva a enviarle algo semejante? ¿Es que no se respeta a sí misma? Si no quería que las fotos acabaran en internet, a lo mejor tendría que haberlo pensado mejor antes de comportarse como una guarra.

En cuanto pronunció estas palabras, Bailey se puso en pie y la sacó de la sala. Estuvo fuera unos minutos. A Falk le llegaron los sonidos ahogados de una voz firme y grave, y las réplicas nerviosas de otra voz más aguda. Cuando regresó, Daniel parecía aún más tenso.

—Disculpen. Está muy alterada. —Suspiró—. Fue ella quien descubrió las fotos y los vídeos. Compramos una tableta nueva para tenerla en la sala de estar y no sé cómo el móvil de Joel se sincronizó con ella. Seguramente fue algo fortuito, mientras él se bajaba algo, pero el aparato guardó el archivo de fotos de mi hijo y Michelle lo vio todo. Me llamó de inmediato. Yo ya iba de camino a coger el microbús de la maldita actividad, tuve que dar media vuelta y volver. Joel estaba aquí con un par de amigos. Los mandé a su casa y lo obligué a borrar las imágenes, claro. Le eché una buena bronca.

—¿Por eso llegó tarde? —preguntó Falk.

Bailey asintió.

—Lo último que quería era ir, pero ya no podía anularlo. Estaría muy mal visto que el jefe se escaqueara. Además... —Titubeó—. Pensé que mi obligación era avisar a Alice.

Falk vio que Carmen enarcaba las cejas.

—¿Aunque usted ya hubiera borrado las imágenes? —preguntó la agente.

—Me pareció necesario —contestó Bailey con cierto tono de mártir.

—¿Y le explicó lo ocurrido?

—Sí. En la primera noche de ruta, cuando fuimos al campamento de las mujeres. Intenté llamarla durante el trayecto, pero no conseguí dar con ella. Cuando llegué, el grupo de Jill ya había emprendido la marcha.

Falk se acordó de la cobertura de sus móviles, que había ido menguando hasta desaparecer a medida que se acercaban a Giralang Ranges.

—Pero ¿a qué venía tanta prisa? —le preguntó—. Por lo que ha dicho, las fotos ya se habían borrado, ¿por qué no contárselo después de la actividad? Si es que hacía falta decírselo.

—Bueno... Mire, personalmente me habría conformado con borrarlas y que ahí acabara todo, pero... —Miró hacia la puerta, donde unos minutos antes había estado su mujer—. Michelle estaba... está... muy alterada. Sabe cuál es el número de móvil de Margot Russell, y mientras yo iba de camino a Giralang Ranges, empezó a preocuparme que Michelle... No sé, que decidiera intervenir. No quería que Alice acabara la ruta al cabo de tres días y se encontrara con una ristra de mensajes de Margot quejándose de mi mujer, sin que ella se hubiera enterado de nada. En ese caso, habría tenido motivos para quejarse.

Los dos agentes se lo quedaron mirando.

—¿Y qué le contó a Alice? —preguntó Falk.

—Pensé que probablemente no le gustaría que los demás se enteraran, así que nos alejamos un poco del grupo. —El atisbo de una sonrisa forzada—. Si le soy sincero, yo tampoco quería que los demás se enterasen. Le conté que Joel tenía unas fotos de Margot, pero que se habían borrado debidamente.

—¿Y cómo reaccionó ella?

—Al principio, no se lo creyó. O no quiso creerlo. —Volvió a dirigir la mirada hacia el umbral, donde había estado su mujer con los ojos enrojecidos—. Tal vez esa reacción era la más probable. Se empeñó en que Margot nunca habría hecho algo así, aunque, cuando le aseguré que yo mismo las había visto, su actitud cambió. Empezó a asimilarlo y me preguntó si se las había enseñado a alguien más o si planeaba hacerlo. Contesté que no, que por supuesto que no. Creo que seguía sin creérselo del todo. No se lo reproché. Incluso a mí me estaba costando aceptarlo —añadió, mirándose las manos.

Falk se acordó de Jill Bailey frunciendo el ceño: «Es un asunto familiar.»

—¿Le contó a su hermana lo sucedido?

—¿Durante la ruta? —Bailey negó con la cabeza—. No le di muchas explicaciones. Le dije que me había retrasado porque habíamos descubierto a Joel con unas fotos subidas de tono, pero no le comenté que Margot estaba metida en ello. Pensé que decirlo o no era decisión de Alice, que para eso es su madre. —Suspiró—. Aunque después de lo ocurrido con Alice en la actividad, me vi obligado a contárselo, claro.

—¿Cómo reaccionó su hermana?

—Se enfadó. Me dijo que tendría que habérselo dicho todo en la primera noche, en el campamento. Quizá tenía razón.

Carmen se reclinó en su asiento.

—Entonces ¿cómo es posible que se publicaran las imágenes? Margot nos ha dicho que no aparecieron en internet hasta ayer.

—La verdad es que no lo sé. Volví ayer mismo, en cuanto Michelle me lo contó. Se había enterado por otra madre. —Negó con la cabeza—. He de decir que no creo que Joel las difundiera. Estuve hablando largo y tendido con él sobre el respeto y la intimidad, y pareció que lo entendía.

Falk pensó que en esos momentos las palabras de Daniel Bailey se parecían mucho a las de su esposa.

—Joel estaba con un par de amigos cuando Michelle descubrió los archivos —prosiguió Bailey—. Tal vez alguno de ellos los copiara aprovechando la confusión. —Manoseó el móvil—. Ojalá mi hijo me cogiera el teléfono para que pudiéramos aclararlo todo.

Durante unos instantes, sólo se oyó el crepitar de la chimenea.

—¿Por qué no lo mencionó cuando hablamos el otro día?

—Trataba de respetar la privacidad de los chavales. No complicarles más la vida.

Falk lo observó y, por primera vez, Bailey no pudo sostenerle la mirada. Había algo más. Volvió a ver a Margot en la cocina de su madre, ingenua y sola.

—¿Cuántos años tiene Margot en esas fotos?

Bailey parpadeó y Falk supo que había acertado.

—Si alguien investiga en qué fecha se hicieron, ¿descubrirá que en aquel momento sólo tenía quince años?

—No lo sé —dijo Bailey, negando con la cabeza.

Pero Falk estaba seguro de que sí lo sabía, y añadió:

—¿Cuántos tiene su hijo ahora?
Un largo silencio.
—Dieciocho, pero acaba de cumplirlos. En la época en que se veían sólo tenía diecisiete.
—Pero ahora no. —Carmen se inclinó hacia delante—. Ahora es legalmente un adulto que, supuestamente, ha difundido imágenes de índole sexual de una chica que aún no ha alcanzado la edad de consentimiento. Espero que tengan ustedes un buen abogado.
Bailey se arrellanó en su caro sofá, al lado del fuego que crepitaba, alzó la vista y se fijó en su risueño hijo en el retrato familiar satinado. Hizo un gesto de asentimiento, pero no parecía muy contento.
—Sí, lo tenemos.

DÍA 3

NOCHE DEL SÁBADO

Hacía rato que Alice se había marchado cuando las demás se dieron cuenta de ello.

Bree no sabía muy bien cuánto tiempo llevaba contemplando el fuego cuando, de pronto, se percató de que ya sólo eran cuatro. Recorrió el claro con la mirada. Apenas se veía nada. En la fachada de la cabaña, los reflejos anaranjados de las llamas se mezclaban con el negro, formando sombras marcadas en la madera. A su alrededor, lo demás estaba sumido en la oscuridad total.

—¿Dónde está Alice?

Lauren alzó la vista y contestó:

—Creo que ha ido al baño.

Al otro lado de la fogata, Jill hizo una mueca y añadió:

—Pero de eso hace ya bastante rato, ¿no?

—¿Ah, sí? No sé.

Bree tampoco lo sabía. En aquel bosque daba la impresión de que el tiempo transcurría de una forma distinta. Observó las llamas unos instantes más, o seguramente varios minutos, hasta que Jill cambió de postura.

—Bueno, pues, ¿dónde se ha metido? No se habrá alejado tanto como para no poder ver el fuego, ¿no? —Jill se incorporó para llamarla—: ¡Alice!

Aguzaron el oído. Bree oyó un crujido y un murmullo muy por detrás de ella. «Una comadreja», se dijo. Al margen de eso, el silencio era absoluto.

—Quizá no nos ha oído —aventuró Jill. Luego, en voz muy baja, preguntó—: Su mochila sigue aquí, ¿no?

Bree se levantó para comprobarlo. En el interior de la cabaña, apenas distinguió las formas de cinco bultos. No tenía modo de saber cuál era la de Alice, así que las contó de nuevo para cerciorarse. Cinco. Estaban todas. Cuando se dio la vuelta para salir, atisbó un movimiento en una ventana lateral y se acercó al hueco en el que tendría que haber estado el cristal. Una figura avanzaba delante de la linde del bosque. Era Alice.

¿Qué estaba haciendo? Costaba decirlo. Entonces Bree distinguió un revelador destello de luz. Suspiró y regresó junto al fuego.

—Alice está por ahí —dijo, señalando el sitio—. Está mirando el móvil.

—Pero ¿su mochila sigue dentro? —preguntó Jill.

—Sí.

—¿Podrías llamarla? —dijo Jill, escudriñando la oscuridad con los ojos entrecerrados—. Por favor. No quiero que nadie se pierda en ese bosque de noche.

Bree volvió a mirar hacia la hilera de árboles cuando les llegó un crujido de algún sitio entre la maleza. Se dijo que, efectivamente, sólo podía ser una comadreja, y respondió:

—Vale.

Fuera del perímetro iluminado por la fogata, apenas veía nada. Tropezó en el suelo desigual; veía el baile oscilante de las llamas tanto con los ojos abiertos como cerrados. Respiró hondo y se obligó a detenerse y esperar. Poco a poco, las siluetas empezaron a definirse. Pudo ver una imagen que se movía cerca de los árboles.

—¡Alice!

Su jefa dio un respingo y se dio la vuelta al oír su nombre. En la mano pudo ver el brillo del móvil.

—Hola —dijo Bree—, ¿no te has dado cuenta de que te estábamos llamando?

—No, perdona. ¿Cuándo?

Alice tenía una expresión rara y, al acercarse un poco más, a Bree le pareció que también tenía lágrimas en los ojos.

—Hace nada. ¿Estás bien?

—Sí. He creído... Por un momento me ha parecido que tenía cobertura.

—Madre mía, ¿en serio? —Bree estuvo a punto de arrancarle el teléfono, pero se contuvo a tiempo—. ¿Has conseguido llamar a alguien?

—No, enseguida ha desaparecido. No he podido volver a encontrar señal. —Alice miró hacia abajo—. No sé, quizá lo he imaginado.

—¿Puedo echar un vistazo?

Bree alargó una mano, pero Alice no estaba lo bastante cerca.

—No hay nada. Creo que es posible que haya visto lo que quería ver.

En la pantalla, Bree distinguió a duras penas un nombre. Margot. El último número marcado. Vaciló. Era el móvil de Alice, pero iban todas a la deriva en el mismo barco lamentable. Eso cambiaba las reglas. Bree cogió aire.

—Tan sólo deberíamos recurrir al móvil para llamar a emergencias.

—Ya lo sé.

—Bueno, soy consciente de lo difícil que es esto. Todos echamos de menos nuestra casa y pensamos en nuestras familias. Lo entiendo perfectamente, pero...

—Bree, que ya lo sé. No he podido llamar.

—Pero intentar hacerlo también consume batería, y no sabemos cuánto tiempo...

—Por Dios, ¡que eso ya lo sé! —Sin duda, había un brillo de lágrimas en sus ojos—. Sólo quería hablar con ella, nada más.

—Vale.

Bree alargó el brazo y le acarició la espalda con cierta sensación de incomodidad; se dio cuenta de que, hasta entonces, lo máximo que habían compartido había sido un abrazo.

—Sé que se está haciendo mayor. —Alice se secó los ojos con la manga—. Pero sigue siendo mi niña. Tú no puedes entenderlo.

«No —pensó Bree mientras recordaba el huevo roto—, supongo que no.» En la espalda de Alice, su mano se detuvo.

—No se lo cuentes a las otras —dijo Alice, mirándola—, por favor.

—Querrán saber si había cobertura.

—No había, me he equivocado.

—Aun así...

—Eso sólo servirá para que se hagan ilusiones. Todas intentarán llamar a alguien. Y tienes razón con lo de la batería.

Bree se quedó callada.

—¿De acuerdo?

Cuando Bree apartó la mano de la espalda de Alice, ésta se la cogió y la apretó con fuerza, casi hasta hacerle daño.

—Bree... Venga, eres lo bastante lista para darte cuenta de que tengo razón.

—Supongo —dijo Bree tras una larga pausa.

—Así me gusta. Gracias. Es lo mejor.

Cuando Bree hizo un gesto de asentimiento, notó que Alice le soltaba la mano.

18

Daniel Bailey parecía muy pequeño delante de su inmensa mansión. Falk lo veía por el espejo retrovisor y no dejó de observarlo mientras Carmen y él se alejaban en el coche. La verja de hierro forjado que protegía la propiedad se abrió en silencio para dejarlos salir.

—Me pregunto cuándo piensa volver Joel Bailey para enfrentarse al marrón —dijo Falk mientras avanzaban por las inmaculadas calles.

—Probablemente cuando necesite que mamá le haga la colada. Seguro que se la hace, además. Y encantada de la vida. —El estómago de Carmen rugió con tanta fuerza que se oyó por encima del ruido del motor—. ¿Quieres que paremos a comer algo? No creo que Jamie haya dejado nada de comida en casa antes de marcharse. —Miró por la ventanilla cuando pasaron por delante de una hilera de establecimientos caros—. Aunque por aquí no conozco ningún sitio. Bueno, al menos ninguno que cueste menos que un plazo de la hipoteca.

Falk se lo pensó durante unos segundos, sopesando las opciones. ¿Era buena o mala idea?

—Podemos ir a mi apartamento, si quieres. —Las palabras le salieron antes de que se hubiera decidido del todo—. Y preparo algo.

Se dio cuenta de que estaba conteniendo el aliento. Lo soltó.

—¿Como qué?

Falk repasó mentalmente el contenido de los armarios y el congelador.

—¿Espaguetis a la boloñesa?

Un gesto de asentimiento en la oscuridad. A Falk le pareció ver una sonrisa.

—Espaguetis a la boloñesa en tu casa. —No cabía duda de que Carmen sonreía, pudo notárselo en la voz—. ¿Cómo puedo negarme? Vamos.

El agente puso el intermitente.

Treinta minutos después, el vehículo se detuvo delante de su apartamento de Saint Kilda. Al pasar por la bahía, vieron que había mucho oleaje. Las crestas de las olas brillaban bajo la luna. Falk abrió la puerta y la invitó a pasar.

En el apartamento reinaba el frío de un hogar que ha estado vacío varios días. Falk encendió la luz. Sus zapatillas de deporte seguían al lado de la puerta de entrada, en el mismo sitio que las había dejado cuando se puso las botas de senderismo. ¿Cuántos días hacía de eso? Ni siquiera tres. Parecían más.

Carmen entró tras él y empezó a curiosear sin el menor reparo. Falk se dio cuenta de cómo lo observaba todo mientras él recorría el salón encendiendo las lámparas. La estufa se puso en marcha con un zumbido y caldeó el ambiente casi enseguida. Toda la sala estaba pintada de un blanco neutro; los escasos toques de color provenían de las estanterías atestadas de libros que se extendían por las paredes. Los únicos muebles eran una mesa en una esquina y un sofá situado delante del televisor. Falk pensó que el apartamento parecía más pequeño cuando había otra persona en él, pero había espacio suficiente. Intentó recordar cuándo había sido la última vez que había llevado allí a alguien. De eso hacía bastante tiempo.

Sin esperar a que la invitase a hacerlo, Carmen se sentó en un taburete de la encimera que separaba la modesta cocina del salón.

—Qué bonitas —dijo mientras cogía una de las dos muñecas tejidas a mano que estaban encima de unos sobres acolchados, a un lado de la encimera—. ¿Son regalos? ¿O es que estás empezando a hacer alguna colección rara?

Falk soltó una carcajada.

—Qué va, son regalos. Quería enviarlos por correo esta semana, pero, con todo lo que ha pasado, ha sido imposible. Son para las hijas de un par de amigos.

—¿Ah, sí? —Carmen cogió los sobres—. ¿No son colegas de aquí, entonces?

—No. Uno vive en Kiewarra, donde me crié. —Abrió uno de los armarios y se centró en el contenido con gran atención, para no tener que mirarla a ella—. El otro murió.

—Vaya, lo siento.

—No pasa nada —contestó, tratando de sonar convincente—. Pero su hija está bien; y vive en Kiewarra. Esas muñecas son regalos de cumpleaños atrasados. Tardaron un poco más de lo que preveía en bordarles los nombres. —Señaló las letras que se veían en los vestidos. Eva Raco. Charlotte Hadler. Ambas estaban creciendo a una velocidad de vértigo, según le habían contado. Hacía mucho que no las veía y de repente eso le hizo sentirse culpable—. Como regalos no están mal, ¿no crees? Para unas niñas.

—Son preciosas, Aaron. Seguro que les encantan.

Carmen volvió a dejar la muñeca encima de los sobres, mientras Falk seguía rebuscando en los armarios.

—¿Quieres beber algo? —Sacó una botella de vino y, discretamente, le quitó una capa de polvo. Él no solía beber, ni solo ni acompañado—. ¿Un tinto te parece bien? Pensaba que igual tenía algo de blanco, pero...

—Un tinto me parece muy bien, gracias. Dame, ya la abro yo —dijo Carmen alargando el brazo para coger la botella y dos copas—. Tu casa es muy agradable y está muy ordenada. Yo necesito un aviso con dos semanas de antelación para recibir a alguien. Aunque tienes un estilo demasiado monástico, si me permites decírtelo.

—No eres la primera en señalarlo.

Falk metió la cabeza en otro armario y extrajo dos ollas grandes. Cogió la carne picada del congelador y la puso en el microondas para descongelarla. Mientras tanto, Carmen sirvió el vino y alzó una de las dos copas para brindar.

—Nunca he tenido la paciencia suficiente para todo el rollo ese de «dejar que respire». A tu salud.

—A la tuya.

Falk advirtió que ella lo observaba detenidamente mientras ponía aceite, cebolla y ajo en una sartén; luego, cuando la cebolla comenzó a chisporrotear, abrió una lata de tomate. Carmen sonrió.

—¿Qué pasa?

—Nada. —Lo miró por encima del borde de la copa mientras daba un sorbo—. Sólo que, como vives en un pisito de soltero, esperaba salsa enlatada.

—No te emociones demasiado. Todavía no lo has probado.

—Eso es verdad. Pero huele bien. No tenía ni idea de que sabías cocinar.

Falk volvió a sonreír.

—Bueno, eso es muy generoso por tu parte. Sé preparar unos espaguetis y cuatro cosas más. Aunque la cocina se parece un poco a tocar el piano, ¿no? Sólo te hace falta saber cocinar cinco platos decentes a los que recurrir cuando estás con otras personas, para que piensen que se te da bien.

—Entonces, ¿éste es tu plato estrella, como dicen en los programas de cocina?

—Uno de ellos. Aparte de los espaguetis a la boloñesa tengo exactamente otros cuatro.

—Aun así, cinco platos ya son cuatro más de los que saben preparar la mayoría de los hombres, te lo aseguro. —Carmen siguió sonriendo y bajó del taburete—. ¿Puedo poner el telediario un segundo?

Cogió el mando sin esperar su respuesta. El volumen estaba bajo, pero Falk podía ver la pantalla con el rabillo del ojo. No tuvieron que esperar mucho para que dieran las últimas noticias. Un texto se deslizó por el rótulo inferior de la pantalla.

GRAN INQUIETUD POR LA SENDERISTA
DE MELBOURNE DESAPARECIDA...

Mostraron una serie de fotos: Alice Russell sola; después, en la foto de grupo que se había hecho al inicio de la ruta; una fotografía de Martin Kovac; imágenes antiguas de sus cuatro víctimas, una fotografía aérea de Giralang Ranges, una maraña ondulante de verde y marrón que se extendía hasta el horizonte.

—¿Han mencionado al hijo? —preguntó Falk desde la cocina.

Carmen negó con la cabeza.

—Todavía no. Todo esto no son más que especulaciones.

Apagó el televisor y empezó a examinar las estanterías.

—Tienes una buena colección de libros.

—Te presto los que quieras.

Falk leía mucho, sobre todo narrativa, desde grandes autores galardonados hasta obras abiertamente comerciales. Removió el contenido de la sartén y los aromas de la boloñesa se adueñaron de la estancia mientras Carmen repasaba los estantes, pasando los dedos por los lomos de los libros. Se detuvo en un par de ocasiones, inclinó la cabeza y leyó el título. Entonces sacó algo fino de entre dos novelas.

—¿Éste es tu padre?

Falk se quedó inmóvil y, sin mirar, supo enseguida a qué se refería Carmen. Removió enérgicamente el burbujeante contenido de una de las ollas y, finalmente, se dio la vuelta. Carmen le mostraba una fotografía y tenía otra en la mano.

—Sí, es él.

Falk se secó las manos en un trapo de cocina y alargó el brazo sobre la encimera para coger la fotografía que sostenía Carmen. Estaba sin enmarcar.

—¿Cómo se llamaba?

—Erik.

Falk no había mirado aquella foto con detenimiento desde que se la había imprimido una enfermera, que se la había dado junto a una tarjeta después del funeral. Aparecía el propio Falk al lado de un hombre de aspecto frágil, que iba en silla de ruedas. Su padre tenía el rostro demacrado y muy pálido. Los dos hombres sonreían, aunque de un modo un tanto forzado, como si obedecieran la orden de la persona situada detrás de la cámara.

Carmen estaba observando la otra imagen que había encontrado. Se la mostró.

—Ésta es muy bonita. ¿De cuándo es?

—No estoy muy seguro. Hace mucho de eso, obviamente.

A Falk se le hizo un nudo en la garganta cuando se fijó en la segunda foto. La calidad de la imagen no era tan buena y había quedado un poco borrosa, pero en ella las sonrisas no resultaban artificiales. Él debía de tener unos tres años, estaba sentado sobre los hombros de su padre y le agarraba la cara por los lados, con la barbilla apoyada en su cabello.

Iban caminando por el sendero del enorme prado que se extendía por detrás de su casa, y su padre le señalaba algo a lo lejos. Falk había intentado recordar en distintas ocasiones qué les había llamado la atención, pero no lo había conseguido. En cualquier caso, les había hecho reír a ambos. Ya fuera por las condiciones atmosféricas, ya por un fallo en el proceso de revelado, la escena estaba inundada de una luz dorada, que le daba la apariencia de un verano infinito.

Falk llevaba años sin verla desde que había vuelto a casa procedente de la residencia con la mochila de su padre y la había vaciado. Ni siquiera sabía que Erik la tenía, y mucho menos que la había conservado durante tanto tiempo. De entre todas las cosas de su vida que Falk lamentaba que no hubieran sido de otro modo, estaba ésa: le daba pena que su padre no se la hubiera enseñado cuando aún estaba vivo.

Como no sabía muy bien qué sentimientos le inspiraba todo aquello —las pertenencias, el funeral, la muerte de su padre...—, había dejado la mochila con los mapas de Erik en el fondo del armario y había metido las fotos entre dos de sus libros preferidos, hasta que decidiera qué hacer con ellas. Ahí seguían desde entonces.

—Eres igualito a él —aseguró Carmen, acercándose mucho la imagen para ver bien los detalles—. Bueno, no tanto en la del hospital, claro.

—A esas alturas ya estaba muy enfermo. De hecho, falleció poco después. Antes nos parecíamos más.

—Sí, se nota mucho en ésta en la que sales de pequeño.

—Lo sé.

Carmen tenía razón. El hombre de la foto podría haber sido él mismo.

—Aunque no siempre os llevarais bien, imagino que lo echarás de menos.

—Sí, mucho. Era mi padre.

—Y aun así, tienes estas fotos metidas ahí. No las has colgado en ningún sitio.

—Bueno, la verdad es que no soy muy de decoración de interiores.

Intentó que aquello sonara a broma, pero Carmen no sonrió. Lo observó por encima de la copa.

—Oye, que no pasa nada por arrepentirse.

—¿De qué?

—De no haber mantenido una relación más estrecha cuando podías.

Él no dijo nada.

—No eres el primer hijo que siente eso tras la muerte de su padre.

—Ya lo sé.

—Sobre todo si tienes la sensación de que podrías haberte esforzado más.

—Lo sé, Carmen, gracias.

Dejó la cuchara de madera y la miró.

—Vale, sólo lo decía por si acaso, por si no eras consciente.

Falk no pudo evitar sonreír.

—¿Qué pasa, eres licenciada en Psicología y se me ha olvidado, o qué?

—Soy una aficionada con talento. —Su sonrisa se apagó un poco—. Es una verdadera lástima que os distanciarais, en cualquier caso. Da la impresión de que cuando eras pequeño estabais muy felices juntos.

—Sí, pero mi padre siempre fue un tipo complicado. Demasiado reservado.

Carmen se lo quedó mirando.

—O sea, un poco como tú, ¿no?

—No, muchísimo peor que yo. No dejaba que nadie se le acercase. No se lo permitía ni a las personas que conocía bien. Y tampoco era muy hablador, la verdad, así que muchas veces costaba saber lo que pensaba.

—¿En serio?

—Sí. Acabó distanciándose mucho...

—Claro.

—... Y nunca llegó a mantener una relación íntima con nadie.

—En serio, Aaron, por Dios, ¿te estás oyendo?

Falk tuvo que sonreír.

—Mira, ya sé cómo suena, pero no es lo que parece. Si hubiéramos sido tan parecidos, nos habríamos llevado mejor. Sobre todo después de que nos mudáramos a la ciudad. Nos necesitábamos. En esos primeros años, nuestra vida aquí fue muy difícil. Yo echaba de menos la granja, nuestra vida de antes, pero él no pareció entenderlo nunca.

Carmen ladeó la cabeza.

—O a lo mejor sí que lo entendía porque a él también le costaba, y por eso te proponía hacer senderismo los fines de semana.

Falk dejó de remover el contenido de la sartén y clavó la vista en Carmen.

—No me mires así —le pidió ella—. Eso deberías saberlo tú mejor que nadie. Yo ni siquiera llegué a conocerlo. Sólo estoy diciendo que creo que la mayoría de los padres intentan hacer lo mejor por sus hijos. —Se encogió de hombros—. Por ejemplo, mira a los Bailey y al imbécil de su hijo. Para esos dos nunca mete la pata, aunque haya pruebas gráficas de ello. Incluso parece que a un chalado como Martin Kovac le afligió al final de su vida que su hijo hubiera desaparecido.

Falk volvió a remover con la cuchara e intentó pensar una respuesta. A lo largo de esos últimos días, la irritable imagen que tenía de su padre había empezado a transformarse lentamente en otra cosa un poco distinta.

—Imagino que en parte tienes razón —reconoció al fin—. Ojalá hubiéramos puesto más de nuestra parte para solucionar las cosas. Claro que me habría gustado. Y también sé que debería haberme esforzado más, pero siempre tenía la sensación de que mi padre se negaba a que llegáramos a ese entendimiento.

—Eso sólo puedes saberlo tú, como lo de antes. Pero, Aaron, también eres tú quien tiene la última foto de su padre agonizante metida entre dos libros de bolsillo. A mí eso me dice que tú tampoco estabas por la labor de lograr ese entendimiento. —Se levantó y volvió a meter las fotografías entre los libros—. No pongas esa cara, a partir de ahora voy a dejar de meterme donde no me llaman, te lo prometo.

—De acuerdo. En fin, la cena está lista.

—Estupendo. Así me callo al menos un rato.

Carmen sonrió hasta que él le devolvió la sonrisa.

Falk sirvió la pasta y la espesa salsa en dos platos y los llevó a la mesita de la esquina.

—Esto es justo lo que necesitaba —dijo Carmen mientras daba el primer bocado—. Gracias. —Se terminó una cuarta parte del plato y entonces se echó hacia atrás y se limpió la boca con una servilleta—. Bueno, ¿quieres hablar de Alice Russell?

—La verdad es que no. ¿Tú?

Carmen negó con la cabeza.

—Hablemos de otra cosa. —Dio otro sorbo al vino—. Por ejemplo, ¿cuándo se marchó tu novia de casa?

Falk la miró sorprendido, con el tenedor a medio camino entre el plato y la boca.

—¿Cómo lo has sabido?

—¿Que cómo lo he sabido? —contestó ella con una pequeña carcajada—. Aaron, tengo ojos en la cara. —Señaló un enorme hueco que había al lado del sofá y que antes había ocupado una butaca—. O éste es el apartamento más salvajemente minimalista que he visto en la vida, o no has sustituido los muebles que ella se llevó.

—Ya hace unos cuatro años que se fue —contestó él encogiendo los hombros.

—¡Cómo que cuatro años! —Carmen dejó la copa—. De verdad, creía que ibas a decir cuatro meses. Madre mía, tampoco es que yo sea muy de cuidar la casa, pero esto... Cuatro años así... ¿A qué esperas? ¿Necesitas que alguien te lleve a Ikea?

Falk tuvo que reírse.

—No, simplemente nunca me he puesto a reemplazar lo que se llevó. Cuando me siento, sólo necesito un sofá.

—Ya. Pero la idea es que invites a gente a tu casa y que puedan sentarse ellos también. Porque esto es un poco raro. No tienes butaca, pero sí tienes... —señaló un artefacto de madera pulida que estaba muerto de risa en una esquina— eso. ¿Se puede saber qué es ese trasto?

—Un revistero.

—Pues no veo ninguna revista.

—No, la verdad es que no leo revistas.

—Entonces, ella se llevó la butaca pero se dejó el revistero.

—Pues sí.

—Increíble. —Carmen movió la cabeza con una incredulidad fingida—. Bueno, si alguna vez necesitas una señal de que estás mejor sin ella, la tienes justo ahí, en ese revistero sin revistas. ¿Cómo se llamaba?

—Rachel.

—¿Y qué pasó?

Falk miró el plato. Aquello era algo en lo que no se permitía pensar con demasiada frecuencia. Cuando se acordaba de ella, lo que le venía a la cabeza siempre era su forma de sonreír. Al principio, cuando las cosas eran distintas. Rellenó las copas.

—Lo de siempre. Nos fuimos distanciando y ella se marchó. Fue culpa mía.

—Sí, eso me lo puedo creer. —Carmen alzó la copa—. Salud.

—¿Perdona...? —Falk estuvo a punto de echarse a reír—. No sé yo si eso es lo que se dice en estos casos.

—Lo siento —contestó Carmen—. Pero eres un hombre adulto, podrás soportarlo. Lo que quería decir es que eres un buen tipo, Aaron. Escuchas, parece que te implicas, incluso intentas portarte bien con la gente. Si la llevaste al punto en que tuvo que marcharse, debió de ser adrede.

Él iba a protestar, pero se contuvo. ¿Y si Carmen tenía razón?

—Ella no hizo nada mal —dijo finalmente—. Quería cosas que yo creía que no podía darle.

—¿Como qué?

—Quería que trabajase un poco menos, que hablase un poco más. Que descansara. Y quizá que nos casáramos, no sé. También me decía que intentara arreglar las cosas con mi padre.

—¿La echas de menos?

Él negó con la cabeza y contestó con sinceridad:

—Ya no. Pero a veces pienso que tendría que haberle hecho caso.

—A lo mejor no es demasiado tarde.

—Con ella, sí. Está casada.

—Da la impresión de que podría haberte hecho bien si hubierais seguido juntos —dijo Carmen. Extendió un brazo y le acarició levemente la mano al otro lado de la mesa. Lo miró a los ojos—. Pero no te castigues demasiado. No era la persona indicada para ti.

—¿No?

—No, Aaron Falk, no eres un hombre destinado a estar con alguien que tenga un revistero.

—Hay que tener en cuenta que no se lo llevó.

Carmen soltó otra carcajada y preguntó:

—¿Y no has estado con nadie desde entonces?

Falk no contestó de inmediato. Seis meses antes, en su pueblo de origen. Una chica, ahora ya una mujer, que conocía desde hacía mucho tiempo.

—Hace poco estuve a punto.

—¿No funcionó?

—Ella era... —Falk titubeó. Gretchen. ¿Qué podía contar de ella? Su cabello rubio, sus ojos azules. Sus secretos—. Muy complicada.

Estaba tan enfrascado en el pasado que apenas oyó el zumbido del móvil en la encimera. Tardó en alargar el brazo y, cuando lo cogió, ya había dejado de sonar.

Entonces empezó a sonar el de Carmen, que estaba en el bolso, con unos pitidos agudos y urgentes. Lo rebuscó y lo sacó mientras Falk miraba de quién era la llamada perdida. Intercambiaron una mirada cuando ambos levantaron la vista de la pantalla.

—¿El sargento King? —preguntó él.

Ella asintió, pulsó un botón y se llevó el teléfono al oído. El aparato quedó en silencio, pero Falk casi podía percibir aún el eco del tono de llamada, como una campana de aviso lejana pero insistente.

Mientras escuchaba, Carmen lo miró a los ojos y, moviendo silenciosamente los labios, le dijo:

—Han encontrado la cabaña.

Falk notó un subidón de adrenalina en el pecho.

—¿Y a Alice? —preguntó.

Ella siguió escuchando e hizo un gesto contundente con la cabeza.

No.

DÍA 3

NOCHE DEL SÁBADO

De pronto empezó a llover sin previo aviso. La lluvia ocultó las estrellas y redujo el fuego a un humeante montón de cenizas. Se metieron en la cabaña, buscaron sus mochilas y pertenencias, y cada una marcó un pequeño territorio propio. El golpeteo en el tejado parecía reducir el espacio; Jill tuvo la impresión de que la camaradería que había surgido en torno al fuego se había disipado con el humo.

Sintió un escalofrío. No sabía muy bien qué era peor: la oscuridad o el frío. Del exterior le llegó un potente chasquido y dio un respingo. Inmediatamente, llegó a la conclusión de que la oscuridad era peor. Por lo visto no era la única que lo pensaba, porque alguien se movió y encendió una linterna. La luz se proyectó a ras de suelo e iluminó el polvo levantado. El haz tembló.

—No deberíamos gastar las pilas —dijo Alice.

Nadie se movió. Con un bufido de frustración, Alice extendió el brazo.

—Que no debemos gastar las pilas.

Un chasquido. La oscuridad.

—¿Coge señal el teléfono? —preguntó Jill.

Se oyó el sonido de alguien que rebuscaba y se vio un cuadradito de luz. Jill contuvo el aliento.

—No.

—¿Cuánta batería te queda?

—Está al quince por ciento.

—Apágalo.

La luz desapareció.

—A lo mejor conseguimos algo cuando deje de llover.

Jill no tenía la menor idea de cómo afectaba el tiempo a la cobertura, pero se aferró a esa idea. Quizá cuando cesara la lluvia. Sí, decidió poner sus esperanzas en eso.

Al otro lado de la cabaña se encendió otra luz, en esta ocasión más potente, y Jill supo que era la linterna industrial de Beth.

—¿Estás sorda? —dijo Alice—. No debemos gastar las pilas.

—¿Por qué? —La voz de Beth llegó desde su esquina en penumbra—. Mañana ya nos estarán buscando. Ésta es nuestra última noche.

Se oyó una carcajada.

—Te engañas a ti misma si crees que hay alguna posibilidad de que nos encuentren mañana —replicó Alice—. Nos hemos alejado tanto de la ruta que ni se les ocurrirá buscar por esta zona. La única forma de que nos encuentren mañana es salir e ir a su encuentro.

Unos segundos después, la luz desapareció. La oscuridad volvió a adueñarse de la cabaña. Beth susurró algo.

—¿Quieres añadir algo? —le soltó Alice.

No hubo respuesta.

Jill notó que le empezaba a doler la cabeza mientras trataba de pensar en las opciones que tenían. Aquella cabaña no le gustaba nada. Nada en absoluto. Pero al menos era una base. No quería volver al bosque, donde los árboles peleaban por ocupar el espacio y las ramas afiladas le arañaban la piel; donde tenía que forzar la vista para distinguir un camino que no dejaba de desaparecer bajo sus pies. Pero con el rabillo del ojo también distinguía ese colchón con aquella extraña mancha negra. La idea de salir le daba náuseas; quedarse allí dentro la horrorizaba. Se percató de que estaba temblando, de hambre o de frío, no sabía de qué, y se obligó a respirar hondo.

—Vamos a revisar las mochilas de nuevo —dijo, con un tono que a ella misma le sonó distinto.

—¿Para buscar qué? —preguntó alguien a quien no pudo identificar.

—Comida. Todas tenemos hambre y eso está empeorando las cosas. Mirad todas en las mochilas, en los bolsillos, donde sea. Hacedlo a fondo. Seguro que a alguna de nosotras le queda una barrita de cereales, una bolsa de cacahuetes o algo así.

—Eso ya lo hemos hecho.

—Hagámoslo otra vez.

Jill advirtió que estaba conteniendo la respiración. Oyó el murmullo de la tela y de las cremalleras que se abrían.

—Alice, ¿al menos para esto podemos recurrir a las linternas? —preguntó Beth, que encendió la suya sin esperar respuesta.

Por una vez, Alice no discutió y Jill pronunció para sus adentros una oración de agradecimiento. «Por favor, que encuentren algo», pensó mientras rebuscaba en su mochila. Una sola victoria para levantar los ánimos hasta la mañana. Notó que alguien se le acercaba.

—Deberíamos mirar en la mochila de Beth —le dijo Alice al oído.

—¡Oye! —La luz de la linterna se reflejó en la pared—. Estoy oyéndote, Alice. Yo no llevo nada.

—Eso fue lo que dijiste ayer.

Beth proyectó el haz de luz sobre la cara de Alice desde el otro lado de la estancia.

—Pero ¿qué te pasa? —Alice se echó hacia atrás, pero no vaciló—. Eso fue lo que pasó, ¿no? Anoche mentiste y dijiste que no tenías comida, cuando no era cierto.

El sonido de las respiraciones.

—Bueno, pues hoy no.

—Entonces no te importará que echemos un vistazo.

Alice avanzó rápidamente y le arrancó la mochila a Beth.

—¡Eh!

—¡Alice! —intervino Bree—. Déjala en paz. No tiene nada.

Alice no les hizo caso, abrió la mochila y metió la mano. Beth también la agarró y dio un tirón tan fuerte que el brazo de Alice salió despedido en la otra dirección.

—¡Joder, ten cuidado! —exclamó mientras se frotaba el hombro.

Beth abrió mucho los ojos, que se vieron muy negros a la luz de la linterna.

—Ten cuidado. Ya estoy harta de tus gilipolleces.

—Pues estás de suerte, porque yo ya me he cansado de esto. ¡De todo! En cuanto amanezca, me largo de aquí. Quien quiera acompañarme, que lo haga. Las demás podéis quedaros en esta cabaña, a ver qué pasa.

Jill sentía palpitaciones en la cabeza y carraspeó de un modo extraño y poco natural.

—Ya he dicho que no vamos a separarnos.

Alice se volvió hacia ella.

—Y yo ya te he dicho, Jill —repuso—, que a estas alturas me da igual lo que pienses. Voy a largarme de aquí.

Jill intentó calmarse y respiró profundamente, pero sentía una opresión en el pecho y los pulmones vacíos. Dijo que no con la cabeza. Había esperado que no llegaran a ese punto.

—No. No con el móvil.

19

Falk estaba otra vez al volante antes de las primeras luces del amanecer. Detuvo el coche delante del bloque de apartamentos de Carmen. Estaba oscuro cuando ella se había marchado de su casa siete horas antes, y seguía estándolo ahora.

Carmen esperaba en la acera, lista para salir, y no dijo gran cosa cuando subió al vehículo. Ya se lo habían dicho todo la noche anterior, después de la llamada del sargento King.

—¿Cómo han encontrado la cabaña? —le preguntó Falk cuando Carmen colgó el teléfono.

—Un soplo, por lo visto. No ha entrado en detalles. Ha dicho que sabrá más para cuando lleguemos.

Cuando Falk llamó a la oficina, al otro lado de la línea se produjo un silencio.

«¿Todavía creen que la encontrarán con vida?» Falk no lo sabía. «Si la hallan viva, a lo mejor se pone a contar de todo.» Sí, era posible. «Lo mejor es que vayáis. No olvidéis que todavía necesitamos los contratos.» No, no era muy probable que a Falk se le olvidara.

Carmen y él se turnaron de nuevo para conducir. Al igual que la vez anterior, las carreteras estaban prácticamente vacías cuando pasaron junto a los prados que ya conocían, pero en esta ocasión a Falk el trayecto se le hizo mucho más largo.

Antes de llegar a la entrada al parque, el agente vio el brillo verde del cartel de la gasolinera y paró en ella. Falk se acordaba perfectamente de lo que el tipo de la caja le había dicho la última vez: «Si encuentras las pertenencias o un refugio, el cadáver siempre está al lado.» Entrecerró los ojos al cruzar la puerta del establecimiento. Una mujer atendía tras el mostrador.

—¿Dónde está el otro dependiente? —preguntó Falk mientras le daba su tarjeta.

—¿Steve? Ha llamado para decir que estaba enfermo.

—¿Cuándo?

—Esta mañana.

—¿Qué le pasa?

La mujer le lanzó una mirada rara.

—¿Y yo cómo quiere que lo sepa?

Le devolvió la tarjeta y se apartó. Otro imbécil de la ciudad.

Falk la cogió. Mientras regresaba al coche, notó que la mujer no le quitaba ojo. En la zona de los surtidores la mirada de cíclope de la cámara contemplaba la escena de forma impasible.

En su primera visita a la casa rural, la explanada del exterior había estado llena, pero ahora estaba abarrotada. Por todas partes se veían chalecos reflectantes y furgonetas de los medios de comunicación. No se podía aparcar en ningún sitio.

Falk dejó a Carmen frente a la casa y ella entró a toda prisa mientras él buscaba aparcamiento. El sargento King les había dicho que iba a dejarles algunas instrucciones en recepción. Falk fue avanzando a poca velocidad y, al final de la hilera, se vio obligado a aparcar en doble fila detrás de la camioneta de un guarda forestal.

Mientras esperaba, bajó del vehículo. Hacía aún más frío del que recordaba y se subió la cremallera del anorak. Al otro lado del aparcamiento, lejos del bullicio, el inicio de la ruta de Mirror Falls estaba desierto y tranquilo.

—Hola.

Falk oyó una voz y se dio la vuelta. Por unos instantes, fue incapaz de reconocer a la mujer que tenía ante él. Fuera de contexto, se la veía distinta.

—Bree. Ya le han dado el alta.

—Sí, anoche. Gracias a Dios. Me hacía falta tomar el aire.

Llevaba la melena morena recogida debajo de la gorra y el frío le había enrojecido un poco las mejillas. A Falk le pareció que estaba muy guapa.

—¿Qué tal el brazo?

—Bien, gracias. Aún me duele un poco. —Se fijó en la venda que le sobresalía por debajo de la manga de la cazadora—. Pero no es lo que más me preocupa. En teoría Beth y yo nos marchábamos hoy. Mañana por la mañana tengo una cita con un especialista de Melbourne, pero...

Bree miró hacia uno de los equipos de búsqueda, que subía a un vehículo. Se apartó un mechón de la frente. Falk advirtió que se había arreglado las uñas estropeadas.

—Martin Kovac no llegó a usar nunca esa cabaña, ¿verdad? —preguntó, sin molestarse en tratar de ocultar el miedo de su voz.

—No lo sé —contestó Falk con sinceridad—. Imagino que eso es lo que tratarán de averiguar.

Bree empezó a morderse una de sus pulcras uñas y añadió:

—¿Y qué va a pasar ahora que la han encontrado?

—Supongo que centrarán la búsqueda en esa zona. Intentarán hallar algún rastro de Alice.

Bree se quedó unos instantes en silencio.

—Sé que todo el tema de Kovac pasó hace mucho tiempo, pero dicen que alguien más conocía la existencia de la cabaña... Así se ha enterado la policía. Un miembro de los equipos de búsqueda me ha dicho que así es como la han encontrado.

—Creo que sí. Ahora mismo no tengo muchos más datos que usted.

—Pero si alguien conocía su existencia, entonces también podría haber sabido que estábamos allí, ¿verdad?

—No estoy seguro de que eso tenga que ser así necesariamente.

—Pero usted no estaba allí. A veces la vegetación era tan densa que no se veía nada. No sabe lo que era aquello.

—No —reconoció él—, eso es cierto.

Observaron cómo se alejaba la furgoneta con el equipo de búsqueda.

—De todas formas —dijo Bree tras unos segundos—, la verdad es que he venido porque quería darle las gracias.

—¿Por qué?

—Por ser justo con Beth. Me ha dicho que le contó que está en libertad condicional. La mayoría de la gente la prejuzga cuando se entera de eso. Casi siempre piensan lo peor de ella.

—No es nada. ¿Está bien? Cuando hablamos el otro día, parecía un poco alicaída.

—¿Eso cuándo fue? —preguntó Bree, mirándolo.

—Hace un par de noches. La vi delante de la casa rural. Estaba contemplando la lluvia.

—Ah, no me había dicho nada. —Bree frunció el ceño—. ¿Estaba bebiendo?

Falk titubeó más de lo necesario y el gesto de Bree se endureció.

—No pasa nada. Ya había previsto esa posibilidad. Está sometida a estrés, era de esperar.

—Creo que sólo se bebió una cerveza —aclaró Falk.

—Qué más da que haya sido una o que sean diez. —Bree negó con la cabeza—. En teoría no debería tomarse ni una, y punto. Pero así es Beth. Quiere hacer lo que debe, pero de un modo u otro nunca acaba de conseguirlo.

Bree se quedó callada y miró hacia la casa, por detrás de Falk. Él se dio la vuelta. En los escalones de la entrada, donde no podían oír lo que decía, una figura los observaba. Un anorak demasiado pequeño, cabello corto y moreno. Era Beth. Falk se preguntó cuánto tiempo llevaría ahí.

Alzó la mano y, unos segundos después, Beth hizo lo mismo. Incluso desde lejos, Falk advirtió que no sonreía.

Bree se movió.

—Tengo que volver. Gracias de nuevo.

Falk se apoyó en el coche y vio cómo Bree cruzaba el aparcamiento. Beth la esperaba en los escalones, inmóvil, haciendo exactamente lo mismo que él. No se movió hasta que su hermana llegó a su lado.

DÍA 3

NOCHE DEL SÁBADO

Bree podía oír su propia respiración. Alice apoyaba la espalda en la pared.

Jill alargó el brazo.

—Dame el móvil.

—No.

—¿Dónde lo tienes? ¿En la mochila? Déjame ver.

—No.

—No te lo estoy pidiendo. —Jill se inclinó y agarró la mochila.

—¡Eh! —exclamó Alice, tratando de arrebatársela. Pero Jill se la arrancó.

—Si tantas ganas tienes de marcharte, vete de una puñetera vez, Alice. —Jill metió la mano en la mochila y, con un gruñido de frustración, le dio la vuelta y volcó el contenido en el suelo—. Nadie va a ayudarte, y si acabas muerta en una zanja lo tendrás bien merecido. Pero no vas a llevarte el teléfono.

—Madre mía —dijo Alice, que se puso en cuclillas y empezó a recoger las cosas mientras Jill las revisaba. Un forro polar húmedo, la brújula, la botella de agua. El móvil no estaba.

—Aquí no está.

—Lo tendrá en el anorak —dijo Beth, cuya voz salió de la nada. Bree dio un respingo.

Alice se había atrincherado en su rincón y aferraba sus posesiones, apretándolas contra el pecho. Jill le dirigió el haz de la linterna a los ojos.

—¿Lo llevas en el anorak? No nos lo pongas difícil.

Alice se estremeció y se dio la vuelta.

—Ni se os ocurra tocarme.

—Por última vez...

Alice no dijo nada. Entonces Beth arremetió contra ella y la agarró por el anorak con las dos manos.

—Deja de hacer el imbécil, Alice. No te importó registrar mis cosas cuando creías que escondía algo...

Bree trató de separar a su hermana de Alice, mientras ésta chillaba y se retorcía.

—¡Suéltame!

Beth le hurgó en los bolsillos y, unos segundos más tarde, con un bufido de satisfacción, sacó el trofeo y lo sostuvo en alto. El móvil. Con la otra mano se zafó de Alice.

Ésta dio un par de pasos hacia atrás y después se lanzó contra Beth, tratando de arrebatarle el dispositivo. Las dos forcejearon, agarrándose la una a la otra, hasta que chocaron contra la mesa con un golpe seco. Se oyó un ruido metálico cuando la linterna cayó al suelo y la estancia quedó a oscuras. Bree pudo oír los gruñidos de ambas mientras peleaban.

—¡Es mío!

—¡Suéltalo!

Entonces se oyó un grito.

—¡Ya basta!

No estaba muy segura de quién se lo decía a quién. Algo pesado le llegó rodando hasta el pie. Era la linterna. La recogió y la zarandeó; la luz volvió a encenderse, cegándola. Vaciló durante unos segundos y finalmente la dirigió hacia el lugar del que procedían los gruñidos.

Las dos estaban en el suelo, forcejeando entrelazadas. Apenas podía distinguirse de quién era cada extremidad. Entonces una de ellas levantó un brazo. Bree empezó a gritar, pero era demasiado tarde. El haz de luz proyectó una sombra oscura y descendente cuando la mano de Beth bajó con rapidez y fuerza. Dio la impresión de que el estallido que produjo la palma de su mano al chocar contra la mejilla de Alice hacía temblar las paredes.

20

Carmen salió de la casa rural con un mapa en el que alguien había trazado una equis enorme y roja.

—Aquí es adonde vamos —dijo mientras ella y Falk volvían a subir al coche—. Queda algo lejos, a unos cuarenta minutos. La vía de acceso más cercana es la North Road.

Falk escudriñó el mapa. La cruz se encontraba en las profundidades del bosque. Unos cuantos kilómetros al norte, por un estrecho acceso para vehículos que atravesaba la vegetación.

Carmen se puso el cinturón de seguridad.

—El sargento King ya está allí esperándonos. Ah, y por lo visto Margot Russell también ha venido.

—Pero no estará sola, ¿no? —preguntó Falk.

—No, he visto a Lauren en la casa rural. Un agente de enlace las ha traído en coche a primera hora de la mañana. Margot sigue negándose a ver a su padre, que viene por su cuenta.

Cuando ya salían del aparcamiento, Falk vio una figura que los observaba desde el porche de la casa. Le pareció que era una de las gemelas. Entre las sombras, no pudo distinguir si se trataba de Beth o de Bree.

El viento volvía a soplar entre las copas de los árboles mientras circulaban por las carreteras rurales, y Carmen sólo hablaba para dar indicaciones. Los caminos se fueron haciendo cada vez más pequeños y estrechos hasta que los agentes acabaron avanzando entre baches por una pista mal asfaltada. Un poco más allá, vieron una multitud de agentes y miembros de los equipos de búsqueda.

Una extraña mezcla de inquietud y alivio se había apoderado del lugar. Por fin se producía algo parecido a un avance, aunque no precisamente el que todos esperaban. Cuando bajaron del vehículo, Falk vio una mancha roja. Ian Chase, con su forro polar de Aventuras para Ejecutivos, estaba cerca de un grupo de guardas forestales. Parecía pulular a su alrededor, ni totalmente dentro ni fuera de él. Al ver a Falk y a Carmen, los saludó con un enérgico gesto y se acercó a ellos.

—Hola, ¿hay novedades? ¿La han encontrado? ¿Habéis venido por eso? —preguntó, mirando alternativamente al bosque y a los agentes.

Falk miró de reojo a Carmen.

—Que sepamos, todavía no.

—Pero han encontrado la cabaña. —Chase seguía mirando de un lado a otro—. Su cadáver podría estar cerca.

—A no ser que siga viva.

Chase se quedó callado y pestañeó varias veces, sin poder borrar su mueca de incomodidad con la suficiente rapidez.

—Sí, claro. Desde luego. Ojalá sea así.

Lo cierto es que Falk no podía echárselo en cara. Sabía que había pocas probabilidades.

Un agente que estaba en la casa rural había avisado por radio con antelación y el sargento King los esperaba en la linde del bosque. Su rostro tenía un tono grisáceo, pero cuando se movió lo hizo como si lo hubiera impulsado un invisible subidón de adrenalina. Los saludó con la mano mientras se acercaban y lo primero que hizo fue mirarles los pies. Hizo un gesto de aprobación al ver sus botas de senderismo.

—Muy bien. Les van a hacer falta. Vamos allá.

Los fue guiando y se internó en el monte bajo, con Falk y Carmen a la zaga. Un minuto después, las conversaciones y el ajetreo desaparecieron tras ellos, y un intenso silencio los envolvió. Falk distinguió una franja de cinta policial ondeando en un árbol, que les indicaba la ruta. Bajo sus pies, el sendero apenas se apreciaba. El único rastro lo definían las zonas aplastadas que las botas habían pisado hacía poco.

—¿Cómo han encontrado este sitio? —preguntó Falk.

Estaban solos, pero King contestó en voz baja:

—Un recluso de Barwon nos llamó para darnos un soplo. El tipo era miembro de una banda de moteros, se enfrenta a una condena larga por agresión y, por lo visto, ya se ha hartado de estar en la cárcel. Al enterarse por las noticias de que estábamos buscando una cabaña en esta zona, se dio cuenta de que podría negociar. Asegura que algunos colegas suyos hacían trapicheos de drogas con Sam Kovac.

—¿Ah, sí?

—Dice que a Sam le gustaba fardar un poco de padre, alardear de que él sabía cosas que la policía desconocía, rollos de ésos. Sam los llevó a la cabaña un par de veces. —King señaló con la cabeza el estrecho sendero por el que iban—. El motero no sabía exactamente dónde estaba, pero sí recordaba la North Road y un par de puntos más. Hay un desfiladero un poco más arriba; por eso pudimos acotar el terreno. Cree que todavía puede revelar algunos detalles. Ahora mismo está preparando un acuerdo con sus abogados.

—¿Y usted se cree lo que cuenta de Kovac? —preguntó Carmen—. ¿No se habrá encontrado él solo con este sitio por casualidad? Tal vez está intentando que parezca lo que no es.

—Sí, le creemos —afirmó King con un suspiro. Y tras una breve pausa, añadió—: Hemos encontrado restos humanos.

Se produjo un silencio. Falk lo miró.

—¿De quién?

—Buena pregunta.

—¿No serán de Alice?

King negó con la cabeza.

—No. Seguro que no, son demasiado antiguos. Hay otro par de cosas interesantes, ya las verán con sus propios ojos, pero ni rastro de ella.

—Por Dios —exclamó Carmen—, pero ¿qué ha pasado en ese sitio?

Desde las profundidades del bosque, una bandada invisible de cucaburras soltó sus características «risas» y chillidos.

—Ésa también es una buena pregunta.

DÍA 3

NOCHE DEL SÁBADO

Beth oyó el estallido que producía su mano al impactar con la mejilla de Alice y, un instante después, sintió una fuerte sensación de escozor en la palma. El sonido resonó por toda la cabaña y notó que la mano le ardía, le palpitaba y le picaba.

Por unos segundos, tuvo la sensación de que tanto ella como las demás estaban en una cuerda floja de la que todas podían regresar. Hacer las paces. Entregar un informe a Recursos Humanos a la vuelta. Después, Alice emitió un sonido ahogado y lleno de rabia desde las profundidades de la garganta, y todas juntas se tambalearon y cayeron al vacío. En el exterior, el viento ululaba. Cuando las demás comenzaron a gritar, sus gritos parecieron salir de todos los rincones de la estancia.

Beth notó que Alice la agarraba del pelo y tiraba de su cabeza hacia abajo. Perdió el equilibrio y su hombro chocó con el suelo. Se quedó sin aire, asfixiada por su propio peso. Dos manos le aplastaron la cara contra los tablones del suelo y sintió cómo la mugre de la madera le arañaba la mejilla, percibió el sabor de la humedad rancia. Tenía a alguien encima. Alice. Sólo podía ser ella. A Beth le llegó una leve ráfaga de olor corporal, y una parte de su mente halló el espacio suficiente para sorprenderse. Alice no parecía ser de las que sudaban. Beth intentó defenderse y, a pesar de que tenía los brazos inmovilizados en un ángulo incómodo, peleó para zafarse y agarró el anorak de Alice. Sus dedos, sin embargo, resbalaron en la tela cara e impermeable.

Notó un tirón y otras dos manos que se esforzaban por separarlas. Era Bree, que gritaba:

—¡Suéltala!

Beth no estaba segura de a quién se lo decía. Intentó liberarse y, a continuación, sintió un fuerte golpe cuando Bree perdió el equilibrio y cayó sobre ellas. Las tres rodaron pesadamente a un lado y se estrellaron contra una pata de la mesa, que se deslizó con un chirrido por el suelo. Se oyó un fuerte golpe y alguien soltó un grito de dolor desde el otro lado de la sala. Beth intentó incorporarse, pero una mano que la agarraba del pelo tiró de ella hacia abajo. Su cabeza se estampó contra el suelo con tanta fuerza que sintió una oleada de náuseas que le subía de las entrañas hasta la garganta. Vio unos puntitos blancos agitándose en la oscuridad y, bajo unas manos que la arañaban y la agarraban con torpeza, se dio cuenta de que se desmayaba.

21

Cuanto más se alejaban, más les costaba avanzar por el sendero, que al cabo de una hora desapareció casi por completo al cruzar un arroyo, para después volver a surgir y empezar a serpentear hacia una cuesta pronunciada que ascendía por el desfiladero que King había mencionado. Las hileras de árboles idénticos que montaban guardia a su alrededor empezaron a jugarle malas pasadas a Falk, que cada vez agradecía más encontrarse con los trozos de cinta policial. La idea de tener que recorrer ese trayecto solo le horrorizaba. El miedo desbocado a acabar perdido no desaparecía nunca.

Sintió un gran alivio al empezar a ver unas manchas de color naranja entre los árboles. Miembros del equipo de búsqueda, sin duda. Ya debían de estar acercándose. Falk vio que la densidad del bosque disminuía poco a poco. Avanzaron unos pasos más y llegaron a un pequeño claro.

En el centro, agazapada y sombría tras los cordones policiales y el destello de los chalecos de los agentes, distinguió la cabaña.

Los tonos apagados del bosque la camuflaban a la perfección y cualquiera diría que la habían construido para parecer intencionadamente aislada. Desde las enormes ventanas vacías hasta la puerta combada y hosca, toda ella traslucía una imagen de desesperanza. Falk oyó la respiración de Carmen a su lado y, en torno a ellos, los árboles susurraron y temblaron. Una ráfaga de viento recorrió el claro y la cabaña gimió.

Lentamente, Falk giró sobre sus talones. El monte bajo se extendía en todas direcciones y entre los árboles apenas se distinguía alguna nota naranja del equipo de rescate. Desde ciertos ángulos, se imaginaba que la edificación resultaría difícilmente visible. El grupo de las mujeres había tenido suerte al encontrarla. O tal vez no, pensó Falk.

Un agente de policía estaba montando guardia al lado de la cabaña y otro hacía lo mismo a poca distancia. Delante de ambos, en el suelo, unas lonas de plástico cubrían algo. Las dos se curvaban un poco en el centro, pero cumplían su función y no dejaban ver lo que ocultaban.

Falk buscó a King con la mirada.

—Lauren nos contó que encontraron los restos de un perro.

—Sí, están ahí. —King señaló la lona de plástico más cercana, la más pequeña, y suspiró—. Pero los otros no pertenecen a un perro. Los especialistas están de camino.

Mientras observaban, el viento levantó la esquina de la lona más cercana, que se dobló sobre sí misma. El agente que montaba guardia se acuclilló para ponerla bien, pero Falk atisbó un agujero poco profundo y expuesto a la intemperie. Intentó imaginar lo que habrían sentido Alice y las demás al estar en aquel sitio, solas y asustadas. Sospechó que cualquier cosa que se le ocurriera no podría aproximarse siquiera a la realidad.

Se percató de que hasta ese momento había tenido la incómoda sensación de que las cuatro mujeres habían abandonado enseguida a Alice al descubrir que había desaparecido. Pero ahora, delante de aquella desolada cabaña, casi podía oír un insistente susurro en su mente: «Huye. Sal de aquí.» Movió la cabeza intentando apartar la idea.

Carmen se fijó en la lona de mayor tamaño y dijo:

—En su momento no llegaron a encontrar a la cuarta víctima, Sarah Sondenberg.

—Sí, así es —confirmó King, asintiendo.

—¿Hay algún indicio? —preguntó la agente, señalando la lona de plástico—. Seguro que se lo ha planteado.

Dio la impresión de que King quería decir algo, pero se contuvo y contestó:

—Los especialistas tendrán que examinarlo. Después de eso sabremos más detalles. —Levantó la cinta de la puerta—. Acompáñenme, les enseñaré el interior.

Se agacharon por debajo del cordón policial. La puerta les pareció una herida en la madera cuando la franquearon. En el interior, Falk percibió un leve olor a podredumbre y descomposición, que se mezclaba con el intenso y embriagador aroma de los eucaliptos. Apenas se veía nada. Por las ventanas sólo entraba un poco de luz, pero al colocarse en el centro de la sala empezó a distinguir algunos detalles. El polvo del suelo, que evidentemente había formado una gruesa capa, mostraba ahora las señales de haber sido removido. Se veía una mesa a un lado, formando un ángulo extraño, y por todas partes había hojas y broza. En una pequeña habitación, descubrió un colchón en el que se apreciaba una mancha oscura y perturbadora. A sus pies, moteando las tablas sucias del suelo bajo la ventana rota, apreció unas salpicaduras negras que parecían ser de sangre reciente.

DÍA 3

NOCHE DEL SÁBADO

Lauren no conseguía encontrar la linterna. Estaba arañando con las uñas las sucias tablas del suelo cuando, de pronto, oyó un golpe seco y el chirrido de la mesa al deslizarse por la sala. Sólo vio cómo volaba hacia ella una milésima de segundo antes de que uno de los bordes impactara en su rostro.

El golpe la dejó sin aire mientras caía hacia atrás y aterrizaba con dureza sobre el coxis. Soltó un gruñido y se quedó inmóvil, aturdida, debajo de la ventana rota. Sintió que la vieja herida de la frente le palpitaba y volvía a dolerle y, cuando se la tocó, se le humedecieron los dedos. Le pareció que estaba llorando, pero el líquido que le rodeaba los ojos era demasiado denso. Al darse cuenta de lo que ocurría, le entraron ganas de vomitar.

Se pasó los dedos por los ojos y se los limpió. Cuando pudo abrirlos de nuevo, sacudió las manos, y la sangre que tenía en los dedos salpicó las tablas.

Por la ventana sólo veía nubes. Era como si las estrellas hubieran desaparecido.

—¡Ayudadme! —gritó alguien.

Lauren no sabía quién había sido, pero tampoco le importaba mucho. Entonces se oyó un golpe seco y un gemido agudo. Una linterna salió despedida por el suelo, y la luz se proyectó en la pared formando ángulos delirantes; después chocó con algo y se apagó.

Lauren se levantó como pudo, avanzó hacia el trío que forcejeaba en el suelo y metió las manos sangrientas en aquella maraña. No tenía ni idea de a quién estaba agarrando mientras trataba de separarlas. A su lado, alguien intentaba hacer lo mismo. Se dio cuenta de que era Jill.

Palpó carne, clavó las uñas y tiró hacia ella sin que le importara a quién se lo hacía, mientras luchaba por lograr que el aire frío de la noche se colara entre los cuerpos. Un brazo salió de la nada y Lauren lo esquivó, pero Jill no lo vio venir y recibió un golpe tan fuerte en la mandíbula que se oyó perfectamente cómo se le partía un diente. Jill soltó un gruñido y trastabilló hacia atrás, tapándose la boca con la mano.

Ese movimiento cambió el equilibrio del forcejeo de los cuerpos, y cuando Lauren dio un último tirón consiguió separarlos. Sólo se oían jadeos y, después, el ruido que hicieron las tres al retirarse a sus respectivos rincones.

Lauren se desplomó contra la pared. La frente le ardía y notó que también le dolía la muñeca derecha, que se había torcido durante el forcejeo. Se preguntó si se le estaría hinchando y se pasó un dedo por debajo de la pulsera trenzada que le había regalado Rebecca. No parecía grave, sólo estaba un tanto magullada. En todo caso, la pulsera se movía libremente, así que no le hacía falta quitársela.

Se incorporó un poco y su pie derecho tocó algo con la punta de la bota. Acercó una mano y sus dedos palparon el plástico liso de una linterna y el interruptor para encenderla. Lo accionó, pero la linterna no se encendió. La agitó. Nada de nada. Estaba rota.

Lauren notó que la ansiedad se apoderaba de ella y de pronto se sintió incapaz de soportar la oscuridad ni un minuto más. Se puso a cuatro patas y fue palpando el suelo a ciegas hasta que tocó un frío cilindro de metal. Lo cogió y sintió el peso en las manos: era la linterna industrial de Beth.

Con manos temblorosas, buscó el interruptor y la encendió. Cuando el haz de luz atravesó el aire polvoriento se sintió inmensamente aliviada. Bajó la mirada y vio que sus botas estaban manchadas de sangre. Un poco más allá, cerca de la ventana, había algunas salpicaduras en el suelo. Se dio la vuelta, asqueada, y paseó lentamente el haz por la cabaña.

—¿Estáis todas bien?

La luz se posó sobre Jill, que estaba apoyada en el precario tabique que dividía la cabaña. Tenía los labios hinchados y cubiertos de sangre, y se tocaba la mandíbula. Dio un respingo cuando el haz de luz la iluminó y, al desviar la linterna, Lauren oyó que su jefa escupía. Un poco más allá, vio a Beth tumbada en el suelo, hecha un ovillo. Parecía un poco aturdida y se frotaba la nuca. Su hermana estaba sentada muy erguida, apoyando la espalda contra la pared, con los ojos muy abiertos.

Lauren tardó un poco más en encontrar a Alice en la oscuridad.

Estaba de pie ante la puerta, donde el tenue resplandor amarillo al fin dibujó su figura. Tenía el pelo alborotado y estaba colorada. Y, por primera vez en treinta años, Lauren vio que Alice Russell lloraba.

22

Falk observó la salpicadura de sangre del suelo.

—¿Sabemos de quién es esto?

King negó con la cabeza.

—Aún tienen que analizarlas, pero está claro que es reciente.

—¿Y eso de ahí? —añadió Falk, señalando el colchón apoyado en la pared. Lo habían envuelto con plástico, pero la mancha de la tela se distinguía con claridad.

—Me han dicho que probablemente sólo sea moho que lleva ahí mucho tiempo —aclaró King—. Así que no es algo tan malo como parece.

—Si estuvieras aquí perdido, sí te lo parecería —comentó Carmen.

—Sí, imagino que en ese caso a cualquiera le daría muy mala espina. —King suspiró—. En fin, como iba diciendo, hasta ahora no hay ninguna pista clara sobre qué puede haberle pasado a Alice. Las otras mujeres han declarado que se largó con su mochila y, desde luego, no hay ni rastro de sus cosas, así que esperemos que al menos las lleve encima. Sea como sea, no parece que haya logrado volver a la cabaña. Y si lo ha hecho, no ha dejado ningún mensaje a la vista.

Falk recorrió la cabaña con la mirada y se acordó del mensaje que le había dejado en el buzón de voz: «...Le haga daño.» Sacó el móvil del bolsillo. No había nada en la pantalla.

—¿Alguien ha conseguido cobertura aquí?

King hizo un gesto negativo con la cabeza.

Falk caminó por la cabaña y oyó los crujidos y los gemidos de los tablones. Era un lugar inhóspito, de eso no cabía duda, pero al menos tenía paredes y techo. Las noches ya le habían parecido de lo más inclementes vistas desde las ventanas de la casa rural, no quería ni imaginar lo que habría tenido que soportar Alice a la intemperie.

—Y ahora ¿qué? —preguntó.

—Estamos peinando toda la zona, pero buscar algún rastro en un sitio como éste es realmente jodido —contestó King—. Ya han visto lo que nos ha costado llegar hasta aquí, y el bosque es igual en todas las direcciones. Podríamos tardar días en cubrir las inmediaciones. Más aún si el tiempo empeora.

—¿Por dónde salieron las cuatro mujeres? —preguntó Carmen—. ¿Por el mismo sitio por el que hemos entrado nosotros?

—No. Nosotros lo hemos hecho por el camino más directo desde la carretera, pero ellas no fueron por ahí. Hay un sendero que se dirige al norte. Sale de la parte trasera de la cabaña y es necesario abrirse paso entre los árboles para encontrarlo, aunque cuando llegas a él es bastante fácil de seguir. Ellas ya iban por esa ruta cuando se toparon con este sitio. Si Alice decidió seguir sola, lo más probable es que lo hiciera por ese sendero.

Falk intentó concentrarse en lo que King les contaba. Aun así, mientras lo escuchaba era consciente de que una pequeña parte de él había mantenido la esperanza de que, cuando finalmente encontraran la cabaña, también hallarían a Alice Russell. La esperanza de que hubiera conseguido volver hasta ella, tal vez con miedo y llena de rabia, pero viva. Sin embargo, entre aquellas húmedas paredes que crujían, pensó en la densidad de la vegetación, en las tumbas del exterior, en las manchas de sangre del suelo. Y tuvo la sensación de que el último rescoldo de esperanza para Alice Russell se apagaba y desaparecía.

La cabaña estaba vacía. Fuera lo que fuese lo que hubiera ocurrido, Alice estaba a la intemperie, expuesta. De algún sitio, por debajo del aullido del viento y el rumor de los árboles, a Falk casi le pareció oír un toque de difuntos.

DÍA 3

NOCHE DEL SÁBADO

Más allá de los jadeos, en los instantes que siguieron reinó el más absoluto silencio. Las partículas de polvo formaban círculos perezosos bajo la luz de la linterna mientras Jill se examinaba la boca con la lengua. Notó la carne de los labios hinchada y tierna, y uno de los dientes de la derecha, en la mandíbula inferior, se le movía un poco. Era una sensación extraña que sólo había vivido en la infancia. De pronto se acordó de sus hijos cuando eran pequeños. Del ratoncito Pérez y de las monedas que les dejaba. Sentía que le ardían los ojos y se le hizo un nudo en la garganta. Tenía que llamarlos. Lo haría en cuanto consiguiera salir de allí.

Jill se incorporó un poco y notó algo junto al pie. Era una linterna. Con una mueca de dolor, se agachó para recogerla y accionó el interruptor. No funcionaba.

—Esta linterna está rota —tenía los labios tan hinchados que apenas se la entendió.

—Pues ésta también —dijo alguien; probablemente, una de las hermanas.

—¿Cuántas siguen funcionando? —preguntó Jill.

—Yo tengo una —contestó Lauren; el haz de luz centelleó cuando se la tendió a su jefa.

Jill notó el peso de la linterna industrial de Beth en la mano. Tal vez, a fin de cuentas, hubiera sido la mejor elección para una acampada.

—¿No queda ninguna más?

Nadie dijo nada. Jill suspiró.

—Mierda.

Al otro lado de la cabaña, Jill vio que Alice se pasaba una mano por los ojos. Tenía el pelo enmarañado y las lágrimas habían dejado un rastro de suciedad en sus mejillas, pero ya no lloraba.

Jill esperó a que dijera algo. Que exigiera una disculpa, probablemente. O tal vez que amenazara con presentar una denuncia. Pero Alice se limitó a sentarse con las rodillas dobladas junto al pecho. Se quedó cerca de la puerta, encorvada e inmóvil. Por algún motivo, aquello inquietó más a Jill.

—¿Alice? —dijo Bree desde uno de los rincones oscuros.

No hubo respuesta.

—Alice —repitió Bree—, oye, recuerda que Beth aún está en libertad condicional.

Siguió sin haber respuesta.

—Y tendrá que volver a enfrentarse a un tribunal en el caso de que tú...

Bree se detuvo. Esperó. Ninguna reacción.

—Alice, ¿me estás escuchando? Mira, ya sé que te ha golpeado, pero se meterá en un buen lío si este tema sale de aquí.

—¿Y...? —respondió Alice al fin, moviendo apenas los labios y sin alzar la vista.

—Pues que esto no debe salir de aquí, ¿vale? Te lo pido por favor. —La voz de Bree tenía un matiz distinto. Jill nunca la había oído hablar así—. Nuestra madre no se encuentra bien y la última vez le afectó muchísimo.

Tampoco hubo respuesta.

—Alice, por favor.

—Bree —la voz de Alice tenía un tono extraño—, es absurdo que me pidas algo así. Considérate afortunada si a estas alturas del mes que viene sigues con empleo.

—¡Eh! —exclamó Beth, con voz impetuosa y llena de rabia—. ¡No la amenaces! Lo único que ha hecho ha sido deslomarse a trabajar para ti.

Alice alzó la cabeza. Las palabras que pronunció salieron de sus labios lentamente y cargadas de intención. Cortaron la penumbra como si fueran de cristal:

—Tú cállate, zorra sebosa.

—Alice, ¡ya está bien! —exclamó Jill—. Beth no es la única de entre nosotras que está en la cuerda floja, así que ten cuidado porque tú también puedes tener problemas cuando...

—¿Cuando qué? —la interrumpió Alice con una curiosidad que parecía auténtica—. ¿Cuando aparezca tu fantástico equipo de rescate?

Jill abrió la boca para responder, pero entonces, con una punzada de pánico, se acordó repentinamente del móvil. Se lo había metido en el bolsillo del anorak antes del altercado, y empezó a buscarlo por los bolsillos. ¿Dónde estaba? Se sintió casi mareada de alivio cuando tocó el rectángulo de líneas elegantes. Lo sacó y examinó la pantalla para comprobar que estuviera intacta. Alice la observaba.

—Sabes que eso es mío.

Jill no contestó y volvió a guardárselo en el anorak.

—¿Y ahora qué hacemos? —preguntó Bree.

Jill suspiró en silencio. Estaba completamente agotada, empapada, tenía hambre, le dolía todo, la asqueaba la sensación de humedad. Además, se sentía violentada por las otras mujeres.

—Muy bien. En primer lugar —dijo, en un tono tan mesurado como fue capaz de lograr—, vamos a calmarnos todas. Luego quiero que saquéis vuestros sacos de dormir y que acordemos olvidar lo que acaba de pasar. Al menos, por el momento. Vamos a dormir un poco; por la mañana, cuando todas estemos un poco más despejadas, trazaremos un plan.

Nadie se movió.

—Haced lo que os he dicho, por favor.

Jill se agachó y abrió su mochila. Empezó a sacar su saco de dormir y suspiró de alivio al oír que las otras la imitaban. Entonces añadió:

—Alice, coloca el tuyo al lado del mío.

Ella frunció el ceño pero, por una vez, no discutió. Desenrolló su saco en el suelo, donde Jill le indicaba, y se metió en él. Bree fue la única que se molestó en salir a lavarse los dientes con agua de lluvia, y a Jill le alegró que Alice no quisiera hacer lo mismo. No tenía nada claro si habría que acompañarla o no.

Cuando Jill se metió en el saco de dormir, no pudo evitar una mueca de disgusto: la tela se le pegaba al cuerpo como si fuera una bolsa de plástico mojada. Tocó el móvil que llevaba en el anorak y vaciló. No quería quitárselo, pero sabía que si no lo hacía no conseguiría dormir. La noche anterior, la capucha no había dejado de enredársele en el pelo y las cremalleras se le clavaban cada vez que se daba la vuelta, y ya le iba a costar conciliar el sueño tal como estaba. Al final decidió quitárselo, aunque lo hizo con tanto sigilo como pudo. Lo dejó a su lado, junto a la abertura del saco. Le pareció notar que Alice la observaba, pero cuando miró hacia ella la vio tumbada boca arriba, contemplando el tejado de hojalata.

Era consciente de que todas estaban exhaustas. Tenían que descansar, pero en aquella cabaña se respiraba un ambiente tóxico. Podía sentir el pulso en las sienes y el suelo estaba duro. Oyó el crujido de los cuerpos que se revolvían, incómodos. Alice se movió en el saco de al lado.

—Que todo el mundo se duerma —ordenó Jill bruscamente—. Alice, si tienes que salir durante la noche, despiértame.

No hubo respuesta.

Jill se volvió hacia ella. Casi no veía nada en la oscuridad.

—¿Me has oído?

—Parece que no confías en mí, Jill.

No se molestó en contestar. Se limitó a poner la mano sobre el anorak, cerciorándose de que notaba los bordes duros del móvil bajo los pliegues de tela, y cerró los párpados.

23

A Falk le alegró salir de aquella cabaña. Carmen y él siguieron a King hasta el claro, entornando un poco los ojos bajo la luz natural.

—El sendero que siguieron las mujeres pasa por ahí. —el sargento señaló un lugar situado detrás de la cabaña.

Falk alargó el cuello para verlo. No distinguió ningún camino, sólo una pared de árboles con algún punto naranja aquí y allá cuando alguno de los miembros del equipo de búsqueda se movía entre la maleza. Daba la impresión de que aparecían y desaparecían cada vez que daban un paso.

—Trabajamos lo más rápido posible, pero... —King no acabó la frase, aunque no hacía ninguna falta.

El bosque era muy tupido, y esa densidad implicaba lentitud; implicaba que era fácil pasar por alto ciertas cosas y que algunas de esas cosas jamás llegarían a salir de él.

A Falk le llegaron voces amortiguadas de entre los árboles. Algunos de los miembros del equipo gritaban el nombre de Alice y después aguardaban una respuesta. Las pausas eran cada vez más breves y denotaban cierta desgana, aunque a Falk no le extrañó: esos hombres llevaban ya cuatro días de búsqueda. Uno de los forestales salió de entre los árboles y le hizo un gesto a King para que se acercara.

—Perdonen un minuto —dijo el sargento, y se marchó.

Cuando se quedaron a solas, Falk y Carmen se miraron. Las lonas de plástico que se extendían ante los pies de los agentes se agitaban levemente con el viento.

—Espero de verdad que sea Sarah Sondenberg la que esté ahí abajo —dijo la agente, señalando hacia la lona de mayor tamaño—. Por sus padres. Tener que suplicar información a Kovac debió de ser muy duro para ellos. Al menos las otras familias pudieron celebrar un funeral.

Falk también esperaba que se tratara de Sarah Sondenberg. No sabía qué esperar si no lo era.

Se volvió y examinó la cabaña. Seguramente había sido una construcción sólida al principio, pero ahora daba la impresión de que era una suerte que siguiera en pie. Al fijarse en el estado de la madera, se dijo que sin duda era anterior a Martin Kovac. ¿Quién la habría construido? ¿Formaba parte de un programa de vigilancia forestal ya olvidado? ¿O la había erigido un amante de la naturaleza que quería un refugio para los fines de semana, en la época en que las leyes que regulaban los parques naturales eran mucho más laxas? Se preguntó si siempre habría tenido ese aspecto tan solitario.

Se acercó a comprobar el estado de la puerta y la abrió y la cerró varias veces. Los goznes estaban tan deshechos que apenas chirriaron. El marco de madera resistía a duras penas.

—No hace mucho ruido. Probablemente es posible salir a escondidas sin despertar a nadie. O que alguien entre, supongo.

Carmen lo comprobó por sí misma.

—Además, no hay ventanas que den directamente a la parte de atrás. Desde dentro no habrían podido verla dirigiéndose a ese sendero del norte.

Falk pensó en lo que las otras mujeres les habían contado y trató de imaginar cómo se había desarrollado la escena. Según ellas, habían descubierto que Alice ya no estaba cuando se despertaron por la mañana. En caso de haberse marchado sola, habría salido a hurtadillas por la parte trasera de la cabaña y se habría internado en la oscuridad. Recordó la hora del mensaje de voz: las 4.26 h. «...Le haga daño.» Fuera lo que fuese lo que le hubiera ocurrido a Alice Russell, casi con toda seguridad le había pasado al abrigo de la oscuridad.

Miró al otro lado del claro. King seguía enfrascado en una conversación. En algún sitio por detrás de la cabaña estaba el sendero del norte.

—¿Damos un paseo? —le propuso Falk a Carmen.

Atravesaron con cierta dificultad la maleza y se metieron entre los árboles. Cada pocos pasos, Falk miraba hacia atrás. La cabaña dejó de verse cuando apenas habían avanzado unos metros. Le preocupaba un poco no dar con el sendero, aunque pronto se dio cuenta de que era una inquietud injustificada. Cuando lo encontraron, comprendieron que era una senda estrecha pero firme. Un lecho de rocas había impedido que la lluvia la convirtiera en barro.

Carmen se quedó en medio del camino. Dirigió la vista en una dirección y después en la otra.

—Creo que el norte está por ahí —dijo, frunciendo levemente el ceño—. Tiene que estarlo, aunque cuesta un poco saberlo.

Falk se dio la vuelta, ya un poco desorientado. El bosque era casi idéntico por ambos lados. Se fijó en la zona por la que habían llegado y distinguió a algunos miembros del equipo de búsqueda entre los árboles.

—Sí, creo que tienes razón. El norte debe de estar por ahí.

Siguieron esa dirección. La senda era justo lo bastante ancha para que pudieran caminar uno al lado del otro.

—¿Tú qué habrías hecho? —preguntó Falk—. Si hubieras sido una ellas, ¿te habrías quedado o habrías intentado marcharte?

—Teniendo en cuenta el factor mordedura de serpiente, habría decidido seguir adelante. Sin él... —Carmen lo consideró durante unos segundos—. Tal vez me habría quedado. No lo sé. A regañadientes después de haber visto el estado de esa cabaña, pero creo que habría hecho eso. Me habría atrincherado en ella y habría confiado en que los equipos de rescate cumplieran con su cometido. ¿Y tú?

Falk se estaba preguntando lo mismo. ¿Quedarse allí, sin saber cuándo te encontrarían y sin estar seguro de si llegarían a hacerlo? ¿O echar a andar, sin tener la certeza de hacia dónde vas? De pronto, cuando abrió la boca para contestar, sin saber todavía cuál era la respuesta, oyó algo.

Un tenue pitido.

Se detuvo.

—¿Qué ha sido eso? —preguntó.

—¿El qué? —dijo Carmen, que iba medio paso por delante de él y se había vuelto.

Falk no contestó. Aguzó el oído. Sólo percibía el murmullo del viento en los árboles. ¿Acaso lo había imaginado?

Deseó que el sonido se oyera una vez más. No fue así, pero lo recordaba con claridad. Un sonido breve, sutil e indudablemente electrónico. Tardó unos instantes en identificarlo, pero cuando se llevó la mano al bolsillo ya sabía que había acertado. Solía oír el mismo sonido una docena de veces al día. Tantas que, en determinadas situaciones, ni siquiera lo percibía. En un lugar como aquél, sin embargo, ese tono extraño y artificial lo había sobresaltado.

La pantalla de su móvil brillaba. Un mensaje de texto. Falk ni siquiera se molestó en mirar qué decía. El tono de aviso le confirmaba todo lo que quería saber: tenía cobertura.

Le mostró el teléfono a Carmen para que pudiera comprobarlo por sí misma. La señal era débil, pero había cobertura. Cuando Falk dio un paso en dirección a su compañera, la señal desapareció. Volvió a dar un paso atrás y reapareció de nuevo. Al repetir la comprobación en dirección contraria, ocurrió lo mismo. Sólo había un único y maravilloso punto con cobertura. Huidizo y frágil, aunque quizá bastase para poder transmitir un mensaje entrecortado.

Carmen se volvió y echó a correr, regresó por el sendero y atravesó de nuevo la línea de los árboles en dirección a la cabaña. Falk se quedó donde estaba, atento a la pantalla mientras la señal iba y venía varias veces, sin atreverse a apartar la mirada de ella. Su compañera volvió poco después, seguida por un jadeante sargento King, que miró la pantalla, sacó la radio y llamó al equipo de búsqueda. Se internaron en el bosque por ambos lados del camino. Las manchas de color naranja se dispersaron en la oscura penumbra de la maleza.

«...Le hagan daño.»

Tardaron menos de quince minutos en encontrar la mochila de Alice Russell.

DÍA 4

MAÑANA DEL DOMINGO

Las nubes se habían disipado y la luna llena brillaba.

El cabello rubio de Alice Russell conformaba una aureola dorada cuando ésta salió y cerró la puerta de la cabaña con cuidado. Se oyó un chasquido y el leve gemido de los goznes desvencijados. Alice se quedó inmóvil, escuchando. Llevaba la mochila colgando de un hombro y algo enrollado en la otra mano. No hubo ningún movimiento dentro de la cabaña. El pecho de Alice subió y bajó con un suspiro, aliviada.

Dejó la mochila en el suelo sin hacer ruido y desenrolló la tela que llevaba en el brazo. Un anorak impermeable. Caro, de talla grande. No era el suyo. Pasó las manos por la tela y bajó la cremallera de un bolsillo. Sacó algo, fino y rectangular, y pulsó un botón. Un resplandor. Una leve sonrisa. Se guardó el móvil en el bolsillo de los vaqueros, enrolló el anorak y lo lanzó más allá de un árbol caído, cerca de la puerta de la cabaña.

Alice se echó la mochila a la espalda y, con un chasquido, el haz de luz de la linterna iluminó el suelo por delante de ella. Se puso en marcha con sigilo, en dirección a la tupida pared de árboles y al sendero. Desapareció por un lado de la cabaña, sin echar la vista atrás.

Un poco más allá, al otro lado del claro, alguien observaba cómo se marchaba agazapado tras las franjas apergaminadas de un tronco de eucalipto.

24

La mochila de Alice Russell había sido abandonada detrás de un árbol, a diez metros del sendero. Estaba escondida entre unos tupidos arbustos y sin abrir. Falk pensó que casi parecía que quien la llevara la había dejado en el suelo, se había alejado y no había vuelto.

El sargento King estuvo un buen rato en cuclillas delante de la mochila, y luego empezó a dar vueltas a su alrededor como si llevara a cabo una coreografía. Finalmente, con un suspiro, se detuvo, eligió a algunos miembros de su equipo de búsqueda y se marchó del lugar.

Falk y Carmen no discutieron. De repente se encontraban regresando a la North Road por el mismo sendero por el que habían llegado, siguiendo las señales de la policía y a un par de voluntarios a los que les habían permitido saltarse el turno. Iban en fila india y en silencio. Sus guías titubearon varias veces al llegar a una bifurcación en el camino, y Falk volvió a agradecer que hubiera señales en los árboles.

Mientras seguía a Carmen iba pensando en la mochila. Allí tirada, abandonada e intacta. Una aberración por parte del hombre en medio del bosque. No parecía que nadie hubiera rebuscado en ella, aunque tampoco sabía muy bien cómo interpretar ese detalle. Probablemente su contenido no tenía mucho valor económico, pero allí, a la intemperie, donde las prendas impermeables podían suponer la diferencia entre la vida y la muerte, el valor se calculaba de una forma distinta. Falk era consciente de que Alice Russell nunca habría abandonado la mochila voluntariamente, y esa certeza provocó que un escalofrío le recorriera el cuerpo. Un escalofrío que en ningún caso estaba relacionado con las condiciones del tiempo.

«Si encuentras las pertenencias o un refugio, el cadáver siempre está al lado.» Las palabras del empleado de la gasolinera se repetían una y otra vez en su cabeza. Imaginó al tipo, siempre detrás del mostrador en cada una de las ocasiones que se habían detenido en el establecimiento. Aunque cuando habían pasado por allí aquella mañana no estaba en su puesto. «El cadáver siempre está al lado.» Falk suspiró.

—¿En qué estás pensando? —le preguntó Carmen en voz baja.

—En que esto no tiene buena pinta. No si Alice no iba bien equipada en condiciones como éstas.

—Ya. Supongo que no tardarán mucho en encontrarla. —Carmen se fijó en los árboles del bosque, que se alzaban pesados y tupidos a ambos lados—. Si es que aún está por aquí.

Siguieron caminando hasta que la vegetación empezó a ser menos cerrada y hubo un poco más de claridad. Después de otro recodo, llegaron por fin a la North Road. Los agentes y los equipos de rescate se apiñaban en el arcén, hablando en voz baja mientras la noticia de la mochila se extendía con rapidez. Falk recorrió el grupo con la mirada. No había ni rastro de Ian Chase y el microbús de Aventuras para Ejecutivos había desaparecido. El viento soplaba por la extensión abierta de carretera y Falk se arrebujó en su anorak. Se volvió hacia uno de los agentes, que estaba organizando a los equipos que habían vuelto.

—¿Ha visto marcharse a Ian Chase?

El hombre alzó la vista hacia él, con aire distraído:

—No, lo siento. No sé cuándo se habrá ido. Puede intentar llamarlo, si es urgente. En esa dirección, a unos diez minutos en coche, hay una garita de guardabosques con un teléfono fijo de emergencia —contestó, señalando la carretera.

—No se preocupe, gracias —dijo Falk, haciendo un gesto de negación.

Siguió a Carmen hasta el coche y se sentó en el asiento del conductor.

—¿Volvemos a la casa rural?

—Sí, supongo que es lo mejor.

Carmen arrancó y se pusieron en marcha. La agitación del lugar fue disminuyendo de tamaño en el retrovisor hasta que tomaron una curva y desapareció del todo. La imponente vegetación se alzaba a ambos lados como si fueran los muros de una catedral, ocultando tras ella el bullicio de las profundidades del bosque. El monte bajo guardaba bien sus secretos.

—La cabaña estaba muy bien escondida, pero no hay duda de que algunas personas conocían su existencia —dijo Falk después de un buen rato.

—¿Cómo dices? —preguntó Carmen, sin apartar la vista de la calzada.

—Estaba pensando en lo que nos dijeron Bree McKenzie y el sargento. Que el recluso que les dio el soplo conocía bien la cabaña. Así que al menos una persona sabía de ella. ¿Y si alguien más la hubiera descubierto?

—¿Como quién? ¿Como nuestro ausente amigo de Aventuras para Ejecutivos?

—Por ejemplo. Pasa mucho tiempo solo en el bosque. —Falk pensó también en la multitud de agentes, empleados del parque e integrantes de los equipos de rescate reunidos en el centro de búsqueda—. Aunque supongo que mucha gente hace lo mismo.

Llegaron al aparcamiento de la casa rural y sacaron su equipaje del maletero. Un guarda forestal al que ya habían visto atendía el mostrador de recepción.

—Me han contado que ahí arriba están pasando cosas, ¿no? —preguntó, mirando a Falk y a Carmen alternativamente.

Ambos se limitaron a asentir. No les correspondía a ellos difundir la noticia.

La puerta que daba a la zona de la cocina estaba entreabierta y Falk distinguió a Margot Russell. Estaba sentada a una mesa y lloraba en silencio, tapándose los ojos con una mano al tiempo que le temblaban los hombros. Se encontraba entre Jill Bailey y una mujer que, por su aspecto, debía de ser una trabajadora social. Lauren estaba de pie detrás de ellas.

Falk se dio la vuelta. Ya hablarían con Margot luego; estaba claro que aquél no era el mejor momento. A través de las ventanas de la fachada de la casa, vio movimiento en la zona de los coches. Una cabeza morena. No, no, dos. Bree y Beth se acercaban desde el edificio de las habitaciones. Discutían. Falk no podía oír las palabras, pero vio que se detenían el tiempo suficiente para que un microbús pasara a su lado. La inscripción del rótulo de uno de los laterales era inconfundible: AVENTURAS PARA EJECUTIVOS. Ian Chase volvía de donde fuera que hubiese estado. Le dio un pequeño codazo a Carmen, que se volvió para mirar.

El guarda forestal del mostrador ya había terminado de registrarlos y les entregó dos llaves.

—Las mismas de la última vez —les dijo.

—Gracias —contestó Falk, que apenas le prestó atención mientras Carmen y él observaban a Chase bajando de su vehículo.

Casi habían cruzado la puerta cuando el forestal de recepción los llamó de nuevo.

—Eh, esperen. —Sostenía el teléfono con el ceño fruncido—. Son de la policía, ¿verdad? Tienen una llamada.

Falk miró a Carmen, que se encogió de hombros, sorprendida. Volvieron al mostrador. Falk cogió el auricular y dijo su nombre. La voz del otro lado de la línea sonaba metálica y débil, pero la reconoció enseguida: era el sargento King.

—¡¿Me oye bien?! —King hablaba apresuradamente.

—Apenas.

—Mierda. Sigo cerca del centro de operaciones. Hablo por el fijo de la garita de los guardabosques, pero funciona fatal. —Se interrumpió—. ¿Ahora mejor?

—La verdad es que no.

—Bueno, da igual. Oiga, estoy volviendo. ¿Está con ustedes algún agente de la Policía Estatal?

—No. —Ellos eran los únicos que estaban en la zona de recepción y el aparcamiento se hallaba casi desierto. La mayoría de los agentes debían de seguir en el bosque—. Sólo nosotros.

—Vale. Amigo, tengo que...

Ruido de fondo. Nada.

—Espere un momento, he dejado de oírle...

—Vaya por Dios. ¿Ahora?

—Sí.

—La hemos encontrado.

Volvió el murmullo del ruido de fondo. Falk respiró hondo.

—¿Me ha oído? —preguntó King en voz baja.

—Sí, creo que sí. ¿Viva? —Falk ya conocía la respuesta antes de hacer la pregunta. A su lado, Carmen estaba inmóvil.

—No.

Aun así, aquella palabra fue como un puñetazo en el pecho.

—Escuche —añadió King, cuya voz iba y venía—. Volvemos ahora mismo todo lo rápido que podamos, pero necesito que me haga un favor. ¿Quién más anda por ahí?

Falk recorrió la estancia con la mirada. Carmen. El guarda forestal de recepción. Margot Russell y la trabajadora social en la cocina, junto a Jill y Lauren. Las gemelas en el aparcamiento. Ian Chase, que estaba cerrando el microbús y se alejaba. Le enumeró la lista a King y preguntó:

—¿Por qué?

Más ruido de fondo. Después, la voz lejana de King:

—Junto al cadáver hemos encontrado otra cosa.

DÍA 4

MAÑANA DEL DOMINGO

La luna se había ocultado tras una nube, lo que provocó que la figura de Alice Russell quedara envuelta por las sombras cuando desapareció por un lado de la cabaña.

Al otro lado del claro, la persona que la observaba salió de detrás de la pared de eucaliptos al tiempo que se subía con torpeza la cremallera del pantalón. Un leve olor a orina, caliente sobre el suelo frío. ¿Qué hora era? Casi las cuatro y media de la madrugada, según indicaban los dígitos brillantes del reloj de pulsera. Un rápido vistazo a la cabaña le reveló que en ella no había movimiento.

—Mierda.

El observador vaciló y después rodeó la edificación agachado. Las nubes se abrieron y la hierba crecida resplandeció, plateada y vacía. La pared de árboles estaba inmóvil. Alice había desaparecido.

25

Dos mochilas descansaban en el suelo junto a las ruedas traseras de un coche de alquiler. El maletero estaba abierto de par en par y las gemelas discutían en voz baja, muy cerca la una de la otra. El viento soplaba y las despeinaba, mezclando sus mechones negros. Ambas se volvieron a la vez y su discusión se interrumpió cuando vieron que Falk y Carmen se acercaban.

—Perdón, señoras —dijo Carmen con voz neutra—. Tenemos que pedirles que vuelvan a la casa.

—¿Por qué? —preguntó Beth, que miró a los dos agentes alternativamente con una expresión extraña. Quizá de sorpresa. Aunque podía ser de otra cosa.

—El sargento King quiere hablar con ustedes.

—Pero ¿por qué? —insistió Beth.

Bree permanecía en silencio al lado de su hermana, con los ojos muy abiertos, observando las caras de sus interlocutores. Sostenía el brazo vendado a la altura del pecho mientras apoyaba la otra mano en la puerta abierta del coche.

—Bree tiene cita con el médico —añadió Beth—. Nos habían dicho que podíamos irnos.

—Me hago cargo, pero les están pidiendo que se queden. Al menos por ahora. Acompáñennos. —Carmen se volvió hacia la casa—. Pueden traerse el equipaje.

Falk observó que las gemelas intercambiaban una mirada que no supo interpretar. A continuación, ambas cogieron sus respectivas mochilas, aunque Bree tardó bastante en cerrar el portón del maletero y ponerse en marcha. Anduvieron lentamente hacia la casa. Cuando pasaron por delante de la ventana de la cocina, Falk vio que Jill y Lauren observaban desde el interior. Evitó el contacto visual con ellas.

Carmen les pidió a los miembros del equipo de búsqueda que estaban en la zona de la cafetería que los dejaran solos y acompañó a las gemelas al interior.

Jill y Lauren habían salido al vestíbulo con una profunda expresión de curiosidad. Falk cerró la puerta tras él y se volvió hacia las gemelas.

—Tomen asiento.

Carmen y él se acomodaron uno al lado del otro, en el viejo sofá. Bree vaciló y, finalmente, se sentó en una butaca delante de ellos. Volvía a toquetearse la venda.

Beth se quedó de pie.

—¿Van a contarnos qué está pasando, o no?

—El sargento King se lo explicará cuando llegue.

—¿Y cuándo va a ser eso?

—Está de camino.

Beth miró por la ventana. En el aparcamiento, un voluntario fuera de servicio escuchaba por el auricular de su radio. De pronto, soltó una exclamación y llamó a dos de sus compañeros, que estaban metiendo algo en un coche. Señaló la radio. Falk dio por hecho que la noticia empezaba a difundirse.

—La han encontrado, ¿verdad? —preguntó Beth, mirándolo.

Las tablas del suelo crujieron y después dejaron paso al silencio.

—¿Está muerta?

Falk siguió sin decir nada y Beth miró de refilón a su hermana. El gesto de Bree era totalmente inexpresivo.

—¿Dónde? ¿Cerca de la cabaña? —insistió Beth—. Tiene que ser ahí. No ha habido tiempo suficiente desde que encontraron ese lugar para buscar mucho más lejos. Entonces, ¿lleva ahí desde el principio?

—El sargento King les...

—Sí, eso ya nos lo ha dicho. Pero se lo estoy preguntando a usted. Por favor. —Beth tragó saliva—. Merecemos saberlo.

Falk negó con la cabeza.

—Tendrán que esperar, lo siento.

Beth se acercó a la puerta cerrada. Se detuvo delante de ella, se dio la vuelta repentinamente y preguntó:

—¿Por qué no están también aquí Lauren y Jill?

—¡Beth, basta ya! —le espetó Bree, alzando la mirada al fin y sin dejar de tocarse el brazo.

—¿Por qué? Es una pregunta razonable. ¿Por qué sólo estamos nosotras dos aquí?

—En serio, Beth, cállate —insistió su hermana—. Espera a que llegue el sargento.

Falk seguía oyendo la voz de King al teléfono. Adquiriendo y perdiendo nitidez, pero con la claridad suficiente cuando importaba:

«Junto al cadáver hemos encontrado otra cosa.»

«¿Qué?»

Beth estaba muy quieta, observando a su hermana, y repitió:

—¿Por qué sólo estamos nosotras?

—¡Cierra el pico de una vez! —Bree estaba muy tiesa en la butaca y no dejaba de pasarse los dedos por la venda.

Beth parpadeó.

—A menos que no quiera decírnoslo sólo a nosotras. —Beth clavó la mirada en Falk—. A nosotras dos, me refiero.

El agente no pudo evitar fijarse en Bree, en su venda gris y deshilachada y, por debajo, la herida infectada de la mordedura.

«Junto al cadáver hemos encontrado otra cosa.» Costaba oír la voz de King.

«¿Qué?»

«Escondida en un árbol muerto, justo al lado de ella. Una pitón diamantina exageradamente grande.»

Finalmente, Bree miró a su gemela a los ojos:

—Beth, he dicho que te calles. No vuelvas a abrir la boca.

—Pero... —La voz de Beth ya no sonaba tan segura.

—¿Es que estás sorda?

—Pero... —Beth titubeó—. ¿Qué está pasando? ¿Es que has hecho algo?

Bree la miró de hito en hito. Se había olvidado por una vez de la venda y había dejado de mover la mano.

—¿Que si he hecho yo algo? —Soltó una breve carcajada amarga—. Ni se te ocurra ir por ahí.

—¿A qué te refieres?

—Ya lo sabes.

—Pues no.

—¿Ah, no? Muy bien. Lo que quiero decir, Beth, es que no te pongas ahí delante de la policía mientras me preguntas qué he hecho como si no tuvieras la menor idea. Si de verdad quieres ir por ahí, hablemos entonces de lo que has hecho tú.

—¿Yo? Yo no he hecho nada.

—¿En serio? ¿Vas a fingir que...?

—Bree —la interrumpió Falk—, le recomiendo que no se precipite...

—¿Que eres completamente inocente? ¿Que no tuviste nada que ver con todo esto?

—¿Nada que ver con qué?

—¡Por Dios, Beth! ¿De verdad quieres hacer esto? ¿Realmente me estás acusando? ¿Con ellos aquí delante? —Bree señaló a Falk y a Carmen—. Nada de esto habría ocurrido de no ser por ti.

—¿Qué es lo que no habría ocurrido?

—Oigan... —Falk y Carmen intentaron intervenir, pero las gemelas no les prestaron atención. Bree ya se había puesto de pie y miraba a su hermana a los ojos.

Beth dio un paso atrás y dijo:

—Escúchame bien, Bree, no tengo ni la más remota idea de qué me estás hablando.

—Y una mierda.

—Lo digo en serio.

—¡Y una mierda, Beth! Me parece increíble que actúes así.

—¿Así cómo?

—¡Intentando lavarte las manos y que me coma yo el marrón! En tal caso, ¿se puede saber por qué iba a intentar ayudarte? ¿Por qué no preocuparme sólo por mí y contar la verdad?

—¿La verdad sobre qué?

—¡Pues que ya estaba muerta! —Bree tenía los ojos muy abiertos y el cabello alborotado—. ¡Lo sabes muy bien! Alice ya estaba muerta cuando la encontré.

Beth dio otro paso atrás y miró a su hermana:

—Bree, yo no...

Bree soltó un bufido de frustración, se dio la vuelta y dirigió una mirada de súplica a Falk y a Carmen.

—No pasó como ella lo está contando. No la escuchen. —A Bree le temblaba la mano mientras señalaba a su hermana—. Por favor. Tienen que hacer entender al sargento King que...

—Bree...

—Escúchenme, Alice ya estaba muerta. —Los bellos rasgos de Bree se contrajeron en una mueca. Tenía lágrimas en los ojos—. La encontré yo. En el sendero, a primera hora de la mañana del domingo. Y la moví. Fue entonces cuando la serpiente me mordió. Pero no hice nada más. No le hice daño, lo juro. Ésa es la pura verdad.

—Bree... —comenzó a decir Carmen en esta ocasión, pero Bree la interrumpió.

—Estaba ahí tirada. No respiraba y yo no sabía qué hacer. Me daba miedo que saliera alguien y me viera, así que la cogí. Sólo iba a esconder su cuerpo entre la vegetación hasta que...

Bree se detuvo y miró a su hermana. Beth agarraba con tanta fuerza el respaldo de una silla que tenía los nudillos blancos.

—... hasta que pudiera hablar con Beth. Pero entonces tropecé y noté la serpiente cerca del brazo...

—Pero ¿por qué ibas a esconderla, Bree? —preguntó su hermana con lágrimas en los ojos.
—Por Dios, ya sabes por qué.
—No, no lo sé.
—Porque... —Bree se había ruborizado, tenía dos manchas de color en las mejillas—. Porque...
Parecía que no podía acabar de decirlo. Alargó el brazo para darle la mano a su gemela.
—¿Por qué?
—Por ti. Lo hice por ti. —Se estiró un poco más y agarró a su hermana del brazo—. No pueden encerrarte de nuevo, Beth. Eso acabaría con mamá. Ella nunca te lo ha contado, pero lo de la última vez fue horrible. Se puso mucho peor. Fue espantoso verla tan triste, saber que era por mi culpa y...
—No, Bree, la última vez que me encerraron fue culpa mía.
—No, fui yo quien tuvo la culpa. —Bree la agarró con más fuerza—. No fue mi vecina quien llamó a la policía, sino yo. Los llamé porque estaba muy enfadada contigo. No fui consciente de que el tema llegaría tan lejos.
—Aun así, tú no eres culpable de nada.
—Sí, sí lo soy.
—No, fui yo quien entró en tu casa para robar. Pero esto... —Beth dio otro paso atrás y se zafó de su hermana—. Esto es muy grave, Bree. ¿Por qué lo has hecho?
—Ya lo sabes... —Bree volvió a alargar el brazo, aunque sus dedos no consiguieron llegar hasta Beth—. Claro que lo sabes. ¡Lo hice porque eres mi hermana! Somos familia.
—Pero no confías en mí. —Beth dio otro paso atrás—. ¿De verdad crees que yo podría hacer algo así?
Falk vio que un coche de la policía se detenía en la gravilla del aparcamiento. Era el sargento King.
—Pero ¿qué otra cosa podía pensar? ¿Cómo iba a confiar en ti después de todo lo que me habías hecho? —Bree había empezado a llorar. Su rostro estaba cada vez más congestionado y enrojecido—. Me parece increíble que

seas capaz de estar ahí, mintiendo con descaro. ¡Díselo! Por favor, Beth, hazlo por mí. ¡Cuéntales la verdad!

—Bree...

Beth se detuvo. Abrió la boca como si estuviera a punto de añadir algo; luego la cerró y, sin mediar palabra, se dio la vuelta.

Bree extendió el brazo agitando la mano hacia ella; sus gritos resonaron por toda la sala cuando el sargento King abrió la puerta del salón.

—¡Eres una zorra mentirosa! ¡Te odio, Beth! ¡Te odio por hacer esto! ¡Cuéntales la verdad! —gimoteó entre sollozos—. Lo hice por ti...

En sus rostros contorsionados Falk advirtió la misma expresión de rabia por sentirse traicionadas. Para el agente, las gemelas nunca se habían parecido tanto como en ese momento.

DÍA 4

DOMINGO POR LA MAÑANA

Alice Russell se había detenido en seco.

Su figura bañada por la luz de la luna apenas se distinguía en el sendero que iba al norte. Había dejado atrás la cabaña, que ahora quedaba oculta por los árboles.

La mochila descansaba en el suelo, apoyada en una roca grande, y Alice agachaba ligeramente la cabeza. Se había llevado una mano al oído. Incluso desde lejos, podía verse que el pulso le temblaba gracias al resplandor azulado del móvil.

26

Se llevaron a las gemelas en dos coches de policía distintos.

Falk y Carmen lo observaron todo desde el vestíbulo de la entrada. Lauren y Jill se habían quedado en la zona de recepción, boquiabiertas y sin poder creer lo que estaban viendo, hasta que el sargento King les pidió que esperasen en el salón. Les dijo que un agente las llamaría para que volvieran a prestar declaración por separado en la oficina de la casa rural y que, si se consideraba necesario, posiblemente les pedirían también que acudieran a la comisaría del pueblo. Ellas asintieron en silencio y él se retiró.

Primero llamaron a Lauren, que cruzó la sala con el rostro hundido y pálido. Falk y Carmen se quedaron en el salón con Jill. Parecía una versión menguada de la mujer a la que habían conocido unos días antes.

—Le dije a Alice que, si acababa muerta en una zanja, se lo tendría bien merecido —soltó Jill de improviso mientras contemplaba el fuego—. Y en ese momento lo decía en serio.

A través de la puerta, les llegaban los gritos de Margot Russell. Eran tan fuertes que apenas se oía la voz de la agente de enlace. Jill volvió la cabeza con una expresión de dolor.

—¿Cuándo supo que su sobrino tenía fotos de Margot? —preguntó Carmen.

—No me enteré hasta que fue demasiado tarde. —Jill se miró las manos—. Daniel me contó toda la historia el martes, pero sólo porque las imágenes ya se habían hecho públicas a esas alturas. Aunque debería habérmelo dicho mucho antes. Si no me lo hubiera ocultado la primera noche, cuando acudió a nuestro campamento, tal vez no habría pasado nada de esto. Habría permitido que Alice se marchara cuando me lo pidió.

—¿Cuántos detalles le dio Daniel esa noche? —insistió Falk.

—Sólo me contó que su mujer le había pillado unas fotos a Joel y que por eso él había llegado tarde a la actividad. Quizá tendría que haber sacado conclusiones por mí misma, pero la verdad es que no pensé en ningún momento que pudieran ser de Margot. —Negó con la cabeza—. Las cosas eran muy distintas cuando yo iba al colegio.

A través de la puerta seguía oyéndose el llanto de Margot. Jill suspiró.

—Ojalá me lo hubiera contado Alice personalmente. Si lo hubiera sabido, le habría dejado volver después de la primera noche, claro que lo habría hecho. —Daba la impresión de que Jill trataba de convencerse a sí misma—. Y Joel es un idiota. Esto no va a poder arreglarlo con una simple disculpa. Se parece mucho a Daniel cuando era joven: hace lo que le da la gana, sin pensar en el futuro más allá de una hora. Los jóvenes no entienden nada, ¿verdad? Sólo viven en el presente. Ni siquiera se dan cuenta de que lo que hacen a esa edad puede perseguirlos durante años.

Se quedó callada y Falk vio que le temblaban las manos cuando las entrelazó sobre el regazo. Oyeron que alguien llamaba y la puerta se abrió. Lauren los miró desde el umbral, pálida y con las mejillas hundidas.

—Te toca —le dijo a Jill.

—¿Qué te han preguntado?

—Lo mismo de antes. Quieren saber qué pasó.

—¿Y qué les has contado?

—Que me parece increíble que Alice no lograra marcharse. —Lauren miró a Jill y después bajó la vista al suelo—. Me voy a la cama, no puedo con esto.

Sin esperar respuesta, se retiró y cerró la puerta.

Jill se quedó contemplando la puerta cerrada un buen rato. Luego, con un profundo suspiro, se puso en pie, la abrió y salió. El eco del llanto de Margot resonaba a su alrededor.

DÍA 4

MAÑANA DEL DOMINGO

Alice casi gritaba al teléfono. La mejilla le brillaba con un resplandor azul bajo la luz de la pantalla y sus palabras flotaban por el sendero.

—¿Es el número de emergencias? ¿Alguien me oye...? Mierda.

Su voz tenía un tono agudo de desesperación. Colgó. Con la cabeza gacha escudriñó la pantalla. Probó de nuevo y pulsó los mismos tres dígitos. Tres ceros.

—¿Emergencias? ¡Ayúdennos! ¿Hay alguien? Por favor, nos hemos perdido. ¿Pueden...? —Se calló y apartó el móvil del oído—. ¡Mierda!

Respiró profundamente, expandiendo y contrayendo el pecho para tomar y soltar aire. Volvió a teclear en la pantalla. En esta ocasión no repitió las tres cifras. Llamó a otro número y, cuando habló, no gritó tanto como anteriormente.

—Agente Falk, soy Alice. Russell. No sé si me recibe... —dijo con voz temblorosa—. Si escucha este mensaje, le ruego por favor que no entregue los archivos mañana. No sé qué hacer. Daniel Bailey tiene unas fotografías, o a lo mejor las tenga su hijo. Son de Margot, mi hija. No puedo arriesgarme ahora a hacer alguna cosa que lo moleste. Lo siento. Estoy intentando regresar para explicárselo. Si espera un poco, intentaré buscar otro modo de conseguirle los contratos. Discúlpeme, pero se trata de mi hija. Por favor. No puedo arriesgarme a hacer nada que le haga daño...

Un crujido y una pisada detrás de ella. Una voz en la oscuridad.

—¿Alice?

27

Falk y Carmen estaban solos en la cafetería, sin decir gran cosa. Los sollozos de Margot Russell les habían estado llegando desde la puerta durante mucho rato. Después habían cesado de repente, creando un silencio inquietante. Falk se preguntó adónde se habrían llevado a la joven.

Oyeron que un coche se acercaba por la gravilla y Carmen se dirigió a la ventana.

—King ha vuelto —anunció.

—¿Ves a alguna de las gemelas?

—No.

Se reunieron en el vestíbulo con King, cuyo rostro estaba más gris que de costumbre.

—¿Cómo ha ido la cosa en comisaría? —preguntó Falk.

El sargento negó con la cabeza.

—Están consultando el tema con sus abogados, aunque por el momento no han cambiado su versión. Bree insiste en que Alice ya estaba muerta cuando se la encontró, Beth afirma que no sabe nada al respecto.

—¿Usted las cree?

—Quién sabe. En cualquier caso, probar cualquier detalle va a ser una pesadilla. Un equipo forense de Melbourne está trabajando en la zona donde la hemos encontrado, pero ese lugar ha estado expuesto a la lluvia y al viento varios días. Hay barro y porquería por todas partes.

—¿Llevaba algo de interés en la mochila? —preguntó Carmen.

—¿Como un fajo de informes financieros de Bailey-Tennants? —King logró esbozar una sonrisa muy triste—. Creo que no, lo siento. Pero pueden echar un vistazo a esto... —Rebuscó en su mochila y sacó un lápiz de memoria—. Son fotografías del lugar en el que hemos hallado el cuerpo. Si ven algo que necesiten examinar, pueden pedir a los forenses que se lo enseñen cuando lo traigan.

—Gracias. —Falk lo cogió—. ¿Y están investigando también la tumba de al lado de la cabaña?

—Sí, claro... —contestó King, titubeando.

—¿Qué? —preguntó Carmen, que se lo quedó mirando—. ¿Qué pasa? ¿Han confirmado que se trata de Sarah?

King negó con la cabeza.

—No, no es ella.

—¿Cómo lo saben?

—El cuerpo es de un hombre.

Los agentes se lo quedaron mirando y Falk preguntó:

—¿A quién pertenece?

—Hace una hora han llamado a comisaría —explicó King—. El ex motero que está en la cárcel ha alcanzado un acuerdo que le satisface y le ha dicho a su abogado que cree que el cuerpo de la zanja es el de Sam Kovac.

—¿Sam Kovac? —repitió Falk con incredulidad.

—Sí. El tío asegura que hace cinco años alguien pagó a los moteros para que se deshicieran de él. Sam había estado alardeando de su padre, probablemente para tratar de entrar en el grupo, pero el tipo dice que Sam no estaba bien de la cabeza, que era demasiado inestable y no se podía confiar en él. Así que, cuando los moteros recibieron esa oferta, la aprovecharon. Por lo visto, a quien fuera que les pagase por eso no le interesaba cómo lo hicieran, siempre que el cadáver desapareciese para siempre. Sólo querían que Sam se esfumase.

—¿Y quién les pagaría por algo así? —preguntó Carmen.

El sargento miró por la ventana. El viento había amainado y en el bosque, por una vez, reinaba una extraña calma.

—Lo hicieron a través de un intermediario, pero por lo que dice el motero fue una pareja de cierta edad. Con posibles. Dispuestos a pagar bien. Está claro que ellos también estaban algo chalados.

Falk sopesó todas las posibilidades y sólo le vino una a la mente.

—¿No serán los padres de Sarah Sondenberg?

King se encogió ligeramente de hombros.

—Es demasiado pronto para saberlo con seguridad, pero supongo que ellos serán los primeros investigados. Pobres diablos. Imagino que veinte años de dolor e incertidumbre pasan factura a cualquiera. —El sargento volvió a negar con la cabeza—. El maldito Martin Kovac. Ha destrozado este sitio. Podría haberle dado algo de paz a esa pobre gente, y quizá también haberse ahorrado él mismo esos últimos años de angustia. Quién sabe... ¿Ustedes tienen hijos?

Falk contestó que no con la cabeza y recordó la foto de la sonriente Sarah Sondenberg que había aparecido en la prensa. Pensó en sus padres, en lo que debían de haber pasado los últimos veinte años.

—Yo tengo dos niños —dijo King—. Siempre lo he sentido mucho por los Sondenberg. Y que quede entre nosotros, pero, si han sido ellos, tampoco se lo puedo echar en cara. —Suspiró—. Creo que no se puede subestimar hasta dónde seríamos capaces de llegar por un hijo.

En algún lugar de las profundidades de la casa rural, los gemidos lastimeros de Margot Russell comenzaron de nuevo.

DÍA 4

MAÑANA DEL DOMINGO

—¿Alice?

Alice Russell dio un respingo. Colgó el teléfono con torpeza mientras se volvía en dirección a la voz y abrió mucho los ojos al ser consciente de que no estaba sola en el sendero. Dio medio paso atrás.

—¿Con quién estabas hablando, Alice?

28

Falk estaba muy desanimado. Y por la expresión de Carmen mientras avanzaban por el sendero que llevaba a las habitaciones, ella se sentía igual. El viento volvía a soplar, haciendo que a Falk le picaran los ojos y agitándole la ropa. Al llegar a las habitaciones se detuvieron y Falk manoseó el lápiz de memoria que el sargento King les había entregado.

—¿Les echamos un vistazo a las fotos? —propuso.

—Supongo que deberíamos hacerlo. —La respuesta de Carmen mostraba tanto entusiasmo como el que aparentaba.

La tumba en el bosque de Alice Russell. Al fin la habían encontrado, aunque no del modo en que cualquiera de los que la buscaban habría esperado.

Falk abrió la puerta, dejó la mochila en el suelo y sacó varios objetos antes de poder extraer el portátil. Carmen se sentó en la cama y se lo quedó mirando.

—Sigues llevando los mapas de tu padre —comentó mientras él dejaba el montón en la colcha, al lado de ella.

—Sí. En casa no tuve tiempo de deshacer del todo el equipaje.

—Yo tampoco. Bueno, imagino que no tardaremos mucho en volver. Habrá que dar la cara en el trabajo, ahora que ya han encontrado a Alice. Y seguirán pidiéndonos los contratos. —Parecía que aquella idea la desanimaba aún más—. En fin... —Se movió para dejar espacio en la cama mientras Falk abría el portátil—, zanjemos esto de una vez.

Falk conectó el lápiz de memoria y se sentó al lado de Carmen. Abrió la galería de imágenes.

En la pantalla apareció la mochila de Alice. Eran unas fotografías tomadas desde lejos que mostraban la bolsa apoyada en el tronco de un árbol; la tela destacaba entre los tonos apagados, verdes y marrones, del bosque. Unas fotos hechas desde cerca confirmaban la primera impresión que Falk había tenido: la lluvia había empapado la mochila, pero por lo demás estaba sin abrir y en perfecto estado. Había algo perturbador en la forma en que estaba apoyada, colocada y preparada para que la recogiera su dueña, que ya nunca iba a volver. Ambos estudiaron las imágenes de la mochila durante un buen rato y desde todos los ángulos posibles, pero en un momento dado la galería pasó a las siguientes fotos.

Los árboles habían protegido el cadáver de Alice Russell de las inclemencias del tiempo, pero el bosque había dejado su huella en él. Estaba tumbada de espaldas en un lecho de hierba alta, con las piernas estiradas y los brazos inertes a un lado. Se encontraba a menos de veinte metros del sendero, aunque en las imágenes quedaba claro que sólo se la podía ver si uno pasaba a muy poca distancia.

Tenía el pelo enmarañado en torno a la cabeza y la piel colgaba con flacidez en los pómulos. Más allá de eso, casi podría parecer que estuviera dormida. Casi. Los animales y las aves habían descubierto el cadáver mucho antes que la policía.

El bosque había arrasado el cuerpo de Alice como si fuera una ola. En el cabello tenía hojarasca, ramitas y broza, y también en los pliegues de la ropa. Debajo de una pierna se distinguía un trozo desgastado de envoltura de plástico que parecía haber recorrido una larga distancia.

Falk estaba a punto de pasar a la siguiente imagen cuando, de pronto, se detuvo. ¿Qué le había llamado la atención? Repasó de nuevo la foto. Había algo en la forma en que Alice estaba tumbada, con las extremidades extendidas y llenas de suciedad. Pero la sombra de aquella idea se desvanecía cuando intentaba capturarla y formularla.

Falk recordó a la mujer que Carmen y él habían conocido. El lápiz de labios que usaba en el trabajo y la expresión desafiante de Alice habían desaparecido del todo, y su cadáver parecía una cáscara vacía sobre el suelo del bosque. Tenía un aspecto frágil y solitario. Falk esperaba que Margot Russell no llegara a ver nunca esas fotografías. Incluso tras la muerte, la semejanza entre Alice y su hija resultaba asombrosa.

Avanzaron entre las imágenes de la galería hasta que la pantalla quedó vacía. Habían llegado al final.

—Bueno, ha sido tan horrible como cabía esperar —dijo Carmen en voz baja.

El cristal de la ventana vibró mientras su compañera se recostaba y colocaba la mano en el montón de mapas de la colcha. Cogió el de arriba, lo abrió y recorrió con la mirada las líneas impresas.

—Deberías utilizarlos —añadió en tono triste—. Por lo menos saldría algo bueno de todo esto.

—Sí, lo sé.

Falk rebuscó en la pila hasta que encontró el mapa de Giralang Ranges.

Lo abrió, lo alisó y buscó la North Road. La encontró. Atravesaba una franja de bosque no señalizada. Calculó el punto en el que más o menos debía encontrarse la cabaña y, a continuación, buscó el lugar en el que habían hallado el cadáver de Alice Russell.

En toda la zona no había nada señalado a lápiz, ni una palabra o una sola nota con la caligrafía de su padre. Falk no sabía muy bien qué había esperado o creído que iba a encontrar, pero, fuera lo que fuese, no estaba allí. Erik no había pisado nunca ese sector. Las líneas del papel le devolvieron la mirada con una indiferencia inexpresiva.

Falk suspiró y deslizó el mapa ante sus ojos hasta que encontró la ruta de Mirror Falls. Sobre el papel amarillento, se veían claramente las notas a lápiz con la intrincada caligrafía llena de florituras de su padre: «Caminata de verano. Cuidado con el desprendimiento de rocas. Fuente de agua dulce.» Erik había llevado a cabo numerosas correcciones. Había señalado que un mirador estaba cerrado y que después se había vuelto a abrir. Y posteriormente había vuelto a garabatear en ese mismo punto y había añadido las siguientes palabras: «Peligro reiterado.»

Falk contempló aquellas palabras un buen rato, sin saber muy bien por qué. Algo se despertó en las profundidades de su mente. Estaba a punto de coger el portátil cuando Carmen alzó la vista y dijo:

—Esta zona le gustaba. —Le mostró el mapa que sostenía—. En ella hay muchas indicaciones.

Falk reconoció enseguida el nombre de la región.

—Fue allí donde pasé mi infancia.

—¿En serio? Qué fuerte. No lo decías en broma, está en el quinto pino. —Carmen observó el mapa con mayor detenimiento—. Entonces, ¿salíais los dos a hacer senderismo por aquí, antes de que os mudarais?

Falk dijo que no con la cabeza.

—Que yo recuerde, no. Ni siquiera estoy seguro de que en esa época él saliera mucho. Estaba muy atareado en la granja. Allí vivía en plena naturaleza y creo que eso le bastaba.

—Por lo que pone aquí, parece que sí lo hicisteis. Al menos una vez.

Carmen le pasó el mapa mientras señalaba con el dedo algo escrito con la letra de Erik Falk.

«Con Aaron.»

Las palabras aparecían al lado de una ruta de montaña no muy complicada. Falk nunca la había recorrido entera, pero sabía adónde llegaba. Rodeaba los prados por los que él correteaba, por los que se desfogaba mientras su padre trabajaba la tierra; cerca se encontraba el recodo del río en el que Erik le había enseñado a pescar. A lo largo del sendero se extendía la valla en la que, un día de verano, alguien había fotografiado a un pequeño

Aaron, con apenas tres años, riendo y subido a hombros de su padre.

«Con Aaron.»

—La verdad es que no... —Falk notó los ojos cargados, anegados en lágrimas—. Nunca recorrimos esa ruta juntos, al menos no de una sola vez.

—Ya, pero a lo mejor él quería hacerlo. Aquí hay otras anotaciones idénticas.

Carmen había estado revisando el montón. Le tendió un par de mapas y le enseñó las anotaciones. Después, unos cuantos más.

En casi todos ellos, con una caligrafía medio borrada por el paso del tiempo y cada vez más temblorosa con el transcurso de los años, se leían las palabras: «Con Aaron.» «Con Aaron.» Eran rutas que su padre había elegido para hacerlas con él. Erik se había negado a aceptar las rotundas negativas de su hijo. En esas palabras se expresaba el deseo de que las cosas fueran de otro modo.

Falk se apoyó en el cabecero de la cama. Se dio cuenta de que Carmen lo miraba e hizo un gesto negativo con la cabeza. Le pareció que le iba a costar hablar.

Ella extendió el brazo y le acarició el pelo.

—Aaron, no te preocupes. Estoy segura de que él lo sabía.

—No creo —contestó Falk, después de tragar saliva.

—Sí. —Carmen sonrió—. Claro que sí. Los padres y los hijos están programados para quererse. Lo sabía.

—A él se le dio mejor mostrarlo que a mí —dijo Falk mientras observaba los mapas.

—Bueno, es posible. Pero no eres el único al que le ha pasado eso. Creo que, en general, los padres quieren más a los hijos que al revés.

—Es posible.

Falk pensó en los padres de Sarah Sondenberg y en lo lejos que se habían visto obligados a llegar por su hija. ¿Qué había dicho King? «Creo que no se puede subestimar hasta dónde seríamos capaces de llegar por un hijo.»

De nuevo, aquella idea volvió a rondarle. Parpadeó. ¿De qué se trataba? Intentaba atraparla, pero la idea se revolvía y amenazaba con desaparecer. El ordenador seguía encendido al lado de Carmen. La galería de fotos aún estaba abierta.

—Déjame verlas otra vez.

Cogió el portátil y repasó las imágenes de Alice Russell, fijándose mejor esta vez. Había algo, un detalle insignificante, que lo perturbaba, aunque no sabía decir qué era. Observó la piel cetrina de Alice, la mandíbula un poco abierta. El rostro casi parecía relajado y, de una manera extraña, daba la sensación de ser más joven. De pronto, el aullido del viento del exterior comenzó a parecerse mucho a los sollozos de Margot Russell.

Siguió revisando las fotografías. Las uñas rotas de Alice, las manos sucias, el pelo enmarañado. La hojarasca y la basura abandonada y desperdigada a su alrededor. Algo volvió a encenderse en su cabeza. Se detuvo en la última imagen y la amplió. Debajo de una pierna se veía un viejo trozo de plástico. Cerca del pelo, los restos mugrientos de un envoltorio de comida rasgado. Amplió la imagen un poco más.

En la cremallera del anorak había enganchado un único hilo rojo y plateado.

Aquella lucecita que se había encendido y apagado en su interior se convirtió en una llamarada cuando posó la mirada en ese hilo arrancado. De pronto, ya no pensaba en Alice ni en Margot Russell, sino en otra chica, tan frágil que apenas existía; una chica que no dejaba de manosear algo rojo y plateado que sostenía entre los dedos.

Un hilo atrapado en una cremallera. Una muñeca desnuda. La mirada atormentada en los ojos hundidos de la chica. Y la expresión de culpabilidad de su madre.

DÍA 4

MAÑANA DEL DOMINGO

—Alice. —Lauren se quedó mirando de hito en hito a su compañera—. ¿Con quién estabas hablando?

—Ay, Dios mío. —Alice se llevó una mano al pecho. La palidez de su rostro se adivinaba en la oscuridad—. Qué susto me has dado.

—¿Hay cobertura? ¿Has logrado hablar con alguien?

Lauren quiso arrebatarle el móvil, pero Alice apartó bruscamente la mano.

—La señal es demasiado débil. Creo que no me oyen.

—Llama a emergencias —dijo Lauren, extendiendo otra vez el brazo.

Alice dio un paso atrás.

—Ya lo he hecho, pero la comunicación se cortaba.

—Mierda. Entonces, ¿con quién hablabas?

—Era un buzón de voz. Aunque creo que no he podido dejar el mensaje.

—¿De quién?

—De nadie. Se trata de algo relacionado con Margot.

Lauren no apartó la mirada de Alice hasta que ésta se la devolvió.

—¡¿Qué?! —le espetó Alice—. Ya te he dicho que antes he marcado el número de emergencias.

—Casi no tenemos señal ni batería, no podemos desperdiciarla.

—Ya lo sé, pero esto era importante.

—Lo creas o no, hay cosas más importantes que tu dichosa hija.

Alice no contestó. Se limitó a aferrar el teléfono con más fuerza.

—Muy bien. —Lauren se obligó a respirar hondo—. De todas formas, ¿se puede saber cómo has cogido el móvil sin despertar a Jill?

Alice estuvo a punto de echarse a reír.

—¡Esa mujer ni siquiera se despertó ayer cuando nos cayó la tormenta! ¿Cómo iba a enterarse de que su anorak cambiaba de sitio?

Era cierto, Jill siempre parecía dormir mejor que todas las demás. Se fijó en la otra mano de Alice.

—Y también te has llevado la linterna de Beth.

—Me hace falta.

—Es la única que nos queda, la única que aún funciona.

—Por eso la necesito.

Alice no la miraba a los ojos. El haz de luz se movía en la oscuridad. Más allá de éste, el sendero estaba en penumbra.

Lauren vio la mochila de Alice apoyada en una roca. Preparada para emprender la marcha. Volvió a respirar hondo y dijo:

—Oye, tenemos que avisar a las otras, querrán saber que hay cobertura. No les contaré que ibas a marcharte.

Alice no contestó y se metió el móvil en un bolsillo de los vaqueros.

—Por Dios, Alice, ¿de verdad sigues pensando en marcharte?

Alice se agachó, cogió la mochila y se la colgó de un hombro. Lauren la agarró del brazo.

—¡Suéltame! —exclamó Alice mientras se zafaba.

—No puedes seguir tú sola. Es peligroso. Y ahora hay señal, eso facilitará que nos encuentren.

—No, es demasiado débil.

—¡Pero es algo! Alice, es la mejor oportunidad que hemos tenido desde hace días.

—No levantes la voz, por favor. Lo siento, no puedo quedarme aquí esperando a que nos encuentren.

—¿Por qué no?

No hubo respuesta.

—Por el amor de Dios. —Lauren intentó tranquilizarse. Notaba el corazón aporreándole el pecho—. ¿Se puede saber cómo piensas lograrlo?

—Iré hacia el norte, que es lo que deberíamos haber hecho hoy. Sabes que ésa es la manera de salir de aquí, Lauren, pero no has querido reconocerlo porque entonces habrías tenido que intentarlo.

—No. No he querido porque es peligroso. Sobre todo si estás sola. Además, irás a ciegas, ni siquiera llevas brújula.

Lauren notó la presencia del disco de plástico en el bolsillo.

—Si tanto te preocupa eso, podrías dármela.

—No. —Lauren rodeó el instrumento con los dedos—. Ni pensarlo.

—Ya me parecía. De todas formas, sabemos que este sendero va al norte. Sabré cómo orientarme si es necesario. Lo hice en McAllaster.

El condenado McAllaster. Lauren sintió que se le aceleraba el pulso al oír ese nombre. Sintió una opresión en el pecho. Treinta años antes habían estado en medio de la nada y tan cerca la una de la otra como en aquel momento. La prueba de confianza. Lauren estaba triste, añoraba su casa y llevaba una venda en los ojos. Recordaba perfectamente la inmensa sensación de alivio al notar la mano firme de Alice en su brazo y escuchar su voz segura.

—Ya te tengo. Por aquí.

—Gracias.

Alice guiaba y Lauren la seguía. Un ruido de pisadas a su alrededor. Una risita. Luego, otra vez la voz de Alice en su oído y un susurro de advertencia:

—Cuidado.

La mano que la llevaba del brazo desapareció de pronto, liviana como el aire, y la abandonó a su suerte. Lauren extendió el brazo, desorientada, mientras tropezaba con algo que estaba justo delante de ella. Sintió que caía al vacío. A sus espaldas, sólo se oían unas risas ahogadas y lejanas.

Se fracturó la muñeca al aterrizar. Y se alegró. Eso significaba que, cuando se quitara la venda y se viera completamente sola, rodeada por el denso bosque en la oscuridad creciente, tendría una excusa para tener lágrimas en los ojos. Tampoco es que eso importase mucho. Las otras chicas tardaron cuatro horas en volver a buscarla. Cuando al fin lo hicieron, Alice se estaba riendo.

—Ya te he dicho que tuvieras cuidado.

29

Falk se quedó mirando el hilo rojo y plateado que estaba enganchado en la cremallera del anorak de Alice Russell y giró la pantalla para mostrárselo a Carmen. Su compañera guiñó los ojos.

—Mierda.

La agente se puso a rebuscar en el bolsillo de su cazadora y, antes de que Falk añadiera nada, sacó la pulsera trenzada de la amistad que había hecho Rebecca. Los hilos de plata brillaron bajo la luz.

—Sé que Lauren dijo que ella había perdido la suya, pero en el bosque aún la llevaba, ¿no?

Falk cogió también su anorak y rebuscó en los bolsillos hasta que encontró el cartel arrugado de PERSONA DESAPARECIDA que había cogido en recepción. Lo alisó, sin prestar apenas atención al rostro risueño de Alice, y se centró en la última fotografía que las cinco mujeres se habían hecho juntas.

Estaban en el punto de salida de la ruta de Mirror Falls. Alice rodeaba la cintura de Lauren con el brazo y sonreía. Lauren le pasaba el brazo por el hombro, pero, cuando Falk aumentó un poco más la imagen, vio que tenía el brazo suspendido, más que apoyado. En el borde de la manga de Lauren, una nítida franja trenzada de rojo y plata le abrazaba la muñeca.

Carmen estaba descolgando ya el teléfono de la habitación para llamar al sargento King. Se quedó escuchando unos instantes y negó con la cabeza: no le cogía la llamada. Marcó el número de recepción. Falk ya se había puesto el anorak cuando ella comprobó el número de habitación. Sin mediar palabra, salieron al exterior y recorrieron el porche de la zona de huéspedes. El sol de última hora de la tarde se había puesto detrás de los árboles, y la oscuridad se cernía por el este.

Llegaron a la habitación de Lauren y Falk llamó a la puerta. Aguardaron. No hubo respuesta. Llamó de nuevo y después trató de girar el pomo. La puerta se abrió; la estancia estaba vacía. Miró a Carmen.

—¿Estará en la casa? —preguntó la agente.

Falk titubeó y después miró por detrás de ella. En el punto de salida de la ruta de Mirror Falls no había nadie; el cartel de madera apenas se distinguía en la oscuridad creciente. Al ver hacia dónde miraba su compañero, Carmen se dio cuenta enseguida de en qué estaba pensando. Una expresión de alarma le cruzó el rostro.

—Adelántate tú —dijo—. Voy a buscar a King y te sigo.

—De acuerdo.

Falk se dirigió a grandes zancadas hacia el inicio de la ruta, atravesando ruidosamente el camino de gravilla y después hundiéndose levemente en el barro al llegar al cartel. Por allí no había nadie más, pero distinguió unas huellas de botas en el suelo. Se internó en el sendero.

¿Estaría en lo cierto? Aún no podía saberlo, pero entonces se acordó de la muchacha esquelética y del hilo trenzado en rojo y plata, y de la muñeca desnuda de su madre.

«Creo que no se puede subestimar hasta dónde seríamos capaces de llegar por un hijo.»

Falk apretó el paso y, cuando el rugido de la catarata de Mirror Falls se hizo más intenso, empezó a correr.

DÍA 4

MAÑANA DEL DOMINGO

—Sabré encontrar el camino. Lo hice en McAllaster.

Lauren la miró.

—En McAllaster hiciste muchas cosas.

—Oh, vamos, Lauren, no empieces otra vez con eso. Ya te he pedido disculpas por lo que pasó, y muchas veces. —Alice se dio la vuelta—. Oye, lo siento pero tengo que irme.

Lauren alargó el brazo y esta vez agarró el anorak de Alice.

—Con el móvil, no.

—Sí, me iré con *mi* móvil.

Alice le dio un empujón y Lauren se tambaleó un poco hacia atrás. Las sombras altas que la rodeaban oscilaron y notó una oleada de rabia al ver que Alice se daba la vuelta.

—No te vayas.

—Por Dios, Lauren. —En esta ocasión, Alice no se volvió. Lauren se abalanzó contra ella de nuevo, aunque aún no había recuperado del todo la estabilidad. Agarró la mochila de Alice y tiró hacia atrás—. No puedes dejarnos aquí.

—Oh, vamos, no te pongas tan melodramática.

Lauren sintió que la rabia crecía y estallaba en su pecho.

—¡Eh, no te atrevas a hablarme así!

Alice alzó una mano:

—Está bien. Mira, ven conmigo si quieres. O quédate. O márchate cuando al fin te des cuenta de que no van a venir a buscarte. Me da igual. Pero yo tengo que irme.

Alice intentó zafarse, pero en esta ocasión Lauren no la soltó.

—No lo hagas. —Le dolía la mano con la que agarraba la mochila de lo mucho que apretaba y se notaba algo mareada—. Alice, por una vez podrías pensar en alguien más que en ti misma.

—¡Eso es precisamente lo que estoy haciendo! Tengo que volver por Margot, ha pasado algo y...

—¡Y no quiera Dios que nada perturbe a la querida Margot Russell! —la interrumpió Lauren. Su propia carcajada le sonó extraña en medio de la noche—. No sé quién es más condenadamente egoísta, si ella o tú.

—¿Perdona?

—No te hagas la inocente conmigo, Alice. Ella es tan mala como tú. Finges que lamentas la forma en que actuaste en el colegio, la misma forma en la que actúas ahora, de hecho, pero tienes una hija que se comporta exactamente igual. ¿Quieres que siga tus pasos? Pues lo has conseguido, de eso no te quepa duda.

Alice soltó una fría carcajada.

—¿En serio? Venga, Lauren, deja de decir chorradas, que se te da de maravilla.

Hubo un silencio.

—¿Cómo...? —Lauren abrió la boca, pero las palabras se evaporaron.

—Déjalo ya. Y no metas a Margot en esto. —Alice bajó la voz—. Ella no ha hecho nada malo.

—¿Ah, no?

Alice no respondió y Lauren la miró fijamente.

—Sabes tan bien como yo que ella también participó, Alice.

—En qué, ¿en el problema que tuvo Rebecca? Ya sabes que el tema está zanjado. El colegio llevó a cabo una investigación y expulsaron a las responsables de las fotos.

—Sólo expulsaron a las chicas que se pudo demostrar que eran responsables. ¿Crees que no sé que todas formaban parte de la pandilla de Margot? Ella también estuvo involucrada, no me cabe la menor duda. Seguramente fue la maldita cabecilla.

—Si eso fuera cierto, el colegio así lo habría dicho.

—¿En serio? ¿Lo habría hecho? ¿Cuánto dinero adicional has donado al centro este año, Alice? ¿Cuánto te ha costado que hagan la vista gorda con Margot?

No hubo respuesta. Algo crujió en el bosque.

—Ya, eso me parecía —dijo Lauren, que temblaba tanto que apenas podía respirar.

—Mira, he hecho todo lo posible por ayudarte, Lauren. Para empezar, ¿no fui yo quien te recomendó para ese puesto? ¿Acaso no te he cubierto las espaldas las veces que ha hecho falta últimamente cuando has estado distraída y agobiada?

—Porque te sientes culpable.

—¡Porque somos amigas!

Lauren la miró de hito en hito.

—No, no lo somos.

Alice se quedó callada durante unos largos segundos.

—Está bien. Mira, las dos estamos alteradas. Llevamos unos días muy difíciles. Y sé perfectamente lo complicada que es la situación de Rebecca. Y la tuya.

—No tienes ni idea, Alice. Ni siquiera puedes imaginártelo.

—Lauren, sí que puedo. —A Alice le brillaban los ojos a la luz de la luna. Tragó saliva—. Mira, acabo de enterarme de que es posible que haya unas fotos de Margot y...

—Y ¿qué?

—Pues que tengo que volver...

—¿Y esperas que me importe que ahora sea tu hija la que se encuentre frente a la cámara y no la mía?

—¡Por Dios, Lauren, por favor! Tu hija ya estaba de lo más deprimida antes de que se difundieran esas fotos tan tontas...

—No, no lo estaba...

—¡Claro que sí! ¡Por supuesto que sí! —La voz de Alice era un susurro impaciente—. Si quieres culpar a alguien de los problemas de Rebecca, ¿por qué no te miras bien al espejo? Te lo digo en serio, ¿acaso no ves de dónde le viene todo?

Lauren notó el bombeo de la sangre en sus sienes. Alice estaba cerca, pero sus palabras le llegaban débiles, como si vinieran de muy lejos.

—¿No lo ves? —Alice la miró fijamente—. ¿Necesitas una pista? Tu hija ha estado dieciséis años viendo cómo te mangoneaban. ¿Por qué permitías que la gente te pisoteara? Nunca te has aceptado a ti misma. Llevas años con esas dichosas dietas con las que pierdes y ganas peso. ¿Y te extraña que siempre te lleves tú la peor parte? En el colegio te lo tenías más que merecido, y ahora sigues igual. Con tu ayuda, podríamos salir todas de aquí, pero no te atreves a confiar en ti misma.

—¡Eso no es cierto!

—Sí que lo es. Madre mía, eres tan débil de carácter...

—¡No lo soy!

—Y si no eres capaz de darte cuenta de hasta qué punto has perjudicado a tu hija, eres peor madre de lo que pensaba. Y, la verdad, ya te consideraba un completo desastre.

Lauren notaba sus latidos con tanta fuerza en la cabeza que apenas pudo oír sus propias palabras.

—No, Alice. He cambiado. Eres tú la que sigue siendo la misma. Eras una zorra en el colegio y ahora eres todavía peor.

Alice soltó una risotada.

—Te engañas. Tú no has cambiado. Eres la de siempre. Es tu naturaleza.

—Y Rebecca no está bien... —La culpa subió con tanta fuerza por la garganta de Lauren que ésta estuvo a punto de ahogarse. Pero tragó saliva y continuó—: Tiene problemas graves.

—¿Cuánto le pagas a tu terapeuta para poder creerte eso? —replicó Alice con desdén—. No es tan complicado, así funcionan las cosas, ¿o no? ¿Crees que no me doy cuenta de que mi hija puede llegar a ser una bruja y una maquinadora? ¿Una persona agresiva, manipuladora y todo lo demás? No estoy ciega, sé cómo es.

Se inclinó hacia Lauren, sonrojada. Sudaba a pesar del frío; tenía mechones de pelo pegados a la frente y lágrimas en los ojos.

—Y también sé perfectamente que a veces hace estupideces, verdaderas estupideces. Pero al menos lo reconozco. Puedo dar un paso al frente y admitir mi parte de culpa. ¿Quieres derrochar miles de dólares para descubrir por qué tu hija está enferma y no come, Lauren? —Sus rostros estaban tan cerca que el vaho de sus alientos se fundía en uno solo—. Ahórrate el dinero y cómprate un espejo. Tú la has hecho así. ¿Crees que mi hija es como yo? Pues tu hija es igualita a ti.

30

El sendero estaba húmedo y resbaladizo. Falk avanzaba lo más rápido que podía, respirando trabajosamente mientras las ramas de la maleza se le cruzaban en el camino, se le enganchaban y lo arañaban. El ruido atronador del torrente de agua indicaba que estaba cada vez más cerca. Cuando salió de entre los árboles, Falk estaba jadeando y el pegajoso sudor se le enfriaba ya sobre la piel.

La cortina de agua caía con fuerza. Se obligó a parar y, con la respiración entrecortada, entrecerró los ojos a la luz del atardecer. Nada. El mirador de la cascada estaba desierto. Soltó una maldición entre dientes. Se había equivocado. Una vocecita en su cabeza le susurró que quizá había llegado demasiado tarde.

Dio un paso en el puente, después otro, y se quedó quieto.

Ahí estaba, subida a la pared de roca que sobresalía en la parte superior de Mirror Falls, casi invisible delante de ese fondo escarpado. Le colgaban las piernas por el borde y miraba hacia abajo, hacia el torrente de agua blanca que se estrellaba contra la poza.

Lauren estaba allí triste y temblorosa, y completamente sola.

DÍA 4

MAÑANA DEL DOMINGO

«Pues tu hija es igualita a ti.»

Esas palabras aún resonaban en la noche cuando Lauren embistió a Alice. El movimiento la sorprendió incluso a ella. Su cuerpo chocó contra el de Alice y ambas se tambalearon mientras se golpeaban con las manos. Lauren sintió una quemazón cuando las uñas de su contrincante le arañaron la muñeca derecha.

—¡Eres una zorra! —gritó Lauren, que notaba ardor y un nudo en la garganta.

Su grito quedó amortiguado por la caída. Las dos rodaron por el suelo, entrelazadas, hasta que chocaron contra una roca situada al otro lado del sendero.

Un golpe seco resonó en el bosque y Lauren notó que se quedaba sin aire al estrellarse en el suelo. Respiraba entrecortadamente y se dio la vuelta, sintiendo que las piedras del camino se le clavaban en la espalda y fuertes palpitaciones en los oídos.

A su lado, Alice emitió un leve gemido. Aún tenía un brazo sobre Lauren y estaba lo bastante cerca como para que ésta pudiera percibir el calor de su cuerpo a través de la ropa. La mochila se había quedado a un lado.

—¡Suéltame! —gritó Lauren mientras la empujaba para apartarla—. Eres una puta mentirosa.

Alice no contestó; se quedó tumbada, completamente inerte.

Lauren se incorporó y trató de recuperar el aliento. El subidón de adrenalina caía en picado, y había empezado a temblar y a sentir frío. Miró hacia abajo: Alice seguía tumbada boca arriba, mirando al cielo. Le temblaban los párpados y tenía los labios levemente abiertos. Gimió de nuevo y se llevó una mano a la nuca. Lauren observó la roca que estaba al lado del sendero.

—¿Qué pasa? ¿Te has dado un golpe en la cabeza?

No hubo respuesta. Alice parpadeó, abriendo y cerrando los ojos con lentitud. La mano seguía en la cabeza.

—Mierda. —Lauren aún podía sentir la rabia, pero ésta empezaba a desvanecerse, mitigada por cierto sentimiento de culpa. Quizá Alice había ido demasiado lejos, pero ella también. Todas estaban cansadas, tenían hambre, y ella se había dejado llevar por la ira—. ¿Estás bien? Deja que...

Lauren se incorporó, la cogió por las axilas y la sentó. Le apoyó la espalda en la roca y le puso la mochila al lado. Alice parpadeó despacio. Tenía la mirada vidriosa y perdida, y las manos lacias en el regazo.

Lauren le miró la nuca. No había sangre.

—No te pasa nada. No estás sangrando, seguramente sólo estás un poco aturdida. Espera un minuto.

No hubo respuesta.

Le puso una mano en el pecho para comprobar cómo subía y bajaba, igual que hacía con Rebecca cuando era muy pequeña, sentada al lado de su cuna en la oscuridad de la madrugada, asfixiada por lo estrecho de su vínculo, temblando por el peso de la responsabilidad. «¿Sigues respirando? ¿Sigues a mi lado?» Ahora, mientras contenía el aliento, Lauren notó la respiración superficial de Alice bajo la mano. Soltó un suspiro de alivio perfectamente audible.

—Madre mía, Alice.

Se puso de pie y dio un paso atrás. ¿Y ahora qué? De pronto, se sintió muy sola y muy asustada. Estaba agotada. Cansada de todo. Demasiado exhausta para seguir discutiendo.

—Mira, Alice, haz lo que quieras. No voy a despertar a las demás. No voy a decirles que te he visto, si tú no les cuentas... —se interrumpió— que he perdido los estribos por un momento.

Alice seguía sin responder, con la vista fija en el suelo de delante y los párpados medio cerrados. Parpadeó una vez más, su pecho se elevó y después descendió poco a poco.

—Me vuelvo a la cabaña. Y tú deberías hacer lo mismo. No desaparezcas.

Los labios de Alice se movieron muy levemente y del fondo de su garganta salió un débil sonido. Lauren se acercó, llevada por la curiosidad. Otro débil sonido, casi un gruñido, pero a pesar del silbido del viento en las copas de los árboles, a pesar de las palpitaciones en las sienes y del dolor en su interior, a Lauren le pareció entender lo que Alice trataba de decirle.

—No pasa nada. —Alice se incorporó y se volvió—. Yo también lo siento.

Apenas recordaba cómo había vuelto a la cabaña. En el interior, tres cuerpos tumbados e inmóviles respiraban suavemente. Lauren buscó su saco de dormir y se metió en él. Aún estaba temblando y, cuando se tumbó sobre las tablas del suelo, tuvo la sensación de que todo daba vueltas. Sentía una opresión dolorosa en el pecho. Pensó que no era sólo rabia. Tampoco tristeza. Era otra cosa.

Culpa.

La palabra ascendió por la garganta como si fuera un reflujo de bilis. Tragó con fuerza para que descendiera.

Le pesaban mucho los párpados y estaba exhausta. Estuvo atenta a cualquier ruido durante un buen rato, pero no oyó que Alice entrara después de ella. Al fin, agotada, tuvo que rendirse. Sólo cuando estaba a punto de dormirse advirtió dos cosas. La primera: que se le había olvidado coger el móvil. La segunda: que no llevaba nada en la muñeca derecha. La pulsera de la amistad que le había hecho su hija había desaparecido.

31

Falk pasó al otro lado de la barandilla y saltó a la superficie rocosa, que estaba resbaladiza como el hielo. Cometió el error de mirar hacia abajo y notó que vacilaba mientras la roca parecía mecerse por debajo de él. Se agarró a la barandilla e intentó centrarse en el horizonte hasta que la sensación se le pasara. Era difícil adivinar dónde acababa el suelo y dónde empezaba el vacío; las copas de los árboles se fundían con el cielo oscuro.

—¡Lauren! —gritó Falk, sin alzar demasiado la voz a pesar del ruido atronador del agua.

Al oír su nombre, Lauren dio un respingo, pero no alzó la vista. Llevaba la misma camiseta fina de manga larga y los mismos pantalones que antes. Iba sin anorak. Tenía el pelo mojado por el agua en suspensión y se le pegaba a la cabeza. A pesar de que la oscuridad era cada vez mayor, podía adivinarse un matiz azulado en su rostro. Falk se preguntó cuánto tiempo llevaría ahí sentada, helándose y calada hasta los huesos. Tal vez más de una hora. Falk temió que Lauren pudiera caerse de puro agotamiento.

Miró hacia el camino sin saber muy bien qué hacer. El sendero seguía desierto. Lauren estaba tan cerca del borde que él se mareaba sólo de mirarla. Respiró hondo y comenzó a avanzar entre las rocas. Al menos las nubes se habían disipado momentáneamente. En el crepúsculo, la pálida luz de una media luna, que empezaba a despuntar, iluminaba levemente las rocas.

—Lauren —repitió Falk.

—No se acerque más.

Él se detuvo y se arriesgó a mirar hacia abajo. Sólo distinguía la parte inferior del torrente de agua. Intentó recordar lo que Chase le había dicho el primer día. Había una distancia de unos quince metros hasta la oscura poza de ahí abajo. ¿Qué más había dicho? No era la caída lo que mataba a la gente, sino el *shock* y el frío. Lauren temblaba ya violentamente.

—Aquí hace muchísimo frío —le dijo—, así que voy a lanzarte mi anorak, ¿vale?

Ella no respondió, pero asintió con cierta rigidez. Falk lo interpretó como una buena señal.

—Vamos allá.

Se bajó la cremallera del anorak, se lo quitó y se quedó sólo con un jersey. El agua en suspensión que despedía la catarata se pegó enseguida a la lana, que al cabo de unos instantes estaba mojada.

Le lanzó el anorak con precisión y éste cayó cerca de ella. Lauren apartó la vista del agua, pero no se movió para cogerlo.

—Si no te lo vas a poner, devuélvemelo... —le dijo Falk, a quien ya le castañeteaban los dientes.

Ella titubeó y, finalmente, se lo puso. A él le pareció que eso era otra buena señal. En el pequeño cuerpo de Lauren, el anorak parecía enorme.

—¿De verdad que Alice ha muerto?

El estruendo del agua apenas le permitía oír lo que decía.

—Sí, lo siento —respondió Falk.

—Por la mañana, cuando volví a aquel sendero y vi que ella no estaba, pensé... —Lauren temblaba violentamente y le costaba pronunciar las palabras—. Pensé que era la única que iba a conseguir salir.

DÍA 4

MAÑANA DEL DOMINGO

Bree estaba segura de qué era lo que la había despertado. Al abrir los ojos se encontró con los fríos grises del amanecer. La luz que se filtraba por las ventanas de la cabaña era débil, y la mayor parte de la estancia todavía estaba a oscuras. A su alrededor podía oír el leve sonido de varias respiraciones. Las demás aún no se habían despertado. Perfecto. Soltó un gruñido ahogado y se preguntó si podría volver a dormirse, pero se le clavaban los huesos en las duras tablas del suelo y tenía la vejiga a punto de reventar.

Se puso de lado y vio la salpicadura de sangre en el suelo, cerca de ella. Era sangre de Lauren. Asqueada, encogió los pies dentro del saco de dormir y recordó la pelea de la noche anterior. En esta ocasión, su gruñido pudo oírse perfectamente. Se tapó la boca con la mano y se quedó quieta. No quería enfrentarse a las otras antes de lo necesario.

Salió de la protección del saco y se puso las botas y el anorak. Luego se dirigió sigilosamente hacia la puerta y torció el gesto cuando el suelo crujió bajo sus pies. Salió al gélido aire de la mañana y, mientras cerraba la puerta, le pareció notar unas pisadas en el claro, justo detrás de ella. Apenas pudo reprimir un grito de sorpresa.

—Cállate, joder, vas a despertar a las demás... —le susurró Beth.

—Por Dios, qué susto me has dado. Creía que estabais todas dentro. —Bree se cercioró de que la puerta estuviera bien cerrada y se alejó de la cabaña—. ¿Qué haces levantada tan pronto?

—Lo mismo que tú, supongo —respondió Beth, señalando la letrina exterior.

—Ah, vale.

Se produjo una pausa incómoda; el fantasma de la noche anterior seguía flotando a su alrededor, como si fuera humo.

—Oye, sobre lo que pasó anoche... —susurró Beth.

—No quiero hablar de ello.

—Ya, pero tenemos que hacerlo —replicó su hermana con firmeza—. Mira, ya sé que te he causado muchos problemas, pero los solucionaré...

—No, Beth, por favor, no sigas.

—Tengo que hacerlo. Esto ha llegado demasiado lejos. Alice no puede amenazarte y quedarse tan tranquila, después de lo mucho que has trabajado. No puede ir por ahí mangoneando a los demás y luego extrañarse si se defienden.

—Beth...

—Confía en mí. Tú siempre me has ayudado. Durante toda mi vida. Lo menos que puedo hacer ahora es ayudarte yo a ti.

Bree ya había oído esas palabras otras veces. «A buenas horas...», pensó, aunque después se sintió mal enseguida. Su hermana lo estaba intentando. Tenía que reconocer que siempre se esforzaba. Bree tragó saliva.

—De acuerdo, está bien. Te lo agradezco, pero espero que no empeores la situación.

Beth hizo un gesto en dirección hacia el bosque con una extraña sonrisita y respondió:

—¿Acaso podría empeorar?

Bree no supo muy bien cuál de las dos se movió primero, pero de pronto se encontró rodeando a su hermana con los brazos por primera vez desde hacía años. El abrazo fue un poco torpe. El cuerpo que tiempo atrás le había resultado tan familiar como el suyo le parecía ahora muy distinto. Cuando se separaron, Beth estaba sonriendo.

—Todo saldrá bien, te lo prometo —dijo.

Bree observó cómo su hermana se daba la vuelta y entraba de nuevo en la cabaña. Aún podía notar el calor de su cuerpo.

Pasó de largo la letrina exterior —ni en sueños iba a entrar ahí— y rodeó la cabaña. Frenó en seco al ver la horrible tumba del perro, que casi había olvidado. Apartó la mirada y pasó por delante de ella para dirigirse a la parte trasera, atravesó la maleza y se internó en el bosque, en dirección al sendero, hasta que le fue imposible ver la tumba. Estaba a punto de bajarse los pantalones cuando, de pronto, oyó algo.

¿Qué era? ¿Un pájaro? El sonido procedía del sendero, por detrás de ella. Era un sonido débil, artificial y penetrante en medio de la quietud de la mañana. Bree contuvo el aliento y aguzó tanto el oído que casi empezó a pitarle. No era ningún pájaro. Bree reconoció el sonido. Se volvió y echó a correr por el sendero, tropezando en la superficie irregular.

Alice estaba sentada en el suelo, con las piernas por delante y apoyada en una roca. El viento mecía los rubios mechones de su cabellera y tenía los ojos cerrados, con la cabeza levemente echada hacia atrás, mirando hacia el cielo como si estuviera disfrutando de un rayo de sol inexistente. El pitido provenía de un bolsillo de sus vaqueros.

Bree cayó de rodillas.

—¡Alice, el teléfono! ¡Deprisa! ¡Está sonando!

Vio que el aparato sobresalía por debajo del muslo de Alice. La pantalla estaba rota pero encendida. Bree lo cogió; le temblaban tanto las manos que casi se le cayó al suelo. El teléfono seguía sonando de forma aguda e insistente.

En la pantalla destrozada se leía el nombre de la persona que llamaba. Dos letras: A. F.

Bree no tenía ni idea de quién era, aunque tampoco le importaba. Con dedos torpes, pulsó el botón de respuesta tan deprisa que estuvo a punto de equivocarse. Se llevó el móvil al oído.

—¿Diga? Por Dios... Por favor, ¿me oye?

Nada. Ni siquiera ruido de fondo.

—Por favor.

Se apartó el móvil de la cara. La pantalla estaba en blanco y el nombre había desaparecido. Se había agotado la batería.

Bree zarandeó el móvil con las manos resbaladizas por el sudor. Nada. Apretó el botón de encendido varias veces. La pantalla seguía negra, totalmente vacía.

—¡No!

Sintió un vacío en el estómago conforme la esperanza se desvanecía, como si se quedara sin suelo bajo los pies. Se dio la vuelta y vomitó bilis en la hierba. Los ojos le escocían por las lágrimas y la sensación de decepción le aplastaba el pecho. ¿Por qué demonios Alice no lo había cogido? Quizá habrían tenido suficiente batería para hacer una llamada de auxilio. ¿Y en qué estaba pensando la muy idiota al dejarlo encendido, malgastando la batería?

Cuando se volvió para preguntárselo, con el vómito y la rabia ardiéndole aún en la garganta, se dio cuenta de que Alice seguía sentada en la misma posición, apoyada en la roca. No se había movido.

—¿Alice?

No hubo respuesta. La postura relajada de las extremidades de Alice ahora le pareció demasiado flácida, más propia de una marioneta que de una persona. Su espalda también formaba un ángulo extraño, con la cabeza echada hacia atrás. No parecía estar allí descansando tranquilamente, sino ida.

—Mierda. ¿Alice?

Al principio le había parecido que tenía los ojos cerrados, pero en ese momento advirtió que estaban levemente abiertos. Unas finas hendiduras blancas contemplaban el cielo gris.

—¿Me oyes?

Bree apenas podía oír su propia voz, que parecía quedar ahogada por los fuertes latidos de su corazón.

No hubo ningún movimiento, ninguna respuesta. Bree sintió que se mareaba. Quería sentarse al lado de Alice, quedarse allí, completamente quieta, y desaparecer.

Los ojos entrecerrados de Alice seguían contemplando la nada, y Bree no pudo soportarlo más. Se apoyó en la roca para dejar de verle la cara. La nuca de Alice tenía un aspecto extraño y Bree se acercó todo lo que se sintió capaz. No se apreciaba sangre, pero a través del pelo se adivinaban unas manchas moradas en el cuero cabelludo, allí donde la raya del pelo dividía su melena rubia. Bree dio un paso atrás y desvió la mirada hacia el suelo.

Casi pasa por alto el objeto atrapado entre Alice y la base de la roca, que el cuerpo de su compañera prácticamente ocultaba del todo. Tan sólo se veía un extremo, circular y con un brillo metálico. Bree se quedó mirándolo durante unos segundos que le parecieron eternos. No quería tocarlo, no quería admitir que lo reconocía, si bien al mismo tiempo era consciente de que no podía dejarlo allí.

Finalmente, se obligó a ponerse en cuclillas y, con la punta de los dedos, cogió la linterna industrial de metal. Sabía que el nombre estaba grabado en uno de los laterales, y aun así se sobresaltó al verlo brillar bajo la luz del amanecer: BETH.

«Esto ha llegado demasiado lejos. Alice no puede amenazarte y quedarse tan tranquila.»

En un solo acto reflejo, Bree alzó el brazo y lanzó la linterna hacia la vegetación. El cilindro de metal salió despedido dando vueltas, chocó contra algo con un golpe seco y desapareció. Bree sintió un hormigueo en la mano y se la limpió en los vaqueros. Se escupió en la palma y volvió a limpiársela. Luego se fijó de nuevo en Alice. Seguía inmóvil, seguía callada.

Dos puertas se abrieron de par en par en su mente y, con un brusco movimiento de cabeza, Bree las cerró de golpe. La confusión había desaparecido y de pronto tenía las ideas muy claras: debía actuar.

Miró el sendero, que por el momento seguía desierto. No sabía cuánto tiempo había pasado allí. ¿Y si alguien más había oído el teléfono? Se quedó escuchando. No percibió ningún movimiento, pero las demás no tardarían en despertarse, si es que no lo habían hecho ya.

Primero se ocuparía de la mochila. Era más fácil. Comprobó otra vez que el teléfono estaba apagado, lo metió en un bolsillo lateral y agarró una de las asas. Se internó en el bosque hasta que encontró un sitio lo bastante alejado para que no se viera desde el camino, y dejó la mochila detrás de un árbol, apoyada en el tronco. Al incorporarse, se dio cuenta, horrorizada, de que no sabía dónde estaba exactamente el sendero.

Se quedó completamente inmóvil, respiró hondo y se obligó a tranquilizarse: «Bree, no te dejes llevar por el pánico.» Sabía por dónde debía ir. Tomó aire con fuerza una vez más y comenzó a caminar en línea recta, en la misma dirección por la que había llegado. Corrió entre la maleza y los árboles, cada vez más deprisa, hasta que distinguió a Alice sentada contra la roca.

Casi se detuvo en seco al verle la nuca, los mechones de cabello rubio agitándose al viento, la espantosa ausencia de movimiento. Tenía el pulso tan acelerado que creyó que iba a desmayarse. Se obligó a recorrer el último tramo y, antes de que pudiera cambiar de idea, metió las manos por debajo de las axilas de Alice y tiró de ella.

Caminando hacia atrás, se internó en el bosque. El viento formaba remolinos a su alrededor, esparcía hojarasca y ramas por el suelo cubriendo sus huellas. Era como si Bree nunca hubiera pasado por allí. Fue arrastrando a Alice hasta que le dolieron los brazos y se quedó sin aliento. De pronto, tropezó y cayó de espaldas.

Alice, el cuerpo de Alice, se desplomó a su lado, con el rostro mirando hacia el cielo. Los ojos de Bree se anegaron en lágrimas. Se había golpeado con fuerza contra el tronco de un árbol caído, pero aquellas lágrimas eran de rabia, no de dolor. Por un segundo, se preguntó si estaría llorando por Alice. No. Al menos, no en ese momento. En ese momento sólo tenía lágrimas para sí misma. Y para su hermana. Y para aquello en lo que, de un modo u otro, se habían convertido.

Como si el corazón no le doliera ya lo bastante, fue entonces cuando sintió un aguijonazo en el brazo.

32

Algo llamó la atención de Falk.

Muy por debajo de donde estaba, en la parte inferior de la catarata, distinguió el brillo de un chaleco reflectante cuando alguien salió de entre los árboles. Su forma de moverse le resultaba familiar. Era Carmen. Su compañera se situó en la base de la cascada y Falk vio que alzaba la cabeza, buscándolos. Estaba demasiado oscuro para que él pudiera verle la cara, pero unos segundos después la agente levantó un brazo, indicándole que lo veía. Alrededor de Carmen, varios agentes iban tomando posiciones poco a poco, tratando de pasar desapercibidos.

Lauren no pareció darse cuenta, algo que alegró a Falk. Quería que se fijara lo menos posible en la catarata. A través del rugido del agua, el agente distinguió unos pasos que resonaban en el puente de madera. Lauren también debió de oírlos, porque volvió la cabeza en esa dirección. Era el sargento King, flanqueado por otros dos agentes. No se acercó más, pero se llevó la radio a los labios y murmuró algo que Falk no pudo captar desde donde estaba.

—No quiero que se acerquen más —dijo Lauren, que tenía la cara mojada, pero no lloraba. Su gesto de determinación le inquietaba. Ya había visto esa expresión en otras ocasiones: era el semblante de alguien que había tirado la toalla.

—De acuerdo —contestó Falk—. Pero no van a quedarse donde están toda la noche. Querrán hablar con usted y debería permitírselo. Si se aleja del borde, podemos tratar de arreglar todo esto.

—Alice intentó contarme lo de las fotos de Margot. Quizá, si la hubiera escuchado, todo habría sido distinto.

—Lauren...

—¿Qué? —dijo ella, interrumpiéndolo. Lo miró fijamente—. ¿Cree que puede solucionar «todo esto»?

—Le prometo que podemos intentarlo. Por favor, vuelva a la casa y hable con nosotros. Si no quiere hacerlo por usted, entonces... —Titubeó. No tenía muy claro si debía jugar esa carta—. Entonces hágalo por su hija. La necesita.

Enseguida se dio cuenta de que se había equivocado. Lauren endureció el gesto y se echó hacia delante. Se agarraba con tanta fuerza al saliente que se le veían los nudillos blancos.

—Rebecca no me necesita. No puedo ayudarla. Lo he intentado con todas mis fuerzas durante toda su vida. Y juro por Dios que sé que he cometido errores, pero lo he hecho lo mejor que he sabido. —Con la cabeza inclinada contemplaba el abismo—. Pero no he hecho más que empeorar las cosas. ¿Cómo he podido? No es más que una niña. Alice tenía razón. —Se inclinó un poco más hacia delante—. Es culpa mía.

DÍA 4

MAÑANA DEL DOMINGO

Lo primero que Lauren oyó al abrir los ojos fueron los gritos en el exterior de la cabaña.

Percibió movimiento a su alrededor. Alguien se ponía en pie, después oyó unas pisadas en el suelo de madera. Un fuerte golpe al abrirse la puerta. Tardó un poco en incorporarse en el saco de dormir. Le dolía la cabeza y los párpados le pesaban. Alice. Recordó de inmediato lo sucedido en el sendero. Paseó la vista por la estancia. Estaba sola.

Aterrorizada, Lauren se levantó y se acercó a la puerta. Miró al exterior y parpadeó. Parecía que en el claro había cierto revuelo. Intentó distinguir lo que tenía delante. No se trataba de Alice, sino de Bree.

Su compañera estaba desplomada junto a los restos de la fogata de la noche anterior, agarrándose el brazo derecho y con la cara muy pálida.

—¡Levántalo! —le gritaba Beth, tratando de ponerle el brazo en alto.

Jill pasaba desesperada las páginas de un fino folleto. Nadie miraba a Lauren.

—Aquí dice que necesitamos una tablilla —les señaló Jill—. Hay que encontrar algo para inmovilizarlo.

—¿Algo como qué?

—¡Yo qué sé! ¿Cómo quieres que lo sepa? ¡Un palo o algo así! Cualquier cosa.

—¡Tenemos que irnos! —gritó Beth mientras recogía un puñado de ramas rotas—. Jill, hay que llevarla a un médico ahora mismo. Mierda, ¿es que nadie ha hecho un cursillo de primeros auxilios?

—Sí, ¡la maldita Alice! —Jill se volvió hacia la cabaña y vio a Lauren en la puerta—. ¿Dónde se ha metido? ¡Despertadla! Decidle que a Bree le ha mordido una serpiente.

A Lauren le vino a la cabeza la absurda idea de que se refería a que fueran a despertarla al sendero, pero en realidad Jill señalaba hacia la cabaña. Como si estuviera soñando, Lauren volvió tambaleándose al interior y miró por todas partes. Allí no había nadie más. Cuatro sacos de dormir en el suelo. Los observó uno por uno. Todos vacíos. Alice no estaba, no había vuelto.

Hubo un movimiento en la puerta y apareció Jill.

—Se ha ido —dijo Lauren, negando con la cabeza.

Jill se quedó petrificada; luego, de repente, cogió su mochila y su saco de dormir y se puso a agitarlos.

—¿Dónde está mi anorak? Tenía el móvil en un bolsillo. Mierda. ¡Esa zorra se lo ha llevado!

Tiró al suelo sus pertenencias, se dio la vuelta y salió de la cabaña dando un portazo.

—Joder, se ha ido y ha cogido el móvil.

La voz de Jill llegaba amortiguada desde el exterior. Lauren oyó también un grito de rabia, que podía provenir de cualquiera de las gemelas.

Se puso las botas y salió dando traspiés al exterior. Ella sabía dónde estaba el anorak. La noche anterior había visto cómo Alice lo metía detrás de un tronco. Ahora lamentaba haberse levantado en plena noche para ir al baño. Lamentaba no haberse detenido un momento para llamar a las otras en vez de perseguir a Alice en la oscuridad. Lamentaba no haber podido impedir que se marchara y que un montón de cosas no hubieran ido de otra forma.

Lauren distinguió la mancha de color detrás del tronco y se agachó.

—El anorak está aquí.

Jill se lo arrancó de las manos y se puso a rebuscar en los bolsillos.

—No hay nada, está claro que se lo ha llevado.

Beth estaba de pie junto a su hermana, que seguía en el suelo; le habían inmovilizado el brazo con una tablilla improvisada.

—Muy bien. ¿Qué opciones tenemos? —La respiración de Jill era agitada—. O nos quedamos o nos dividimos, y Bree se queda aquí.

—¡Ni hablar! —exclamaron las gemelas al unísono.

—Vale, vale, entonces nos pondremos en marcha y entre todas tendremos que ayudar a Bree. ¿Hacia dónde hemos de ir? —dijo Jill, dándose la vuelta.

—Sigamos hacia el norte —propuso Lauren.

—¿Estás segura?

—Sí, es mejor seguir el plan. Vayamos todo lo recto y rápido que podamos y con suerte llegaremos a la carretera. Es nuestra mejor opción.

Jill lo meditó unos segundos.

—De acuerdo. Pero primero tenemos que buscar a Alice, por si acaso.

—¿Estás de broma? ¿Cómo que por si acaso? —preguntó Beth, boquiabierta.

—Por si acaso ha ido a mear y se ha torcido el maldito tobillo, ¡yo qué sé!

—¡No, tenemos que irnos ya!

—Pues entonces tendremos que darnos prisa para encontrar a Alice. Iremos nosotras tres, Bree puede esperarnos aquí. —Titubeó unos instantes—. Y que nadie se aleje demasiado.

Lauren ya estaba corriendo entre los matorrales en dirección al sendero.

—Más le vale a Alice que no sea yo quien la encuentre —dijo Beth—. Como sea yo, es que la mato.

Lauren corría sin aliento. Todavía recordaba el peso de Alice al caer y su propia conmoción al quedarse sin aire. Todavía sentía cómo le habían dolido las palabras de Alice.

Mientras recordaba todo aquello, aflojó un poco el paso. Con la luz del día, el sendero tenía un aspecto distinto. Al llegar a la altura de la roca, estuvo a punto de pasar de largo. A punto. Ya casi la había dejado atrás cuando se dio cuenta. Se detuvo, se dio la vuelta y enseguida comprendió qué era lo que estaba viendo: nada. No había nadie en la roca. El sendero estaba desierto.

Alice había desaparecido.

Lauren notó que la sangre le subía a la cabeza. Se estaba mareando. El camino estaba desierto en ambas direcciones. Miró a su alrededor, preguntándose cuán lejos habría llegado Alice. El bosque no le dio ninguna pista.

Examinó el suelo, pero allí no había ni rastro de su pulsera. ¿Era posible que la hubiera perdido en la cabaña sin notarlo? Ahí no había nada que ver, pero en el aire flotaba un extraño olor ácido; le pareció que la tierra estaba removida. Supuso que el olor se debía a eso, aunque ya no se distinguían señales de la pelea que habían mantenido. Cuando se dio la vuelta para regresar, las piernas le temblaban un poco.

Al acercarse a la cabaña, oyó cómo las otras llamaban a gritos a su compañera. Se preguntó si ella debía hacer lo mismo, pero, al abrir la boca, el nombre de Alice se negó a salir de sus labios.

33

Lauren seguía mirando el agua fijamente. Falk tomó aliento con los dientes apretados y aprovechó la ocasión para dar un paso rápido hacia ella. Lauren estaba tan concentrada que ni siquiera se dio cuenta.

Falk era consciente de que ambos temblaban de frío y temía que los dedos helados de ella se soltaran de improviso.

—De verdad que no quería matarla. —La voz de Lauren apenas se oía en medio del estruendo del agua.

—Te creo —aseguró Falk.

El agente recordó la primera conversación que había mantenido con ella, allí, en el sendero de Mirror Falls, en plena noche. Parecía que había transcurrido muchísimo tiempo desde entonces. Todavía podía ver la expresión de Lauren, abrumada e insegura. «No es que saliera mal una cosa en concreto, sino mil pequeños detalles.»

Ahora, el gesto de Lauren era de determinación.

—Pero sí quería hacerle daño.

—Lauren...

—No por lo que me hizo a mí. Eso es culpa mía. Pero sé lo que Margot le hizo a Rebecca. Sé que la acosó y la atormentó. Tal vez Margot supo ocultar lo que había hecho y Alice gritó lo suficiente para que en el colegio hicieran la vista gorda. Pero yo sé muy bien lo que hizo esa chica. Es exactamente igual que su maldita madre.

Las palabras de Lauren quedaron suspendidas en la bruma gélida. Seguía mirando hacia abajo.

—Hay muchas cosas que son culpa mía, de todos modos —añadió en voz baja—. Por ser tan débil. Eso no puedo reprochárselo ni a Alice ni a Margot. Y Rebecca lo descubrirá algún día, si es que no lo ha hecho ya, y me odiará por ello.

—Todavía la necesita. Y la quiere. —Falk evocó entonces el rostro de su padre, su letra garabateada en los mapas. «Con Aaron.»—. Aunque no siempre se dé cuenta de ello.

Lauren se lo quedó mirando.

—Pero ¿y si no puedo solucionar las cosas con ella?

—Sí que puede. Las familias se perdonan.

—No lo sé. No todo merece ser perdonado. —Lauren había vuelto a bajar la vista—. Alice me dijo que yo era débil.

—Se equivocaba.

—Yo también lo creo. —Esa respuesta sorprendió a Falk—. Ahora soy distinta. Ahora hago lo que tengo que hacer.

Falk notó que se le erizaba el vello de los brazos al tiempo que el aire se enrarecía. Habían traspasado un umbral invisible. No había percibido ningún movimiento por parte de Lauren, pero de pronto le pareció que estaba mucho más cerca del borde. Vio que Carmen miraba hacia arriba, preparada para intervenir. Falk tomó una decisión; aquello había llegado demasiado lejos.

La idea todavía no había acabado de tomar forma en su mente cuando Falk empezó a moverse. Dio un par de pasos rápidos sobre las rocas, pisando una superficie resbaladiza como el cristal y alargando las manos. Agarró el anorak que llevaba Lauren —que de hecho era el suyo— y cerró los dedos con torpeza por culpa del frío en torno a la tela.

Lauren lo contempló con mirada tranquila y, con un solo movimiento fluido, movió los hombros, dobló su delgado torso hacia delante y se desprendió del anorak como si fuera la piel de una serpiente. Se zafó de él y, tras un movimiento marcado por la determinación y la precisión, desapareció.

El borde estaba vacío, como si Lauren nunca hubiera estado ahí.

DÍA 4

MAÑANA DEL DOMINGO

Jill vio su propio miedo reflejado en las tres caras que la miraban. El corazón le latía con fuerza y oía los jadeos de las demás. Sobre ellas, la franja de cielo que los árboles dejaban al descubierto era de un gris apagado. El viento agitaba las ramas y hacía que las gotas cayeran sobre el grupo, pero a ninguna de ellas parecía importarle. Un poco más allá, la madera podrida de la cabaña gimió y se asentó cuando la traspasó otra ráfaga de viento.

—Tenemos que salir de aquí cuanto antes —dijo Jill—.

A su izquierda, las gemelas asintieron de inmediato, por una vez unidas por el pánico. Bree se sostenía el brazo y Beth la sostenía a ella. Ambas tenían los ojos oscuros muy abiertos. A la derecha, Lauren se removió con un levísimo titubeo. Por fin asintió, respiró hondo y preguntó:

—¿Y qué pasa con...?

—¿Qué pasa con qué? —le espetó Jill, ya sin paciencia.

—Qué pasa con Alice.

Un espantoso silencio. Tan sólo se oían el crujido y el murmullo de los árboles, que vigilaban el estrecho círculo de cuatro mujeres.

—Ella se lo ha buscado.

Silencio. Después Lauren señaló con el dedo y dijo:

—El norte está por ahí.

Echaron a andar sin mirar atrás, dejando que los árboles se tragaran todo lo que abandonaban allí.

34

Falk gritó el nombre de Lauren, pero ya era demasiado tarde; estaba hablándole al aire. Ella ya no estaba.

Corrió sobre las rocas justo a tiempo para ver cómo se precipitaba al agua como un peso muerto. El rugido de la catarata ocultó el impacto que provocó su cuerpo al caer en la poza. Falk contó hasta tres, demasiado deprisa, quizá, pero ella no volvió a aparecer. Se quitó el jersey y también las botas. Intentó respirar profundamente, aunque la opresión que sentía en el pecho apenas se lo permitió cuando dio un paso adelante y saltó. Mientras descendía, lo único que pudo oír más allá del rugido del agua y del silbido del viento fueron los gritos de Carmen.

Cayó en el agua de pie.

Una nada fantasmal lo envolvió y se sintió suspendido en el vacío. Entonces, bruscamente, notó que el frío lo envolvía con una fuerza brutal. Pataleó para ascender y contuvo el impulso de tomar aire hasta que llegó a la superficie. El pecho le ardía cuando por fin pudo respirar el aire húmedo; el frío del agua le arrancaba el oxígeno de los pulmones con la misma rapidez con que lo inhalaba.

Apenas podía ver nada. La espuma de la cascada lo cegaba, y los ojos y la cara le picaban. No veía a Lauren; no distinguía nada. Le llegó un leve sonido, casi oculto por el rugido ensordecedor, y se dio la vuelta mientras se enjugaba los ojos. Carmen estaba en la orilla; a su lado, dos agentes preparaban una cuerda. Su compañera le gritaba y le señalaba algo.

Lauren.

Instintivamente, Falk se dio cuenta de que la cortina de agua iba a tragársela. Ya notaba cómo la corriente se arremolinaba bajo la superficie y tiraba también de él, amenazando con hundirlo a las profundidades. Respiró hondo y trató de coger aire forzando que sus pulmones se expandieran; luego empezó a nadar hacia ella con una confusa mezcla de brazadas.

No era un mal nadador, se había criado al lado de un río, pero el brutal empuje del agua le dificultaba avanzar. La ropa le pesaba, lo frenaba, y se alegró de haber tenido la calma suficiente para quitarse las botas.

Un poco más allá, el cuerpo de Lauren subía y bajaba acercándose a la zona peligrosa. Ella no pataleaba, apenas se movía, y su cara se hundía en el agua oscura de la poza una y otra vez.

—¡Lauren! —Su grito apenas se oyó—. ¡Por aquí!

Consiguió agarrarla a pocos metros de la atronadora cortina de agua, y lo hizo con fuerza, a pesar de que notaba los dedos helados y torpes.

—¡Suélteme! —gritó ella.

Tenía los labios de un fantasmal tono morado azulado y luchaba contra él, tratando de alejarlo con los pies. Falk alargó el otro brazo hacia ella, la atrajo hacia su pecho y no la soltó. El cuerpo de Lauren no despedía ningún calor. Falk empezó a patalear con todas sus fuerzas, aunque sentía las piernas cada vez más pesadas. Oía que Carmen lo llamaba desde la orilla. Intentó nadar hacia la voz, pero Lauren tiraba desesperadamente de él en la otra dirección y le clavaba las uñas en el brazo.

—¡Que me suelte!

Entonces comenzó a golpearlo y se hundieron los dos. Falk dejó de ver; su rostro se sumergió antes de que pudiera tomar aire. Lauren lanzó un codazo que le dio de lleno y volvió a hundirle la cabeza.

Todo le llegaba amortiguado. Por un instante, Falk consiguió salir a la superficie, respiró una pequeña e insuficiente bocanada de aire y se hundió de nuevo. Lauren se zafaba de él, y cada vez le resultaba más difícil agarrarla. Falk aguantó, luchó contra el instinto de soltarla. Entonces notó un ligero cambio en el agua y apareció otro brazo entre ellos. No era de Lauren, era un brazo que no peleaba y que consiguió agarrarlo por debajo de la axila y tiró de él. Su rostro salió a la superficie y otra cosa le rodeó el brazo. Era una cuerda, y de repente no tuvo que esforzarse por mantenerse a flote. Tenía la cabeza por encima del agua y boqueó, tratando de coger aire. Sólo en ese momento se dio cuenta de que ya no agarraba a Lauren y sintió una oleada de pánico.

—No te preocupes, ya la tenemos —le dijo una voz al oído. Era la de Carmen. Intentó darse la vuelta, pero no pudo—. La parte difícil la has hecho tú, ya casi hemos llegado a la orilla.

Intentó pronunciar un «Gracias», pero sólo era capaz de seguir jadeando.

—Tú concéntrate en respirar —le pidió ella. Falk sentía que la cuerda le hacía daño al tirar de él por debajo del brazo.

Notó que unos guijarros se le clavaban en la espalda cuando dos agentes tiraron de él. Tendido en la orilla fangosa, volvió la cabeza y vio cómo sacaban a Lauren, que estaba temblando y había dejado de resistirse.

Le dolían los pulmones y la cabeza le martilleaba, pero le daba igual. Lo único que sentía era alivio. Tenía tales espasmos que los omóplatos le rebotaban contra el suelo. Le pusieron una manta encima, después otra. Notó un peso en el pecho y abrió los ojos.

—La has salvado —le susurró Carmen, que se había inclinado sobre él. Su rostro era apenas una silueta.

—Tú también —consiguió mascullar. Tenía la cara helada y le costaba vocalizar.

Se quedó ahí tumbado, intentando recobrar el aliento. Había muy poca vegetación alrededor de la catarata y, por una vez, no vio árboles y más árboles, sólo a Carmen inclinada sobre él y, por encima de ellos, las estrellas y el firmamento. Ella también temblaba y Falk la cubrió con parte de la manta. Carmen se aproximó y, de pronto, rozó los labios de Falk con los suyos. Frío sobre frío. Él cerró los ojos, apenas podía sentir nada por el entumecimiento, pero sí notó un singular estallido de calidez en el pecho.

Aquel leve contacto acabó demasiado pronto y Falk parpadeó. Carmen lo miraba sin azoramiento, sin arrepentimiento, con el rostro aún muy cerca del suyo, aunque no tanto como antes.

—No te equivoques, voy a casarme de todos modos. Y hay que ver lo tonto que eres, no deberías haberte lanzado. —Esbozó una sonrisa—. Pero me alegro de que estés bien.

Se quedaron tumbados en silencio, respirando al unísono, hasta que un guarda forestal se les acercó con otra manta isotérmica y Carmen se apartó.

Él se quedó contemplando el cielo. Le llegó el sonido de las copas de los árboles, que se mecían un poco más allá, fuera de su campo de visión, pero Falk no se dio la vuelta. Dejó que su mirada vagara entre las tenues estrellas del firmamento. Buscó la Cruz del Sur, como había hecho tantas veces con su padre. No la encontró, aunque tampoco le importó. Sabía que estaba allí, en algún sitio.

Notaba el frío en la parte del pecho en la que se había apoyado Carmen, pero también la cálida oleada que provenía de su interior, que había empezado a extenderse por todo su cuerpo. Allí tendido, contemplando las estrellas y escuchando el murmullo de los árboles, se dio cuenta de que la mano ya no le dolía en absoluto.

35

Falk se recostó para admirar el resultado de los cambios que había hecho en la pared. No estaba perfecta, aunque sí mejor.

El sol de primera hora de la tarde entraba a raudales por las ventanas e iluminaba su apartamento con un cálido resplandor. La brillante silueta de Melbourne se dibujaba en el horizonte.

Habían pasado ya dos semanas desde que Carmen y él habían abandonado definitivamente Giralang Ranges. O al menos eso esperaba Falk, que no tuvieran que volver a ir. Sentía que iba a pasar una buena temporada antes de que le apeteciera volver a caminar entre aquellos árboles.

Llevaba tres días en Melbourne cuando le llegó un sobre marrón sin remitente. Lo habían enviado a la oficina a su nombre y contenía un lápiz de memoria y nada más. Al abrirlo y contemplar la pantalla, notó que se le aceleraba el pulso.

«Conseguid los contratos. Conseguid los contratos.»

Estuvo mirando y revisando el contenido durante más de una hora. Finalmente, cogió el teléfono y marcó un número.

—Gracias —dijo.

Al otro lado de la línea, oyó la respiración de Beth McKenzie.

—¿Se ha enterado de que en BaileyTennants se la han jugado a Bree? —le preguntó Beth—. Todos están marcando distancias, intentando lavarse las manos.
—Me lo han contado.
—Yo también he dejado de trabajar para ellos.
—Sí, eso también me lo han dicho. ¿Y qué va a hacer ahora?
—No lo sé.
—Podría dedicarse a algo relacionado con sus estudios de informática —sugirió Falk—. En el archivo de BaileyTennants estaba desaprovechada.
Le pareció que Beth titubeaba.
—¿Eso cree?
—Sí.
Decir aquello era quedarse corto. Estaba examinando las carpetas mientras hablaban. Allí estaba todo. Copias de los documentos que Alice había pedido y sacado de los archivos de BaileyTennants. Algunas cosas que ya les había entregado, otras que no. Los contratos destacaban en blanco y negro en la pantalla, y Falk notó una oleada de alivio y de adrenalina. Podía imaginarse la cara que pondría Carmen cuando se lo contara. Volvió al principio de las carpetas.
—¿Cómo lo ha...?
—Nunca llegué a confiar en Alice. Era muy grosera conmigo. Además, Bree y ella colaboraban de forma demasiado estrecha, le habría sido fácil echarle la culpa a mi hermana si ella hacía algo mal. Así que hice copias de todo lo que pedía.
—Gracias, de verdad.
Beth suspiró.
—¿Ahora qué va a pasar?
—¿Con Bree?
—Y con Lauren.
—No lo sé —contestó Falk con sinceridad.
La autopsia había confirmado que Alice había muerto por una hemorragia cerebral, probablemente debida al golpe en la cabeza que había recibido al chocar contra la

roca, cerca de donde se había hallado su cadáver. Tanto Lauren como Bree iban a enfrentarse a un juicio, pero en su fuero interno Falk esperaba que el veredicto final no fuera muy duro. Lo mirara como lo mirase, no podía evitar sentir lástima por ellas.

Los Bailey habían quedado expuestos a la opinión pública al verse envueltos en una investigación que se estaba llevando a cabo por las indecorosas imágenes que, supuestamente, había puesto en circulación el hijo de Daniel, Joel Bailey. Cuando los medios de comunicación se enteraron del escándalo, empezaron a publicarse reportajes a doble página en los que no faltaban fotografías del ajardinado colegio privado de Joel. Según las últimas informaciones, al chico lo habían expulsado. Por el momento, el nombre de Margot Russell no se había hecho público.

Y gracias a Beth, ahora se avecinaban más problemas para los Bailey. A Falk no le daban ninguna pena. La familia llevaba dos generaciones aprovechándose del dolor de los demás, y Jill no se libraba. Aunque ella creyera que no tenía otra opción, en los asuntos de negocios actuaba como una Bailey de los pies a la cabeza.

Desde que había vuelto de Giralang Ranges, Falk había pasado mucho tiempo pensando. Sobre las relaciones y sobre lo fácil que era que salieran mal. Sobre el rencor. Sobre el perdón.

Carmen y él trataron de visitar a Margot y a Rebecca. El padre de la primera les dijo que su hija se negaba a ver a nadie. A hablar, a salir de su cuarto. El hombre parecía aterrado.

Rebecca, en cambio, había aceptado al menos salir de casa y sentarse en silencio al otro lado de la mesa en una cafetería. Sin preguntar, Carmen pidió sándwiches para todos y la joven se quedó mirando cómo comían.

—¿Qué pasó en la catarata? —preguntó Rebecca por fin.

Falk le ofreció una versión resumida, siendo lo más sincero posible. Hizo hincapié en el amor que su madre sentía por ella y dejó de lado los lamentos.

La muchacha miró su plato intacto.

—Mi madre no me ha contado gran cosa.

—¿Qué te ha dicho?

—Que me quiere y que lo siente.

—Eso es con lo que deberías quedarte —dijo Falk.

Rebecca manoseó la servilleta y añadió:

—Pero ¿ha sido culpa mía, por no querer comer?

—No. Creo que los motivos van mucho más allá.

La chica no parecía muy convencida, pero, al levantarse para marcharse, se llevó el sándwich envuelto en una servilleta. Falk y Carmen la observaron por la ventana. Al final de la calle, se detuvo frente a un cubo de basura. Sostuvo el sándwich en alto durante un buen rato y después, aparentemente con gran esfuerzo, se lo metió en el bolso y desapareció por una esquina.

—Por algo se empieza, supongo —dijo Falk.

Pensaba en los mil detalles que habían acabado saliendo mal. Quizá otros mil podían acabar bien.

Después de unos días de reflexión en casa, Falk estuvo varias jornadas más entregado a la acción. Fue a una tienda de muebles a comprar un par de cosas y adquirió algunas más de las que tenía previstas.

Ahora estaba sentado en un sillón nuevo en un rincón de su apartamento, mientras una franja de luz se desplazaba por la alfombra. Era cómodo y había sido una buena decisión. Gracias a ese sillón, su apartamento se veía distinto. Más lleno y menos espacioso, pero le parecía que le gustaba más así. Y, además, desde ese nuevo punto de observación, se veía con claridad el último cambio.

Dos fotografías de su padre y él colgaban en la pared, pulcramente enmarcadas. Eso cambiaba el tono de la sala, aunque también le parecía que le gustaba más. Había sido sincero cuando, en la cascada, le había dicho a Lauren que las familias se pueden perdonar. Pero no bastaba con ser sincero, había que vivir como se pensaba.

Alzó la vista y se fijó en el reloj. Era una preciosa tarde de viernes. Carmen iba a casarse al día siguiente, en

Sídney. Le deseaba lo mejor. No habían vuelto a hablar de lo que había pasado entre ellos en la orilla de la catarata. Intuía que para Carmen era mejor dejar todo aquello atrás. Tan sólo había sido un instante fugaz, nada más. Lo entendía. Su americana y un regalo de bodas envuelto esperaban junto a su bolsa, a punto para tomar el vuelo a Sídney.

Tenía que irse al aeropuerto, pero le pareció que aún podía hacer una llamada rápida.

Oyó el tono de marcación e imaginó cómo sonaba el teléfono al otro lado de la línea, en Kiewarra. Su lugar de origen. Respondió una voz conocida.

—Hola, soy Greg Raco.

—Yo Aaron. ¿Estás ocupado?

Al otro lado de la línea se oyó una carcajada.

—No.

—¿Sigues escaqueándote del trabajo? —preguntó Falk, que visualizó al sargento de policía en su casa, todavía sin haberse puesto el uniforme de nuevo.

—Bueno, ya sabes, la convalecencia es así, tío. Estas cosas requieren su tiempo.

—Sí, ya lo sé —dijo Falk, contemplándose la mano quemada y examinando la piel. Era cierto que lo sabía; él había tenido suerte.

Charlaron durante un rato. Las cosas iban un poco mejor desde que había empezado a llover. Falk preguntó por la hija de Raco, por la familia Hadler. Todos estaban bien. ¿Y los demás?

—Colega, si sientes tanta curiosidad —dijo Raco entre risas—, tal vez deberías venir a vernos en persona.

Tal vez sí. Falk miró el reloj; tenía que irse al aeropuerto.

—Oye, ¿ya estás aburrido de esa convalecencia tuya?

—Mucho.

—Estaba pensando en hacer una excursión algún fin de semana... Si te apetece. Algo fácil.

—Sí, claro, eso estaría muy bien —respondió Raco—. ¿Dónde?

Falk se fijó en los mapas de su padre, desplegados en la mesita al calor de la luz de la tarde. El sol se reflejaba en los marcos de la pared.

—Donde quieras, conozco sitios buenos.

Los cuidadosos apuntes a lápiz le mostraban el camino. Había mucho por explorar.

AGRADECIMIENTOS

Una vez más, he tenido la suerte de estar rodeada por un grupo de personas maravillosas que me han ayudado de mil formas distintas.

Un sincero agradecimiento para mis editoras, Cat Paterson, de Pan Macmillan; Christine Kopprasch y Amy Einhorn, de Flatiron Books, y Clare Smith, de Little, Brown, por su fe y su apoyo incondicional. Vuestras reflexiones y vuestros consejos han sido valiosísimos, y agradezco de veras las múltiples y extraordinarias oportunidades que habéis creado para mi obra.

Gracias también a Ross Gibb, Mathilda Imlah, Charlotte Ree y Brianne Collins de Pan Macmillan, y a todos los diseñadores, equipos de marketing y de ventas, tan talentosos, que se han esforzado tanto para que este libro cobre vida.

Estaría perdida sin la ayuda de mis increíbles agentes: Clare Forster, de Curtis Brown Australia, Alice Lutyens y Kate Cooper, de Curtis Brown UK, Daniel Lazar, de Writers House, y Jerry Kalajian, de The Intellectual Property Group.

También quiero mostrar mi agradecimiento a Mike Taylor, veterano cuidador de reptiles del Healesville Sanctuary, al sargento mayor Clint Wilson, de la policía de Victoria, a los visitantes del parque nacional de Grampians Gariwerd y a la líder de grupo Tammy Schoo, por tener la amabilidad de transmitirme sus conocimientos de fauna y flora nativas, de los procedimientos de búsqueda y rescate, y de las técnicas de senderismo y acampada. Cualquier error o licencia artística son míos.

También he contraído una deuda con los muchos libreros entregados que han defendido mis libros con tanto entusiasmo y, evidentemente, con todos los lectores que se han sumergido en las historias.

Gracias a las madres de Elwood y a los preciosos bebés por vuestra calidez y amistad. Habéis sido un faro de luz en todo el proceso.

Como siempre, no quiero dejar de expresar el amor y el agradecimiento que me inspira mi maravillosa familia, que me ha apoyado en cada momento: Mike y Helen Harper, Ellie Harper, Michael Harper, Susan Davenport e Ivy Harper, Peter y Annette Strachan.

Y sobre todo, mi más profunda gratitud a mi extraordinario marido, Peter Strachan —la ayuda que me has brindado abarca muchos años y llenaría muchas páginas— y a nuestra hija, Charlotte Strachan, nuestro amor, que nos ha convertido en algo mucho más grande.

ISBN: 978-84-16237-37-1
Depósito legal: B-15.730-2019
1ª edición, julio de 2019
Printed in Spain
Impresión: Romanyà-Valls, Pl. Verdaguer, 1
Capellades, Barcelona